U0163929

兒童文學與書目（五）

林文寶　著

張晏瑞　主編

自序

　　有關書目的研究與蒐集，雖然有所謂目錄學，但目前似乎不受重視。個人自一九七一年踏入師專執教，一九七三年開始講授兒童文學，當時的兒童文學，是一片有待開發的場域，於是個人即著手收集有關的論述與文本的書目。

　　正式將兒童文學有關書目書寫，並刊登發表，或始於一九八三年四月《海洋兒童文學》第一期，篇名〈好書書目──兒童文學入門必讀〉。距離踏入師專已超過十年，這是個人學術生涯的另次轉向。

　　到師專任教，就學術研究而言，最大的受益是社會科學為我開啟科學性研究的另一扇窗。一般而言，人文學科的論述以敘事、演繹為主；而社會科學的論述則以實證、歸納為主。七〇年代中期教育學引進所謂教育研究方法的新取向，亦即所謂質的研究法，這種質的研究法，其實就是從量化轉質化的敘事方向。

　　傳統的中文系統，缺乏研究方法的訓練，當時社會科學研究方法使我打通了人文學科與社會科學的通道。其中參考文獻的書寫最為明顯，也讓我開始對殖民文化的自覺。

　　個人在七〇年代研究論著中的參考文獻，皆缺乏出版年、月的概念。直至八〇年代起始有出版年、月的概念，無奈又發現現行中文學術論著中的參考文獻中只記年不記月，我們在接受現代化與多元文化的過程中，時常以改變基因為首要之務，也因此沒有了歷史與記憶。在七〇年的反省與細朒過程中，難忘的是陳伯璋《教育研究方法的新取向》（南宏圖書公司，1988年3月）一書對我在研究方法的啟蒙；同

時也驚訝《中華民國兒童圖書目錄》（正中書局，1957年11月）中對
書目的編列方式（二書書影如下）。

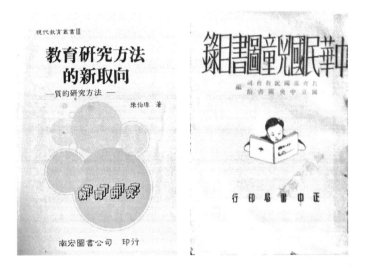

《海洋兒童文學》是我正式踏入社會服務的學術活動。每期除
〈兒童讀物超級市場〉專欄外，並有一篇論述。為不使作者重複出
現，〈兒童讀物超級市場〉撰文皆署名江辛。

《東師語文學刊》則是接掌語文教育系後，發行的學術年刊，當
然每期也有年度書目。

至於《兒童文學學刊》，則是一九九七年兒童文學研究所設立後
的學術刊物。

三個時期的書目書寫，同中有異。其同皆是為兒童文學的學術砌
磚，也就是為兒童文學學術研究留下資料，以供研究者取用；其異則
是呈現各時期的不同書寫方式。且因篇幅多，分為三冊印行。

個人在書目收錄過程中，是以「眼見」為憑，且以個人購買為
主。而所有年度書目書寫中，亦有發表於其他刊物者，如下列二表所
示：

其他雜誌刊登目錄

	文章	出處	頁數	出版年月
1	1995年度兒童文學書目	臺北市立圖書館館訊季刊十三卷三期	115-122	1996年3月15日
2	1997年兒童文學紀要	出版界第54期	35-41	1998年5月25日
3	溫馨的童話 —— 1989年兒童文學的創作與活動	文訊第164期	43-50	1999年6月
4	回首1999年 —— 臺灣兒童文學的創作與活動	第七屆師院創作集《阿德歷險記》	311-324	2000年6月
5	1999年臺灣兒童讀物出版概況	兒童文學家季刊26期	34-36	2000年7月

《臺灣文學年鑑》中有關兒童文學者

年鑑年度	文章	作者	頁數	執行製作	出版年月
1997	兒童文學的創作、活動教學與研究	林文寶	頁40-49	文訊雜誌社	1998年6月
	兒童文學書目錄	林文寶	頁264-268		
1998	臺東大學兒童文學研究所	林積萍	頁198	文訊雜誌社	1999年6月
	兒童文學的創作與活動	林文寶	頁40-48		
	兒童文學書目錄	林文寶	頁239-243		
1999	兒童文學的創作與活動	林文寶	頁48-53	文訊雜誌社	2000年10月
	兒童文學書目錄	林文寶	頁262-270		

年鑑年度	文章	作者	頁數	執行製作	出版年月
2000	臺灣兒童文學論述、創作及翻譯書目	林文寶 嚴淑女	頁76-90	前瞻公關股份有限公司	2002年4月
2001	橫看成嶺側成峰——2001年臺灣兒童文學觀察紀實	邱各容	頁121-122	靜宜大學	2003年4月
	2001年兒童文學書目	編輯部	頁201-220		
2002	安徒生在臺灣	林文寶 蔡正雄	頁93-99	靜宜大學	2003年9月
	2002年兒童文學新書出版要目	編輯部	頁236-243		
2003	2003年兒童文學新書出版要目	編輯部	頁207-210	靜宜大學	2004年8月
2004	2004年臺灣兒童文學概況	林文寶 王宇清	頁81-85	靜宜大學	2005年7月
	2004年兒童文學新書出版要目	資料處理中心	頁178-190		
2005	臺灣兒童文學概述	徐錦成	頁82-92	國家臺灣文學籌備處	2006年10月
	兒童文學書目	林文寶提供，文學館編輯整理	頁195-201		
2006	臺灣兒童文學概述	徐錦成	頁83-89	國立臺灣文學館	2007年12月
	兒童文學新書分類選目	林文寶提供，文學館編輯整理	頁227-238		

年鑑年度	文章	作者	頁數	執行製作	出版年月
2008	臺灣兒童文學創作概述	許建崑	頁64-69	國立臺灣文學館	2009年12月
	臺灣兒童文學研究概述	邱各容	頁87-91		
	兒童文學新書分類選目概述	林文寶 陳玉金	頁212-214		
	兒童文學新書分類選目	林文寶提供，文學館編輯整理	頁215-227		

　　其間，臺灣文學館年度臺灣文學年鑑，自一九九七到二〇〇八年的兒童文學書目，除二〇〇一到二〇〇三年外，皆由個人所提供。而個人有關兒童文學書目的收錄皆止於二〇〇九年（筆者於二〇〇九年一月三十一日自臺東大學兒童文學研究所退休）。

　　個人除年度書目外，亦有各種專題型的書目，這些書目皆已收錄於個人的「兒童文學叢刊」系列著作中。除外，並有獨立刊行者如：《語文科教學參考資料彙編》、《「臺灣地區1945-1998年兒童文學一百本評選活動」候選書目》、《臺灣兒童文學100（1945-1998）》、《彩繪兒童又十年》、《2007臺灣兒童文學年鑑》、《臺灣原住民圖畫書50》、《臺灣兒童圖畫書精彩100》等七本（書影如下）。

1998年

1999年

2000年3月

2000年6月

2008年6月

2011年8月

2011年12月

　　有關年度書目書寫，刊登於前述三個刊物者為正文。如今有機會收錄成書，並將各期刊物封面置列於文章前面，這些刊物曾是我盡心盡力的場域，所謂敝帚自珍是也，煩請見諒。

　　又，年度書目撰寫的署名，雖然有各種不同署名方式，基本上書目皆是我所提供。自一九八七年以後，無論並列署名者或獨自署名，皆有不同時期助理協助，年度書目書寫得以持續進行，於此特別感謝各時期的助理們。

目次

二○○四年臺灣兒童文學大事記暨書目

林文寶、王宇清

　　兒童文學在臺灣，逐漸受到國人的重視。除了對兒童的教育的需要，更加入了豐富的延展。除了近幾年來圖畫書普遍的被各年齡層的讀者所接受、喜愛，各種延伸的導讀、運用，更成為一種兒童教育的潮流。也因兒童文學這樣的學門在臺灣逐漸確立，對兒童文學的各種研究與創作的獎勵也連帶的更加受到重視，漸漸一步一腳印地走出自己的版圖。

　　二○○四年度臺灣兒童文學發展，可綜合下列幾個向度來探討：出版狀況、重要兒童文學作家作品、重要兒童文學獎項，大型兒童文學學術研討會，以及其他各種兒童文學相關消息。

一　兒童讀物出版狀況

　　二○○四年的臺灣兒童文學出版，仍然是多采多姿，富有活力。根據二○○四年公布的《民國91年圖書出版產業調查研究》顯示從一九九一年到調查截止的二○○二年國內出版家數成長百分之一二三。二○○二年兒童讀物出版的種數共有二四六七種，在所有出版品中為最高；再版種數則有一二四三種，為所有圖書類別中次高者。而兒童讀物的銷售總數，占了所有圖書銷售市場的百分之一五點一二，僅次於銷售最高的教科書類，可見兒童讀物在整個臺灣圖書市場的重要性。童書市場較之成人書籍市場，似乎顯得更加朝氣蓬勃。

　　在出版的類型上，可以分三部分來討論。（本文出版資料參考臺東大學兒童文學研究所林文寶教授所編整之二○○四年兒童文學年度書目。）首先是外來圖畫書的部分。外來的圖畫書仍舊是出版的主流，不管銷量如何，各家出版社翻譯出版的外來圖畫書數量十分可觀。再來是其他文類的翻譯作品。從原作者國籍來觀察，美國仍是最主要的翻譯對象，占了全部的百分之三十二，不過比起去年的百分之

三十八，有變少的情形。次高者為英國百分之十六。日本百分之十四、法國百分之七也有一定的數量。今年從韓國引進的作品占了百分之八，去年也有百分之七，也成為翻譯書的重要來源，是值得注意的現象。出版的翻譯文類，則是以圖畫書與青少年小說為最多。

在國內的創作部分，今年出版的書籍共有二六二本，比起去年的二三二本，數量上沒有太大的變化，維持穩定。各文類的數量以圖畫書最多，共有八十本；小說類次之，有六十七本。比較特別的是，今年的圖畫書，是近年來數量最多（2001-2004）的一年。從這個現象來解讀，圖畫書確實是受到讀者和出版社的青睞。

最後是論述類。論述向來是臺灣兒童文學界最薄弱的一環，大部分仍舊是靠外來翻譯以及兒童文學相關的外緣研究，例如文化觀察、教學應用類型。論述類今年度在臺灣本土的兒童文學專著仍然較為匱乏，在雜誌出版方面，比較能引起注目的，是由行政院原住民委員會委託中華民國臺灣原住民文化發展協會，與山海文化雜誌社編輯的第一本原住民青少年雜誌《Ho Hai Yan 臺灣原 Young》，在本年度四月六日正式問世。

二　重要兒童文學作家作品

（一）民間評選結果（報章雜誌）

由聯合報所舉辦的「最愛一百小說大選」第一階段的票選結果公布，入圍前十名的名單中，可列入兒童文學讀物者有兩本：一本為英國 J.K 羅琳《哈利波特》，另一本則是同為英國籍作者托爾金所著之的奇幻小說經典《魔戒》。十六歲作家水泉的長篇奇幻小說《風動鳴》三部曲也被列入百大中，引人注目。

　　在這一百本入圍的小說中，可以列入兒童文學讀物的約有十五本，相較於英國所調查的英國百大小說中的三十本，臺灣百大中的兒童文學讀物較少。而值得探討的是，這十五本入圍的兒童文學讀物中，只有一本是本土作者林海音的《城南舊事》。

　　聯合報所舉辦的「二〇〇四年《聯合報》讀書人最佳書獎」中，最佳童書部分讀本類得獎作品為：《晶晶的桃花源記》、《藝術探險營系列》（共七冊）、《文字森林海》、《病毒密碼》、《回家》；繪本類則由《我的地圖書》、《小島上的貓頭鷹》、《自然大驚奇》、《魔術小子系列》、《剛達爾溫柔的光》。

　　而由中國時報所公布的「二〇〇四年《中國時報》開卷好書獎最佳青少年圖書類」獲獎的作品為：《回家》（上、下）、《遇見靈熊》、《野獸玩點名》；「最佳童書」類獲獎作品為：《大千世界》、《奇妙花園》、《小步走路》、《好乖的 Paw》、《蚯蚓的日記》、《晶晶的桃花源記》、《嗨！路易》、《藝術探險營》（共七冊）、《歐先生的大提琴》。

　　從這兩份報紙所公布的名單中，可以觀察出有部分交集：《晶晶的桃花源記》、《藝術探險營系列》（共七冊）。《晶晶的桃花源記》是哲也寫作、陳美燕繪圖，由小魯出版的本土創作。《藝術探險營系列》則是翻譯的幼兒藝術教育書籍。另外，本土的創作被選入較少，反映了兩種可能：一是本土的作家作品的接受度問題，二則是本土作家作品的質與量的問題，值得進一步觀察研究。

（二）官方評選結果

　　行政院新聞局所主辦的第二十二次中小學優良課外讀物推介評選活動於三月揭曉，提出申請的書目一共有一千四百七十三冊，分成圖畫書、科學、人文、文學語文、叢書、工具書、漫畫、雜誌等類，由新聞局聘請國內資深兒童文學、教育、生態、藝術及漫畫等各領域的

二十一位學者專家，評選出六百八十四冊優良讀物；總推介比率為百分之四十六點五。

此外，行政院新聞局也於七月二十二日公布了第二十八屆、二〇〇四年金鼎獎得獎名單，與兒童文學相關者如下：

圖書類、兒童及少年圖書類──人文類：蔡慧菁《商業》（小天下出版）。科學類：趙榮臺、陳景亭、黃崑謀《臺灣昆蟲大發現──追蹤常見昆蟲125》（遠流）。文學語文類：陳離《黑白狂想曲》（三民）。圖畫書類：吳念真／官月淑《臺灣真少年系列3：八歲，一個人去旅行》（遠流）。圖書主編金鼎獎──兒童及少年圖書類：鄭晃二《攜手造家園──社區》（秋雨文化）。圖畫美術編輯金鼎獎──兒童及少年圖書類：柯華仁《小島上的貓頭鷹》（青林）。

臺北市立圖書館所舉辦的二〇〇四年好書大家讀（第四十七梯次）也將評選的結果公布[1]。

（三）作家相關訊息

二〇〇四年受到矚目的兒童文學作家作品，第一位是信誼幼兒文學獎得獎圖畫書作家陳致元的《Guji Guji》，也於九月初在美國上市，銷售量頗佳，十二月五日更榮登《紐約時報》圖畫書排行榜第十名，成績斐然，可以視為臺灣圖畫作家走向世界舞臺成果的新里程碑。

其次是年僅十六歲的高中女作家水泉的作品《風動鳴》。這是一套長篇小說，前三部曲於二〇〇三、二〇〇四年出版便獲選入「臺灣最愛100小說」名單中，引人注目。其餘重要本土創作作品，請參見所附書目。

此外，二〇〇四年的兒童文學界，殞落了兩位重要的作家。被譽

1　選出詳情可見官方網站：http://192.83.187.1/gb/200493AA/menu.htm。

為「快樂詩仙」的詹冰先生於三月二十五日辭世，享年八十四歲。詹冰先生本名詹益川，一九一二年出生，苗栗縣卓蘭鎮人。除了現代詩以外，也創作兒童詩、兒童小說和兒童劇，在臺灣兒童文學界有重要的地位。

十二月，被稱為「臺灣少年小說第一人」的兒童文學作家李潼，於十二月二十日因癌症辭世，得年五十二歲。李潼本名賴西安，一九五三年生於花蓮。他很早便開始關注臺灣少年小說的創作，並全心全力投入為少年兒童的寫作；重要的作品有《臺灣的兒女》十六冊、《少年噶瑪蘭》、《順風耳的新香爐》、《少年噶瑪蘭》、《再見天人菊》等。

三　重要獎項

（一）第十二屆九歌現代少兒文學獎（三月）：

得獎的名單為：行政院文建會少兒文學特別獎由呂紹澄《有了一隻鴨子》獲得，評審獎為劉美瑤《剝開橘子以後》，推薦獎則為蔡麗雲的《阿樂拜師》。榮譽獎五名：彭素華《紅眼巨人》、毛威麟《藍天鴿等》、姜天陸《戰地春聲》、王俍凱《米呼米桑》、林杏亭《流星雨》。

（二）信誼幼兒文學獎（四月）：

首獎作品為安石榴的《星期三下午，捉‧蝌‧蚪》；其他得獎作品為：王淑慧《幫媽媽找笑容》，童嘉瑩《咦？喔！》獲得零到三歲圖畫創作，三至八歲組的佳作則為王秋香《變、變、變》、朱芬儀《有趣的電梯》、林柏廷《怕怕》、許瓊月《打擾》、蕭湄羲《誰是第一名》。

（三）二○○四年文建會臺灣文學獎（九月）：

由文建會所舉辦之臺灣文學獎，童話類從第一名到第五名之得獎作品為：麥莉《雞婆的小土地公》、岑澎維《小王十字路》、李儀婷《天地的招牌》、呂紹澄《記憶的精靈》、陳魚《一個叫做「好聽」的故事》。

（四）第十二屆南瀛文學獎（九月）：

臺南縣文化局舉辦的南瀛文學獎，今年度兒童文學類得獎作品為：首獎林佑儒《小樹的日記》、優等廖炳焜《雪花飛舞的季節》、佳作毛香懿《只給好朋友聽的歌》、佳作吳永清《竹林裡的風聲》、佳作林哲璋《書本鎮裡有個文字村》。

（五）第二屆國立臺東大學兒童文學獎（少年小說）暨第一屆兒童插畫獎（十二月）：

本次兒童文學獎得獎的作品為：優選兩名：蔡麗雲《代班》、陳景聰《少年八家將》。佳作一名：林子芳《青玉地》。入選七名：毛香懿《秘密》、黃秋菊《擁抱蔚藍天》、廖炳焜《兄弟》、林美莎《終能如水流隨風低聲吟唱》、邱慧敏《水燈》、王耀瑄《驚爆內幕》、黃瑋琳《門》。

插畫獎得獎者為首獎：蔣家怡《魯凱族神話故事之彩虹女系列》、優選：藍劍虹《可不可以畫》；學生新人獎潘怡君《唉呀！我的皮！》；另佳作五名：蔡其典、簡漢平、林家瑜、鐘仁杰、蔡依珊；入選五名：曹筱苹、蔡詩偉、韓君岳、孫心瑜、謝宜蓉。

（六）文建會兒歌一百頒獎（十二月）：

閩南語社會組優選陳雅雯之作品「台灣好」等共一百首。

　　以上各兒童文學獎項也是每年舉辦的文學徵獎，除了國立臺東大學兒童文學獎為第二屆，插畫獎為第一屆，大致上都是能持續運作舉行，受到矚目與參與的獎項。

四　大型學術研討會

　　二○○四年兒童文學學術研討會共有：中華民國兒童文學學會所舉辦的「臺灣少年小說作家作品研討會」（四月）、「臺灣資深圖畫書作家作品研討會」（十一月）；另外由大學院校所舉辦的則有國立臺東大學兒童文學研究所舉辦的「臺灣兒童文學學術方向研討會」（四月），以及靜宜大學所舉辦的「第八屆兒童文學與兒童語言學術研討會」，研討主題為「兒童文學研究與九年一貫教育」（五月）。

　　其他與兒童文學相關之研討會有：臺北市文化局配合2004臺北兒童藝術節所舉辦的「亞洲兒童及青少年藝術節研討會──國際藝術節之建構與交流」。

　　今年的兒童文學相關學術研討會數量不多；中華民國兒童文學學會和臺東大學兒童文學研究所每年所舉辦的研討會的情形相當穩定。二○○四年的兒童文學學術研究可以說是維持平盤，相對上也並沒有更熱絡的表現。

五　其他重要相關活動與事件

　　（一）臺北市原住民事務委員會舉辦原住民繪畫展與童書展（三月）
　　（二）行政院文建會宣布「2004青少年戲劇推展計畫」（七月）
　　（三）臺北市文化局主辦「2004臺北兒童藝術節」（八月）

（四）以繪本教學為主的「2004夏天學校」舉辦第二期（九月）

（五）教育部推動「焦點三百──國民小學兒童閱讀推動計畫」
　　　（十月）

以上這些兒童文學相關的重要活動，有官方、也有由民間機構所
舉辦，且種類跨越不同的類型，使得本年度的兒童文學活動顯得頗為
豐富多姿。

六　結語

從出版面來看，各家出版社所出版的作品數量都維持穩定，變幅
不大；文學獎項與學術研究活動也是每年固定例行舉辦。臺灣的作家
作品也已有成功打入國際市場，並受到肯定的先例。另外，不論官方
或是民間，都有舉辦大型的系列活動或計畫，內容橫跨閱讀、教學、
戲劇等不同範疇，可見兒童文學在整個環境中已逐漸邁向多元、靈活
的運用。

藉此反思，臺灣創作者、出版界與學術界，也應該更加注重兒童
文學的「核心」，即「兒童」與「文學」本身的創作、出版與研究。能
更深化、優化臺灣本土兒童文學根本的「質」，進而能夠使本土的兒
童文學作品更受到國人讀者的接受。如此整個臺灣兒童文學的內外才
能夠配合得當，使我們的兒童文學能夠呈現出我們本身的主體性，並
進而與世界接軌，成為世界兒童文學花園中獨特又美麗的一隅花叢。

二〇〇四年兒童文學論述書目

書名	作者 （譯者）	出版地	出版社	出版 日期	開數	頁數
讀小說──小說家曹文軒讀小說	曹文軒	臺北市	天衛文化圖書公司	1月	17×23	219
孩子的歷史	柯林・黑伍德(Colin Heywood)著／黃煜文譯	臺北市	麥田出版公司	1月	14.9×20.9	253
Pooh!小熊維尼	伯恩・西伯利(Brian Sibley)著／陳映慈譯	臺北市	商周文化事業公司	1月	13.6×18.4	213
小熊維尼談哲學	約翰・泰曼・威廉斯(John Tyerman Williams)著／陳雅汝譯	臺北市	商周文化事業公司	1月	13.6×18.4	219
小熊維尼談心理學	約翰・泰曼・威廉斯(John Tyerman Williams)著／曉丘譯	臺北市	商周文化事業公司	1月	13.6×18.4	225
鮮活的討論！培養專注的閱讀	Linda B. Gambrell & Janice F. Almasi 主編／谷瑞勉譯	臺北市	心理出版社	1月	17×23	338
高塔上的人──歐美漫畫名家介紹	張清龍	臺北市	商周文化事業公司	1月	16.9×23	154
哆啦A夢之父──藤子不二雄的故事	凌明玉	臺北市	文經出版社	1月	14.8×20.9	159

書名	作者（譯者）	出版地	出版社	出版日期	開數	頁數
童話裡的愛情課題	糊塗塌客	臺中市	好讀出版公司	2月	14.9×21	253
說故事談情意	唐淑華	臺北市	心理出版社	2月	17×23.1	242
天使事典	真也隆也著／何宜叡譯	臺北市	尖端出版公司	3月	14.5×21.1	228
輕鬆讀好書	黃郁文編	臺北市	翰林出版事業公司	3月	14.9×21	303
好書指南，2003：少年讀物，兒童讀物	于玟等編輯	臺北市	臺北市立圖書館	3月	21×20	153
奇幻文學的人物造型	Finlay Cowan 著／張晴雯譯	臺北市	視傳文化事業公司	3月	22.3×28.6	128
臺東大學兒童讀物插畫原作展專刊	洪文瓊、藍孟祥編輯	臺東市	國立臺東大學	4月	22.4×28.6	101
臺灣少年小說作家作品研討會	中華民國兒童文學學會	臺南市	國家臺灣文學館	4月	14.7×21	284
莫雷諾——心理劇創始人	保羅·黑爾(A. Paul Hare)、君兒·黑爾(June Hare)著／胡茉玲譯	臺北市	生命潛能文化事業公司	4月	15.5×21.4	177
臺灣兒童文學學術研究方向研討會論文集暨會議手冊	臺東大學兒童文學研究所編	臺東市	臺東大學兒童文學研究所	4月	21×29.7	180
生命真精彩運用圖畫書發現生命的新境界	吳庶深	臺北縣	三之三文化事業公司	4月	20.8×28.8	187
西洋神名事典	山北篤著／鄭銘得譯	臺北市	城邦文化事業公司	4月	17×23	376
繪本玩家 DIY	鄧美雲、周世宗著／周燁繪	臺北市	雄獅圖書公司	4月	19×26	120

書名	作者 （譯者）	出版地	出版社	出版 日期	開數	頁數
兒童戲劇——改編・實驗・創作	陳晞如	宜蘭縣	佛光人文社會學院	4月	19×24	93
趣味繪本教室	陳璐茜	臺北市	雄獅圖書公司	4月	19×24	117
想像力插畫教室	陳璐茜	臺北市	雄獅圖書公司	4月	19×25	171
繪本發想教室	陳璐茜	臺北市	雄獅圖書公司	4月	19×26	116
內灣的故事	蔡東照	臺北市	聯經出版事業公司	4月	20×20	70
第八屆兒童文學與兒童語言學術研討會論文集——兒童文學研究與九年一貫教育	黃惠玲等著	臺北縣	富春文化事業公司	5月	15×21	357
故事結構教學與分享閱讀	王瓊珠	臺北市	心理出版社	5月	17×23	251
童話治療	維瑞娜・卡斯特 (Verena Kast)著／林敏雅譯	臺北市	麥田出版公司	5月	14.8×20.9	246
看繪本學作文	黃慶惠	臺北市	天衛文化圖書公司	5月	18.8×25.8	158
林青慧的漫畫教室	林青慧	臺北市	尖端出版公司	5月	21.1×20	123
聖經、魔戒與奇幻宗師	柯林・杜瑞茲 (Colin Duriez)著／褚耐安譯	臺北市	啟示出版	6月	15×21	271
讓書香溢滿童年	子暉	臺北縣	動靜國際公司・印記文化	6月	14.9×21	189
說故事的力量	Annette Simmons 著／陳智文譯	臺北市	臉譜文化事業公司	6月	14.9×20.9	272
文學的眼光——我是怎麼寫作的	喬傳藻	臺北市	民生報社	6月	20×20	109

書名	作者（譯者）	出版地	出版社	出版日期	開數	頁數
消失的小王子：聖修伯里的最後之旅	卡爾・諾哈克(Carl Norac)著／陳太乙譯	臺北市	如何出版社	6月	14.8×20.9	127
墮天使事典	真野隆也著／沙子芳譯	臺北市	尖端出版公司	6月	14.5×20.9	255
教育戲劇理論與發展	張曉華	臺北市	心理出版社	6月	17×22.9	431
玩具書的奇幻世界	鄭明進	臺北市	青林國際出版公司	6月	22.5×22.5	71
表演藝術大公開	葛琦霞	臺北市	天衛文化圖書公司	7月	18.6×25.9	115
動畫百寶箱	藝動網科技公司	新竹縣	新手父母國際公司	7月	21.1×25.8	112
嶺上的月光	林惟堯、林武憲、林宜和編	臺北市	健行文化出版事業公司	7月	15×21.1	353
飛向閱讀的王國	瑞琦・路德曼(RegieRoutman)著／郭妙芳譯	臺北市	阿布拉教育文化公司	7月	18.8×23.4	349
我愛卡通——媒體互動教學、活動設計	魏英桃等	臺北縣	光佑文化事業公司	7月	18.9×26	166
日本動漫畫的全球化與迷的文化	陳仲偉	臺北市	唐山出版社	7月	14.8×21	195
創造性寫作教學	周慶華	臺北市	萬卷樓圖書公司	8月	15×21	306
童話地標故事	陳福智	臺北市	好讀出版公司	8月	17.2×23.5	212
從金銀島到哈利波特	常山靖生著／黃碧君譯	臺北市	城邦文化事業公司	9月	14.7×20.9	221
給過去、現在、未來的科學小飛俠	鍾志鵬	臺北市	寶瓶文化事業公司	9月	14.8×20.8	205

書名	作者（譯者）	出版地	出版社	出版日期	開數	頁數
中國妖怪事典	水木茂著／蘇阿亮譯	臺北市	晨星出版公司	10月	14.2×20.8	213
巫師事件未解之謎	陳福智	臺中市	好讀出版公司	10月	14.9×21	237
寫作，從詩開始	沈惠芳	臺北市	小魯文化事業公司	10月	18.7×25.9	75
世界妖怪事典	水木茂	臺北市	晨星出版公司	10月	14×20.2	205
高效閱讀的八個絕招	林淑英	臺北市	旭智文化事業公司	10月	19×26	181
幼兒文學：追尋幼兒文學的趣味	張宜玲	臺北市	華騰文化公司	10月	16.9×23	350
繪本大表現	林敏宜	臺北市	小魯文化事業公司	11月	14.8×20.8	204
幻獸・龍事典	苑崎透著／安然、OYUNNA譯	臺北市	奇幻基地出版社	11月	18×21	283
繪本主題教學資源手冊	洪藝芬、陳司敏、羅玉卿著	臺北市	心理出版社	11月	16.9×23	446
兒童敘事治療——嚴重問題的遊戲取向	珍妮芙・佛瑞曼(Jennifer Freeman)著／黃孟嬌譯	臺北市	張老師文化事業公司	11月	15.1×21	418
情意教學——故事討論取向	唐淑華	臺北市	心理出版社	11月	17.1×23	400
臺灣圖畫書發展史	洪文瓊	臺北市	傳文文化事業公司	11月	17×23	185
動畫基礎技法	理查・威廉斯(Richard Williams)	臺北市	龍溪國際圖書公司	11月	21.7×25.3	339
東京動漫動畫攻略地圖	林佳蓉	臺北市	西遊記文化事業公司	12月	18×20.5	143

書名	作者（譯者）	出版地	出版社	出版日期	開數	頁數
西洋奇幻故事裡的智慧	陳福智	臺北市	好讀出版公司	12月	15×21	317
小熊維尼的道	班傑明・霍夫(Benjamin Hoff)著／閻蕙群譯	臺北市	麥田出版公司	12月	13×18.9	173
心理劇導論	Adam Blatner 著／張貴傑等譯	臺北市	心理出版社	12月	14.7×20.9	386
心理劇臨床手冊	Eva Leveton 著／張貴傑等譯	臺北市	心理出版社	12月	15×21	276
歐洲怪談奇幻導覽——女巫與妖精之旅	荒俣宏著／劉名揚譯	臺北市	尖端出版公司	12月	14.2×20.7	274
一起做遊戲書	呂淑恂等著	臺北市	教育之友文化公司	12月	21.5×19	107
心理劇導論——歷史、理論與實務	Adam Blantner 著／張貴傑等譯	臺北市	心理出版社	12月	14.9×20.9	386
走進圖畫故事書的世界	宋珮等	臺北市	道聲出版社	無出版月	15×20	46

二○○四年兒童文學創作書目

書名	作者	繪者	出版地	出版社	出版日期	開數	頁數
擦皮鞋的小孩	陳能明		臺北市	福地出版社	1月	14.9×21	239
一路有你	黃聿君	山多明克斯	臺北市	格林文化事業公司	1月	19×21.6	79
我家有個狗醫生	陳秀宜	王孟婷	臺北市	美の繪本出版事業部	1月	15.5×20.1	80
我要我們在一起	邵婷如	邵婷如	臺北市	方智出版社	1月	21.7×20.5	119
五年5班，三劍客！	洪志明	黃雄生	臺北市	小魯文化事業公司	1月	14.9×20.8	194
女學生離魂記	張允中等		臺北市	小知堂文化事業公司	1月	14.5×21	187
黑肉的高中日記	卓蘭		臺北市	小知堂文化事業公司	1月	14.6×21	237
兒女英雄傳	王安憶		臺北市	麥田出版公司	1月	14.8×20.9	127
神豬減肥記	鄭宗弦		臺北市	小魯文化事業公司	1月	14.8×20.9	143
花糖紙	饒雪漫	趙梅英	臺北市	九歌出版社	1月	15×21	177
年少青春記事	王文華	貝果	臺北市	九歌出版社	1月	15×21	210
我家是鬼屋	陸麗雅	那培玄	臺北市	九歌出版社	1月	15×21	212
一樣的媽媽不一樣	梁雅雯	徐建國	臺北市	九歌出版社	1月	15×21	211
數學親親──看童話，學數學	郭嘉琪		臺北市	小魯文化事業公司	1月	18.8×25.8	76

書名	作者	繪者	出版地	出版社	出版日期	開數	頁數
朋友	高行健	可樂王	臺北市	聯合文學出版社	1月	19×26	119
風動鳴第二部葉凋	水泉		臺北市	春天出版國際文化公司	1月	14.9×20.7	333
月亮船	林芳萍	趙國宗	臺北市	民生報社	1月	17.8×20	57
蜜豆冰	林芳萍	鄭慧荷	臺北市	民生報社	1月	17.8×20	55
我的漫畫夢	ㄚ燈		臺北市	文房文化事業公司	1月	14.9×21	219
ㄨㄛˇ的新朋友	張瀞予	張瀞予、林妙燕	臺北縣	牛津家族國際出版公司	1月	25.8×21.9	無頁碼
ㄨㄛˇ生病了	張瀞予	張瀞予、林妙燕	臺北縣	牛津家族國際出版公司	1月	25.8×21.9	無頁碼
ㄕㄥ日快樂	張瀞予	劉君儀、林妙燕	臺北縣	牛津家族國際出版公司	1月	25.8×21.9	無頁碼
ㄇㄥˋ幻動物園	張瀞予	張瀞予、林妙燕	臺北縣	牛津家族國際出版公司	1月	25.8×21.9	無頁碼
ㄨㄛˇ要上學了	張瀞予	林妙燕	臺北縣	牛津家族國際出版公司	1月	25.8×21.9	無頁碼
用一隻老鼠賺大錢	李赫	吳盈恩	臺北縣	稻田出版公司	1月	17.1×23.8	138
未來之書	王淑芬	王淑芬	臺北縣	作家出版社	1月	15×21	186
今天，你開心嗎？	米雅	米雅	臺南市	人光出版社	1月	19.9×24.3	48
彩虹	劉清彥	林怡湘	臺南市	人光出版社	1月	19.1×25.1	116
布丁·果凍·二重奏	兔子波西	崔永嬿	臺北市	民生報社	1月	20.7×17.6	206
客家傳說故事	姜信淇、吳聲淼		新竹縣	新竹縣政府	1月	14.6×21	318

書名	作者	繪者	出版地	出版社	出版日期	開數	頁數
誰是老狐狸	李春霞		臺北市	國語日報社	1月	14.9×21	180
客家傳說故事第一輯	國立新竹社會教育館編		新竹縣	國立新竹社會教育館	1月	14.5×21	318
好乖的 Paw	李瑾倫	李瑾倫	臺北市	和英出版社	2月	21.5×30.7	
蝴蝶愛在不遠的地方	馬度芸	張雅涵	臺北市	格林文化事業公司	2月	20.7×20.7	47
牠是我的寶貝	羅彩娟		臺北市	福地出版社	2月	14.9×21	238
橋上的孩子	陳雪		臺北縣	印刻出版公司	2月	15×21	198
魔法靈猴〔上〕——現代西遊記	蘇進倫		臺北市	擎松圖書出版公司	2月	14.7×20.9	274
魔法靈猴〔下〕——現代西遊記	蘇進倫		臺北市	擎松圖書出版公司	2月	14.7×20.9	265
泰迪熊與冰淇淋	瀧里柏		臺北市	東觀國際文化公司	2月	14.5×21	155
第一百個客人	郝廣才	朱里安諾	臺北市	格林文化事業公司	2月	23.5×33.5	
鼻子人	吳佳娟	吳佳娟	臺北市	上堤文化公司	2月	25.5×25.5	
淘氣小彤子	小彤		臺北縣	鷹漢文化企業公司	2月	15×20.5	203
飛熊號魔法船	葛競	果祥	臺北市	民生報社	2月	21.1×29.8	148
小島上的貓頭鷹	何華仁	何華仁	臺北市	青林國際出版公司	2月	21.4×28.2	32

書名	作者	繪者	出版地	出版社	出版日期	開數	頁數
準媽媽 B512 行星奇幻之旅	海洛茵		臺北市	葉子出版公司	3月	14.9×21	185
奪命公路	張允中		臺北市	小知堂文化事業公司	3月	14.6×21	203
九十二年童話選	徐錦成主編	貝果	臺北市	九歌出版社	3月	14.9×20.9	240
美國老爸臺灣媽	趙映雪		臺北市	台灣東方出版社	3月	14.9×20.9	205
暗夜迷失的少女	中村小夜子		臺北市	文房文化事業公司	3月	14.9×21	208
惡魔和傻大個兒	管家琪	陳維琳	臺北市	幼獅文化事業公司	3月	14.9×21.1	171
美麗的花廊	馮輝岳	吳知娟	臺北市	民生報社	3月	18.2×20.2	55
早安動物朋友	馮輝岳	林妙貞	臺北市	民生報社	3月	18.2×20.3	58
趣味字詞故事	吳孟恬		臺北市	小魯文化事業公司	3月	14.8×21	159
真愛年代	陳幸蕙編		臺北市	幼獅文化事業公司	3月	14.9× 21	123
49個夕陽	陳幸蕙編		臺北市	幼獅文化事業公司	3月	14.9× 21	117
頭上長草的哥哥	李恩河	黃志英	臺北市	三采文化出版事業公司	3月	16.5×22.5	111
雙頭獸	楊國熙	自行出版	臺南市	自行出版	3月	15×20.9	379
3顆許願的貓餅乾	納萊	阿文	臺北市	寶瓶文化事業公司	3月	21×23.9	93
銀色芭蕾舞鞋	曾寬		高雄市	百盛文化出版公司	3月	14.2×20.8	215

書名	作者	繪者	出版地	出版社	出版日期	開數	頁數
誰趕走了老樟樹	余益興		高雄市	百盛文化出版公司	3月	14.2×20.8	211
杜子詩文集1	杜子（杜榮琛）	蔡素真等	苗栗市	苗栗縣文化局	3月	15.5×21.6	348
杜子詩文集2	杜子（杜榮琛）	蔡素真等	苗栗市	苗栗縣文化局	3月	15.5×21.6	362
杜子詩文集3	杜子（杜榮琛）	蔡素真等	苗栗市	苗栗縣文化局	3月	15.5×21.6	408
杜子詩文集4	杜子（杜榮琛）	蔡素真等	苗栗市	苗栗縣文化局	3月	15.5×21.6	392
風動鳴第三部鐘響	水泉	游素蘭	臺北市	春天出版國際文化公司	4月	14.7×21	285
前世今生愛上你	鄭宗弦		臺北市	九歌出版社	4月	15×21	222
臺灣小子在南京	管家琪		臺北市	九歌出版社	4月	15×21	183
壓力變甜點幽默散文集	蕭蕭主編		臺北市	幼獅文化事業公司	4月	14.8×21	154
賣炭翁	白居易	岑龍	臺北市	臺灣商務印書館	4月	20.7×20.7	32
100個國家的100個故事	黃根基	金真花、韓晶宇	臺北市	三采文化出版事業公司	4月	18.8×24.5	211
佳節好詩妙故事	張文哲	陳美燕	臺北市	小魯文化事業公司	4月	14.9×21	207
中國經典童話	陳蒲清編		臺北市	城邦文化事業公司	4月	16.8×22.8	415
十二生肖的故事	賴馬	賴馬	臺北市	和英出版社	4月	26.9×25.6	32

書名	作者	繪者	出版地	出版社	出版日期	開數	頁數
誰是第一名	蕭湄義	蕭湄義	臺北市	信誼基金出版社	4月	22.5×24.7	44
星期三下午捉蝌蚪	安石榴	安石榴	臺北市	信誼基金出版社	4月	25.8×28	38
頑皮藍小猴	林存青	林存青	臺北市	城邦文化事業公司	4月	18×25.5	87
風動鳴・第三部外篇・昨日・今日	水泉		臺北市	春天出版國際文化公司	4月	14.8×21	205
阿國在蘇花公路上騎單車	張友漁		臺北市	小魯文化事業公司	4月	14.8×20.9	167
內灣的故事	蔡東照	劉興欽	臺北市	聯經出版事業公司	4月	20×20	70
我是白癡	王淑芬	張宸偉	臺北縣	作家出版社	4月	15×21	223
數學作業公主	windows 98		臺北市	紅色文化	4月	14.8×19.5	223
鬼丫頭沸騰聊齋	鬼丫頭		臺北市	知本家文化事業公司	4月	14.9×21	228
小彤子黑皮書	小彤		臺北市	鷹漢文化企業出版社	5月	14.5×20.6	253
未成型的世界	Encty		臺北市	春天出版國際文化公司	5月	14.9×21	303
豬兒當自強	王文華	徐建國	臺北縣	小兵出版社	5月	21.6×19.5	122
校園歪檔案	洪志明	任華斌	臺北縣	小兵出版社	5月	21.6×19.5	165
春天在哪兒呀？	楊喚	黃小燕	新竹市	和英出版社	5月	19.7×26.7	24
許願瓶	陳慶祐	張瓊文	臺北市	皇冠文化出版公司	5月	15×18	159

書名	作者	繪者	出版地	出版社	出版日期	開數	頁數
魔王爸爸的時空迴廊	icecream風聆		臺北市	春天出版國際文化公司	5月	14.8×21	281
搞怪高校生	艾苓		臺北市	文房文化事業公司	5月	14.8×21.1	223
魔法王子6野豬巨艦傳奇	齊東尼		臺南市	企鵝圖書公司	5月	15×21	223
來和小羔羊照個相	桂文亞		臺北市	民生報社	5月	20×20	139
森林裡的布農故事	葉綠綠	徐世昇	臺北市	晨星出版公司	5月	17.1×21.7	40
美麗的瞬息	趙衛民		臺北市	正中書局	5月	14.9×20.9	191
有聲蘋果派	郭延恭、彭薇霖	郭延恭	臺北縣	播種傳播公司	5月	21.7×30.4	30
阿媽	張清清	朱怡貞	臺北縣	皇城廣告印刷事業公司	5月	21.7×20.2	234
心美看什麼都順眼	趙翠英		臺北市	國語日報社	5月	14.9×21	126
我肥大的茉莉香味哀傷	DH47		臺北市	大田出版公司	6月	14.8×21	192
童年的芬芳	譚柔士		臺北市	文房文化事業公司	6月	14.9×21	205
大人的故事書	歐陽峻山		臺北市	海歌文化出版圖書公司	6月	14.8×21	206
虎女金葉子	沈石溪		臺北市	幼獅文化事業公司	6月	14.9×21	195
孩子們，這是我與你們的日記	瞿仲達		臺北市	秀威資訊科技公司	6月	15×20.9	216

書名	作者	繪者	出版地	出版社	出版日期	開數	頁數
打開詩的翅膀——臺灣當代經典童詩	詹冰等著	鄭明進等繪	臺北市	維京國際公司	6月	26×23.7	47
猜猜我是誰	陳和凱	陳和凱	臺北市	上堤文化公司	6月	22.1×29.5	14
成人童詩	林德俊		臺北市	九歌出版社	6月	15×21	166
生命小鬥士	溫小平	莊孝先	臺北市	格林文化事業公司	6月	21.5×29	36
豬飛總動員	王文華	徐建國	臺北市	小兵出版社	6月	20.5×19.5	155
千年烽火奇幻遊	黃海		臺北市	國語日報社	6月	15×21	157
冰淇淋博士——又酷又炫的新年代之二	江寶琴		臺北縣	頂淵文化事業公司	6月	14.9×21	174
那一天，我沒交日記	黃善美	蘇潤慶	臺北市	狗狗圖書公司	6月	18.5×23.5	111
誰是模範生？	陳佩萱	韓萬強	臺北市	狗狗圖書公司	6月	18.5×23.5	85
豬飛總動員	王文華	徐建國	臺北縣	小兵出版社	6月	20.5×19.4	455
可以風車，也可以荷蘭	左珊丹		臺北市	民生報社	6月	19.9×20	131
功夫	九把刀		臺北市	蓋亞文化公司	6月	13×20	385
我心中最美麗的	小評	小評	臺北市	紅色文化	6月	20.7×19.7	80
數學王國小故事	曹恩受	劉泰英等	臺北市	風車圖書出版公司	6月	13.3×18	151
動物王國小故事	李芝賢	劉真希	臺北市	風車圖書出版公司	6月	13.3×18	152

書名	作者	繪者	出版地	出版社	出版日期	開數	頁數
小小熊說故事	許恩美	黃聖惠	臺北市	風車圖書出版公司	6月	13.3×18	151
趣味生活小故事	林廷真、曹倫才	申哥英	臺北市	風車圖書出版公司	6月	13.3×18	127
數學王國小故事	曹恩受等	劉泰英等	臺北市	格林文化事業公司	6月	13.6×18	151
純真年代	彭小妍編		臺北市	麥田出版公司	6月	14.9×21	139
蕃薯囝仔	布拉奇		臺北市	東觀國際文化公司	7月	14.6×21	174
文字森林海	林世仁	陳筱媛	臺北縣	虫二閱讀文化公司	7月	20×18.5	52
有了一隻鴨子	呂紹澄	貝果	臺北市	九歌出版社	7月	14.9×21	160
阿樂拜師	蘇善	江正一	臺北市	九歌出版社	7月	14.9×21	180
米呼米桑歡迎你	王俍凱	王俍凱	臺北市	九歌出版社	7月	14.9×21	181
藍天鴿笭	毛咸麟	徐建國	臺北市	九歌出版社	7月	14.9×21	181
外星童話	奧非斯	滿腦袋	臺北縣	大塊文化出版公司	7月	14.7×21	117
海邊的小王子	海弟		臺北市	文房文化事業公司	7月	14.8×21	223
魚兒沒水	梁家安		臺北市	新苗文化事業公司	7月	14.9×21	274
拾荒的小孩	陳能明		臺北市	福地出版社	7月	14.9×21	254
教練與我	林其鋒、郭桂華、林淑玲		臺北市	久周出版文化事業公司	7月	15×21	241
唐代美人圖	樸月	閒雲野鶴	臺北市	民生報社	7月	20×20	151

書名	作者	繪者	出版地	出版社	出版日期	開數	頁數
紅池塘森林故事——讀聖經的童話狼	毛毛哥哥、皮皮哥哥		臺北市	天衛文化圖書公司	7月	14.8×21	167
仲夏淡水線	侯維玲	四條	臺北市	幼獅文化事業公司	7月	15×21	213
麵條西施	李光福	任華斌	臺北縣	小兵出版社	7月	20.5×19.5	159
出家的心路歷程——小王子流浪記	滿濟		臺北市	爾雅出版社	7月	13×18.9	203
海邊的小王子	海弟	Mr.布魯	臺北市	文房文化事業公司	7月	14.7×21	224
口香糖叔叔	黃志良		高雄市	百盛文化出版公司	7月	14.2×20.8	184
第44號列車	劉婧		臺北縣	雅書堂文化事業公司	7月	14.8×21	271
少年康熙	管家琪		臺北市	文經出版社	7月	14.8×21	189
採桃記	鄭清文		臺北市	玉山社出版事業公司	8月	14.9×21	248
跑道	陳肇宜	徐建國	臺北縣	小兵出版社	8月	14.2×20.9	251
老馬相聲	馬景賢	任華斌	臺北縣	小兵出版社	8月	14.2×20.9	203
飆啊！黃野狼	李光福	任華斌	臺北縣	小兵出版社	8月	14.2×20.9	251
警犬拉拉	沈石溪	黃凱	臺北市	幼獅文化事業公司	8月	14.9×21	261
鞋子告狀——琦君寄小讀者	琦君	琦君	臺北市	九歌出版社	8月	15×21	173
租輛廢車上天堂：我的西藏之旅	彭懿		臺北市	民生報社	8月	20×20	131

書名	作者	繪者	出版地	出版社	出版日期	開數	頁數
地球花園	林世仁	馬小寧	臺北市	民生報社	8月	20.5×20.7	49
貓咪出來玩	陳寬華		臺北市	東觀國際文化公司	8月	17×18	185
童話地標的故事	陳福智		臺中市	好讀出版公司	8月	17.2×23.5	212
妹妹寶貝	桂文亞主編	董大山	臺北市	民生報社	8月	20.2×19	155
班級日誌	windows 98		臺北市	春天出版國際文化公司	8月	14.9×21	364
賣牛記	琦君	田原	臺北市	三民書局	8月	13×21	177
打敗宇宙魔王的無敵武器	林哲璋	林小杯	臺北市	信誼基金出版社	8月	14.9×21	88
攀木蜥蜴與藤條先生	林哲璋	邱千容	臺北市	信誼基金出版社	8月	14.9×21	80
因為看見明天	李文英		臺北縣	正中書局	8月	14.7×20.8	157
堅持是圓夢的開始	邵正宏		臺北縣	正中書局	8月	14.7×20.8	149
劍閃星舞	孫金靜		臺北市	國語日報社	8月	15×21	159
小小真愛生命教育繪本系列1：親親我的寶貝	李國銘	林玉玲	臺北縣	財團法人世界宗教博物館	8月	25×25	24
小小真愛生命教育繪本系列2：小不點兒快長大	李國銘	林玉玲	臺北縣	財團法人世界宗教博物館	8月	25×25	24

書名	作者	繪者	出版地	出版社	出版日期	開數	頁數
小小真愛生命教育繪本系列3：娜妲的婚禮	李國銘	林玉玲	臺北縣	財團法人世界宗教博物館	8月	25×25	24
小小真愛生命教育繪本系列4：酋長老鷹爺爺的生日	李國銘	林玉玲	臺北縣	財團法人世界宗教博物館	8月	25×25	24
小小真愛生命教育繪本系列5 再見了我的好朋友	李國銘	林玉玲	臺北縣	財團法人世界宗教博物館	8月	25×25	24
咪嗚和阿旺	李紫蓉	顏薏芬	臺北市	信誼基金出版社	8月	15.1×21	88
四不像和一不懂	楊隆吉	楊麗玲	臺北市	信誼基金出版社	8月	15.1×21	64
大聲公	劉玉玲	劉玉玲	臺北市	信誼基金出版社	8月	15.1×21	64
報告所長	李光福	GAGA	臺北縣	狗狗圖書公司	8月	18.6×23.5	83
四季豆闖時關	盧蘇偉	莊茵嵐	臺北縣	狗狗圖書公司	8月	18.6×23.5	71
我的愛情特別酷——青少年的感情故事	李玲惠主編		臺北市	頂點文化事業公司	8月	15×21	175
魔法玫瑰	周欣悅		臺北市	小知堂文化事業公司	9月	14.6×21	285
路見不平	溫小平	張曉萍	臺北市	幼獅文化事業公司	9月	14.9×21	166

書名	作者	繪者	出版地	出版社	出版日期	開數	頁數
玳瑁髮夾	琦君	黃淑英	臺北市	格林文化事業公司	9月	20.5×20.7	71
噴嚏送走小恐龍	周姚萍		臺北市	天衛文化圖書公司	9月	14.8×20.9	191
無條件的愛——神奇的魚骨頭	段成式	李漢文	臺北市	格林文化事業公司	9月	27.8×28.2	34
你不知道的白雪公主	如果兒童劇團		臺北市	平裝本出版公司	9月	15.1×18.6	156
風來的時候	洪中周	鍾易貞	臺北縣	富春文化事業公司	9月	15×21	198
迎接戀愛的夏天	李文英		臺北縣	正中書局	9月	14.8×20.8	154
鵝王	張清清		臺中縣	皇城廣告印刷事業公司	9月	20.5×20.2	
臺語童謠遊戲繪本	施孟琪	詹小惠	臺北市	三采文化出版事業公司	9月	21.6×29.8	143
遇見心中的向日葵	謝其濬	嚴凱信	臺北市	天下雜誌公司	9月	20.1×20.1	113
孔子這一班	紀展雄、李觀發		臺北市	麥田出版公司	9月	14.8×20	191
兒歌點唱機	莊雅芸主編		臺北市	世一文化事業公司	9月	21.7×25.8	46
米粒人部落	劉婧		臺北市	雅書堂文化事業公司	9月	14.7×21	239
菌兒自傳	金美香主編		臺北市	新視野圖書出版公司	9月	14.8×21	171
小狐狸學長大	曾惠碧	張河泉	臺北市	彩虹兒童文化事業公司	9月	24.7×25	

書名	作者	繪者	出版地	出版社	出版日期	開數	頁數
我有一個跟屁蟲	李光福	林欣潔	臺北縣	狗狗圖書公司	9月	18.6×23.5	85
男生真討厭	王蕙瑄	韓子千	臺北縣	狗狗圖書公司	9月	18.6×23.5	80
YA!我長大了‧小紅帽	莫侯／格林童話	莫侯／杜小爾	臺南市	世一文化事業公司	9月	26.8×19.8	無頁碼
我的快樂、善良的小花	小恂／腸子	小恂／劉旭恭	臺南市	世一文化事業公司	9月	20×27	
神奇的魚骨頭	段成式	李漢文	臺北市	格林文化事業公司	9月	28.1×28.1	無頁碼
歡喜樹	劉錦德		彰化縣	彰化縣文化局	9月	14.9×21	123
客家傳說故事第二輯	國立新竹社會教育館編		新竹縣	國立新竹社會教育館	9月	14.5×21	183
金瓜石	蕭錦章	施政廷	臺北市	臺北縣鶯歌陶瓷博物館黃金博物園區	9月	21.7×28.9	40
小故事大哲理	李錫津口述、牛慶福整理		臺北市	聯經出版事業公司	9月（十六刷）	14.8×21	203
少年秦始皇	管家琪		臺北市	文經出版社	9月	14.5×21	188
與自然談天	蕭蕭主編		臺北市	幼獅文化事業公司	10月	14.8×20.8	165
放牛班的春天	駱昆鴻		臺北市	春天出版國際文化公司	10月	14.8×21	167

書名	作者	繪者	出版地	出版社	出版日期	開數	頁數
風動鳴《第四部》天明	水泉		臺北市	春天出版國際文化公司	10月	14.8×21	333
海邊小沙鼠	曾思中		臺北市	春天出版國際文化公司	10月	14.8×21	175
我怎麼沒看見	童嘉	童嘉	臺北市	遠流出版事業公司	10月	20.4×20.7	
想要不一樣	童嘉	童嘉	臺北市	遠流出版事業公司	10月	25.3×22.2	
圖書館的秘密	童嘉	童嘉	臺北市	遠流出版事業公司	10月	18.5×24.6	
數學甜甜圈	郭嘉琪	陳盈帆	臺北市	小魯文化事業公司	10月	18.7×25.9	83
黑魔法城堡	劉婧		臺北縣	雅書堂文化事業公司	10月	14.7×21	237
我在藍天下，跳舞	史玉琪		臺北市	天下雜誌公司	10月	14.8×20.6	194
12個淘氣的故事	梅子涵	季青	臺北縣	民生報社	10月	14.9×21	105
宇宙呼拉圈	林世仁	歐笠嵬	臺北市	民生報社	10月	20.5×20.7	61
燃燒的魔鬼城	彭懿	彭懿	臺北市	民生報社	10月	20.5×20.7	111
愛愛森林系列——最特別的鳥窩	王一梅	朱丹丹	臺北市	京中玉國際公司	10月	20.9×24.2	39
愛愛森林系列——鼴鼠的秘密	熊磊	韓岩、盧欣	臺北市	京中玉國際公司	10月	20.9×24.2	39
愛愛森林系列——小灰兔找朋友	湯素蘭	錢繼傳、錢錫青	臺北市	京中玉國際公司	10月	20.9×24.2	41

書名	作者	繪者	出版地	出版社	出版日期	開數	頁數
愛愛森林系列──小紅鞋冒險記	湯素蘭	趙曉音	臺北市	京中玉國際公司	10月	20.9×24.2	39
原住民神話故事全集（5）	林道生		臺北市	漢藝色研文化事業公司	10月	15×20.9	175
讓大象回來	中村友子		臺北市	文房文化事業公司	10月	14.6×21	224
小鼯鼠的看法	劉克襄		臺北市	晨星出版公司	10月	14.9×21	150
鄉下老師閒賢沒事	潘祈賢		臺北市	野人文化公司	10月	15×21	127
北斗七星不見了	馬景賢		臺北市	國語日報社	10月	15×21	215
細菌的食衣住行	金美香主編		臺北市	新視野圖書出版公司	10月	14.8×21	205
jennifer 一個16歲女孩在英國	妞妞		臺北市	民生報社	10月	19.8×19.5	190
那 e 個夏天	江淑文	陳嘉鈴	臺北市	臺灣終止童妓協會	10月	30.2×21.9	無頁碼
捲髮的小刺蝟	楊紅櫻	顏青	臺北市	京中玉國際公司	10月	21.9×24.2	39
豬的異想世界	育希	育希	臺北市	跳蚤數位科技公司	10月	22×20.7	107
假如少了一棵樹	游乾桂	蔡景文	臺北市	新苗文化事業公司	11月	18.8×17	127
胖少男減肥之歌	林滿秋	江長芳	臺北市	小魯文化事業公司	11月	14.8×21	227

書名	作者	繪者	出版地	出版社	出版日期	開數	頁數
天堂的窗口	唐唐	唐唐	臺北市	小知堂文化事業公司	11月	20.9×19.8	88
臺灣成長小說選	楊佳嫻主編		臺北市	二魚文化事業公司	11月	14.8×20.8	313
水果們的晚會	楊喚	黃本蕊	新竹市	和英出版社	11月	20×26.8	23
春天在哪兒呀？	楊喚	黃小燕	新竹市	和英出版社	11月	20×26.8	24
捨不得	喻麗清		臺北市	大塊文化出版公司	11月	14.8×19	176
阿灰，我知道了！	桂文亞主編		臺北市	民生報社	11月	20×20	127
遠慮媽媽 VS.近憂爸爸	林茵	發哥	臺北市	小兵出版社	11月	20.5×19.5	163
小二月的故事	陶晶瑩	林小杯	臺北市	時報文化出版企業公司	11月	15.4×18.8	
折翼的天使	蕭珮		臺北市	種籽文化事業公司	11月	15×21	203
消失的海平面	蔡慧均		臺北市	文房文化事業公司	11月	14.9×21	155
我變成一隻噴火龍了	賴馬	賴馬	臺北市	和英出版社	11月	24.8×24	無頁碼
識字兒歌	李光福		臺北市	小魯文化事業公司	11月	14.8×20.9	153
躲在書包裡的死神──青少年毒品問題訪談實錄	廖德琇、陳渲瑱、翁世恆		臺北市	東佑文化事業公司	11月	14.6×21.1	239
泥水師父	劉伯樂	劉伯樂	臺北市	和英出版社	11月	21.7×30.4	無頁碼

書名	作者	繪者	出版地	出版社	出版日期	開數	頁數
王后的新衣	李明華改編	洪筱芬	臺北市	彩虹演繹公司	11月		無頁碼
荒埔中的傳奇	陳千武		南投縣	南投縣政府文化局	11月	15.7×21.4	183
晶晶的桃花源記	哲也	陳美燕	臺北市	小魯文化事業公司	11月	17×21	109
臺北2004兒童藝術節	臺北市政府文化局編		臺北市	臺北市政府文化局	11月	14.8×21	191
斑馬花花	郭玫禎	張哲銘	臺北市	大好書屋出版公司	11月	29.5×36.5	無頁碼
禮物	謝明芳	賴馬	臺北市	愛智圖書公司	11月	21×19.1	24
小猴子魯巴巴	王手蟲	湯姆牛	高雄市	愛智圖書公司	11月	21.1×19.8	20
流浪小老鼠的家	兔子波西	鍾易真	高雄市	愛智圖書公司	11月	21.1×19.8	24
豌豆兄弟	陳璐茜	陳璐茜	高雄市	愛智圖書公司	11月	21.1×19.9	24
小刺蝟學畫畫	王手蟲	湯姆牛	高雄市	愛智圖書公司	11月	21.1×19.8	24
香蕉阿奇	謝明芳	何雲姿	高雄市	愛智圖書公司	11月	21.1×19.8	20
年獸魯拉回家了	兔子波西	鍾易真	高雄市	愛智圖書公司	11月	21.1×19.8	20
超人小螞蟻	兔子波西	小螞蟻	高雄市	愛智圖書公司	11月	21.1×19.8	20
我知道，你也愛我	桂文亞主編	陳炫諭	臺北市	民生報社	12月	19.9×20	149

書名	作者	繪者	出版地	出版社	出版日期	開數	頁數
小龍週記	溫小平	張永樂	臺北市	小魯文化事業公司	12月	14.8×20.9	179
台灣好——台灣2004年兒歌一百			臺北市	行政院文化建設委員會	12月	14.8×20.9	107
聽！蟾蜍在說話	陳肇宜	徐建國	臺北縣	小兵出版社	12月	14.8×20.8	257
來金門作客	林淑玟、陳月文	劉伯樂、官月淑、余麗婷、劉素珍	金門縣	金門縣政府文化局	12月	31.1×21.9	39
都蘭山傳奇	張文驪原著、徐慶東改編	董小蕙	臺東縣	臺東縣政府	12月	25.5×25.7	36
野薑花的婚禮	牧也	曹俊彥	臺北市	民生報社	12月	20×20	76
賣小星星	李赫	伊君	臺北市	狗狗圖書公司	12月	19.1×24.2	43
秋季的囡仔歌（上、下）	王金選、林仙龍、謝武彰	王金選	臺北市	國語日報社	12月	20.9×20.2	63+63
冬季的囡仔歌（上、下）	王金選、林仙龍、謝武彰	王金選	臺北市	國語日報社	12月	20.9×20.3	63+64
吉普車少年的網交生活	許榮哲		臺北市	聯合文學出版社	12月	15×21	206
新原人童話繪本1　夢一般的大海	愚溪	愚溪	臺北市	普普文化事業公司	12月	15×21	195

書名	作者	繪者	出版地	出版社	出版日期	開數	頁數
新原人童話繪本2 嚴密睡蓮	愚溪	愚溪	臺北市	普普文化事業公司	12月	15×21	163
新原人童話繪本3 月光古鏡	愚溪	愚溪	臺北市	普普文化事業公司	12月	15×21	171
新原人童話繪本4 光明之歌	愚溪	愚溪	臺北市	普普文化事業公司	12月	15×21	179
第一屆全國客家兒童戲劇劇本徵選專輯	新竹縣政府編		新竹縣	新竹縣政府	12月	15.5×21	159
腳踏車輪子	陳志賢	陳志賢	臺北市	和英出版社	12月	21.6×28.6	無頁碼
埔頂的故事	彭增龍	吳明顯	臺北縣	臺北縣政府文化局	12月	21×20.7	無頁碼
愛的風鈴響不停	許玉蘭		臺南縣	臺南縣政府文化局	12月	15×20.8	266
腳踏車輪子	陳志賢	陳志賢	新竹市	和英出版社	12月	25×28.7	無頁碼
安全國遊記（壹）遊戲村	張嘉驊	曲曲	臺北市	財團法人靖娟兒童安全文教基金會	12月（修訂一版）	18×26.1	28
安全國遊記（貳）好點子公司	方素珍	曲曲	臺北市	財團法人靖娟兒童安全文教基金會	12月（修訂一版）	18×26.1	32

書名	作者	繪者	出版地	出版社	出版日期	開數	頁數
安全國遊記(參)奇奇樂園	方素珍	曲曲	臺北市	財團法人靖娟兒童安全文教基金會	12月（修訂一版）	18×26.1	32
安全國遊記(肆)三隻小豬的新家	葉宓章	曲曲	臺北市	財團法人靖娟兒童安全文教基金會	12月（修訂一版）	18×26.1	32
安全國遊記(伍)我們都是好朋友	葉宓章	曲曲	臺北市	財團法人靖娟兒童安全文教基金會	12月（修訂一版）	18×26.1	32

二〇〇四年兒童文學翻譯書目

書名	作者（譯者）	出版地	出版社	出版月份	開數	頁數	國別
CITY	Alessandro Baricco (亞歷山卓·巴瑞科) 著／倪安宇譯	臺北市	皇冠文化出版公司	1	15×20.8	321	義大利
少年時	柯慈 (J.M.Coetzee) 著／鄭明萱譯	臺北市	時報文化出版企業公司	1	13.5×21	219	南非
卡斯坦伯爵	菲力普·普曼 (Phillip Pullman) 著／賴美君譯	臺北縣	繆思出版公司	1	14×20	240	英國
石頭預言	芙拉薇亞·卜喬 (Flavia Bujor)著／陳秋玲譯	臺北市	聯經出版事業公司	1	14.9×21	289	法國
艾力亞斯與蛋奶奶	伊娃·普洛夏茲柯娃著／王豪傑譯	臺北市	奧林文化事業公司	1	15×21	140	德國
巫師第一守則（上）	泰瑞·古德坎 (Terry Goodkind)著／劉育林譯	臺北市	奇幻基地出版社	1	14.8×20.9	280	美國
希望在這裡	Joan Bauer 著／趙永芬譯	臺北市	小魯文化事業公司	1	14.9×20.9	247	美國
我愛貓頭鷹	卡爾·希亞森 (Carl Hiaasen) 著／黃維明譯	臺北市	天下遠見出版公司	1	14.9×20.5	322	美國

書名	作者（譯者）	出版地	出版社	出版月份	開數	頁數	國別
沙漠小英雄	錫德‧弗萊謝曼 (Sid Fleischman)著／趙映雪譯	臺北市	幼獅文化事業公司	1	14.9×21	155	美國
沼澤邊的陌生人	朱迪斯‧克萊克 (Judith Clarke)著／李毅、代朝軍譯	臺北市	新苗文化事業公司	1	14.8×21	206	澳洲
爸爸身體大奇航	李英著／鄺紹賢譯	臺北市	三采文化出版事業公司	1	16.6×22.5	156	韓國
爸爸的秘密日記	李朋著／林虹均譯	臺北市	三采文化出版事業公司	1	16.6×22.5	181	韓國
阿湯的拐杖	彼得‧赫爾德林著／徐潔譯	臺北市	財團法人基督教宇宙光全人關懷機構	1	13.5×19.9	207	德國
看，怪怪的童話	波依斯‧莫依沙德 (Boris Moissard)著／張穎綺譯	臺北縣	布波出版公司	1	13.1×20.9	103	法國
風的女兒	蘇珊‧費雪‧史戴伯斯 (Suzanne Fisher Staples)著／陳宏淑譯	臺北市	台灣東方出版社	1	14.9×21	302	美國
風笛手與薊菜湯	彼得‧柯爾 (Peter Kerr)著／李宛蓉譯	臺北市	馬可孛羅文化	1	14.9×21	317	蘇格蘭
神奇魔指	羅爾德‧達爾 (Roald Dahl)著／顏銘新譯	臺北市	幼獅文化事業公司	1	14.9×21	133	英國

書名	作者（譯者）	出版地	出版社	出版月份	開數	頁數	國別
偷臉——尋回被偷去臉的歲月	拉蒂法(Latifa)著／陳太以譯	臺北縣	布波出版公司	1	14.9×21	234	阿富汗
喂咕嗚愛情咒	羅爾德·達爾(Roald Dahl)著／顏銘新譯	臺北市	幼獅文化事業公司	1	14.9×21	137	英國
絨布兔子	瑪格芮·威廉斯著／樂透文化譯	臺北市	樂透文化事業公司	1	14.9×21	39+48	？
黃毛狄多福1：不是普通的遜	原著／Zep（澤普）編寫／Shirley Anguerrand（希爾莉·安格霍）譯／李慕蘭	臺北市	天下遠見出版公司	1	14.8×20.5	90	法國
黃毛狄多福2：真令人不敢相信！	原著／Zep（澤普）編寫／Shirley Anguerrand（希爾莉·安格霍）譯／李慕蘭	臺北市	天下遠見出版公司	1	14.8×20.5	90	法國
媽媽的最後禮物	文瑄梨著／林虹均譯	臺北市	三采文化出版事業公司	1	16.6×22.5	159	韓國
溫馨小故事	亞士里拉·潔夫著／魏妙凌譯	臺中市	晨星出版公司	1	14.9×20.9	221	美國
鉛十字架的秘密	艾非(Avi)著／謝其濬譯	臺北市	天下遠見出版公司	1	14.9×20.5	271	美國

書名	作者 （譯者）	出版地	出版社	出版 月份	開數	頁數	國別
精靈三部曲 3：精靈時刻	Jean-Louis Fetjaine（尚·路易·費德亞爾）著／謝蕙心譯	臺北市	奇幻基地出版社	1	14.6×20.8	264	法國
蜜蜜甜心派——幸福的好滋味（3）	朴仁植策畫／曲慧敏、黃蘭琇譯	臺北縣	印刻出版公司	1	15×21	267	韓國
遙遠的野玫瑰村	安房直子著／彭懿譯	臺北市	時報文化出版企業公司	1	14.9×20	188	日本
橘子少女	喬斯坦·賈德(JosteinGaarder)著／黃銘惇譯	臺北市	智庫公司	1	15.1×21	284	挪威
薔薇樹·琵琶樹·檸檬樹	江國香織著／陳寶蓮譯	臺北市	麥田出版公司	1	14.9×21	280	日本
羅馬少年偵探團：勞蘭登的海豚	卡洛琳·勞倫斯 (Caroline Lawrence)著／王幼慈譯	臺北市	小知堂文化事業公司	1	14.5×21	237	美國
蘇菲，勇敢點！	莫麗卡·哈提格 (Monika Hartig)著／房衛譯	臺北市	新苗文化事業公司	1	14.7×21	181	德國
魔眼少女佩姬蘇：鬼怪動物園	賽奇·布魯梭羅 (Serge Brussolo)著／王玲琇譯	臺北市	小知堂文化事業公司	1	14.6×21	285	法國
鼯鼠原野的夥伴們	谷田足日著／彭懿譯	臺北市	小魯文化事業公司	1	14.8×20.9	170	日本

書名	作者（譯者）	出版地	出版社	出版月份	開數	頁數	國別
十二國記──月之影‧影之海（下）	小野不由美著／泰瑞爾譯	臺北市	尖端出版公司	2	14.5×21	274	日本
十二國記──月之影‧影之海（上）	小野不由美著／泰瑞爾譯	臺北市	尖端出版公司	2	14.5×21	285	日本
手中都是星星	拉菲克‧沙米 (Rafik Schami)著／王潔譯	臺北市	台灣東方出版社	2	14.8×20.7	280	敘利亞
吶喊紅寶石	莎朗‧克里奇 (Sharon Creech)著／趙映雪譯	臺北市	台灣東方出版社	2	15.4×21.5	328	英國
亞瑟王傳奇首部曲：魔法石	凱文‧克羅斯利‧哈藍 (Kevin Crossley Holland)著／徐靜雯譯	臺北市	小知堂文化事業公司	2	14.6×21	413	英國
所羅門王的寶藏	亨利‧萊特‧哈葛德	臺北縣	偵查館委託華文網公司	2	14.9×21	284	英國
星期天小孩	葛蘭‧梅柏斯 (Gudrun Mebs)著／繆靜玫譯	臺北市	新苗文化事業公司	2	14.7×21	182	德國
流離的王妃	愛新覺羅浩著／鄭雅云譯	臺北市	商周文化事業公司	2	15×21	286	日本
梅格的天堂門票	艾歐因‧寇弗 (EoinColfer)著／陳詩紘譯	臺北市	新苗文化事業公司	2	14.6×20.9	262	愛爾蘭

書名	作者（譯者）	出版地	出版社	出版月份	開數	頁數	國別
符文之子7：不消失的血（上）	全民熙著／邱敏文譯	臺北市	蓋亞文化公司	2	12.9×20	187	韓國
符文之子8：不消失的血（下）	全民熙著／邱敏文譯	臺北市	蓋亞文化公司	2	12.9×20	183	韓國
陰陽師——鳳凰卷	夢枕貘著／茂呂美耶譯	臺北縣	繆思出版公司	2	13.8×20	232	日本
傻瓜的幸福與智慧	尤杜洛斯基(Alejandro Jodorowsky)著／顏湘如譯	臺北市	大塊文化出版社	2	14×20	236	法國
藍盒子的秘密	蘇珊娜・威提格著／賴雅靜譯	臺北市	玉山社出版事業公司	2	13×19	113	瑞士
繫著紅絲帶的孩子	安・亨撒克・荷金斯 (Anne Hunsaker Hawkins)著／李郁芬譯	臺北市	新苗文化事業公司	2	14.7×21	382	美國
魔曲（藍色迴聲島系列之一）	凱薩琳・羅勃茲 (Katherine Roberts)著／孫棨斌譯	臺北市	高富國際文化公司	2	14.9×21	253	英國
天天好事	羅德列克・湯立 (Roderick Townly)著／章敏譯	臺北縣	繆思出版公司	3	13.9×20	220	美國
水晶面具	凱薩琳・羅勃 (Katherine Roberts)著／南風譯	臺北市	高富文化國際公司	3	14.9×21	302	英國

書名	作者（譯者）	出版地	出版社	出版月份	開數	頁數	國別
失落的傳說	R.L. 史坦恩 (R.L. Stine)著／柯清心譯	臺北市	城邦文化事業公司	3	13.9×21	162	美國
死國使者──非洲吟遊詩人的神話 II	卡蒙·史渥·卡曼達 (Kama SyworKamanda)著／江秋阮譯	臺北市	東佑文化事業公司	3	14.9×21	223	剛果
我們一家都很寶	布藍登·歐卡洛 (Brendan O'Carrol)著／陳詩紘譯	臺北市	新苗文化事業公司	3	14.6×21	229	德國
亞瑟王傳奇二部曲：神劍奇兵	凱文·克羅斯利·哈藍 (Kevin Crossley Holland)著／魏郁如譯	臺北市	小知堂文化事業公司	3	14.6×21	461	英國
松鼠寫給螞蟻的信	敦·德勒根 (Toon Tellegen)著／尉遲秀譯	臺北市	大田出版公司	3	16.5×19.9	87	荷蘭
莉莉的謊言	派翠希亞·瑞莉吉芙 (Patricia Reilly Giff)著／楊淑娟譯	臺北市	新苗文化事業公司	3	14.1×21	210	美國
菁菁的畫	派翠西亞·萊利·吉夫 (Patricia ReillyGiff)著／劉清彥譯	臺北市	台灣東方出版社	3	15.4×21.5	231	美國

書名	作者（譯者）	出版地	出版社	出版月份	開數	頁數	國別
瑪卡・麥	米爾雅・培斯樂 (Mirjam Pressler)著／陳慧芬譯	臺北市	玉山社出版事業公司	3	13×19	332	德國
銀色神童	克里夫・麥可尼許 (Cliff McNish)著／盧永山譯	臺北市	小知堂文化事業公司	3	14.6×21	237	？
銀龍騎士	柯奈利亞・馮克 (Cornelia Funke)著／黃渼婷譯	臺北市	大田出版公司	3	14.9×20.9	419	德國
戰慄傳說	霍華・非力普・洛夫克萊夫特 (Howard Philips Lovecraft)著／趙三賢譯	臺北市	城邦文化事業公司	3	14.8×21	507	美國
樺樹皮小屋	露意絲・艾芮綺 (Louise Erdrich)著／葉肯昕譯	臺北市	奧林文化事業公司	3	14.8×21	238	美國
鋼琴小精靈	洛特・金仕可菲 (Lotte Kinskofer)著／賴雅靜譯	臺北市	音樂向上公司	3	12.5×19	135	瑞士
羅吉娜	Karen Cushma 著／麥倩宜譯	臺北市	小魯文化事業公司	3	14.8×21	199	美國
羅馬少年偵探團：芙拉薇亞的十二項任務	卡洛琳・勞倫斯 (Caroline Lawrence)著／王幼慈譯	臺北市	小知堂文化事業公司	3	14.7×21	254	美國

書名	作者（譯者）	出版地	出版社	出版月份	開數	頁數	國別
黃毛狄多福3好日子哪裡找	澤普 (Zep)著／李慕蘭譯	臺北市	天下遠見出版公司	3	14.8×20.5	90	瑞士
13號月臺的秘密	艾娃伊寶森 (Eva Ibbotson)著／海星譯	臺北市	台灣東方出版社	4	15×21.5	283	奧地利
夕照之町	湯本香樹實著／姚巧梅譯	臺北市	城邦文化事業公司	4	15×21	149	日本
小孩子的鄰居	灰谷健次郎著／徐惠美譯	臺北縣	新雨出版社	4	15×20.1	195	日本
小聖人	喬治・西默農 (Georges Simenon)著／程鳳屏譯	臺北縣	遠足文化事業公司	4	13×20	265	比利時
少女失蹤日記	傑奇法藍奇 (Jackie French)著／陳詩紘譯	臺北市	新苗文化事業公司	4	14.9×21	244	澳洲
在世界的中心呼喊愛情	片山恭一著／楊嵐譯	臺北市	時報文化出版企業公司	4	14.9×20.1	206	日本
那一年，兩個夏天	露絲・懷特 (Ruth White)著／陳麗娟譯	臺北市	皇冠文化出版公司	4	15×20.8	175	美國
玫瑰童話	安得魯・蘭格 (Andrew Lang)著／柯清心譯	臺北市	城邦文化事業公司	4	14.9×21	240	蘇格蘭
飛過星空的聲音	蘇珊娜・威提格 (Susanna Tamaro)著／倪安宇譯	臺北市	大塊文化出版社	4	14×20.9	187	義大利
夏日禁地	麥可・查本 (Micheal Chabon)著／陳佳慧譯	臺北市	小知堂文化事業公司	4	14.5×21	443	美國

書名	作者（譯者）	出版地	出版社	出版月份	開數	頁數	國別
狼人皮	R.L. 史坦恩著／孫梅君譯	臺北市	城邦文化事業公司	4	13.9×20.9	173	美國
財富馬戲團	雅姆仕・克呂斯 (James Kruss)著／林青萍譯	臺北市	奧林文化事業公司	4	14.9×21	238	德國
符文之子10：兩把劍，四個名（下）	全民熙著／邱敏文譯	臺北市	蓋亞文化公司	4	12.9×20	205	韓國
符文之子9：兩把劍，四個名（上）	全民熙著／邱敏文譯	臺北市	蓋亞文化公司	4	12.9×20	195	韓國
最後的地球人	星新一著／李雀美譯	臺北市	幼獅文化事業公司	4	14.8×21	227	日本
紫色童話	安德魯・藍格 (Andrew Lang)著／林雨蒨譯	臺北市	商周文化事業公司	4	14.9×21	363	英國
黑色鎧裟	凱薩琳・羅伯茲 (Katherine Roberts)著／孫槑斌譯	臺北市	高富國際文化公司	4	14.9×21	267	英國
黑神駿	安娜・史威爾 (Anna Sewell)著／蔣若蘭、陳麗卿譯	臺北市	臺灣商務印書館公司	4	15×21	207	英國
黑暗地底城	麗莎・葛絲丹 (Lisa Goldstein)著／馮瓊儀譯	臺北市	唐莊文化事業公司	4	14.9×21	283	美國
暗夜盟友	向達倫著／吳俊宏譯	臺北市	皇冠文化出版公司	4	14.9×20.9	236	英國

書名	作者（譯者）	出版地	出版社	出版月份	開數	頁數	國別
精靈戰記	賀比・布瑞南（Herbie Brennan）著／郁千儀譯	臺北市	唐莊文化事業公司	4	14.8×21	281	愛爾蘭
綠色童話	安得魯・蘭格（Andrew Lang)著／陳映慈譯	臺北市	城邦文化事業公司	4	14.9×21	418	蘇格蘭
銀色童話	安得魯・蘭格（Andrew Lang)著／林劭貞譯	臺北市	城邦文化事業公司	4	14.9×21	353	蘇格蘭
橄欖綠童話	安德魯・藍格（Andrew Lang)著／張曉若譯	臺北市	商周文化事業公司	4	14.9×21	323	英國
獨角獸的願望	卡蘿・巴爾頓（Carl Barton）著／繆靜玫譯	臺北市	新苗文化事業公司	4	14.7×21	205	蘇格蘭
藍色童話	安得魯蘭格（Andrew Lang)著／曾育慧譯	臺北市	城邦文化事業公司	4	14.9×21	430	蘇格蘭
寶貝家庭闖天下	布藍登・歐卡洛 (Brendan O'Carrol)著／陳詩紘譯	臺北市	新苗文化事業公司	4	14.6×21	246	德國
魔幻玩具鋪	安潔拉・卡特（Angela Carter）著／嚴韻譯	臺北市	行人出版社	4	13×19	332	英國

書名	作者（譯者）	出版地	出版社	出版月份	開數	頁數	國別
魔幻騎士 I 拯救海狸堡	柯奈利亞・馮克 (Cornelia Funke)著／唐薇譯	臺北市	麒麟文化出版社	4	15.1×21	220	德國
魔性之子	小野不由美著／艾莉譯	臺北市	尖端出版公司	4	14.5×21.1	398	日本
魔鬼夏令營	R.L. 史坦恩著／柯清心譯	臺北市	商周文化事業公司	4	14.1×21	154	美國
變身	瑪格麗特・梅罕 (Margaret Mahy)著／蔡宜容譯	臺北市	台灣東方出版社	4	14.8×20.8	338	紐西蘭
黃毛狄多福4：是太過份了	澤普 (Zep)著／李慕蘭譯	臺北市	天下遠見出版公司	4	14.8×20.5	90	瑞士
黃毛狄多福5：什麼是我	澤普 (Zep)著／李慕蘭譯	臺北市	天下遠見出版公司	4	14.8×20.5	90	瑞士
黃毛狄多福6：生真古怪	澤普 (Zep)著／李慕蘭譯	臺北市	天下遠見出版公司	4	14.8×20.5	90	瑞士
黃毛狄多福7：世界是我的	澤普 (Zep)著／李慕蘭譯	臺北市	天下遠見出版公司	4	14.8×20.5	90	瑞士
橘色童話	安德魯・藍格 (Andrew Lang)著／趙婉君、楊子誼譯	臺北市	商周文化事業公司	5	14.9×21	341	英國
小王子寫給媽媽的信	安東・德・聖－修伯理 (Antoine de SaintExupery)著／王書芬譯	臺北市	麥田出版公司	5	14.8×21	236	法國

書名	作者（譯者）	出版地	出版社	出版月份	開數	頁數	國別
小熊沃夫	神澤利子著／張桂娥譯	臺北市	小魯文化事業公司	5	17×21	139	日本
快轉・倒轉・上天堂	丹尼・華勒斯(Daniel Wallace)著／林靜華譯	臺北市	皇冠文化出版公司	5	14.9×20.8	213	美國
我的特異母親	詹姆士・麥克布萊特 (James McBride)著／陳詩紘譯	臺北市	新苗文化事業出版社	5	14.8×21	292	美國
幸運的棒棒糖	狄克・金・史密斯著／管家琪譯	臺北市	台灣東方出版社	5	15.8×21.6	143	英國
金色童話	安德魯・藍格(Andrew Lang)著／孫梅君譯	臺北市	商周文化事業公司	5	14.9×21	413	英國
阿非的青春心事	克莉絲蒂娜・涅司林格(Christine Nostlinger)著／周從郁譯	臺北市	台灣東方出版社	5	14.9×20.9	206	奧地利
紅色童話	安德魯・藍格(Andrew Lang)著／陳淑娟、鄭澔陽譯	臺北市	商周文化事業公司	5	14.9×21	401	英國
粉紅色童話	安德魯・藍格(Andrew Lang)著／蘇希亞譯	臺北市	商周文化事業公司	5	14.9×21	355	英國
最後12天的生命之旅	艾力克－愛碼紐埃爾・史密	臺北市	方智出版社	5	14.9×20.8	143	法國

書名	作者 （譯者）	出版地	出版社	出版 月份	開數	頁數	國別
	特 (Eric-Emmanuel Schmitt)著／林雅芬譯						
棕色童話	安德魯・藍格 (Andrew Lang)著／黃意淳譯	臺北市	商周文化事業公司	5	14.9×21	327	英國
棒棒糖小姐	狄克・金・史密斯著／管家琪譯	臺北市	台灣東方出版社	5	15.8×21.6	125	英國
紫羅蘭童話	安德魯・藍格 (Andrew Lang)著／郭寶蓮譯	臺北市	商周文化事業公司	5	14.9×21		英國
蒂芬妮的奇夢之旅	泰瑞・普萊契 (Terry Pratchett)著／謝其濬譯	臺北市	天下遠見出版公司	5	14.7×20.5	340	英國
瘋狂	哈金著／黃燦然譯	臺北市	時報文化出版企業公司	5	13.5×21	300	美國
維農少年	DBC・皮耶 (DBC・Pierre)著／嚴韻譯	臺北市	天培文化公司	5	14.9×21	334	澳洲
貓鼠奇譚	泰瑞・普萊契 (Terry Pratchett)著／謝其濬譯	臺北市	天下遠見出版公司	5	14.7×20.6	326	英國
鋼琴小精靈戀愛了	洛特・金仕可菲 (Lotte Kinskofer)著／賴雅靜譯	臺北市	音樂向上公司	5	12.3×19	208	瑞士

書名	作者（譯者）	出版地	出版社	出版月份	開數	頁數	國別
雞皮疙瘩30——冷湖魔咒	R. L. 史坦恩著／陳言襄譯	臺北市	商周文化事業公司	5	14.9×20.9	163	美國
魔鬼剋星1 大戰冰魔	柯奈莉亞‧馮克 (Cornelia Funke)著／劉興華譯	臺北市	允晨文化實業公司	5	14.8×21	143	德國
罐裝季節	波莉‧何華絲 (Polly Horvath)著／趙永芬譯	臺北市	小魯文化事業公司	5	14.9×20.9	238	美國
十二歲的行動口令	薰久美子著／王煒譯	臺北市	小魯文化事業公司	6	14.9×21	239	日本
不可思議的17歲	梅莉娜‧馬奇塔 (Melina Marchetta)著／陳詩紘譯	臺北市	新苗文化事業文化公司	6	14.9×21	355	澳洲
巴斯克維爾獵犬	亞瑟‧柯南‧道爾 (Arthur Conan Doyle)著／繆永華譯	臺北市	臺灣商務印書館公司	6	15×21	189	英國
心想不事成	卡羅‧馬特斯 (Carol Matas)、培利‧諾德曼 (Perry Nodelman)著／張君玫譯	臺北市	尖端出版公司	6	14.9×21	262	英國
西藏野鬼的禮物	莎碧麗葉‧田貝肯 (Sabriye Tenberken)著／謝靜怡譯	臺北市	奧林文化事業公司	6	15×21.1	117	德國
波特萊爾大遇險10——絕命	雷蒙尼‧史尼奇 (Lemony	臺北市	天下遠見出版公司	6	15×20.5	291	美國

書名	作者（譯者）	出版地	出版社	出版月份	開數	頁數	國別
的山崖	Snicket)著／謝其濬、周思芸譯						
法藍茲和電視	克莉絲蒂娜・涅斯林格(Christine Nostlinger)著／張筱雲譯	臺北市	台灣東方出版社	6	14.5×20.3	64	德國
法蘭茲和狗	克莉絲蒂娜・涅斯林格(Christine Nostlinger)著／張筱雲譯	臺北市	台灣東方出版社	6	14.5×20.4	64	德國
法蘭茲的故事	克莉絲蒂娜・涅斯林格(Christine Nostlinger)著／張筱雲譯	臺北市	台灣東方出版社	6	14.5×20.3	63	德國
阿特米斯奇幻歷險3 永恆的密碼	艾歐因・寇弗(EoinColfer)著／文菲譯	臺北市	天培文化公司	6	14.9×21	314	愛爾蘭
幽城迷影	派翠西亞・麥奇莉普(Patricia A. McKillip)著／陳敬旻譯	臺北縣	繆思出版公司	6	14.1×20.1	361	美國
苦澀巧克力	米莉雅・裴斯勒(Mirham Pressler)著／李紫蓉譯	臺北市	台灣東方出版社	6	14.9×21	202	德國

書名	作者（譯者）	出版地	出版社	出版月份	開數	頁數	國別
消失的小王子聖修伯里的最後之旅	卡爾·諾哈克(Carl Norac)著／陳太乙譯	臺北市	如何出版社	6	14.8×20.9	127	比利時
莎貝兒：冥界之鑰	賈思·尼克斯(Garth Nix)著／簡怡君譯	臺北市	唐莊文化事業公司	6	14.9×21	313	澳洲
陰陽師——龍笛卷	夢枕獏著／茂呂美耶譯	臺北市	繆思出版公司	6	14×20	214	日本
給妳的信	貝莉·多緹著／郭郁君譯	臺北市	玉山社出版事業公司	6	13.1×19	281	英國
編號6673的愛情故事	賴因哈特·凱澤 (Reihard Kaiser)著／唐陳譯	臺北市	新苗文化事業文化公司	6	14.9×21	208	德國
蘋果寶貝	角野榮子著／趙培華譯	臺北市	小魯文化事業公司	6	15.3×19.5	60	日本
魔幻之海	派翠西亞·麥奇莉普(Patricia A. McKillip)著／葉昀譯	臺北市	繆思出版公司	6	13.9×20	231	美國
魔法災神	伊·拿思必特(E.Nesbit)著／楊海貞譯	臺北縣	華谷文化事業公司	6	14.8×20.9	205	英國
聽電燈泡在說話	彼特席格(Pete Seeger)、保羅杜波瓦傑各(Paul DuBois Jacobs)著／趙丕慧譯	臺北市	皇冠文化出版公司	6	15.1×20.8	221	美國

書名	作者（譯者）	出版地	出版社	出版月份	開數	頁數	國別
幻獸少年1	夢枕獏著／高詹燦譯	臺北市	城邦文化事業公司	7	14.7×20.9	243	日本
幻獸少年2	夢枕獏著／高詹燦譯	臺北市	城邦文化事業公司	7	14.7×20.9	249	日本
幻獸少年3	夢枕獏著／高詹燦譯	臺北市	城邦文化事業公司	7	14.7×20.9	245	日本
石中劍（永恆之王第一部）	懷特 (T.H. White) 著／譚光磊譯	臺北縣	繆思出版公司	7	13.9×19.9	357	英國
向達倫大冒險9——黎明殺手	向達倫 (Darren Shan) 著／吳俊宏譯	臺北市	皇冠文化出版公司	7	14.9×20.9	234	英國
早冬	瑪莉安・丹・包爾 (Marion Dane Bauer) 著／劉清彥譯	臺北市	財團法人基督教宇宙光全人關懷機構	7	13.6×19.1	206	美國
吸墨鬼——小紅吸墨鬼	艾力克・尚瓦桑 (Eric Sanvoisin)著／曹慧譯	臺北市	遠流出版事業公司	7	15.3×21.5	41	法國
吸墨鬼——小紅吸墨鬼	文／艾力克・尚瓦桑 (Eric Sanvoisin) 圖／馬丁・馬傑 (Martin Matje) 譯／曹慧	臺北市	遠流出版事業公司	7	12.4×21.5	51	法國
吸墨鬼——吸墨鬼來了	文／艾力克・尚瓦桑 (Eric Sanvoisin)	臺北市	遠流出版事業公司	7	12.4×21.5	47	法國

書名	作者（譯者）	出版地	出版社	出版月份	開數	頁數	國別
	圖／馬丁·馬傑 (Martin Matje) 譯／曹慧						
吸墨鬼——吸墨鬼城	文／艾力克·尚瓦桑 (Eric Sanvoisin) 圖／馬丁·馬傑 (Martin Matje) 譯／曹慧	臺北市	遠流出版事業公司	7	12.4×21.5	51	法國
吸墨鬼——雙人吸管	文／艾力克·尚瓦桑 (Eric Sanvoisin) 圖／馬丁·馬傑 (Martin Matje) 譯／曹慧	臺北市	遠流出版事業公司	7	12.4×21.5	51	法國
我買了一座教堂	黛博拉·高爾 (Da'Valla Gore) 著／譯許碧惠	臺北市	心靈工坊文化事業公司	7	14.9×21	245	紐西蘭
法蘭茲作功課	克莉絲蒂娜·涅斯林格 (Christine Nostlinger) 著／張筱雲譯	臺北市	台灣東方出版社	7	14.5×20.3	61	德國
法蘭茲的戀愛故事	克莉絲蒂娜·涅斯林格 (Christine Nostlinger) 著／張筱雲譯	臺北市	台灣東方出版社	7	14.5×20.3	64	德國

書名	作者（譯者）	出版地	出版社	出版月份	開數	頁數	國別
法蘭茲踢足球	克莉絲蒂娜・涅斯林格 (Christine Nostlinger)著／張筱雲譯	臺北市	台灣東方出版社	7	14.5×20.3	64	德國
屋頂上的兇爸爸	亞黛兒・葛瑞芬 (Adele Griffin)著／楊淑娟譯	臺北市	新苗文化事業公司	7	14.9×21	212	美國
穿風信子藍的少女	蘇珊・芙利蘭 (Susan Vreeland)著／盧玉一譯	臺北市	皇冠文化出版公司	7	15×20.8	175	美國
美麗的孩子	石田衣良著／鄭曉蘭譯	臺北市	臺北國際角川書店公司	7	15×21	250	日本
格雷的畫像	奧斯卡・王爾德 (Oscar Wilde)著／顏湘如譯	臺北市	臺灣商務印書館公司	7	14.9×21	269	英國
海豚的夏天	卡特琳娜・阿爾弗雷 (Katherine Allfrey)著／林敏雅譯	臺北市	玉山社出版事業公司	7	13×18.9	204	德國
狼女之舞——受詛咒的房間	米海伊・嘉梅爾 (Mireille Calmel)著／翁德明譯	臺北市	圓神出版社	7	14.9×21	375	法國
符文之子11——封印之地的呼喚	全民熙著／陳麗如譯	臺北市	蓋亞文化公司	7	13×20	180	韓國

書名	作者（譯者）	出版地	出版社	出版月份	開數	頁數	國別
符文之子12封印之地的呼喚（下）	全民熙著／陳麗如譯	臺北市	蓋亞文化公司	7	13×20	351	韓國
許願井	馥蘭妮‧畢令斯利（Franny Billingsley）著／謝瑤玲譯	臺北市	小魯文化事業公司	7	14.8×20.5	173	美國
當獅子向你問時間	赫曼‧舒爾曼（Hermann Schulz）著／林倩葦譯	臺北市	台灣東方出版社	7	14.9×21	151	德國
遇見靈熊	班‧麥可森（Ben Mikaelsen）著／李晼琪譯	臺北市	台灣東方出版社	7	14.9×21	316	美國
綠拇指男孩	莫里斯‧圖翁（Maurice Druon）著／甄大台譯	臺北市	台灣東方出版社	7	14.9×21	171	法國
蜜蜜甜心派——幸福的好滋味（4）	朴仁植策劃／黃蘭琇譯	臺北市	印刻出版公司	7	15×21	279	韓國
銀孔雀	安房直子著／彭懿譯	臺北市	時報文化出版事業公司	7	14.7×20	221	日本
戰火下的小花	黛伯拉‧艾里斯（Deborah Ellis）著／鄒嘉容譯	臺北市	台灣東方出版社	7	14.9×21	205	加拿大
貓咪不要哭	蒂‧瑞迪（Dee Ready）著／屈家信譯	臺北市	大田出版公司	7	14.8×18.6	134	美國

書名	作者（譯者）	出版地	出版社	出版月份	開數	頁數	國別
鴿子與劍	南西・嘉登(Nancy Garden)著／朱孟勳譯	臺北市	幼獅文化事業公司	7	14.9×21	273	美國
魔幻城堡	黛安娜・韋恩・瓊斯(Diana Wynne Jones)著／柯翠園譯	臺北市	尖端出版公司	7	14.9×21	325	英國
凱莉安的隱形朋友	班・萊斯(Ben Rice)著／陳義隆譯	臺北市	皇冠文化出版公司	8	15.1×20.8	157	英國
13	沃夫岡・霍爾班(Wolfgang Hohlbein)、海克・霍爾班(Heike Hohlbein)著／翁崎譯	臺北市	奇幻基地出版社	8	14.8×21	458	德國
十二國記：風之萬里・黎明之空下	小野不由美著／陳惠莉譯	臺北市	尖端出版公司	8	14.6×21	396	日本
十二國記：風之萬里・黎明之空上	小野不由美著／陳惠莉譯	臺北市	尖端出版公司	8	14.6×21	373	日本
大嘴巴提摩西	威廉・崔佛(William Trevor)著／繆靜玫譯	臺北市	新苗文化事業公司	8	14.1×21	292	愛爾蘭
不知名的櫻花樹	岡田淳著／黃瓊仙譯	臺北縣	豐鶴文化出版社	8	15×21	111	日本

書名	作者（譯者）	出版地	出版社	出版月份	開數	頁數	國別
少年 Pi 的奇幻漂流	楊・馬泰爾 (Yann Martell) 著／趙丕慧譯	臺北市	皇冠文化出版公司	8	15×20.8	334	西班牙
木匠奇可的發現	岡田淳著／黃瓊仙譯	臺北縣	豐鶴文化出版社	8	15×21	175	日本
歹命囝仔	戴夫・佩澤 (Dave Pelzer) 著／林憲正譯	臺北市	新苗文化事業公司	8	14.8×21	194	美國
回家（上）	辛西亞・佛特 (Cynthia Voigt) 著／柯倩華譯	臺北市	幼獅文化事業公司	8	14.8×21	339	美國
回家（下）	辛西亞・佛特 (Cynthia Voigt) 著／柯倩華譯	臺北市	幼獅文化事業公司	8	14.8×21	305	美國
阿巴拉特	克里夫・巴克 (Clive Barker) 著／洪世民譯	臺北市	大好書屋出版公司	8	16.2×24	405	英國
英雄的皇冠	蘿賓・麥金莉 (Robin McKinley)著／柯清心譯	臺北市	幼獅文化事業公司	8	14.9×21	297	英格蘭
飛天魔毯	黛安娜・韋恩・瓊斯 (Diana Wynne Jones)著／柯翠園譯	臺北市	尖端出版公司	8	14.6×21	293	英國
捉迷藏好玩嗎？	岡田淳著／黃瓊仙譯	臺北縣	豐鶴文化出版社	8	15×21	191	日本
海妖悲歌	唐娜・喬・娜波莉 (Donna Jo Napoli)著／陳瀅如譯	臺北縣	繆思出版公司	8	14×19.9	218	美國

書名	作者（譯者）	出版地	出版社	出版月份	開數	頁數	國別
神奇的呼拉劇場	岡田淳著／黃瓊仙譯	臺北縣	豐鶴文化出版社	8	15×21	143	日本
啊！科學偵探來了	申慶愛著／李昌燮譯	臺北市	三采文化出版事業公司	8	18.5×24	195	韓國
符文之子 13 ──選擇黎明（上）	全民熙著／邱敏文譯	臺北市	蓋亞文化公司	8	12.9×19.9	234	韓國
符文之子 14 ──選擇黎明（下）	全民熙著／邱敏文譯	臺北市	蓋亞文化公司	8	12.9×19.19	254	韓國
替莎士比亞抄劇本的人	葛瑞・布雷克伍德 (Gary Blackwood)著／胡靜宜譯	臺北市	城邦文化事業公司	8	14.7×20.9	220	美國
棕櫚，酒鬼以及他在死人鎮的死酒保	阿摩斯・圖圖歐拉 (Amos Tutuola)著／吳貞儀譯	臺北市	麥田出版公司	8	14.8×21	221	奈及利亞
無聊公主	山田理加子著／鄭惠如譯	臺北市	小魯文化事業公司	8	17.1×20.9	85	日本
開心遊戲	伊蓮娜・波特 (Polly Anna)著／安昱譯	臺北縣	出色文化事業出版社	8	14.6×21	259	美國
黃昏海的故事	安房直子著／彭懿譯	臺北市	時報文化出版企業公司	8	14.8×20	221	日本
機械王子	安德列亞司・史坦哈弗 (Andreas Steinhofel)著／高鈺婷譯	臺北市	奧林文化事業公司	8	14.8×21	267	德國
謎樣女孩	亞黛兒・葛瑞芬 (Adele	臺北市	新苗文化事業公司	8	14.5×21	226	美國

書名	作者 （譯者）	出版地	出版社	出版 月份	開數	頁數	國別
	Griffin)著／ 史錫蓉譯						
羅德斯島戰記 第一部灰色的 魔女	水野良著／哈 泥蛙譯	臺北市	蓋亞文化公 司	8	14.8×20	296	日本
羅德斯島戰記 第二部炎之魔 神	水野良著／哈 泥蛙譯	臺北市	蓋亞文化公 司	8	14.8×21	324	日本
魔鬼剋星 III ──魔鬼城堡	柯奈利亞·馮 克 (Cornelia Funke)著／劉 興華譯	臺北市	允晨文化實 業公司	8	14.8×21	123	德國
魔鬼剋星 II ──火魔作怪	柯奈莉亞·馮 克 (Cornelia Funke)著／劉 興華譯	臺北市	允晨文化實 業公司	8	14.8×21	133	德國
我們的黃鼠狼 爸爸	文／武井博 圖／奈良坂智 子 譯／吳佳芬	臺北市	和融出版社	8	14.7×21	77	日本
Good Luck 當 幸運來敲門	費南多·德里 亞斯迪貝斯 (Fernando Trias de Bes)、亞歷 士·羅維拉 (AlexRovira) 著／范湲譯	臺北市	圓神出版社	9	18×20.8	142	西班 牙
七個機智小子 的精彩大探險	柏全德·布林 立 (Bertrand	臺北市	遠流出版事 業公司	9	14.7×21	255	美國

書名	作者（譯者）	出版地	出版社	出版月份	開數	頁數	國別
瘋狂科學俱樂部1：草莓湖水怪	R. Brinley)著／蔡青恩譯						
七個機智小子的精彩大探險瘋狂科學俱樂部2：飛碟魔幻獸	柏全德・布林立 (Bertrand R. Brinley)著／蔡青恩譯	臺北市	遠流出版事業公司	9	14.7×21	287	美國
七個機智小子的精彩大探險瘋狂科學俱樂部3：炸彈大開花	柏全德・布林立 (Bertrand R. Brinley)著／蔡青恩譯	臺北市	遠流出版事業公司	9	14.7×21	319	美國
少年與沈默之海	齊格飛・藍茲 (Siegfried Lenz)著／葉慧芳譯	臺北市	皇冠文化出版公司	9	15×20.8	189	德國
牛奶盒上的那張照片4（完結篇）	卡洛琳・庫妮 (Caroline B.Cooney)著／林妏珆譯	臺北市	新苗文化事業公司	9	14.8×21	239	美國
永恆之王第二部空暗女王	懷特 (T.H White)著／譚光磊譯	臺北縣	繆思出版公司	9	14×20.1	235	英國
再見了！小黑	藤岡改造著／郭清華譯	臺北市	平安文化公司	9	15×20.8	174	日本
安徒生的三十三個夜	安徒生	臺北縣	出色文化事業出版社	9	13×19	137	丹麥
奇幻精靈事件簿1閣樓上的怪書	荷莉・布萊克 (Holly Black)著／林宴夙譯	臺北縣	天下遠見出版公司	9	13×18.6	119	美國

書名	作者（譯者）	出版地	出版社	出版月份	開數	頁數	國別
奇幻精靈事件簿2魔石與蛤蟆精	荷莉・布萊克 (Holly Black) 著／林宴夙譯	臺北縣	天下遠見出版公司	9	13×18.6	117	美國
爸爸寫給女兒的一封信	文／菲力普・柴斯菲德 (Philip Chesterfield) 改寫／張敬根、吉柱 圖／李佾善 譯／徐月珠	臺北市	三采文化出版事業公司	9	18.6×24	110	韓國
爸爸寫給兒子的一封信	文／菲力普・柴斯菲德 (Philip Chesterfield)、改寫／孫永俊 圖／李佾善 譯／徐月珠	臺北市	三采文化出版事業公司	9	18.6×24	110	韓國
狗不說笑話，我說	路易斯・薩奇爾 (Luis Sachar)著／趙永芬譯	臺北市	九歌出版社	9	15×21	222	美國
帝托拉傳奇1：沈默的森林	愛蜜莉・羅達 (Emily Rodda) 著／盧永山譯	臺北市	小知堂文化事業公司	9	14.6×21	202	澳洲
帝托拉傳奇2：悲嘆之湖	愛蜜莉・羅達 (Emily Rodda) 著／盧永山譯	臺北市	小知堂文化事業公司	9	14.6×21	202	澳洲
風中玫瑰	潘・慕諾茲・里安 (Pam Munoz Ryan) 著／鄒家容譯	臺北市	台灣東方出版社	9	15×21	250	美國

書名	作者（譯者）	出版地	出版社	出版月份	開數	頁數	國別
留不住的天使	愛莉莎・貝爾(Alisa Bair)著／李郁芬譯	臺北市	新苗文化事業公司	9	14.6×21	303	美國
給德藍的祝福	喬・西格 (JoelSiegel)著／楊淑娟譯	臺北市	希代書版公司	9	15×21	302	美國
貓咪魔法學校3：最初的預言	金津經著／黃蘭琇、楊純惠譯	臺北市	印刻出版公司	9	17×23	167	韓國
貓咪魔法學校4：我在你的眼眸深處	金津經著／黃蘭琇、楊純惠譯	臺北市	印刻出版公司	9	17×23	148	韓國
貓咪魔法學校5：靈魂之山	金津經著／黃蘭琇、楊純惠譯	臺北市	印刻出版公司	9	17×23	191	韓國
龍騎士首部曲：飛龍聖戰	克里斯多夫・鮑里尼(Christopher Paolini)著／黃可凡譯	臺北市	聯經出版事業公司	9	15.9×21.5	578	加拿大
邊緣小子	S.H. Hinton著／麥倩宜譯	臺北市	小魯文化事業公司	9	14.8×20.9	211	美國
露西的意外人生	威廉・崔佛(William Trevor)著／繆靜敏譯	臺北市	新苗文化事業公司	9	14.6×21	319	愛爾蘭
魔王變	夢枕獏著／高詹燦譯	臺北市	奇幻基地出版社	9	14.7×21	213	日本
魔鬼剋星IV險象環生	柯奈莉雅・馮克(Cornelia Funke)著／劉興華譯	臺北市	允晨文化實業公司	9	14.8×21	174	德國

書名	作者（譯者）	出版地	出版社	出版月份	開數	頁數	國別
天使的禮物	安琪拉・那捏第 (Angela Nanetti)著／賴雅靜譯	臺北市	玉山社出版事業公司	10	13.1×19	126	義大利
向達倫大冒險10——靈魂之湖	向達倫 (Darren Shan)著／吳俊宏譯	臺北市	皇冠文化出版公司	10	14.8×20.8	255	英國
我的艾莉卡	伊爾克・海登賴 (Elke Heidenreich)著／林敏雅譯	臺北市	玉山社出版事業公司	10	13.1×19	109	德國
亞瑟王傳奇三部曲：王者天下	凱文・克羅斯利・哈藍 (KevinCrossley Holland)著／王幼慈譯	臺北市	小知堂文化事業公司	10	14.5×21	461	英國
帝托拉傳奇3老鼠之城	艾蜜莉・羅達 (Emily Rodda)著／胡瑛譯	臺北市	小知堂文化事業公司	10	14.6×21	206	澳洲
帝托拉傳奇4流沙之地	艾蜜莉・羅達 (Emily Rodda)著／胡瑛譯	臺北市	小知堂文化事業公司	10	14.6×22	219	澳洲
胡椒罐婆婆	艾福・波森 (Alf Prosen)著／楊孟華譯	臺北市	大好書屋出版公司	10	14.8×21	86	挪威
討厭！我是人魚啦！	波伊 (Kirsten Boie)著／謝靜怡譯	臺北市	臺灣商務印書館公司	10	14.8×21	222	德國
智慧女神的魔法袋	安伯托・艾可 (Umberto Eco)著／倪安宇等譯	臺北市	皇冠文化出版公司	10	15×20.9	191	義大利

書名	作者（譯者）	出版地	出版社	出版月份	開數	頁數	國別
搞怪少年盧基	克莉絲汀・內斯特林格 (Christine Nostlinger)著／唐陳譯	臺北市	新苗文化事業公司	10	14.5×20.9	223	奧地利
鏡子國來的人	吉兒汀・波伊 (KisrstenBoie)著／林倩葦譯	臺北市	唐莊文化事業公司	10	14.8×21	217	德國
藍絲帶的祈禱	橫田早紀江著／陳秋伶譯	臺北市	知本家文化事業公司	10	14.8×21	211	日本
吃火的人	大衛・艾蒙 (David Almond)著／錢基蓮譯	臺北市	天下遠見出版公司	10	14.7×20.6	252	英國
格理弗遊記	綏夫特 (Jonathan Swift)著／單德興譯	臺北市	聯經出版事業公司	10	16×22	478	愛爾蘭
黎芮兒──訶媒之女	賈斯・尼克斯 (Garth Nix)著／馮汝嘉譯	臺北市	唐莊文化事業公司	10	14.8×21	409	澳洲
真正的朋友	青木和雄著／林玉葳譯	臺北縣	稻田出版公司	10	14.9×21	210	日本
要做國王的人	吉卜林著／麥克努雪夫譯	臺北市	格林文化出版事業公司	10	20.7×20.7	72	英國
帝托拉傳奇5恐怖山脈	艾蜜莉・羅達 (Emily Rodda)著／胡瑛譯	臺北市	小知堂文化事業公司	11	14.5×21	205	澳洲
帝托拉傳奇6野獸迷宮	艾蜜莉・羅達 (Emily Rodda)著／胡瑛譯	臺北市	小知堂文化事業公司	11	14.5×21	205	澳洲

書名	作者（譯者）	出版地	出版社	出版月份	開數	頁數	國別
羅德斯島戰記第四部火龍山的魔龍(下)	水野良著／哈泥蛙譯	臺北市	蓋亞文化公司	11	14.4×20	292	日本
羅德斯島戰記第四部火龍山的魔龍(上)	水野良著／哈泥蛙譯	臺北市	蓋亞文化公司	11	14.4×20	235	日本
另一個地方——少女麗茲的生命之旅	嘉布莉‧麗文(Gabrielle Zevin)著／洪士美譯	臺北市	圓神出版社	11	14.8×20.8	327	英國
雞皮疙瘩31——古墓毒咒2	R.L.史坦恩(R.L. Stine)著／陳方智譯	臺北市	城邦文化事業公司	11	13.9×20.8	155	美國
蛇石	貝莉‧多緹(Berlie Doherty)著／郭郁君譯	臺北市	玉山社出版事業公司	11	13.1×19	207	英國
寶貝家庭再出發	布藍登‧歐卡洛(Brendan O'Carrol)著／林奴珆譯	臺北市	新苗文化事業公司	11	14.7×21	226	愛爾蘭
奧利佛與小推的奇妙之旅	安東妮雅‧米夏利茲(Antonia Michaelis)著／劉興華譯	臺北市	允晨文化實業公司	11	14.9×21	243	德國
小淘氣晶晶	莫里斯‧葛雷茲曼(Morris Gleitzman)著／繆靜玫譯	臺北市	新苗文化事業公司	11	14.7×21	272	英格蘭

書名	作者 （譯者）	出版地	出版社	出版 月份	開數	頁數	國別
天使不想睡	崔西・雪佛蘭 (Tracy Chevalier)著 ／李家姍譯	臺北市	皇冠文化出版公司	11	15×20.9	318	美國
彩影與蝴蝶	安瑟・布朗 (Axel Brauns) 著／陳雅竹譯	臺北市	財團法人基督教宇宙光全人關懷機構	11	13.6×19.6	247	德國
跟著妹妹搭巴士	瑞秋・賽蒙 (Rachel Simon) 著／黃道琳譯	臺北市	女書文化事業公司	11	15×21	376	美國
貓咪的快樂密碼	尤金・史卡薩・衛斯 (Eugen Skasa- WeiB) 劉興華	臺北市	皇冠文化出版公司	11	15.1×20.8	141	德國
奇幻精靈事件簿第三集森林精靈的秘密	荷莉・布萊克 (Holly Black) 著／林宴夙譯	臺北市	天下遠見出版公司	11	13.1×18.7	119	美國
奇幻精靈事件簿第四集矮人國的魔咒	荷莉・布萊克 (Holly Black) 著／林宴夙譯	臺北市	天下遠見出版公司	11	13.1×18.7	117	美國
聽鯨魚在唱歌上	克雷格萊斯禮 (Craig Lesley)	臺北縣	采竹文化事業公司	11	14.8×20.7	310	美國
聽鯨魚在唱歌下	克雷格萊斯禮 (Craig Lesley)	臺北縣	采竹文化事業公司	11	14.8×20.7	287	美國
胡椒罐婆婆大歷險	艾福・波森 (Alf Prosen)著 ／楊孟華譯	臺北市	大好書屋出版公司	11	14.8×21	197	挪威
16歲爸爸	安潔拉・強生 (Angela	臺北市	台灣東方出版社	11	15×21.1	203	美國

書名	作者（譯者）	出版地	出版社	出版月份	開數	頁數	國別
	Johnson)著／鄒嘉容譯						
農莊小天才	亞黛兒・葛瑞芬 (Adele Griffin)著／張碧珠譯	臺北市	新苗文化事業公司	11	14.6×21	230	美國
今天開始魔的自由業	喬林知著／賴郁棻譯	臺北市	臺灣國際角川書店公司	11	12.8×18.8	238	日本
靈界家族之天使與花朵	雷・布萊伯利 (Ray Bradbury)著／張君玫譯	臺北市	尖端出版公司	11	14.5×21	285	英國
幻想大師Roald Dahl 的異想世界	羅爾德・達爾 (Roald Dahl)著／吳俊宏譯	臺北市	臺灣商務印書館公司	11	15×20.1	529	英國
黃熱病1793	Laurie Halse Anderson 著／林靜華譯	臺北市	小魯文化事業公司	12	18×20.9	252	美國
魔怪神奇的游牧人	艾樂維・穆海勒 (Elvire) 等著／林世麒譯	臺北市	新苗文化事業公司	12	14.8×21	251	法國
帝托拉傳奇7 失落山谷	愛蜜莉・羅達 (Emily Rodda)著／胡瑛譯	臺北市	小知堂文化事業公司	12	14.6×21	204	澳洲
巧克力戰爭	大石真著／陳珊珊譯	臺北市	小魯文化事業公司	12	14.8×21	195	日本
蜜蜜甜心派——幸福的好滋味5	朴仁植策畫／黃蘭琇譯	臺北市	印刻出版公司	12	15×20.9	263	韓國
幻獸 5菩薩變	夢枕貘著／高詹燦譯	臺北市	奇幻基地出版社	12	14.8×20.9	216	日本

書名	作者（譯者）	出版地	出版社	出版月份	開數	頁數	國別
耶誕老人不能親	陸德薇(Sabine Ludwig)著／謝靜怡譯	臺北市	臺灣商務印書館公司	12	14.8×21	142	德國
踢豬男孩	湯姆・貝克(Tom Baker)著／許文綺譯	臺北縣	木馬文化事業公司	12	13.7×11.1	134	英國
小水手探險記	亞瑟・蕭然(Arthur Ransome)著／李幸瑾、王立勛譯	臺北市	臺灣商務印書館公司	12	14.9×21	393	英國
學校老鼠的說故事課	岡田淳著／黃瓊仙譯	臺北市	暢通文化事業公司	12	14.9×21	189	日本
搗蛋鬼日記	萬巴著／思閔譯	臺北縣	百善書房	12	14.9×21	237	義大利
妖精的小孩	娥露薏絲・瑪葛羅 (Eloise McGraw)著／蔡美玲譯	臺北市	幼獅文化事業公司	12	14.9×21	278	美國
逃出1840	瑪格麗特・彼得森・哈迪克斯 (Margaret)著／王淑玫譯	臺北市	幼獅文化事業公司	12	14.9×21	246	美國
幻獸5菩薩變	夢枕獏著／高詹燦譯	臺北市	奇幻基地出版社	12	14.8×20.9	219	日本
蜜蜜甜心派五歲的心願	丁採琸著／黃蘭琇譯	臺北縣	印刻出版公司	12	15×21	142	韓國
奇幻精靈事件簿5魔王的陰謀	荷莉・布萊克(Holly Black)著／林宴夙譯	臺北市	天下遠見出版公司	12	12.8×18.8	148	美國

書名	作者（譯者）	出版地	出版社	出版月份	開數	頁數	國別
哈士奇的眼淚2加油了，小灰	伊勢英子著／伍席萱譯	臺北市	尖端出版公司	12	13.2×19.6	142	日本
心靈維他命	朴聖哲著／徐月珠譯	臺北市	三采文化出版事業公司	12	17×23	208	韓國
羅德斯島戰記	水野良著／哈泥蛙譯	臺北市	蓋亞文化公司	12	14.5×20	379	日本
信用卡媽媽	韓國兒童文化振興會著／李英華譯	臺北縣	稻田出版公司	12	17×23	173	韓國

二○○五年臺灣兒童文學大事記暨書目

林文寶、嚴淑女

一　前言

　　二○○五年是童書界活躍的一年。全世界都在慶祝安徒生的兩百歲冥誕，臺灣也舉辦許多學術活動或劇團表演。進入書店，來自全世界的翻譯作品，宣告童書出版全球化的來臨；改編自經典童書的電影或動畫片在電影院中帶來的效應，暗示童書影像化的新商機。而學術界為了讓圖畫書進入專業閱讀與欣賞層次，創辦第一本圖畫書評鑑季刊《繪本棒棒堂》；在兒童銷售通路上，網路及誠品書店旗艦店，呈現了新的可能性。

　　這些現象令人可喜，同時也隱藏了一些臺灣童書發展的隱憂及未來發展的走向。以下提出筆者的幾點觀察。

二　童書翻譯作品和本土創作比例懸殊的現象

　　從新聞局最新出爐的第二十五次中小學生優良課外讀物推介評選活動中，評審普遍認為本土創作比例偏低，圖畫書類的童書推薦，一百多本中只有十幾本是本土創作。而筆者在蒐集《繪本棒棒堂》的圖畫書書目時也出現翻譯和創作比例不均的問題。因為在全球化影響之下，臺灣的童書出版已經融入世界暢銷書製作體系中，出版趨勢跟著歐美的童書獎項的流行在運作，不管是在波隆納兒童書展、法蘭克福書展見到的新書或紐伯瑞獎、凱迪克獎的得獎作品，幾乎隔年就可以看到翻譯版本。

　　對於讀者而言，版權交易的迅速，可以與世界的閱讀趨勢接軌；但是跟著歐美的獎項流行走，是否適合？是否我們可以不受獎項的光環限制，而去挑選更適合本土孩子的作品？因為故事好看、翻譯流暢、不會有文化隔閡才能引導孩子進入故事情境。

但為何本土創作偏低，除了質量考量之外，市場機制及政府的介入培養也很重要。如：韓國有計畫地將圖文書、圖畫書視為重點培植項目，從十年前就開始積極培訓插畫家，官方的力量和企業的支持，使得圖畫書、插畫與影視結合的作法得以實現，並積極協助獲得國際大獎，將圖畫作家推向國際舞臺。當創作者獲得基本的生活保障及看到願景，才會全心投入創作；臺灣急需各界力量的強力推行，才能慢慢平衡這種翻譯、本土創作不均的現象。

三　亞洲童書新勢力的崛起

日本在亞洲童書市場一直占有舉足輕重的地位。可是從今年的北京書展、韓國首爾書展和國際的波隆那書展、法蘭克福書展中，可以看出韓國、中國的童書出版市場有日漸崛起的趨勢。

其中韓國更利用官方及企業支持，有計畫的以出版來推銷文化。對外，積極參與國際書展，在各大書展都可見到韓國的蹤影；積極培訓本土插畫家及作家，以獲得國際兒童獎項，贏得世界注目眼光為目標。對內，文化觀光部主辦「文化觀光部賞」，獎勵故事與圖畫對韓國文化的影響，如《豆粥婆婆》便得過此大獎。顯示韓國並沒有完全走西方路線，而是非常珍視民族傳統。為了推廣閱讀，在各地方推行圖書列車及活動來提升全民閱讀。

而大陸不僅積極爭取舉辦世界性活動，在出版的質量也日益進步，尤其透過全國性閱讀活動推廣及積極運用兒童網路書店，鎖定不同階層的行銷方式，使得銷售量獲得正向的成長。如：紅泥巴讀書俱樂部。而臺灣或其他國家出版社與大陸出版社間互動更是頻繁，借重合作模式、簡體繁體引介或以各種形式投資，使得大陸出版進步快速。

　　而臺灣不管在技術和經驗層面都很成熟，臺灣新生代圖畫作家也在國際市場提升知名度。如：陳致元的《Guji Guji》躍居《紐約時報》暢銷童書排行榜，今年又在法國推出法文版；賴馬作品售出日文版，嚴淑女、張又然的《春神跳舞的森林》也賣出日、韓及希臘版權。加上全球掀起學中文熱潮，大規模華文市場會日漸成形，歐、美、日經紀人制度、類型作品會逐漸出現，對華文創作者拓展行銷網至整個華文世界是未來的趨勢。只是我們需要學習韓國政府和企業提供支援、歐美政府編列專款或英國文藝委員會與出版商共同提出將學習兒童文學貫徹到教師培訓的作法等，來提升臺灣童書競爭力。

四　淹沒在書海中的經典童書

　　臺灣圖畫書市場呈現一種紛亂的現象，越來越多出版社投入童書出版。出版品多，通路多元化是一個成熟市場必經之路，但是許多人開始擔心經典好書是否會被埋沒在排山倒海而來的新書中，無法到達孩子的手中。

　　像《晚安月亮》（Goodnight Moon）、《愛心樹》（Giving Tree）、《野獸國》（Where the Wild Things Are）、《小房子》（Little house）、《花衣裳》及《老鼠弟弟的背心》，這些經典童書如何不被淹沒在書海中，必須要透過政府的主導，整合平面、電視、網路媒體，將出版者、書店、圖書館、網路書店、學校及零售店等力量結合起來。比如：選出經典童書一百本或更多，在書店書區設置經典童書專櫃；在網路書店設置專區及介紹必看的經典童書；在圖書館提供青少年兒童閱讀專區或捷運提供書單等。還可借鏡英國 BBC 廣播公司在二〇〇三年舉行的 Big Reading（大閱讀）活動中，由英國政府、藝文協會、圖書館及各種媒體一起合作，變成全民運動，選出經典之書。而

英國運作世界圖書日，帶動社會參與，由政府主導和投資，針對不同讀者展開特定宣傳，都是我們可以學習如何讓經典長存的方法之一。

五　童書影像版權的商機

今年改編自童書的電影或動畫片非常多，如：《哈利波特》、《史瑞克》、《北極特快車》、《巧克力工廠》、《納尼亞傳奇——獅子·女巫·魔衣櫥》及《波特萊爾的大冒險》等。這是因為網路媒體及視覺影像閱讀趨勢的盛行，就連今年波隆納書展也特別為影像版權交易區規畫一系列的實戰講座，幫助業者了解這項新商機。參與波隆納書展的廠商談版權交易時不再局限於書籍的出版者，還包括「影像版權交易」。許多動畫廠商開始積極尋找適合的題材，因此對於童書創作者、出版者及行銷者都是一項新商機。因為透過多媒化的的方式，會造成話題及媒體的相互作用，讓童書市場重新得到關注。就像《北極特快車》這部經典童書一樣，同時讓成人孩子享受童書影像化的魅力之外，紙本的閱讀也掀起一陣熱潮。因為商機逐漸出現，經典童書《夏綠蒂的網》、《好奇的喬治》電影版也即將於二〇〇六年推出。

六　結語

除了進行童書的輸入和輸出之外，積極走入國際市場，也是臺灣童書界必須要展開的行動。明年韓國即將舉辦第二屆世界兒童文學大會及第八屆亞洲兒童文學大會，二〇〇六年 IBBY 的年會也將在北京舉行，而日本大阪兒童文學館明年計畫舉辦臺灣主題書展及相關研討會。這些與國外交流的機會都是讓臺灣童書及創作者走向國際市場的機會，因此整合各界力量，提高臺灣的童書和創作者在世界上的能見度，是我們共同努力的目標。

二○○五年兒童文學界大事記（出版）

活動名稱	日期	出版社	活動內容
陳致元《Guji Guji》出版法文版	1月		二○○四年陳致元的《Guji Guji》躍居《紐約時報》暢銷童書排行榜，今年又在法國推出法文版《Bili Bili》。
《九十三年童話選》出版	3月	九歌出版社	主編徐錦成於四百多篇作品中選出二十二篇，並邀兩位就讀國小的兒童參與編選，加入兒童觀點，編成《九十三年童話選》，此次年度童話獎由黃秋芳〈床母的寶貝〉獲得。
第一本兒童潮流雜誌《Yappy!》發行	4月	台灣東販公司	臺灣東販發行國內第一本兒童潮流雜誌《Yappy!》，內容訴求為家有四至十歲兒童中高階層社經父母為訴求對象，內容包含兒童流行商品、兒童新生活美學和生活品味等。
新的《臺灣兒童文學史》出版	5月	五南出版社	此書是由邱各容撰寫的書籍，整理臺灣兒童文學相關的歷史資料，是最新的一本研究臺灣兒童文學史的專書。
林良出版自寫自畫的《林良的私房畫》	6月	台灣麥克公司	為了讓大家認識不同面貌的林良，台灣麥克策畫了《林良的私房畫》，收錄林良畫的好畫，另外「林良的私房話」CD 則收錄林良膾炙人口的作品，並由林良朗誦自己的作品，除了希望珍藏這難得可貴的作品，也向這位兒童文學界的前輩致敬。
陳玉珠出版《228小水牛》	7/28	海洋台灣出版社	臺灣第一本有關二二八事件兒童繪本故事書《228小水牛》於七月二十八日下午二點二十八分在嘉義監獄發表，作者陳玉珠希望藉由兒童繪本，讓小朋友了解歷史。

活動名稱	日期	出版社	活動內容
嚴友梅出版《飛上天》	7月	民生報社	資深兒童文學女作家曾創作許多兒童文學作品，推廣兒童文學活動，目前旅居美國，今年由民生報出版《飛上天》作品。
馬景賢出版《小英雄當小兵》	8月	天衛文化圖書公司	歷經十幾年後馬景賢終於出版《小英雄與老郵差》的姊妹作《小英雄當小兵》，同時在金石堂信義店五樓金石書院舉行新書發表會。
幸佳慧出版《掉進兔子洞──英倫童書地圖》	8月	時報文化出版企業公司	由在英國求學的幸佳慧藉由遊歷英國著名圖書的地點，介紹英倫的童書地圖，讓讀者可以按圖索驥，同時附上幾篇專論童書趨勢的文章。
沒大沒小繪本系列第二集	7-9月	遠流出版事業公司	繼「大手牽小手」系列後，繪本專家林真美再度規畫「沒大沒小」繪本精選Ⅱ，精選八島太郎《烏鴉太郎》、五味太郎《好想見到你》、伊勢英子《1000把大提琴的合奏》、以撒・傑克・濟慈《3號公寓》、約翰・伯寧罕《神奇床》
李潼遺作《魚藤號列車長》出版	10月	聯經出版事業公司民生報兒童叢書	李潼生前最後一部約十萬字的遺作由民生版出版，並在臺北誠品敦南店舉行新書發表會。
「希望的種子…播撒在孩子的心田」《南瀛之美》第四輯圖畫書新書發表會	12/10	臺南縣文化局及青林國際出版公司	由臺南縣文化局及青林國際出版公司合作發行的「南瀛之美」第四輯自二〇〇五年十一月起陸續出版上市，包括《洪通繪畫・無師自通》、《鹽山》、《12婆姐》、《希望的種子》、《曾文溪的故事》與《少年西拉雅》六本圖畫書。此次的新書發表會在國立立臺灣博物館舉行。首先發表《洪通繪畫・無師自通》與《鹽山》這兩本新書，並在現場的「新

活動名稱	日期	出版社	活動內容
			書創繪展示區」以圖畫書中精彩的內頁與草圖陳列展示其他四本，供民眾欣賞了解；此外並邀請國內兒童美術教育家鄭明進老師以「帶領孩子認識洪通的藝術——本土藝術類圖畫書的欣賞」為題舉辦專題講座。
《雲豹與黑熊》原住民繪本出版	12/15	財團法人臺東縣文化基金會	由臺東縣文化局策畫，計畫將臺東各族的故事進行採錄，以繪本形式讓更多人欣賞原住民文化及保留口傳文學。第一本描述阿美族的《都蘭山傳奇》今年出版由臺東知名雕刻家哈古頭目口述，兒童文學作家嚴淑女撰文和畫家董小蕙合作《雲豹與黑熊》。
福爾摩沙自然繪本	11-12月	遠流出版事業公司	由自然生態作家凌拂和生態畫家黃崑謀合作《有一棵植物叫龍葵》、《帶不走的小蝸牛》、《無尾鳳蝶生日》、《五月木棉飛》生態繪本，藉由故事和畫帶領孩子認識臺灣特殊動植物。

二○○五年兒童文學界大事記（活動與事件）

活動名稱	日期	主辦單位	地點	活動內容
再見，李潼紀念書展	1/1-1/31	民生報與誠品書店及 Fifi 少年兒童書城合作	誠品書局、Fifi 少年兒童書城	有「臺灣少年小說第一人」之譽的李潼，多年來透過其作品所傳達的生命力和勇氣、樂觀和開朗，感動也鼓舞了許多的少年兒童。為了紀念這位為臺灣兒童文學付出畢生心血的李潼先生，民生報與誠品書店及 Fifi 少年兒童書城合作，展期至二○○五年一月三十一日，在全臺十一家誠品書局分店及 Fifi 少年兒童書城同步舉辦「再見，李潼紀念書展」，讓讀者重溫李潼先生溫暖又感人的作品。
樂在閱讀──兒童文學一百書展	1/6-2/6	南投縣政府文化局	南投縣政府文化局二樓兒童室	「兒童文學一百」是由文建會辦理，經兒童文學界、兒童圖書館界相關從業人員，所評審決選出一九四五至一九九八年，共一○二本臺灣兒童文學作品，本次南投縣政府文化局特別從館藏圖書中整理出來集中展示，方便小朋友閱讀。
童話夢工廠──德國童話之旅（繪本原畫展）	1/29-3/27	國立臺灣美術館	國立臺灣美術館	以格林童話繪本為主要展出內容，並邀請兒童繪本專家與知名學者，舉辦繪本系列講座、中文說故事時間、有話大聲說、票選最喜歡之故事、票選繪本原作最佳排行榜等各類活動。
日本插畫大師──田中伸介來	2/20	格林文化事業公司	洪建全教育文化基	著有《當天使飛過人間》、《金色翅膀》的田中伸介。應格林童話

活動名稱	日期	主辦單位	地點	活動內容
臺開課			金會，敏隆講堂	邀請，來臺舉辦為期一天的繪本講堂，並親自指導學員。
第十三屆臺北國際書展	2/15-2/20	臺北世界貿易中心世貿一、二、三館	財團法人國際書展基金會	第十三屆臺北國際書展，總計吸引國內外共八七七家出版社參展。國內參展業者總計四○二家出版社（1592個攤位）參展。書展不但擴增展區，也在世貿三館首度打造「亞洲閱讀大觀園」童書館，童書館佈置將運用深具民情風味的斯里蘭卡、韓國圖畫書情境，並融入故事的趣味遊戲，讓小讀者進入展館，彷彿走進圖畫書裡，並透過聲音、視覺等五種感官，體驗故事中的異國文化。
九歌新戲「擁抱」	2/15-4/29	臺北偶戲館	臺北偶戲館與九歌兒童劇團共同製作	此劇改編自莊永佳所創作，國語日報社所出版之繪本《擁抱》，透過九歌兒童劇團故事劇場利用隨手可得之素材孕育變化，讓戲劇更貼近孩子、貼近生活。在自然生活中，讓孩子真情流露，學習擁抱。
兒童文學研究所碩士學分班——臺北班招生	3/19-5/1	臺東大學兒童文學研究所	臺北市立圖書館總館	為了使對兒童文學有興趣的人士，能更深入了解兒童文學，臺東大學兒童文學研究所特別在臺北開設學分班，讓更多人有機會認識、接觸兒童文學。
香港發行安徒生童話郵票	3/23	香港特區政府郵政署	香港	香港郵政今日發行一套四款的安徒生童話特別郵票，以剪紙方式將安徒生四個家傳戶曉故事，〈醜小鴨〉、〈小美人魚〉、〈賣火

活動名稱	日期	主辦單位	地點	活動內容
				柴的女孩〉、〈皇帝的新衣〉展現在郵票上，剪紙由中國藝術剪紙協會會長盧雪負責製作，郵票由設計師馮剛華設計。
九年一貫語文教學兒童文學名家系列講座	3/30 4/27 5/25	聯合報系民生報	臺北縣北新國小	九年一貫語文教學，兒童文學名家系列講座，於臺北縣北新國小舉辦，請來多位知名兒童文學工作者，如：馬景賢、林煥彰、林世仁擔任講座講師，講述兒歌、童詩、童話在語文教學上的應用。
林良先生自國語日報董事長職位退休	4/2	國語日報社	國語日報社	林良從國語日報創立至今服務五十六年，歷任編輯、編譯主任、出版部經理、社長、發行人、董事長，他要退休，國語日報的員工都很不捨，因此，特別舉辦溫馨的惜別會，為他留下一個完美的句點。 不過，身為兒童文學界的元老，林良未來仍會繼續為兒童文學寫作，不會退休，未來讀者仍可在本報看到他的作品。
第十七屆信誼幼兒文學獎頒獎	4/2	信誼基金會	臺北芝山文化生態綠園	得獎者與作品：三至八歲圖畫創作類首獎《腳！變長了》(柯宛妮)、佳作《蚊子為什麼嗡嗡翁》（謝佳玲）、《受傷的天使》（馬雅）、《藍藍跳繩》（林俐）。零至三歲圖畫組創作類佳作、《我迷路了》（鍾綺玲）、《猜猜我是誰》（謝慧珍）、《喝牛奶》（林伯廷）、《太陽‧很忙》（陳怡靜）

活動名稱	日期	主辦單位	地點	活動內容
童話作家——安徒生兩百周年誕辰紀念：現代童話故事的開啟者——安徒生／臺灣插畫家與安徒生的相遇——我如何畫安徒生童話插畫座談	4/2-4/3	臺北市立圖書館、聯合報系民生報	臺北市立圖書館總館／誠品書店——敦南店B2視聽室	民生報與臺北市立圖書館以及誠品書店邀請知名的童書工作者：桂文亞、林良、馬景賢、林文寶、張子樟、楊茂秀、鄭明進、趙國宗、曹俊彥、陳璐茜，共同舉辦活動兩場免費座談。分別以「現代童話故事的開啟者——安徒生」以及「臺灣插畫家與安徒生的相遇——我如何畫安徒生童話插畫」為題座談。
二〇〇五閱讀嘉年華——邀請九位作家主講與安徒生相關主題活動	4/2-4/3	臺北市立圖書館中崙分館	臺北市立敦化國小	四月三日並邀請喜歡為孩子寫故事的林煥彰老師、宋珮、吳望如、黃明堅及陳月文等作家，跟大小朋友暢談「安徒生的童話故事」。
二〇〇五閱讀嘉年華——重燃閱讀安徒生的火光	4/2-4/3	臺北市立圖書館總館與臺灣閱讀協會共同主辦	臺北市立圖書館總館	本活動內容包羅萬象，並以分區方式呈現不同主題，包括：安徒生作品賞析、尋找安徒生尋寶遊戲、安徒生童話創意手工皂工作坊、安徒生童話可以這樣看、安徒生繪本插畫展等。推出這一系列的活動，希望能讓小讀者重新認識安徒生其人其事，以及他所創作的童話故事，進而喜愛閱讀。
二〇〇五「基隆市兒童藝術節——安徒生故事漫遊」	4/6-4/23	基隆市文化中心	基隆市文化中心廣場	為紀念安徒生二〇〇週年活動，基隆市文化局辦理二〇〇五「基隆市兒童藝術節——安徒生故事漫遊」系列活動，參加者以安徒生故事中角色自行設計裝扮，並可現場品嚐丹麥點心、糖果及參觀安徒生特展等活動

活動名稱	日期	主辦單位	地點	活動內容
二〇〇五桃園童話嘉年華	4/6-4/24	桃園縣文化局	桃園縣文化局	桃園縣文化局舉辦了一系列安徒生童話及繪本相關活動，並請來多位兒童文學工作者，有郝廣才、林良、李漢文、黃淑英等人擔任活動講師。
義大利波隆納國際兒童書展暨插畫展	4/13-4/16	新聞局	義大利波隆納	新聞局今年爭取到預算參展，設置臺灣館，共選出李瑾倫、林小杯、唐壽南、徐素霞、張哲銘、陳志賢、陳美燕、陳致元、黃小燕、劉伯樂、劉宗慧、賴馬及張又然十二位插畫家，屆時將在書展現場展示他們的原畫作品。並將前往以藝術聞名的托斯卡尼城市進行兩天的「插畫家研習營」，邀請義大利名插畫家英諾桑提講授插畫創作，以及參觀他的工作室。
二〇〇五閱讀嘉年華	4/19-4/20	臺北市立圖書館總館與臺灣閱讀協會共同主辦	臺北市立圖書館總館	十九日上午十點至十二點，在臺北市圖書館會議室。邀請林良老師就其創作過程與作品演講。現場將展示林老師的著作。演講時間大約六十分鐘。其餘時間為作者、讀者交流時間。
二〇〇五花蓮「繪本祭──圖畫書的魔幻世界」	4/26-5/6	花蓮師院	花蓮師院	舉辦圖畫書相關展覽，並邀請徐素霞演講「繪本創作的秘密花園」，並有稻香國小「洄瀾夢繪花蓮──手工繪本創作展」。
全球化、兒童文學與英語教學研討會	5/13-5/14	教育部、國科會文學中心與文建會主	臺東大學	研討會主題有：英語兒童文學各種文類在英語教學上的應用、如何利用英語兒童文學教材推廣閱讀、英語兒童文學媒體的實用

活動名稱	日期	主辦單位	地點	活動內容
		辦，臺東大學兒童文學研究所、英美語文學系、兒童讀物中心承辦		性、當前英語兒童文學教材的出版與改寫、如何藉英語兒童文學增強英語教學功能。
兒童文學研究與九年一貫教育研討會	5/28-5/29	靜宜大學兒童文學研究室	靜宜大學	此場研討會為第8屆兒童文學與兒童語言學術研討會，其中有多場論文發表及專題演講。
桂文亞擔任民聲文化傳播公司童書出版部門總編輯。	6月			一直致力兒童於創作及出版的桂文亞女士，四月從任職三十二年的聯合報退休，轉任民聲文化傳播公司童書出版部門總編輯，繼續耕耘兒童文學園地。
二○○四年「好書大家讀」年度優良少年兒童讀物揭曉	6月	臺北市立圖書館，民生報，國語日報社主辦		二○○四年「好書大家讀」年度優良少年兒童讀物揭曉，共計九十七冊好書入選，其中套書一套四冊，單冊圖書九十三本。
「開卷‧小小書評家」的推薦書單	6月	中國時報		此份書單是由去年參與「啟蒙假期」讀書心得徵文獲選的國小、國中同學，在這一年來，他們持續享受閱讀，並選出一本最喜愛的書，推薦給同齡的同學。書單內容如下，國小一到三年級組，《螞蟻和西瓜》、《劫後英雄傳》、《小泰的小小貓》；國小四到六年級組《十三歲新娘》、《時間的皺紋》、《碎瓷片》、《遙遠的

活動名稱	日期	主辦單位	地點	活動內容
				野玫瑰村》；國中組《我在伊朗長大（1、2）》、《說不完的故事》、《所羅門王的指環》、《季節書》、《變身》。
「開卷・書評人」的推薦書單	6月	中國時報		此份書單是由長期為「開卷」撰寫書評的童書工作者，以其專家的嚴謹與用心，推薦給教師、家長為孩子添購書籍時最值得信任的參考書，國小一到三年級組，《點》、《小熊沃夫》、《走過法國的貓貓》；國小四到六年級組，《達文西密碼》、《十二歲的行動口令》；國中組，《在天堂遇到的五個人》、《危險心靈》、《人間好時節》、《星星女孩》
全國首座原住民兒童圖書館開幕	7/15	屏東縣瑪家鄉		佛光山星雲大師捐贈二百萬元，在屏東縣瑪家鄉設置了全國第一座原住民兒童圖書館，星雲大師並以個人名義贊助部分名額，讓屏東地區原住民學生，能夠免費就讀佛光山所設學校，讓原住民兒童有更多閱讀和求學的機會。
二○○五圖畫書俱樂部聯展──創作、快樂、玩	7/13-10/16	臺北市立圖書館總館		二○○五圖畫書俱樂部聯展──創作、快樂、玩，於臺北市圖總館地下一樓藝廊舉辦聯展。
臺北兒童藝術節	7/16-8/13	臺北市文化局	臺北市	今年是童話大師安徒生誕生兩百週年，臺北兒童藝術節特別以安徒生童話為主題，推出十八場戶外演出，網羅十多個國內兒童劇團共襄盛舉，同時邀請英國、韓國和保加利亞劇團表演，文化局

活動名稱	日期	主辦單位	地點	活動內容
				長廖咸浩特別扮成安徒生，號召父母趁著暑假，帶孩子接觸藝術。今年兒藝節還邀請英國、保加利亞跟韓國劇團來臺，英國Big Telly演出的小美人魚，特別選在泳池表演，臺灣是該劇團全球巡迴演出的第一站。
漫郵童話特展	7/22-8/13	郵政博物館	郵政博物館	郵政博物館結合臺北兒童藝術節及安徒生紀念活動，展出包括新加坡、香港、波蘭、格瑞那達與丹麥等十幾國百餘款安徒生紀念郵票
魔幻彩筆——英國插畫展	8/5-10/30	國立臺灣美術館與英國文化協會合作辦理	國立臺灣美術館地下一樓兒童繪本區	展出十三位英國著名插畫家作品六十四件，並針對此展規畫主題書展、專題講座、說故事、DIY等相關配合活動，內容主要呈現英國繪本豐富多元的特色與內涵。為了配合本次繪本插畫的展出，英國文化協會特別自英國邀請著名插畫大師 Leo Duff (illustrator) 及說故事專家 Elly Stuart (story teller) 於八月十日至十一日到國立臺灣美術館與大家互動。同時今年赴波隆那參展十二位插畫家的原畫展。
專業圖畫書評論季刊《繪本棒棒堂》出刊	9/5	臺東大學		為了讓臺灣能有一本透過探索團體方式產生的專門討論圖畫書的雜誌，在臺東大學和國家圖書館大力支持下，終於在二〇〇五年九月共同合作發行出版《繪本棒棒堂》圖畫書季刊創刊號，由臺

活動名稱	日期	主辦單位	地點	活動內容
				東大學兒童文學研究所及兒童讀物研究中心編輯企畫。
第十三屆九歌少年兒童文學獎頒獎	9/23	九歌出版社		第十三屆九歌少年兒童文學獎頒獎典禮，行政院文建會少兒文學特別獎：柯惠玲〈珊瑚男孩〉，評審獎：史冀儒〈尋找小丑族〉，推薦獎：劉翰師〈阿西跳月〉，榮譽獎：謝鴻文〈老樹公在哭泣〉、雪涅〈拉薩小子〉、劉美瑤〈白塔〉、饒雪漫〈莞爾的幸福地圖〉、陳維〈變成松鼠的女孩〉
「義大利插畫家研習營」成果研討會	9/24	行政院新聞局	文化大學博愛校區數位演講廳	為讓無法親自參與波隆那國際兒童書展的國內相關人員，也能觀摩國際高水準插畫創作歷程，開啟創作新思維與新領域，特舉辦此活動。
九歌兒童劇團——雪后與魔鏡	10/7-1/22	九歌兒童劇團		本劇改編自安徒生童話《雪后》的九歌新作《雪后與魔鏡》，劇中大量運用大 size 的「布」以及許多俯拾即是的物品，創造變化多端的場景效果。
「呼喚——李潼少年小說的聲音」座談會	10/22	誠品書店、民生報、臺東大學兒童文學研究所	誠品敦南店 B2視聽室	此場座談會邀請多位兒童文學工作者，如：桂文亞、張子樟、許建崑及李潼之妻祝建太舉行座談，講題有李潼的小說世界、李潼和他的家庭。
第六屆國語日報兒童文學牧笛獎	10/29	國語日報社	國語日報社	第六屆國語日報牧笛獎揭曉，童話組第一名從缺，第二名為李宥

活動名稱	日期	主辦單位	地點	活動內容
頒獎				樓〈王后的鏡像〉、李儒林〈披風少年〉，第三名為王文美〈偷回憶的賊〉；佳作三名為黃文輝〈圖書館裡的魔鬼〉，林哲璋「禁止遛狗」傳說〉，王蔚〈女孩的天衣〉；圖畫故事組，第一名從缺，第二名為賴文心〈爸爸與我〉；第三名為何桂華和廖建宏的〈司機爺爺〉；佳作三名為范富玲和張簡麗芳的〈幸福的聲音〉，歐陽柏燕〈童話發芽了〉，張倩華〈早知道〉
潘人木先生過世	11/3			潘人木先生曾任教育廳兒童讀物編輯小組總編輯，主編《中華兒童叢書》及《中華兒童百科全書》，創作、翻譯兒童文學十種，對臺灣兒童文學貢獻良多。
永遠的兒童文學作家李潼先生作品研討會	11/5-11/6	中華民國兒童文學學會	國家市立圖書總館十樓	為了紀念李潼生前為臺灣少年小說的貢獻，十一月五日至六日舉行研討會，邀請海內外的朋友、家人一起參與作品的研討，會中並播放他的照片及創作的民歌，展示作品的手稿及攝影詩集作品的義賣。
二○○五臺東大學兒童文學獎頒獎	11/5	臺東大學兒童文學研究室	臺北市立圖書總館十樓	臺東大學兒童文學獎頒獎典禮，首獎陳佳秀〈好冷的夏天〉；優選陳維鸚〈我們〉；佳作林德姮〈角落，角落〉，入選作品林哲璋〈福爾摩沙惡靈王〉、陳景聰〈冒牌爸爸〉、謝慧菁〈老大傳說〉、陳巧宜〈拼圖〉、呂紹澄〈隱形人〉

活動名稱	日期	主辦單位	地點	活動內容
第一屆福報文學獎揭曉	11/9	人間福報		圖畫書創作獎由來自馬來西亞的許育榮，以《小木偶》獲得首獎；二獎彭益銘《魔法鬍子》；三獎梁可憲《也許你才是弟弟》；佳作蔡淑娟《哞哞哞你是誰》，劉申瑋《誰是菩薩？》，劉燁《綠公雞》。
純繪畫與插畫的合奏──徐素霞個展	11/16 -12/4	新竹縣文化局	新竹縣文化局美術館	展覽內容有繪畫亦有插畫。徐素霞認為純粹繪畫與插畫這兩種創作形式，依表現性質與傳達訴求的異同，有時可以很接近，有時卻又大相逕庭，但都具有各自不同的趣味。將純繪畫與插畫置於同一時空展出，徐素霞希望大家能感受它們獨唱與合奏的樂音、她深藏在每幅畫裡的情感，以及多年來往返異國與家鄉，心靈不斷蛻變的痕跡。
二〇〇五安徒生二〇〇週年誕辰國際童話學術研討會	11/19 -11/20	中華民國兒童文學學會，臺南大學	臺南大學	其中邀請 Lektor Viggo Hjornager Pedersen（丹麥哥本哈根大學文學院教授）、Sylvain AUROUX（法國里昂人文社會高等師範學院校長）、中國朱自強教授（中國海洋大學文學院副院長）多位知名學者進行演講。晚上並舉行九歌兒童劇團──雪后與魔鏡劇團表演。
兒童閱讀嘉年華系列活動一：閱讀小超人及志工表揚頒獎	11/25	教育部	臺北火車站五樓演藝廳，國立中央圖	教育部執行「焦點三百──國民小學兒童閱讀推動計畫」迄今已屆滿一年了，在各項閱讀推廣策略實施，結合各項人力及物力資

活動名稱	日期	主辦單位	地點	活動內容
兒童閱讀嘉年華系列活動三：全國兒童繪本創作及繪本童書展覽			書館臺灣分館	源之有效投入下，使偏遠地區資源不足之焦點學校兒童閱讀推展成果，著實增進許多。為了鼓勵偏遠地區十三縣市焦點學校的小朋友展現閱讀學習成果，教育部特別於二〇〇五年十一月二十五日至二十七日共三天於臺北規畫辦理「兒童閱讀嘉年華」活動
兒童文學專家 Dr. Daniel Hade 訪臺——小小兒童書・大大世界觀	12/3、12/10		誠品敦南兒童小教室	十二月三日「兒童做書——英美童書出版四百年」二千六百頁的《牛津兒童文學百科全書》即將於二〇〇六年二月出版。在此演講中，Dr. Hade 將分享他為此書所撰寫的關於英美童書出版業的篇章。演講內容將介紹英國和北美的主要童書出版社，並回顧四百年來童書出版業界的趨勢和轉變。 十二月十日「故事買賣——經濟、政治、與童書」此演講將著重在過去三十年來政治經濟因素如何影響美國童書市場。大企業的併購使得童書的出版集中在少數出版社手裡，童書的商品化和市場行銷策略賦予了「為兒童寫作和出版」新的意義。本次演講將討論新的出版業者如何看待童書影響當今兒童的閱讀行為。
兒童文學專家 Dr. Daniel Hade 訪臺——專題演講	12/14 -12/15	臺東大學	臺東大學英美系兒文所	舉行兩場演講，題目分別為，「Children and Literature」及「兒童文學作品中的惡魔」。

活動名稱	日期	主辦單位	地點	活動內容
臺灣兒童文學資深女作家作品研討會	12/10 -12/11	臺北市立圖書館總館	中華民國兒童文學學會	會中發表潘人木、嚴友梅等數位資深女作家作品研討。
「用愛彌補」兒童文學獎	12/11	羅慧夫顱顏基金會、國語日報社	假日大飯店環亞臺北貴賓軒	今年金獎作品《我的黑白人生》，作者是臺中市陳平國小五年級的王宜榛小妹妹，她以相當大膽又簡潔的畫風，娓娓道來她從小跟弱視奮戰，直到脫下「獨眼龍」眼罩的過程。銀獎作品《小天使安琪》，作者是來自嘉義北園國小六年級的蘇玲玉小妹妹，去年只獲得「入圍」的她，今年再接再厲。創作出更令人眼睛為之一亮的作品──《小天使安琪》。
焦點300《閱想閱有趣》國小兒童閱讀推動計畫		教育部		教育部為落實兒童閱讀計畫及縮小城鄉落差，自二〇〇五年起推動「焦點三百──國民小學兒童閱讀推動計畫」，選定三百所文化資源不足的國小推動閱讀計畫，逐年投入人力與資源，希望提升閱讀風氣以及學生語文能力。二〇〇五年，教育部與博客來、東森媒體集團邀您一起共襄盛舉，募集五萬本教育部推薦的優良　圖書，捐贈給北、中、南、東及離島各地文化資源不足的國民小學。
第二十五次中小學生優良課外讀物推介評選活動	12/21	新聞局	新聞局二樓	新聞局為了辦好這項活動，特地聘請國內資深兒童文學、教育、生態、資訊及漫畫等各領域的二

活動名稱	日期	主辦單位	地點	活動內容
公佈入選名單				十一位學者專家，在歷經二個月的分組評審後，從一千一百三十四件符合參選資格的作品中選出四百四十六種優良讀物，完成推介評審程序。共有包括《跟爺爺說再見》等四百四十六件作品獲得推介，總推介比例為百分之三十九點三三。
二〇〇六年開卷年度最佳童書揭曉	12/25	中國時報		最佳青少年圖書 《自然科學驚異奇航》文：阿尼達・加奈利（Anita Ganeri）；圖：麥克・菲利浦（Mike Phillips），鄧景元等譯，如何出版社。 《我是大衛》安娜・洪（Anne Holm）著，穆卓芸譯，宇宙光全人關懷機構。 《青銅葵花》曹文軒著，小魯文化公司。 《誰偷了維梅爾》文：布露・巴利葉特（Blue Balliett）；圖：布萊特・赫奎斯特（Brett Helquist），蔡慧菁譯，天下遠見出版公司。 最佳童書 《小石獅》文、圖：熊亮，和英出版社。 《巴斯拉圖書館員》珍娜・溫特著，郝廣才譯，格林文化公司。 《為什麼薯條會這麼迷人？》張文亮著，國語日報社。 《洪通繪畫・無師自通》鄭明進著，青林國際出版公司。 《海之生》文：立松和平，圖：

活動名稱	日期	主辦單位	地點	活動內容
				伊勢英子，林真美譯，青林國際出版公司。 《帶不走的小蝸牛》文：凌拂，圖：黃崑謀，遠流出版公司。 《會飛的祕密》文：林佑儒，圖：楊麗玲，小魯文化公司。
二〇〇五年聯合報讀書人最佳童書揭曉	12/26	聯合報		聯合報讀書人最佳書獎 〈繪本類〉 《帶不走的小蝸牛》文：凌拂，圖：黃崑謀，遠流出版公司。 《鼠牛虎兔》文：王家珍，圖：王家珠，格林文化公司。 《紙戲人》文／圖：愛倫‧賽伊，劉清彥譯，和英出版社。 《烏鴉太郎》文／圖：八島太郎，林真美譯，遠流出版公司。 《草莓》文／圖：新宮晉。 〈讀物類〉 《黃春明──銀鬚上的春天》文：黃春明，遠流出版公司。 《妖精的小孩》文：Eloise McGra，幼獅文化公司。 《獅子男孩2──奇蹟之翼》文：祖祖‧蔻德（Zizou Corder），張定綺譯，大好書屋。 《童話莊子》文：哲也，小魯文化出版公司。 《愛的穀粒》文：楊隆吉，新苗文化公司。

二〇〇五年兒童文學創作書目

書名	作者	繪者	出版地	出版社	出版月份	開數	頁數
撥開橘子以後	劉美瑤	陶一	臺北市	九歌出版社	1	14.9×21	192
紅眼巨人	彭素華	江正一	臺北市	九歌出版社	1	14.9×21	176
在地雷上漫舞	江天陸	貝果	臺北市	九歌出版社	1	14.9×21	194
流星雨	林杏亭	徐建國	臺北市	九歌出版社	1	14.9×21	170
咪咪和六個鐘	黃美廉	黃美廉	臺北市	格林文化事業公司	1	20.7×20.7	36
阿德的門牙	施賢琴	洪意晴	臺北市	潘朵拉文字創意元素工作室	1	30×21.3	36
星星家族妙仙事	汪淑玲	桑曄	臺北市	幼獅文化事業公司	1	14.9×21	201
鞦韆	吳念真	何雲姿	臺北市	遠流出版事業公司	1	28.8×18.6	無頁碼
鞦韆飛起來	吳念真	何雲姿	臺北市	遠流出版事業公司	1	28.8×18.6	無頁碼
追尋美好世界的李澤藩	徐素霞	徐素霞	臺北市	青林國際出版公司	1	21.5×31	31
怪物的好朋友	陳昇悅	莊姿萍	臺北縣	狗狗圖書公司	1	22.1×29	37
青春三部曲——閣樓・春秋茶室・秋菊	吳錦發		臺北市	聯合文學出版社	1	14.9×21	268
非看不可系列1——錢	王曉明	王曉明	臺北市	東西出版事業公司	1	25×25	35
非看不可系列2——回家	王曉明	王曉明	臺北市	東西出版事業公司	1	25×25	35

書名	作者	繪者	出版地	出版社	出版月份	開數	頁數
非看不可系列3——舌頭和鼻子	王曉明	王曉明	臺北市	東西出版事業公司	1	25×25	35
非看不可系列4——青蛙和蛤蟆	王曉明	王曉明	臺北市	東西出版事業公司	1	25×25	35
尋找愛的奇幻獸	鄒敦怜	菲菲	臺北縣	財團法人世界宗教博物館發展基金會附設出版社	1	25.5×25.6	39
孤女的願望	陳能明		臺北市	福地出版社	1	14.6×21	253
西瓜兄弟	簡惠碧	張河泉	臺北市	彩虹兒童文化事業公司	1	24.5×24.8	32
生物界的小流氓	金美香主編		臺北市	新視野圖書出版公司	1	15.1×21	235
科學家螞蟻先生威爾森的故事	管家琪		臺北市	文經出版社	1	14.8×21	191
給孩子們的臺灣歷史童話	盧千惠	戴璧吟	臺北市	玉山社出版事業公司	1	16.8×21	63
追瘋少年——黑肉搞笑誌	卓蘭		臺北市	小知堂文化事業公司	2	14.6×21	203
小狐狸學長大	簡惠碧	張河泉	臺北市	彩虹兒童文化事業公司	2	24.6×24.8	34
百步蛇的新娘	姚亘、王淇	姚亘、王淇	臺北市	信誼基金出版社	2	24.5×25.3	35
獅子燙頭髮	孫晴峰	龐雅文	臺北市	格林文化事業公司	2	21.5×29.8	40

書名	作者	繪者	出版地	出版社	出版月份	開數	頁數
乖乖向前衝	廖大魚	任華斌	臺北縣	小兵出版社	2	14.9×21	251
超魅力壽司男	鄭宗弦	李長駿	臺北縣	小兵出版社	2	14.9×21	251
紅奶羊	沈石溪	楊恩生	臺北市	民生報公司	2	20.1×20.1	161
苦豺制度	沈石溪	楊恩生	臺北市	民生報公司	2	20.1×20.1	166
少年成吉思汗	管家琪		臺北市	文經出版社	2	14.5×21	191
我有媽媽要出嫁	王文華	徐建國	臺北縣	小兵出版社	2	20.5×19.5	164
我的天堂在哪裡	林惠珍		臺北縣	小兵出版社	2	20.5×19.5	163
神秘的旅人	莊孝先	莊孝先	臺北市	夏山文化工坊公司	2	18.1×24	無頁碼
要勇敢喔！——第一次上幼稚園	方梓	皮卡‧豆卡	臺北市	三民書局	2	21.4×20.4	37
兵兵生氣了——第一次離家出走	王明心	吳應堅	臺北市	三民書局	2	21.4×20.4	37
媽咪／寶貝——第一次陪媽媽	簡宛	李廣宇	臺北市	三民書局	2	21.4×20.4	37
元元的願望——第一次陪媽媽回娘家	林黛嫚	趙曉音	臺北市	三民書局	2	21.4×20.4	37
弟弟呢？——第一次失去好朋友	洪于倫	巫佩珊	臺北市	三民書局	2	21.4×20.4	37
救命啊！——第一次搭雲霄飛車	趙映雪	徐萃、姬炤華	臺北市	三民書局	2	21.4×20.4	37

書名	作者	繪者	出版地	出版社	出版月份	開數	頁數
把星星藏起來——第一次自己住外婆家	劉瑪玲	裴蕾	臺北市	三民書局	2	21.4×20.4	37
愛的發條第一次帶媽媽上街	宇文正	徐鐵牛	臺北市	三民書局	2	21.4×20.4	37
鈴，鈴，鈴，請讓路——第一次騎腳踏車	李寬宏	馮念康	臺北市	三民書局	2	21.4×20.4	37
嗯，好好吃！——第一次帶便當	劉靜娟	朱丹丹	臺北市	三民書局	2	21.4×20.4	37
我是大姊頭	可白	徐建國	臺北縣	小兵出版社	2	14.9×21	219
太陽餅名家經典散文合集	可白	徐建國	臺北縣	小兵出版社	2	14.9×21	220
紅燒玉米豬嘴巴	可白	徐建國	臺北縣	小兵出版社	2	14.9×21	47
大野狼想吃麵包	可白	徐建國	臺北縣	小兵出版社	2	14.9×21	47
毛毛兔變禿禿兔	可白	徐建國	臺北縣	小兵出版社	2	14.9×21	47
媽媽不見了	可白	徐建國	臺北縣	小兵出版社	2	14.9×21	47
尾巴壓扁扁	可白	徐建國	臺北縣	小兵出版社	2	14.9×21	47
乖乖把門打開	可白	徐建國	臺北縣	小兵出版社	2	14.9×21	47
胖胖豬縫屁股	可白	徐建國	臺北縣	小兵出版社	2	14.9×21	47
沙坑裡的寶貝	可白	徐建國	臺北縣	小兵出版社	2	14.9×21	47
親子遊戲——動動兒歌飛呀飛	李紫蓉	郝洛玟	臺北市	信誼基金出版社	2	21.4×20.6	53

書名	作者	繪者	出版地	出版社	出版月份	開數	頁數
探險記	吳敏而	賴馬	臺北市	朗智思維科技公司	2	15.1×21	無頁碼
嘟嘟	吳敏而	林傳宗	臺北市	朗智思維科技公司	2	15.1×21	無頁碼
起床啦！小熊	吳敏而	何雲姿	臺北市	朗智思維科技公司	2	15.1×21	無頁碼
太吵了	吳敏而	曹俊彥	臺北市	朗智思維科技公司	2	15.1×21	無頁碼
阿寶在哪裡	吳敏而	黃耀玄	臺北市	朗智思維科技公司	2	15.1×21	無頁碼
小鴨鴨去散步	吳敏而	林純純	臺北市	朗智思維科技公司	2	15.1×21	無頁碼
回家	吳敏而	陳璐茜	臺北市	朗智思維科技公司	2	15.1×21	無頁碼
媽媽買帽子	吳敏而	洪幸芳	臺北市	朗智思維科技公司	2	15.1×21	無頁碼
貓頭鷹的勇敢飛行	吳瑞璧		臺北市	健行文化出版事業公司	3	15×21	178
93年童話選	徐錦成主編	貝果	臺北市	九歌出版社	3	15×21	254
絕對讓你感悟的小故事	白全珍		臺北市	海鴿文化出版圖書公司	3	14.8×21	207
愛不終止	李瑾倫	李瑾倫攝影	臺北市	大塊文化出版公司	3	18.1×24.1	88
風動鳴《鏡照》第五部	水泉		臺北市	春天出版國際文化公司	3	14.8×21	348
送報的小孩	許正芳		臺北市	福地出版社	3	14×21	202
天才叔叔	劉碧玲		臺北市	文房文化事業公司	3	14.8×21	205

書名	作者	繪者	出版地	出版社	出版月份	開數	頁數
飛天豬 vs. 洗狗人	賴曉真	劉文琪	臺北市	文經出版社	3	14.9×21	191
少年八家將	張子樟編		臺北市	民生報公司	3	15×20.7	199
父親的瞭望	吳美幸主編		臺北市	正中書局	3	14.7×20.8	127
天才叔叔	劉碧玲		臺北市	文房文化事業公司	3	14.5×21	205
沒大沒小天才班	陳雅麗		臺北市	圓神出版社	3	14.9×20.8	213
追尋母親的足跡	吳美幸		臺北市	正中書局	3	14.7×20.8	133
非看不可系列5──邊界	王曉明	王曉明	臺北市	東西出版事業公司	3	25×25.1	35
非看不可系列6──細菌	王曉明	王曉明	臺北市	東西出版事業公司	3	25×25.1	35
非看不可系列7──紀錄	王曉明	王曉明	臺北市	東西出版事業公司	3	25×25.1	35
非看不可系列8──地殼	王曉明	王曉明	臺北市	東西出版事業公司	3	25×25.1	35
小大人的心情故事‧阿莫的神仙草	葛翠琳	陳義慧	臺北市	全美文化公司	3	20.5×20.8	無頁碼
感覺	林小昭	Paula Knight	臺北縣	學元文化	3		無頁碼
形狀	林小昭	Paula Knight	臺北縣	學元文化	3		無頁碼
我的家庭	方家瑜	Paula Knight	臺北縣	學元文化	3		無頁碼

書名	作者	繪者	出版地	出版社	出版月份	開數	頁數
我的綠色閱讀妙妙盒四書＋CD 1.妮妮交朋友 2.握握手好嗎？ 3.牙牙的稻草人 4.有你們真好！	世一編企部		臺南市	世一文化事業公司	3	22×15	無頁碼
我的藍色閱讀妙妙盒四書＋CD 1.媽媽的字條 2.月光音樂會 3.我愛叮叮咚 4.玲玲的蛋糕	世一編企部		臺南市	世一文化事業公司	3	22×15	無頁碼
聽話的老爸最偉大	趙寧		臺北市	健行文化出版事業公司	4	15×21	181
啊！腳變長了	柯宛妮	柯宛妮	臺北市	信誼基金出版社	4	20.5×23.6	29
受傷的天使	馬雅	馬雅	臺北市	信誼基金出版社	4	21.4×30.1	31
超人谷	管家琪	張清龍	臺北市	文經出版社	4	20.1×9.9	115
小努力大成就	柯博文	周雄	臺北市	健行文化出版事業公司	4	14.8×21	186
安徒生童話精選	漢斯‧安徒生 (Hans Christian Anderson)	木馬文化編輯部	臺北市	木馬文化事業公司	4	14.8×20.7	291

書名	作者	繪者	出版地	出版社	出版月份	開數	頁數
會飛的秘密	林佑儒	楊麗玲	臺北市	小魯文化事業公司	4	14.8×20.9	149
QQ兄妹	饒雪漫	貝果	臺北市	九歌出版社	4	15×21	177
繪演獨具	芯瑤	芯瑤	臺北市	花園文化事業公司	4	15×20	
這個爸爸超有趣	季無言	張蓬潔	臺北市	幼獅文化事業公司	4	14.8×21	169
都是斑斑惹的禍	謝暉		臺北縣	心田書房事業公司	4	14.8×18	157
小精靈念錯了咒語	張秋生	張化瑋	臺北市	民生報公司	4	21×17.5	63
阿壞不壞	梁永佳	山人形	臺北市	幼獅文化事業公司	4	14.9×21	171
掉在水裡的房子	張秋生	張化瑋	臺北市	民生報公司	4	21×17.5	63
跟太陽賽跑的小孩	邱玉傾		臺北市	文房文化事業公司	4	14.7×21	222
親愛的大黃	王淑菁		臺北縣	狗狗圖書公司	4	18.5×23.5	87
故事讀寫學程學生作品選集	國立臺東大學語文教育學系		臺東市	臺東大學語文教育學系	4	17×23	272
春季的囝仔歌（上）（下）	王金選、林仙龍、謝武彰	吳知娟	臺北市	國語日報社	4	21×20.2	63
夏季的囝仔歌（上）（下）	王金選、林仙龍、謝武彰	陳維霖	臺北市	國語日報社	4	21×20.2	63

書名	作者	繪者	出版地	出版社	出版月份	開數	頁數
秋季的囝仔歌（上）（下）	王金選、林仙龍、謝武彰	施政廷	臺北市	國語日報社	4	21×20.2	63
冬季的囝仔歌（上）（下）	王金選、林仙龍、謝武彰	鍾偉明	臺北市	國語日報社	4	21×20.2	63
迷失的少女	中村小夜子		臺北市	文房文化事業公司	5	14.8×21	226
淘氣賈里歡樂誌	秦文君		臺北市	九歌出版社	5	14.9×21	218
換個腦袋看寓言	林國輝		臺北市	小知堂文化事業公司	5	14.7×21	201
搞怪賈里新鮮事	秦文君		臺北市	九歌出版社	5	15×21	218
風動鳴前篇《風飄》第一部	水泉		臺北市	春天出版國際文化公司	5	14.8×21	262
Paw 在醫院裡	李瑾倫	李瑾倫	臺北市	大塊文化出版公司	5	15.8×21	無頁碼
飛鳥的最後546根羽毛	蕭裕奇		臺中市	印書小舖生活力人文工作室	5	18.7×17	142
老師，不要哭	朱秀芳		臺北市	幼獅文化事業公司	5	14.8×21	173
好吃的帽子	張秋生	張化瑋	臺北市	民生報公司	5	21×17.5	87
紅氣球	張秋生	張化瑋	臺北市	民生報公司	5	21.1×17.5	87
史考特醫生	唐詩婷		臺北市	奇幻基地出版	5	14.7×20.8	205

書名	作者	繪者	出版地	出版社	出版月份	開數	頁數
				城邦文化事業公司			
索嵐	詹詠翔		臺北市	奇幻基地出版 城邦文化事業公司	5	14.7×20.8	189
琉璃天秤	倪逸蓁		臺北市	奇幻基地出版 城邦文化事業公司	5	14.7×20.8	259
一塊錢·買一個夢	張晉霖	洪毅霖、林恩發	臺北市	風車圖書出版公司	5	20.9×25	36
蝴蝶風箏	張晉霖	洪毅霖、張晉霖	臺北市	風車圖書出版公司	5	20.9×25	36
白雲枕頭	張晉霖	洪毅霖、張晉霖	臺北市	風車圖書出版公司	5	20.9×25	36
白鼠公主的南瓜車	張晉霖	洪毅霖、程千芬	臺北市	風車圖書出版公司	5	20.9×25	36
希臘羅馬神話故事：眾神的喜怒哀樂	管家琪改寫		臺北市	幼獅文化事業公司	6	18.5×17	177
恰北北	陳龍明		臺北市	文房文化事業公司	6	14.7×21	237
魯西亞的記事本	王瑞英	李逸倫	臺北市	理得出版公司	6	17×23	140
尋鞋的故事	蕭小士		臺北市	文房文化事業公司	6	14.7×21	218
晉晉的四年仁班	蔡宜容	蔡宜芳	臺北市	小魯文化事業公司	6	14.8×20.8	223

書名	作者	繪者	出版地	出版社	出版月份	開數	頁數
貴豬大飯店	賴曉珍		臺北市	天衛文化圖書公司	6	14.8×21	143
快樂上學趣	王瑞琪	楊麗玲	臺北市	幼獅文化事業公司	6	14.9×21	187
魔鬼新生闖江湖	黃文輝	李長駿	臺北縣	小兵出版社	6	20.5×19.5	160
家	楊喚	黃小燕	新竹市	和英出版社	6	19.7×26.7	32
童話莊子	哲也	徐萃、姬炤華	臺北市	小魯文化事業公司	6	17×21	118
林良的私房畫	林良	林良	臺北市	台灣麥克公司	6	20.5×17	140
老狗阿壞	姜聰味	江正一	臺北市	民生報公司	6	15×21	207
我的貝多芬	林滿秋	陳盈帆	臺北市	青林國際出版公司	6	18.8×23.7	32
大象與小狗	原文／證嚴法師 改編／婁雅君、吳心心	林玉玲	臺北市	遠見天下文化出版公司	6	20×21	59
小猴子	原文／證嚴法師 改編／婁雅君、吳心心	林玉玲	臺北市	遠見天下文化出版公司	6	20×21	59
小小吉祥草	原文／證嚴法師 改編／婁雅君、吳心心	朱明燦	臺北市	遠見天下文化出版公司	6	20×21	59
阿力的夏天日記	陳璐茜		臺北市	國語日報社	6	14.8×21	229
雄鷹金閃子	沈石溪		臺北市	國語日報社	6	14.8×21	255

書名	作者	繪者	出版地	出版社	出版月份	開數	頁數
小兵日記	椰果		臺北市	時報文化出版企業公	6	19.1×21	193
給我一個角落悲傷	郭姮晏、陳豐美	黃木瑩	臺北市	薇閣文化事業公司	6	21.1×19.8	107
最幸福的禮物	唐密、喻麗清	林柏廷	臺北市	大塊文化出版公司	6	21.5×31.4	64
幻覺極限	張之路		臺北市	民生報公司	6	14.7×20.8	231
筆和橡皮擦	陳進隆	卓昆峰	臺北市	臺灣彩虹兒童生命教育協會	6	21.4×29.1	31
明天就出發	林小杯	林小杯	臺北市	上誼文化實業公司	6	19.5×26.7	無頁碼
小椰子流浪記	林立著／謝宛琳改寫	謝宛琳	臺東市	國立臺東大學語文教育學系故事讀寫學程工作小組	6	25.7×18.7	無頁碼
我的媽媽呢？	林立著／范郁玫改寫	范郁玫	臺東市	國立臺東大學語文教育學系故事讀寫學程工作小組	6	26.6×18.7	無頁碼
我的媽媽呢？	林立著／陳美伶改寫	陳美伶	臺東市	國立臺東大學語文教育學系故事讀寫學程工作小組	6	24.1×19.7	無頁碼
東西說話	楊茂秀著／彭筱妤改寫	彭筱妤	臺東市	國立臺東大學語文教育	6	18×24.7	無頁碼

書名	作者	繪者	出版地	出版社	出版月份	開數	頁數
				學系故事讀寫學程工作小組			
快樂上學趣	王瑞琪	楊麗玲	臺北市	幼獅文化事業公司	6	14.9×21	187
夏夜	楊喚	黃本蕊	新竹市	和英出版社	6	19.7×26.7	無頁碼
媽媽的魔法梳	翁文信	余麗婷	臺北市	國立歷史博物館	6	22×28.7	無頁碼
小石獅	熊亮	熊亮	新竹市	和英出版社	7	23.1×25.7	40
魔術師	米糕貴	米糕貴	臺北市	小知堂文化事業公司	7	20.9×20	132
愛的穀粒	楊隆吉	楊隆吉	臺北市	新苗文化事業公司	7	14.9×21	209
天作不合	侯文詠		臺北市	皇冠文化出版公司	7	14.9×20.8	332
飛上天	嚴友梅	林妙貞	臺北市	民生報公司	7	16.4×20	219
姊姊不要哭	津珈祺		臺北市	文房文化事業公司	7	14.7×21	219
天地無聲外傳——第二部	蘇小歡		臺北市	國語日報社	7	14.7×21	366
聰明小童話	陳正治		臺北市	天衛文化圖書公司	7	14.8×20.9	159
芭樂秘密	林佑儒	施姿君	臺北市	小兵出版社	7	20.5×19.5	163
最幸福的人	李文英	GAGA	臺北市	飛寶國際文化公司	7	15.7×21.5	236
結伴同行	沈石溪	楊宛靜	臺北市	幼獅文化事業公司	7	15×21	235

書名	作者	繪者	出版地	出版社	出版月份	開數	頁數
鍾愛哭真勇敢	毛咪	黃南楨	臺北市	飛寶國際文化公司	7	15.8×21.5	207
我的同班同學	趙莒玲	Maruko	臺北市	飛寶國際文化公司	7	15.8×21.5	238
看不見的光	Kowei	Kowei	臺北市	大塊文化出版公司	7	16×20	114
兩株番茄	林梅枝	冉瑞菁	臺北市	彩虹兒童文化事業公司	7	21.5×26.7	56
熊寶寶找幸福	陳進隆	張郁翔	臺北市	彩虹兒童文化事業公司	7	21.5×26.7	60
我的32個臉孔	蔡銀娟		臺北市	美麗殿文化事業公司	7	14.9×19	107
認養一個小妹妹	王惠萱	張嘉芬	臺北市	狗狗圖書公司	7	81.6×23.5	87
幸福鈴	馬琦		臺北市	文房文化事業公司	7	14.6×21	222
追火車的甘蔗囝仔	落蒂		臺北市	生智文化事業公司	7	15×21	223
騎鐵馬看爸爸	李光福	余世宏	臺北縣	狗狗圖書公司	7	18.3×23.4	89
黑色校慶	張清清	朱怡貞	臺北縣	皇城廣告印刷事業公司	7	20.5×20.5	147
老鼠娶新娘	張青絨改編	黃正文	臺南市	世一文化事業公司	7	21.5×29	36
年獸來了	黃慧敏改編	劉伯樂	臺南市	世一文化事業公司	7	21.5×29	36
十二生肖	林淑貞改編	衛敬學	臺南市	世一文化事業公司	7	21.5×29	36

書名	作者	繪者	出版地	出版社	出版月份	開數	頁數
舞旗小子信心揚起	邵正宏		臺北市	飛寶國際文化公司	8	15.5×21.5	216
頭目的手指頭	武維香	吳孟芸	臺北市	飛寶國際文化公司	8	15.7×21.5	239
莞爾的幸福地圖	饒雪漫	Sarah	臺北市	九歌出版社	8	14.8×21	199
尋找小丑族	史冀儒	陶一	臺北市	九歌出版社	8	14.8×21	198
珊瑚男孩	柯惠玲	歐瑪兒	臺北市	九歌出版社	8	14.8×21	199
變成松鼠的女孩	陳維	貝果	臺北市	九歌出版社	8	14.8×21	182
快樂的遠足童年作文簿	可樂王	可樂王	臺北市	自轉星球文化創意事業公司	8	15×20.9	159
我的春夏秋冬	林麗君	林麗琪	新竹市	和英出版社	8	19.9×26.7	92
聽爸爸說童年	路寒袖	邱錫勳	臺北市	玉山社出版事業公司	8	26.6×22.3	31
偷蛋龍	唐唐	唐唐	臺北市	小知堂文化事業公司	8	25.4×19.8	32
陪媽媽回外婆家	路寒袖	邱錫勳	臺北市	玉山社出版事業公司	8	26.7×22.2	31
陽光下的少年投手	姜蜜	吳孟芸	臺北市	飛寶國際文化公司	8	15.7×21.6	239
小兵立大功	武維香	黃南偵	臺北市	飛寶國際文化公司	8	15.7×21.6	237
公園裡的雕像	陳芸心	葉至偉	臺北市	彩虹兒童文化事業公司	8	21.6×26.6	無頁碼
娃娃屋裡的小女孩	管家琪	孫慧榆	臺北市	上誼文化實業公司	8	21×15	79

書名	作者	繪者	出版地	出版社	出版月份	開數	頁數
壹元銅板流浪記	林哲璋	崔麗君	臺北市	上誼文化實業公司	8	21×15	77
大聲公2	劉玉玲	劉玉玲	臺北市	上誼文化實業公司	8	21×15	85
又見吉比與平平	趙映雪	林傳宗	臺北市	上誼文化實業公司	8	21×15	79
植物的旅行	洪志明	鍾易真	臺北市	上誼文化實業公司	8	21×15	79
雲兒翻筋斗	黃春美	周書萱、徐鈞維	宜蘭市	宜蘭縣政府文化局	8	14.9×20.9	167
風中的培養皿	喬伊	黃南榮	臺北縣	八方出版公司	8	13.5×19	152
飛過林邊溪的祖先	陳林		臺北縣	稻田出版公司	8	14.9×21	204
文字魔人1——黑山國小神秘事件	翁昭凱	GAGA	臺北縣	狗狗圖書公司	8	16.9×23.4	181
新編寓言365	童承基、江皎選編	徐亦君、王重圭	臺北縣	正中書局	8	14.8×20.8	365
大野狼與小飛俠	廖炳焜	黃雄生	臺北市	小魯文化事業公司	9	14.7×20.8	231
綠色的悄悄話	陳碏	余沛珈	臺北縣	小兵出版社	9	14.8×20.9	221
那一夏，我們在蘭嶼	王洛夫		臺北縣	小兵出版社	9	14.8×20.9	224
風動鳴前篇《風飄》第二部	水泉		臺北市	春天出版國際文化公司	9	14.8×21	235
小英雄當小兵	馬景賢		臺北市	天衛文化圖書公司	9	20.9×14.8	231

書名	作者	繪者	出版地	出版社	出版月份	開數	頁數
鼠牛虎兔	王家珍	王家珠	臺北市	格林文化事業公司	9	29.7×21.8	53
阿丁的寒假作業	邵正宏	Maruko	臺北市	飛寶國際文化公司	9	16.2×21.6	213
爺爺的傳家寶	毛咪	陳盈帆	臺北市	飛寶國際文化公司	9	16.2×21.6	222
風箏	馨文	周盈汝	臺北市	潘朵拉文字創意出版公司	9	15×18	無頁碼
小小茉莉	琹涵	郝麗珠	臺北市	幼獅文化事業公司	9	14.9×21	187
鹹奶油蛋糕	伍湘芝	閒雲野鶴	臺北市	聯合報公司民生報事業處	9	14.7×20.9	191
向動物學聰明	司馬特（本名林文星）	余麗婷	臺北市	文經出版社	9	14.8×21	191
名偵探柯南之父青山剛昌的故事	凌明玉		臺北市	文經出版社	9	14.7×20.9	175
輪椅上的科學家霍金的故事	吳燈山		臺北市	文經出版社	9	14.7×20.9	175
弟弟不見了	梁永佳		臺北市	文房文化事業公司	9	14.5×21	218
沒毛雞	陳致元	陳致元	新竹市	和英出版社	9	21.7×30.4	40
外太空的拼圖大盜	林瓊芬	鄭君宜	臺北市	文藝復興出版事業公司	9	21.5×30.4	無頁碼
蝴蝶風箏	張晉霖	洪毅霖、張晉霖	臺北市	風車圖書出版公司	9	25×24.9	36

書名	作者	繪者	出版地	出版社	出版月份	開數	頁數
鹹奶油蛋糕	伍湘芝	閒雲野鶴	臺北市	聯合報公司民生報事業處	9	14.6×21	182
水鬼學校和失去媽媽的水獺	甘耀明		臺北縣	寶瓶文化事業公司	9	15×20.8	231
向動物學聰明	司馬特	余麗婷	臺北市	文經出版社	9	14.8×21	191
高個子與矮個子	楊茂秀		臺北市	遠流出版事業公司	10	14.2×20.9	167
香腸班長妙老師	鄭宗弦	任華斌	臺北縣	小兵出版社	10	20.4×19.5	165
阿嬤的滷味	陳肇宜	蔡兆倫	臺北縣	小兵出版社	10	20.4×19.5	165
加油!小女孩	陳棋川		臺北市	福地出版社	10	14.1×21	244
小石頭大流浪	劉克襄	劉克襄	臺北市	玉山社出版事業公司	10	16.9×22	114
我家有個小麻煩	羅彩娟		臺北市	文房文化事業公司	10	14.6×21	255
給像藍天的你	慈濟月刊		臺北市	日月文化出版公司	10	14.8×21	150
魚籐號列車長	李潼		臺北市	聯合報公司民生報事業處	10	14.8×21	287
時空記	周宛潤		臺北縣	正中書局	10	14.8×20.8	202
貓小姐的下午茶	簡惠碧	張河泉	臺北市	彩虹兒童文化事業公司	10	24.6×24.8	32
旅行	簡惠碧	吳嘉鴻	臺北市	彩虹兒童文化事業公司	10	24.6×24.8	32
1.2.3 飛吧！	李郁清、小豆娘改寫	黃瀅潔	臺北市	彩虹兒童文化事業公司	10	24.6×24.8	32

書名	作者	繪者	出版地	出版社	出版月份	開數	頁數
我是爸媽的照相機	凌明玉撰文／薛以柔口述校定		臺北市	國語日報社	10	14.8×21	219
青銅葵花	曹文軒		臺北市	小魯文化事業公司	10	14.8×20.9	286
送給你	童嘉	童嘉	臺北市	天下雜誌公司	10	21.5×20.6	32
中國校園小說選奇幻卷	葛紅兵主編		臺北縣	正中書局	10	14.7×20.8	222
童年懺悔錄	王淑芬	張宸偉	臺北縣	作家出版社	10	14.8×21	191
鹽山	施政廷	施政廷	臺北市	青林國際出版公司	10	28.5×21.8	32
洪通繪畫無師自通	鄭明進	鄭明進	臺北市	青林國際出版公司	10	28.5×21.8	32
是誰偷偷偷走我的淚	鍾宛貞	鍾宛貞	臺中市	自印本	10	14.8×20.9	290
我的寶貝阿嬤	橘皮		臺北市	華文網公司	11	14.8×21	196
蘇東坡這一班	紀展雄、李觀發	蔡振源	臺北市	城邦文化事業公司	11	14.8×20	215
最後的那一堂課	楊國明		臺北市	健行文化出版事業公司	11	14.9×21	230
第一名也瘋狂	黃文輝	施佩吟	臺北縣	小兵出版社	11	14.7×20.9	218
彩虹上的女孩	許正芳		臺北縣	福地出版社	11	14.5×21	222
逃跑的鏡像	李宥樓、王文美、林哲璋	楊麗玲、冉綾珮、郝洛玟	臺北市	國語日報社	11	14.7×20.9	115
爸爸失業了	馬筱鳳	王福鈞	臺北縣	小兵出版社	11	14.7×20.9	190

書名	作者	繪者	出版地	出版社	出版月份	開數	頁數
披風少年	李儒林、黃文輝、王蔚	王陞、劉文綺、王慧縝	臺北市	國語日報社	11	14.7×20.9	106
超人谷 II	管家琪	張清龍	臺北市	文經出版社	11	20×19.8	115
帶不走的小蝸牛	凌拂	黃崑謀	臺北市	遠流出版事業公司	11	22×28.7	47
有一顆植物叫龍葵	凌拂	黃崑謀	臺北市	遠流出版事業公司	11	22×28.7	47
爸爸與我	賴文心	賴文心	臺北市	國語日報社	11	21.5×29.1	36
司機爺爺	何桂華	廖健宏	臺北市	國語日報社	11	21.5×29.1	36
淡紫色的貓	譚柔土		臺北市	文房文化事業公司	11	14.7×21	222
大頭鳥小傳奇	劉克襄	劉克襄	臺北市	玉山社出版事業公司	11	16.9×22	110
沒有城堡的公主	溫小平	蔡嘉驊	臺北市	幼獅文化事業公司	11	14.8×21	199
遲到的開學日	姜蜜作	韓以茜	臺北市	飛寶國際文化公司	11	15.4×21.5	255
怪奇故事袋	管家琪	徐建國	臺北市	幼獅文化事業公司	11	14.9×21	187
不要帶我走	江淑文	陳嘉鈴	臺北市	台灣終止童妓協會	11	26.3×26	無頁碼
蘇菲雅的貓奇奇	陳德慧	陳德慧	臺北市	彩虹兒童文化事業公司	11	21.5×26.7	28
光頭躲避球隊	邵正宗	林傳宗	臺北市	飛寶國際文化公司	11	15.5×21.7	223
蜜蜜心世界3	齊威國際多媒體		臺北縣	INK 印刻出版公司	11	14.9×21	187

書名	作者	繪者	出版地	出版社	出版月份	開數	頁數
台北兒童藝術節：兒童戲劇創作徵選優勝作品選集			臺北市	臺北市政府文化局	11	15×21	288
歡喜冤家	李光福	任華斌	臺北縣	小兵出版社	12	20.6×19.5	163
淘氣小狐仙	王文華	李長駿	臺北縣	小兵出版社	12	20.6×19.5	159
皺紋男孩與說謊女孩	陳沛慈	余佩珈	臺北縣	小兵出版社	12	14.8×20.9	222
雲豹與黑熊	哈古（陳文生）口述／嚴淑女撰文	董小蕙	臺東縣	財團法人臺東縣文化基金會	12	25.8×25.8	32
新安安上學	林武憲	王天佐	臺北縣	富春文化事業公司	12	14.8×21	175
不再流淚的日子	曾景輝		臺北市	福地出版社	12	14.7×21	222
老師，您錯了	詩影		臺北市	滿天星文化出版公司	12	15×21	219
貓頭鷹和他的學生們	詩影		臺北市	滿天星文化出版公司	12	15×21	206
字的童話01——英雄小野狼	林世仁	張毓倩	臺北市	天下雜誌公司	12	16.5×19	79
字的童話02——信精靈	林世仁	鄭淑芬、呂淑恂	臺北市	天下雜誌公司	12	16.5×19	81
字的童話03——怪博士的神奇照相機	哲也	許文綺	臺北市	天下雜誌公司	12	16.5×19	91

書名	作者	繪者	出版地	出版社	出版月份	開數	頁數
字的童話04——巴巴國王變變變	林世仁	楊麗玲、鄭淑芬、黃文玉	臺北市	天下雜誌公司	12	16.5×19	91
字的童話05——十二聲笑	哲也	呂淑恂、吳司璿	臺北市	天下雜誌公司	12	16.5×19	93
字的童話06——福爾摩斯新探案	林世仁	卓昆峰、Mr. B、Pipi	臺北市	天下雜誌公司	12	16.5×19	79
字的童話07——小巫婆的心情夾心糖	哲也	黃純玲、Pipi、林家蓁、郭敏祥	臺北市	天下雜誌公司	12	16.5×19	91
揚揚養烏龜	賴玉蓮	吳知娟	臺北市	行政院農業委員會	12	18.9×26	41
12婆姐	許玲蕙	鐘易真	臺北市	青林國際出版公司	12	21.5×28.7	33
遊園驚夢	白先勇	芳柯瓦（Renata Fucikova）	臺北市	格林文化事業公司	12	28.3×28.6	59
吃飽太閒會完蛋	林慶昭		臺北縣	出色文化事業出版社	12	15×21	189
坑坑洞洞	翁國嘉	鐘易真	金門縣	金門縣政府文化局 聯經出版事業公司	12	21.5×30.4	31
咪咪、古厝、魚	林淑玟	洪義男	金門縣	金門縣政府文化局 聯經出版事業公司	12	21.5×30.4	31

書名	作者	繪者	出版地	出版社	出版月份	開數	頁數
阿金的菜刀	張振松	張振松	金門縣	金門縣政府文化局 聯經出版事業公司	12	21.5×30.4	31
阿公的假牙	黃惠鈴	劉素珍	金門縣	金門縣政府文化局 聯經出版事業公司	12	21.5×30.4	31
風師爺減肥記	黃惠鈴	徐建國	金門縣	金門縣政府文化局 聯經出版事業公司	12	21.5×30.4	31
烏雞孿生白卵	吳聲淼	蔡師偉	新竹縣	新竹縣政府	12	26.5×26.7	31
大烏鳥仔	吳聲淼	蔡師偉	新竹縣	新竹縣政府	12	26.5×26.7	31
掌花介細鳥仔	吳聲淼	蔡師偉	新竹縣	新竹縣政府	12	26.5×26.7	31
鳳凰搖仔	吳聲淼	鍾琴	新竹縣	新竹縣政府	12	26.5×26.7	31
海浪的記憶 我的父親	夏曼‧藍波安	童運金	臺北市	多晶藝術科技公司	12	21.3×26.6	232
沈睡的黑寶石	謝宜云	謝廷理	澎湖縣馬公市	澎湖縣文化局	12	23×25.9	無註明
沈睡的灰姑娘	賴志銘	程千芬	臺北市	慈濟傳播文化志業基金會	12	12.9×18.9	175
風動鳴前篇《風飄》第三部	水泉		臺北市	春天出版國際文化公司	3	14.8×21	272
飛翔在想像的國度	陳秀枝		南投市	南投縣政府文化局	12	14.8×21	250

二〇〇五年兒童文學論述書目

書名	作者（譯者）	出版地	出版社	出版月分	開數	頁數
公主幸福嗎？重讀格林童話	馬景賢、吳知娟	臺北市	民生報公司	1	19.7×20.1	103
飛翔的靈魂	孫建江	臺北市	民生報公司	1	20×20	142
童詩導遊手冊	黃秋芳	臺北市	富春文化事業公司	1	15.1×21	206
兒童文學的遊戲性——臺灣兒童文學初旅	黃秋芳	臺北市	萬卷樓圖書公司	1	15.1×21	437
吃點子的人：劉興欽傳	張夢瑞	臺北市	聯經出版事業公司	1	14.8×21	254
高效閱讀的八個絕招〈安徒生篇 II〉	林淑英	臺北市	旭智文化事業公司	1	19×26	181
幸福的卡通之旅	黃玉蓮	臺北市	大塊文化出版公司	2	17.1×23.1	235
聰明是看故事學來的	米歇爾‧皮格馬 (Michel Piquemal)、譚寶璇譯	臺北市	方智出版公司	2	14.8×20.8	181
妙筆生花——伴你我成長的現代作家	林芝	臺北縣	正中書局	2	14.9×20.9	167
漫卷詩書——伴你我成長現代作家	林芝	臺北縣	正中書局	2	14.9×20.9	161
闖入動物世界	沈石溪	臺北市	民生報公司	2	19.9×20	151
魔導具事典	北山篤監修／黃牧仁、林哲逸、魏煜奇譯	臺北市	奇幻基地出版城邦文化事業公司	2	17×23	397

書名	作者（譯者）	出版地	出版社	出版月分	開數	頁數
詩意的身體	賈克・樂寇（Jacques Lecoq）著／馬照琪譯	臺北縣	桂冠圖書公司	2	15.2×21	212
世界惡女大全	桐生操著／陸蘭芝譯	臺北市	商業周刊出版公司	2	14.8×21	284
偵探蒐藏誌	臉譜偵搜小組	臺北市	臉譜出版公司	2	18.6×20.8	237
走入黑光 DIY——黑光教學指導手冊	臺北市吉林國小黑皮劇團黑光工作室	臺北市	幼獅文化事業公司	2	14.9×21	221
好書指南——2004少年讀物・兒童讀物	曾淑賢策劃	臺北市	臺北市立圖書館	3	20.8×20	186
強力圓超人趙自強的成長魔法書	趙自強	臺北市	幼獅文化事業公司	3	21.1×19	261
巫師與巫術	沃夫剛・貝林格（Wolfgang Behringer）著／林中文譯	臺中市	晨星出版公司	3	13.1×21	115
鬼精靈之書——十二星座的魔幻書	布衣尚、簡貝兒	臺北縣	羚羊文化公司	3	16.5×20	223
鬼魂之謎——揭開詭譎的靈異世界	O'mara Foundation	臺北市	羚羊文化公司	3	14.7×21	199
水彩畫精靈	David Riche、Anna Frankin 著／顏薏芬譯	臺北縣	視傳文化事業公司	3	22.3×28.5	127
彩繪童書兒童讀物插畫創作	Martin Salisbury 著／周彥璋譯	臺北縣	視傳文化事業公司	3	24.3×24.7	144

書名	作者（譯者）	出版地	出版社	出版月分	開數	頁數
大魔法師——咒語書	碧翠絲・菲(Beatrice Phillpotts) 著／文軒、陳秀嫚譯	臺北縣	達觀出版事業公司	3	25.1×27	95
開拓文學沃土	蕭蕭主編	臺北市	聯合文學出版公司	3	14.6×21	237
說故事的領導	Stephen Denning 著／高子梅譯	臺北市	臉譜出版公司	3	14.9×20.9	248
建構戲劇——戲劇教學策略70式	強納森・尼蘭德斯 (John Neelands) 、東尼・古德 (Tony Goode) 著／舒志義、李慧心譯	臺北市	財團法人成長文教基金會	3	19×20.9	152
安徒生剪紙	林樺	臺北市	左岸文化出版社	4	15×21	240
安徒生日記1805-1875	漢斯・克理斯蒂安・安徒生 (Andersen, Hans Christian)著／姬健梅等譯	臺北縣	左岸文化事業公司	4	15.1×21	616
夢童話	潘・普爾斯 (Pam Spurr)著／陳淑娟、徐以瑾譯	臺北市	字工坊文化事業公司	4	19×23.4	133

書名	作者（譯者）	出版地	出版社	出版月分	開數	頁數
兒童戲劇——改編‧實驗‧創作（II）中國篇	陳晞如	宜蘭縣	佛光人文社會學院‧戲劇史暨文化研究中心	4	18.8×24.1	159
故事讀寫教學學術研討會論文集	國立臺東大學語文教育學系主編	臺東市	國立臺東大學語文教育學系	4	21×29.4	225
故事讀寫教學學術研討會手冊	國立臺東大學語文教育學系主編	臺東市	國立臺東大學語文教育學系	4	21×29.4	55
故事讀寫學程學生作品選集	國立臺東大學語文教育學系主編	臺東市	國立臺東大學語文教育學系	4	16.9×23	272
安徒生童話——創意教學	楊涵茹等	臺北市	青林國際出版公司	4	19.2×26	116
安徒生童話——創意手工皂	詹玲瑾、劉家蕙	臺北市	青林國際出版公司	4		93
小王子誕生的旅程	狩野喜彥著／李毓昭譯	臺北市	晨星出版公司	4	14.2×20	172
聖劍傳說	佐藤俊之、F.E.A.R. 著／魏煜奇譯	臺北市	奇幻基地出版城邦文化事業公司	4	17.1×23.1	236
戲劇實驗室——學與教的實驗	Brad Haseman & John O'Toole 著／黃婉萍、陳玉蘭譯譯	臺北市	財團法人成長文教基金會	4	19×21	182
1ST Course 2005年漫畫研究學術研討會暨展覽論文集		臺北市	國立交通大學	4	20.8×29.4	311

書名	作者（譯者）	出版地	出版社	出版月分	開數	頁數
讀劇一格——「第二屆臺灣國際讀劇節」全紀錄	綠光劇團編著	臺北市	行政院文化建設委員會	4	19.8×26.5	218
假戲真做，做中學	John O'Toole & Julie Dunn 著／劉純芬譯	臺北市	財團法人成長文教基金會	4	19.1×20.9	252
小學生必讀的40本好書	管家琪	臺北市	幼獅文化事業公司	5	14.7×21	193
全球化、兒童文學與英語教學研討會論文集會議手冊		臺北市	國立臺東大學兒童文學研究所、英美語文學系	5	21.1×29.7	195
閱讀與觀察	張子樟	臺北市	萬卷樓圖書公司	5	14.9×20.9	364
日本動畫瘋	Patrick Drazen 著／李建興譯	臺北市	大塊文化出版公司	5	17×23	355
召喚師	高平鳴海監修／王書銘譯	臺北市	奇幻基地出版城邦文化事業公司	5	17×23	303
圖像小說的編寫與繪製——連環圖畫創意製作新知	MIKE CHINN 著／張晴雯譯	臺北市	視傳文化事業公司	5	22.2×28.8	127
太陽神的祭品——阿茲特克和馬雅神話	東尼・艾倫 (Tony Allan)、湯姆・魯文斯坦 (Tom Lowenstein)著／余黛玉譯	臺北市	知書房出版社	6	20.1×19.9	139
童話可以這樣看	林玖伶	臺北市	幼獅文化事業公司	6	14.8×21	213

書名	作者（譯者）	出版地	出版社	出版月分	開數	頁數
臺灣兒童文學史	邱各容	臺北市	五南圖書出版公司	6	17×23	292
大人問題	五味太郎著／代紅譯	臺北縣	臺灣實業文化公司	6	18.2×20	222
飛呀！科學小飛俠	張哲生	臺北市	城邦文化事業公司	6	17×23	211
第九屆「兒童文學與兒童語言」學術研討論文集	趙天儀主編	臺北市	富春文化事業公司	6	15×21	318
創意教學活動設計——透明繪本的製作與運用	曾淑美	臺北市	心理出版公司	6	18.5×23.5	125
臺東大學故事讀寫教學論文選集	吳英長、洪文瓊等	臺東市	國立臺東大學	6	21×29.6	261
幻想的地誌學	谷川渥著／許菁娟譯	臺北市	邊城出版城邦文化事業公司	7	15.1×19.5	253
尋找小紅帽	廖揆样、吳信如	臺北縣	宏道文化事業公司	7	16.5×20	149
魔法與巫師	希爾 (Douglas Hill) 著／謝儀霏譯	臺北市	貓頭鷹出版公司	7	22×28.8	61
用圖說故事——安徒生大獎得主羅伯英潘的插畫藝術	圖文／羅伯英潘・莎拉寇克斯譯／廖梅璇、趙美惠	臺北市	格林文化事業公司	7	23.5×28.1	111
女巫：魔幻女靈的狂野之旅	甘黛絲・薩維奇 (Candace Savage) 著／廖詩文譯	臺北市	臉譜出版公司	7	18×22	150

書名	作者（譯者）	出版地	出版社	出版月分	開數	頁數
掉進兔子洞——英倫童書地圖	幸佳慧	臺北市	時報文化出版公司	7	14.7×20	263
高效閱讀的八個絕招——科普閱讀（人類的文明）	何家齊	臺北市	旭智文化事業公司	7	19×26	156
2005臺灣教育戲劇／劇場國際年會	臺北市文化局主辦	臺北市	臺北市文化局	7	20.9×29.4	152
動畫起風雲	唐素芬	香港	天窗出版公司	7	17×21	161
閱讀悅有趣	簡馨瑩、曾文慧、陳凱筑	臺北市	幼獅文化事業公司	8	14.9×21	217
親子共遊童話世界	管家琪著／王金選圖	臺北市	幼獅文化事業公司	8	14.8×20	215
少年愛演戲——11~14歲的戲劇技巧與課程示例	Joss Bennathan 著／張幼玫譯	臺北市	遠流出版事業公司	8	16.1×25.9	259
一個詩人的秘密	林煥彰著／鄭慧荷圖	臺北市	民生報公司	8	19.9×20	134
2005陰陽師千年特集	宋欣穎等著	臺北市	繆思出版公司	8	18×23	79
千年京都——陰陽師與平安朝之旅	櫻井青	臺北縣	西遊記文化	8	18×20.5	142
魔道御書房	洪凌	臺北市	蓋亞文化公司	8	14.4×20	234
城市與冒險	劉鳳芯選書導言	臺北市	誠品公司	8	19.1×21	175
魔法的15堂課	山北篤著／王書銘譯	臺北市	奇幻基地出版城邦文化事業公司	8	17×23	253

書名	作者（譯者）	出版地	出版社	出版月分	開數	頁數
魔術師的饗宴	山北篤、怪兵隊著／陳美幸譯	臺北市	奇幻基地出版城邦文化事業公司	8	17×23	213
我的童話性格——36個超準心理測驗	亞門虹彥著／曹雪麗譯	臺北縣	華立文化事業公司	8	12.9×18.8	206
特教老師的輔導故事	林月仙	臺北市	一家親文化公司	8	14.8×21	222
為什麼小女孩的火柴賣不掉？——寫給經理人的27個管理童話	葛羅莉亞・梅耶 (Gloria Gilbert Mayer)、湯馬斯・梅耶 (Thomas Mayer)著／陳系貞譯	臺北市	究竟出版公司	8	14.8×20.8	275
女巫入門（Witchcraft）	鏡龍司 (Kagami Ryuji) 著／陳岳夫譯	臺北市	城邦文化事業公司商周出版	8	14.7×20.9	145
你是烏龜還是兔子——從伊索預言看人際關係的成功法則	植西聰著／楊嵐譯	臺北市	臺灣國際角川書店公司	8	14.8×21	219
漫畫編劇魔法書	納蘭真	臺北市	杜葳廣告公司	8	14.7×21	203
達爾和他的巧克力冒險工廠	安德魯・唐金 (Andrew Donkin) 著／陳貿聖譯	臺北市	新知出版社	9	17×23	192

書名	作者（譯者）	出版地	出版社	出版月分	開數	頁數
繪本之力	河合隼雄、松居直、柳田邦男著／林貞美譯	臺北市	遠流出版事業公司	9	13.4×19.5	227
海盜	羅伯特‧波恩(Robert Bohn)著／沈丹琦譯	臺中市	晨星出版公司	9	13×20.9	156
插畫散步——從臺北到紐約	黃本蕊	新竹市	和英出版社	9	23.8×23.8	69
脫下斗篷的哈利	鍾淼淼	臺北市	大都會文化事業公司	9	14.8×21	216
魔法師——科學之父眼中的魔法世界	甘黛絲‧薩維奇 (Candance Savage) 著／蘇有薇譯	臺北市	三言社城邦文化事業公司	9	17×22	94
我家小孩不害怕——玩遊戲趕走恐懼	約翰娜‧佛瑞德 (Johanna Friedl) 著／陳素幸譯	臺北市	天下雜誌公司	9	17.5×23.5	141
幼兒文學	鄭瑞菁	臺北市	心理出版公司	9	17×23	418
魔術之旅	真也隆也著／周佩憲譯	臺北市	尖端出版城邦文化事業公司	10	14.6×21	236
魔法靈藥	秦野啟、司馬炳介著／常純敏譯	臺北市	奇幻基地出版城邦文化事業公司	10	17×23	284
李潼先生作品研討會論文集	中華民國兒童文學學會編輯	臺北市	中華民國兒童文學學會	11	14.7×21	320

書名	作者（譯者）	出版地	出版社	出版月分	開數	頁數
神話簡史	凱倫‧阿姆斯壯 (Karen Armstrong)著／賴盈滿譯	臺北市	大塊文化出版公司	11	13×20	215
安徒生二○○週年誕辰國際童話學術研討會論文集	中華民國兒童文學學會編輯	臺北市	中華民國兒童文學學會、國立臺東大學兒童文學研究所	11	14.7×21	294
繪本遊戲場——從手製繪本愛上閱讀與寫作	林美琴	臺北市	天衛文化圖書公司	11	18.7×25.9	191
創造性戲劇理論與實務——教室中的行動研究	林玫君	臺北市	心理出版公司	11	17×23	367
文學圈之理論與實務	侯秋玲、吳敏而	臺北市	朗智思維科技公司	11	14.8×21	154
臺灣兒童文學資深女作家作品研討會‧論文集	中華民國兒童文學學會	臺北市	中華民國兒童文學學會	12	14.7×21	228
生命敘事——「敘事智慧‧生命故事」研討會——研討手冊	教育部主辦、財團法人毛毛蟲兒童哲學基金會承辦	臺北市	財團法人毛毛蟲兒童哲學基金會	12	18.2×25.4	100
幻想生物畫典	文／尼爾‧杜基斯 (Neil Duskis)圖／韋恩‧巴羅 (Wayne Barlowe)譯／李鏽	臺北市	奇幻基地出版城邦文化事業公司	12	19.5×16.6	101

書名	作者（譯者）	出版地	出版社	出版月分	開數	頁數
凡爾納──追求進步的夢想家	Jean-Paul Dekiss 著／馬向陽譯	臺北市	時報文化出版公司	12	12.5×17.7	178
聖修伯里──永遠的小王子	Nathalie des Vallieres 著／顏湘如譯	臺北市	時報文化出版公司	12	12.5×17.7	130
《納尼亞傳奇》導讀	迪曲斐 (Christine Ditchfield)著／賀安慈譯	臺北市	雅歌出版社	12	13.8×20.9	214
讓孩子愛讀書	朱錫林、朱玉環	臺北市	臺視文化事業公司	12	14.9×21	213
打開繪本學語文	趙鏡中、賴玉蓮、李玉貴、黃敏、范姜翠玉	臺北市	臺灣小學語文教育學會	12	18.8×23	109
納尼亞的呼喚	艾迪史密斯 (Mark Eddy Smith)著／錢莉華譯	臺北縣	華宣出版公司	12	14.8×21	206
故事歡樂遊──故事人推廣手冊	財團法人毛毛蟲兒童哲學基金會編集	臺北市	財團法人毛毛蟲兒童哲學基金會	12	14.7×21	253
從科學到想像──從地心到太空的科學冒險，科幻之父凡爾納百部作品中的科學預言	菲利普・德・拉寇塔迪耶 (Philippe de la Cotardiere)、尚－保羅・德奇斯 (Jean-	臺北市	邊城出版城邦文化事業公司	12	21.3×26.2	232

書名	作者（譯者）	出版地	出版社	出版月分	開數	頁數
	Paul Dekiss)、密歇爾‧寇榮 (Michel Crozon)、亞歷桑卓‧達希俄 (Alexandre Tarrieu)、蓋布希爾‧戈奧 (Gabriel Gohau)著／陳姿穎、侯憲勛、洪鈺婷譯					
魔法聖經	安瑪莉‧蓋勒格爾 (Ann-Marie Gallagher) 著／林宜姍譯	臺北市	尖端出版 城邦文化事業公司	無註明	22×20.8	404

二〇〇五年兒童文學翻譯書目

書名	作者 （譯者）	出版地	出版社	出版 月分	開數	頁數	國別
帝托拉傳奇8 ——凱旋歸來	艾蜜莉・羅達 (Emily Rodda) 著／蘇有薇譯	臺北市	小知堂文化業 公司	1	14.6×21	197	無
呼吸	唐娜・喬・娜 波莉 (Donna Jo Napoli) 著 ／李薇拉譯	臺北縣	繆思出版公司	1	13.7×20	239	美國
向達倫大冒險 11——暗黑之 王	向達倫 (Darren Shan) 著／吳俊宏譯	臺北市	皇冠文化出版 公司	1	14.9×20.9	231	英國
帶著老師一起 蹺課	高科正信著／ 林玟玲譯	臺北市	新苗文化事業 公司	1	14.6×21	174	日本
獅子男孩	祖祖・蔻德 (Zizou Corder) 著／ 張定綺譯	臺北市	大好書屋出版 公司	1	14.9×21	335	英國
又見席拉	桃莉・海頓 (Torey L. Hayden) 著／ 繆靜玫譯	臺北市	新苗文化事業 公司	1	14.8×21.1	380	美國
魔怪2——吃 店幽靈裘克	艾樂維・穆海 勒 (Elvire Murail) 等著 ／林世麒譯	臺北市	新苗文化事業 公司	1	14.9×21	219	法國
魔怪3——虛 擬美女那塔莎	艾樂維・穆海 勒 (Elvire	臺北市	新苗文化事業 公司	1	14.9×21	207	法國

書名	作者（譯者）	出版地	出版社	出版月分	開數	頁數	國別
	Murail) 等著／林世麒譯						
鵓鴣鳥巢裡的孩子們	金賢花著／金哲譯	臺北市	新苗文化事業公司	1	14.9×21	221	韓國
我心愛的甜橙樹	約瑟‧德維斯康塞羅 (Jose Mauro de Vasconcelos) 著／葛窈君譯	臺北市	大塊文化出版公司	1	14.1×20	282	巴西
陪我走到世界的盡頭——少年摩摩的成長故事	艾力克－埃馬紐埃爾‧史密特 (Eric-Emmanuel Schmitt)著／林雅芬譯	臺北市	方智出版社	1	15×20.9	110	法國
淘氣鬼的口袋	灰谷健次郎著／許慧貞譯	臺北縣	新雨出版社	1	15×20.1	298	日本
十二國記圖南之翼	小野不由美著／米娜譯	臺北市	尖端出版公司	1	14.5×21	448	日本
蝴蝶獅	麥克‧莫波格 (Michael Morpurgo) 著／幸佳慧譯	臺北市	台灣東方出版社	1	15×21	139	英國
陰森的洞穴	雷蒙尼‧史尼奇 (Lemony Snicket)著／劉鑫豐譯	臺北市	遠見天下文化出版公司	1	14.8×20.5	292	美國
奧莉的海洋	Kenin Henkes 著／趙永芬譯	臺北市	小魯文化事業公司	1	14.8×20.9	203	美國

書名	作者（譯者）	出版地	出版社	出版月分	開數	頁數	國別
小鼠紅花歷險記	艾非 (Avi) 著／蔡慧菁譯	臺北市	遠見天下文化出版公司	1	14.8×20.9	220	美國
吸血鬼獵人 D 9D——蒼白的墮天使1	菊地秀行著／高胤堯譯	臺北市	奇幻基地出版 城邦文化出版公司	1	14.7×21	209	日本
仙女	莫莉卡·費特 (Monika Feth) 著／張淑惠譯	臺北市	麥田出版公司	1	14.9×21	262	德國
魔法的條件	黛安娜·韋恩·瓊斯 (DianaWynne Jones) 著／張君玫譯	臺北市	尖端出版公司	1	14.5×21	314	英國
魔法城堡	伊迪絲·內斯比特 (Edith Nesbit)著／薛小曼譯	臺北市	知書房出版社	1	15.1×21	308	英國
5個孩子和鳳凰與魔毯	伊迪絲·內斯比特 (Edith Nesbit) 著／薛小曼譯	臺北市	知書房出版社	1	15.1×21	278	英國
5個孩子和一個護身符	伊迪絲·內斯比特 (Edith Nesbit) 著／薛小曼譯	臺北市	知書房出版社	1	15.1×21	330	英國
5個孩子和一個怪物	伊迪絲·內斯比特 (Edith Nesbit) 著／薛小曼譯	臺北市	知書房出版社	1	15.1×21	235	英國

書名	作者（譯者）	出版地	出版社	出版月分	開數	頁數	國別
義肢天使亞當・金	朴貞姬著／林玉葳譯	臺北縣	狗狗圖書公司	1	18.6×23	139	韓國
四隻手指的鋼琴天使——喜芽的日記	李喜芽著／林玉葳譯	臺北縣	狗狗圖書公司	1	18.6×23	205	韓國
幻獸6——如來變	夢枕貘著／高詹燦譯	臺北市	奇幻基地出版城邦文化出版公司	1	14.6×21	214	日本
「直到生命的電池耗盡」的伙伴們：六篇感人物語	宮本雅史著／劉姿君譯	臺北市	台灣國際角川書店公司	1	13.4×19.2	136	日本
科學知識童話記	文／尹熙正圖／朱美惠譯／高石千	臺北縣	人類智庫出版集團公司	1	18.8×24.6	167	韓國
自然探索童話記	文／尹熙正圖／朱美惠譯／高石千	臺北縣	人類智庫出版集團公司	1	18.8×24.6	167	韓國
動物生態童話記	文／尹熙正圖／朱美惠譯／高石千	臺北縣	人類智庫出版集團公司	1	18.8×24.6	167	韓國
植物觀察童話記	文／尹熙正圖／朱美惠譯／高石千	臺北縣	人類智庫出版集團公司	1	18.8×24.6	167	韓國
種植流星的人	安琪拉・那涅第著／李依瑾譯	臺北市	玉山社出版事業公司	2	13×19	190	義大利
吸血鬼獵人D9D——蒼白的墮天使2	菊地秀行著／高胤唳譯	臺北市	奇幻基地出版城邦文化出版公司	2	14.7×21	212	日本

書名	作者（譯者）	出版地	出版社	出版月分	開數	頁數	國別
陰陽師——晴明取瘤	夢枕獏著／茂呂美耶譯	臺北市	繆思出版公司	2	14.2×18	156	日本
十二國記黃昏之岸・曉之天（上）	小野不由美著／陳惠莉譯	臺北市	尖端出版公司	2	14.5×21	261	日本
十二國記黃昏之岸・曉之天（下）	小野不由美著／陳惠莉譯	臺北市	尖端出版公司	2	14.5×21	273	日本
我和貓柳先生的夏天	勇嶺薰	臺北市	麥田出版公司	2	13.1×19	260	日本
墨水心	柯奈莉雅・馮克 (Cornelia Funke) 著／劉興華譯	臺北市	大田出版公司	2	14.9×21	436	德國
透明人的小屋	島田莊司著／郭清華譯	臺北市	麥田出版公司	2	13×19	297	日本
拉拉與我	笛米特・伊求著／鄭晴如譯	臺北市	小魯文化事業公司	2	17×21	143	德國
刺青媽媽	Jacqueline Wilson 著／沙永玲譯	臺北市	小魯文化事業公司	2	14.8×21	299	英國
班愛安娜	彼得・赫爾德林 (Peter Heartling) 著／徐潔譯	臺北市	財團法人基督教宇宙光全人關懷機構	2	13.5×19.6	165	德國
小淘氣達先卡	卡雷爾・恰佩克 (Karel Capek) 著／李毓昭譯	臺北市	晨星出版公司	2	14×20	93	捷克

書名	作者（譯者）	出版地	出版社	出版月分	開數	頁數	國別
天使的魔咒	戴安娜・韋恩・瓊斯 (Diana Wynne Jones)著／張君玫譯	臺北市	尖端出版公司	2	14.6×21	317	英國
天之瞳——幼年篇 I	灰谷健次郎著／黃瑾瑜譯	臺北市	新雨出版社	2	15×20	311	日本
計數器少年	文／石田衣良 圖／葉凱翎 譯／王詩怡	臺北市	木馬文化事業公司	2	15×21	283	日本
用左手走路的孩子	珍妮・華倫 (Jane Warren)著／史錫蓉譯	臺北市	新苗文化事業公司	2	14.7×21	189	英國
我們扭曲的英雄	李文烈著／權史友譯	臺北市	大塊文化出版公司	2	14×20	164	韓國
魔怪——幕後黑手威廉先生	艾樂薇・穆海勒 (ElivreMurail) 等著／林世麒譯	臺北市	新苗文化事業公司	2	14.8×21	213	法國
魔怪——神秘主人阿利亞斯	艾樂薇・穆海勒 (Elivre Murail) 等著／林世麒譯	臺北市	新苗文化事業公司	2	14.8×21	213	法國
雞皮疙瘩35——海綿怪客	R.L. 史坦恩 (R.L.STINE)著／陳芳智譯	臺北市	城邦文化事業公司 商周出版事業部	2	14×21	165	美國
禮物	史賓賽・強森 (Spencer	臺北市	城邦文化事業公司	2	15.5×21.5	141	美國

書名	作者（譯者）	出版地	出版社	出版月分	開數	頁數	國別
	Johnson) 著／莊麗君譯		商周出版事業部				
原來如此	約瑟夫・拉雅德・吉普林 (Joawph Rudyard Kipling) 著／張惠凌譯	臺北市	晨星出版公司	2	14×20.2	215	英國
尖牙利爪	舟・沃頓 (Jo Walton) 著／周文浩譯	臺北市	奇幻基地出版城邦文化出版公司	2	14.8×20.9	378	英國
天堂村	辛西亞・勞倫特 (Cynthia Rylant)著／劉清彥譯	臺北市	財團法人基督教宇宙光全人關懷機構	2	13.5×19.6	106	美國
搗蛋鬼日記2	萬巴著／思敏譯	臺北市	水星文化事業出版社百善書房	2	14.8×21	251	義大利
搗蛋鬼提爾	耶里希・凱斯特納 (Erich Kastner) 著／蕭如芳等譯	臺北市	大田出版公司	2	16.6×20	78	德國
那隻見過上帝的狗	迪諾・布札第 (Dino Buzzati) 著／梁若瑜譯	臺北市	皇冠文化出版公司	2	15×20.8	303	義大利
時光之輪5 ——天空之火（下）	羅伯特・喬丹 (Robert Jordan) 著／李鐳譯	臺北市	奇幻基地出版城邦文化出版公司	2	14.8×21	356	美國

書名	作者 （譯者）	出版地	出版社	出版 月分	開數	頁數	國別
科學原理童話	文／黃根基 圖／姜榮洙等 譯／袁君琁	臺北縣	人類智庫出版 集團公司	2	21.7×26.2	79	韓國
科學遊戲童話	文／黃根基 圖／姜榮洙等 譯／袁君琁	臺北縣	人類智庫出版 集團公司	2	21.7×26.2	79	韓國
科學概念童話	文／黃根基 圖／姜榮洙等 譯／袁君琁	臺北縣	人類智庫出版 集團公司	2	21.7×26.2	79	韓國
小女巫薇荷特	瑪莉・德布萊珊 (Maie Desplechin) 著／武忠森譯	臺北市	允晨文化事業公司	3	14.9×21	172	法國
拉拉、我和動物們	笛米特・伊求著／鄭晴如譯	臺北市	小魯文化事業公司	3	17×21	125	德國
銀色幻界二部曲──銀色之城	克里夫・麥可尼許 (Cliff NcNish) 著／王幼慈譯	臺北市	小知堂文化事業公司	3	14.6×21	284	英格蘭
冰與火之歌三部曲（卷一）──烈焰餘溫	喬治・馬汀 (George R.R.Martin)著／鄭永生譯	臺北市	高富國際文化公司	3	15×21	445	美國
冰與火之歌三部曲（卷二）──風雪寧靜	喬治・馬汀 (George R.R. Martin)著／林以舜、鄭永生譯	臺北市	高富國際文化公司	3	15×21	461	美國

書名	作者（譯者）	出版地	出版社	出版月分	開數	頁數	國別
威化餅乾的椅子	江國香織著／黃穎凡譯	臺北市	大好書屋出版公司	3	15×21	215	日本
超時空少年 1——死亡商人	D.J. 麥克海爾 (D.J.MacHale) 著／王師譯	臺北市	奇幻基地出版城邦文化出版公司	3	14.7×20.9	346	美國
吸血鬼獵人 D9D——蒼白的墮天使 3	菊地秀行著／高胤喨譯	臺北市	尖端出版公司	3	14.7×20.9	198	日本
一無所有	娥蘇拉·勒瑰恩 (Ursula K. Le Guin)著／黃涵榆譯	臺北市	遠足文化事業公司	3	13.9×20	422	美國
讓孩子看見愛	瑞克·白坦斯坦 (Frederick H. Berenstein) 著／史錫蓉譯	臺北市	新苗文化事業公司	3	14.7×21	225	美國
雞皮疙瘩 36——禮堂的幽靈	R.L. 史坦恩 (R.L.STINE) 著／孫梅君譯	臺北市	城邦文化事業公司 商周出版事業部	3	14×21.9	171	美國
十二國記華胥之幽夢	小野不由美著／陳惠莉譯	臺北市	尖端出版公司	3	14.6×21	343	日本
野地獵歌	威爾森·羅絲 (Wilson Rawls) 著／柯惠琮譯	臺北市	小魯文化事業公司	3	14.8×20.8	371	美國
愛地球動物會議議題 1——壽司狸的免洗筷	文／瑪麗露 圖／安德魯 譯／陳昭蓉	臺北市	遠見天下文化出版公司	3	13×18.7	63	日本

書名	作者 （譯者）	出版地	出版社	出版 月分	開數	頁數	國別
愛地球動物會議議題 2——麵包鼠的隨身杯	文／瑪麗露 圖／安德魯 譯／陳昭蓉	臺北市	遠見天下文化出版公司	3	13×18.7	59	日本
愛地球動物會議議題 3——可樂鷹的環保車	文／瑪麗露 圖／安德魯 譯／陳昭蓉	臺北市	遠見天下文化出版公司	3	13×18.7	59	日本
冰與火之歌三部曲（卷三）——劍雨風暴	喬治‧馬汀 (George R. R. Martin) 著／林以舜、張倩茜、鄭永生譯	臺北市	高富國際文化公司	4	15×21	480	美國
魔眼少女佩姬蘇六部曲——地底的怪獸	賽奇‧布魯梭羅 (Serge Brussolo) 著／胡瑛譯	臺北市	小知堂文化事業公司	4	14.7×21	332	法國
羅馬少年偵探七部曲——朱比特的敵人	卡洛琳‧勞倫斯 (Caroline Lawrence) 著／王幼慈譯	臺北市	小知堂文化事業公司	4	14.7×21	267	美國
人魚公主	漢斯‧克理斯蒂安‧安徒生著／任溶溶譯	臺北市	小知堂文化事業公司	4	15.8×21.4	227	丹麥
賣火柴的女孩	漢斯‧克理斯蒂安‧安徒生著／任溶溶譯	臺北市	民生報公司	4	15.8×21.4	227	丹麥
醜小鴨	漢斯‧克理斯蒂安‧安徒生著／任溶溶譯	臺北市	民生報公司	4	15.8×21.4	239	丹麥

書名	作者（譯者）	出版地	出版社	出版月分	開數	頁數	國別
國王的新衣	漢斯・克理斯蒂安・安徒生 著／任溶溶譯	臺北市	民生報公司	4	15.8×21.4	239	丹麥
向達倫大冒險12命運之子	向達倫 (Darren Shan) 著／吳俊宏譯	臺北市	皇冠文化出版公司	4	15×21.8	248	英國
殺死99隻貓的少女	明日香・騰森 著／王玲琇譯	臺北市	圓神出版社	4	14.8×20.9	333	日本
有你，我不怕	尼可羅・亞曼尼提 (Niccolo Ammaniti) 著／陳義隆譯	臺北市	皇冠文化出版公司	4	15×20.7	223	義大利
小狼的學壞筆記本	伊恩・威伯 (Ian Whybrow) 著／郭郁君譯	臺北市	玉山社出版事業公司	4	15.1×21	137	英國
神奇神奇語言國	艾瑞克・歐森納 (Erik Orsenna) 著／程文譯	臺北市	圓神出版社	4	14.8×20.8	206	法國
小狼的英勇事蹟日記簿	伊恩・威伯 (Ian Whybrow) 著／郭郁君譯	臺北市	玉山社出版事業公司	4	15.1×21	140	英國
氣死人	莎賓娜・陸德薇 (Sabine Ludwig) 著／林倩葦譯	臺北市	台灣商務印書館公司	4	14.8×21	121	德國
深夜小狗的神秘習題	馬克・海登 (Mark Hadden) 著／林靜華譯	臺北市	大塊文化出版公司	4	14×20	294	英國

書名	作者（譯者）	出版地	出版社	出版月分	開數	頁數	國別
番紅花謀殺案	哈拉德‧帕力格 (Harald Parigger) 著／劉興華譯	臺北市	允晨文化事業公司	4	15.1×21	221	德國
休休與恰恰——狸兄弟的故事	安珠英著／嚴蘭英譯	臺北市	新苗文化事業公司	4	15×21	200	韓國
第三個願望	泰瑞‧普萊契 (Terry Pratchett) 著／謝其濬譯	臺北市	遠見天下文化出版公司	4	14.7×20.5	361	英國
時間的皺紋	麥德琳‧蘭歌 (Madeleine L'Engle) 著／黃聿君譯	臺北市	繆思出版公司	4	14×20	253	美國
憂容童子	大江健三郎著／劉慕沙譯	臺北市	時報文化出版公司	4	14.7×20.9	381	日本
編織的女孩	巴斯卡‧雷內 (Pascal Laine) 著／簡伊玲譯	臺北市	皇冠文化出版公司	4	15×20.8	174	法國
蘿拉之聖杯傳奇（上）	彼得‧符倫德 (Peter Freund) 著／李士勛譯	臺北市	希代書版集團發行	4	15×21	272	德國
蘿拉之聖杯傳奇（下）	彼得‧符倫德 (Peter Freund) 著／李士勛譯	臺北市	希代書版集團發行	4	15×21	288	德國
安徒生故事全集	安徒生著／林樺譯	臺北市	聯經出版事業公司	4	16×21.6	428、469、484、467	丹麥

書名	作者 （譯者）	出版地	出版社	出版 月分	開數	頁數	國別
哭過，才知有幸福	李知宣著／金炫辰譯	臺北市	INK 印刻出版公司	4	14.9×21	230	韓國
魔女死之屋	篠田真由美著／王蘊潔譯	臺北市	麥田出版公司	4	13.1×19	201	日本
虹果村的密室之謎	有栖川有栖著／王蘊潔譯	臺北市	麥田出版公司	4	13.1×19	295	日本
腦袋裡的小矮人	克莉絲蒂娜・涅斯林格著／夏陽譯	臺北市	小魯文化事業公司	4	14.8×21	211	奧地利
少年偵探隊──校園綁架案	瑞妮・郝勒(Renee Holler)著／明天編譯小組譯	臺北市	明天國際圖書公司	4	16.9×23	64	德國
少年偵探隊──校園綁架案	瑞妮・郝勒(Renee Holler)著／明天編譯小組譯	臺北市	明天國際圖書公司	4	16.9×23	64	德國
時間不等鼠	麥克・霍伊(Michael Hoeye)著／李淑珺譯	臺北市	時報文化出版公司	4	14.8×20	260	美國
鼠貓會	麥克・霍伊(Michael Hoeye)著／宋瑛堂譯	臺北市	時報文化出版公司	4	14.8×20	290	美國
鼠戲登場	麥克・霍伊(Michael Hoeye)著／郭郁君譯	臺北市	時報文化出版公司	4	14.8×20	299	美國

書名	作者（譯者）	出版地	出版社	出版月分	開數	頁數	國別
吸血鬼獵D9D──蒼白的墮天使4	菊地秀行著／高胤曉譯	臺北市	奇幻基地出版城邦文化出版公司	4	14.9×21	214	日本
羅馬少年偵探七部曲──朱比特的敵人	卡洛琳・勞倫斯 (Caroline Lawrence) 著／王幼慈譯	臺北市	小知堂文化事業公司	4	14.8×21.1	267	美國
黃色小提琴	湯瑪斯・布雷其納 (Thomas Brezina) 著／唐薇譯	香港	和平圖書公司	4	14.9×21	189	奧地利
想念的季節	申敬淑著／沙小雯譯	臺北市	福地出版社	4	14.6×21	184	韓國
陰陽師──太極卷	夢枕貘著／茂呂美耶譯	臺北市	繆思出版公司	5	14.9×20	222	日本
SAM, 男孩和他的臉	Tom Hallman, Jr.著／陳秋萍譯	臺北市	遠流出版事業公司	5	14.8×20.9	258	美國
魔眼少女佩姬蘇五部曲──恐怖黑城堡	賽奇・布魯梭羅 (Serge Brussolo)著／胡瑛譯	臺北市	小知堂文化事業公司	5	14.8×21	270	法國
小狼的鬧鬼學堂專收小恐怖鬼	文／伊恩・威伯 (Ian Whybrow) 圖／東尼・羅斯 (Tony Ross) 譯／郭郁君	臺北市	玉山社出版事業公司	5	15×21	136	英國

書名	作者（譯者）	出版地	出版社	出版月分	開數	頁數	國別
說不出口的感動——令人落淚的父母之愛	木村耕一編著／文竹譯	臺北市	圓神出版社	5	14.8×20.8	222	日本
11個小孩10雙鞋	艾倫·波特(Ellen Potter)著／林怡譯	臺北市	新苗文化事業公司	5	14.7×21	181	美國
別哭，星星會升起	辛相雄著／都勇譯	臺北市	新苗文化事業公司	5	15×21	213	韓國
消失在月夜	佐佐木赫子著／彭懿譯	臺北市	小魯文化事業公司	5	14.8×20.8	165	日本
羅德斯島戰記第六部——羅德斯之聖騎士（上）	水野良著／哈泥蛙譯	臺北市	蓋亞文化公司	5	14.5×20	281	日本
羅德斯島戰記第六部——羅德斯之聖騎士（下）	水野良著／哈泥蛙譯	臺北市	蓋亞文化公司	5	14.5×20	346	日本
搶救海克力斯	法蘭西斯卡·賽門(Francesca Simon)著／余宜芳譯	臺北市	臺灣商務印書館公司	5	14.9×21	175	美國
阿巴拉特二部曲——惡夜將臨	克里夫·巴克(Clive Barker)著／洪世民譯	臺北市	大好書屋出版公司	5	16.2×24.4	501	美國
雞皮疙瘩38—妖獸森林	R.L. 史坦恩(R.L.STINE)著／孫梅君譯	臺北市	城邦文化事業公司商周出版事業部	5	14×21	169	美國

書名	作者（譯者）	出版地	出版社	出版月分	開數	頁數	國別
安娜在祈禱	大豐 (FYNN) 著／薛芙譯	臺北市	大田出版公司	5	14.7×21	237	英國
蒸氣男孩	原作／大友克洋 改寫／村井 翻譯／章澤儀	臺北市	台灣國際角川書店公司	5	12.9×18.7	237	日本
最好的朋友	賈桂琳・威爾森 (Jacqueline Wilson) 著／陳雅茜譯	臺北市	遠見天下文化出版公司	5	14.9×20.5	261	英國
當幸福來臨時	米莉亞・裴勒斯 (MirjamPressler) 著／李紫蓉譯	臺北市	臺灣東方出版社	5	15.1×21	235	德國
奇幻朝聖團	黛安娜・韋恩・布斯 (Diana Wynne Jones) 著／子玉譯	臺北市	尖端出版公司	5	14.6×21	414	英國
拯救貧窮學園	黛安娜・韋恩・布斯 (Diana Wynne Jones) 著／子玉譯	臺北市	尖端出版公司	5	14.5×21	404	英國
鬧鬼的學校宿舍	湯瑪斯・布雷其納 (Thomas Brezina) 著／唐薇譯	臺北市	和平圖書出版社	5	15.1×21	219	奧地利

書名	作者（譯者）	出版地	出版社	出版月分	開數	頁數	國別
在世界開始的早晨	黑田晶著／張秋明譯	臺北市	皇冠文化出版公司	5	14.9×20.8	219	日本
心靈維他命2	朴聖哲著／徐若英譯	臺北市	三采文化出版事業公司	5	17×23	190	韓國
不怕冷的鳥	文／左朗·得文卡 (Zoran Drvenkar) 圖／馬丁·巴特夏 (Martin Balscheit) 譯／劉興華	臺北市	巨河文化公司	5	20.5×19.8	75	德國
黑珍珠	Scott O'Dell 著／吳夢恬譯	臺北市	小魯文化事業公司	5	14.7×21	157	美國
蘇丹與冒失鬼	文／史勞蒂亞·史博來 (Carl Hanser) 圖／席比勒·海恩 (Verlag Munchen Wien) 譯／蔡長倫	臺北市	愛智圖書公司	5	18×24	89	德國
少年偵探隊——被禁的神廟	米萊娜·拜雪 (Milena Baisch)、邵亞·費德爾 (Sonja Fidler) 著／明天編譯小組譯	臺北市	明天國際圖書公司	5	16.9×23	96	德國
文盲	雅歌塔·克里斯多夫 (Agota	臺北市	小知堂文化事業公司	6	14.7×21	76	匈牙利

書名	作者（譯者）	出版地	出版社	出版月分	開數	頁數	國別
	Kristof) 著／胡瑛譯						
石林高塔	派翠西亞・麥奇莉普 (Partircia A. McKillip)著／魏靖儀譯	臺北市	詠星藝能事業部	6	14.8×21	281	無
寂寞知心俱樂部	沃夫・史塔克 (Ulf Stark)著／許明煌譯	臺北市	遠流出版事業公司	6	15.2×21.5	68	瑞典
五歲的眼淚	丁埰琫著／文田社譯	臺北市	福地出版社	6	14.5×21	217	韓國
微笑的狗	沃夫・史塔克 (Ulf Stark)著／陳靜芳譯	臺北市	遠流出版事業公司	6	15.2×21.5	44	瑞典
哈娜，你會吹口哨嗎？	沃夫・史塔克 (Ulf Stark) 著／宋珮譯	臺北市	遠流出版事業公司	6	15.2×21.5	60	瑞典
小狼的森林偵探社	文／伊恩・威柏 (Ian Whybrow) 圖／東尼・羅斯 (Tony Ross) 譯／郭郁君	臺北市	玉山社出版事業公司	6	15×21	117	英國
無花果鶯的夏天	文／艾格拉兒・愛荷哈 (Eglal Errera) 圖／勞杭・柯威吉耶	臺北市	臺灣商務印書館公司	6	14.8×21	73	法國

書名	作者（譯者）	出版地	出版社	出版月分	開數	頁數	國別
	(Laurent Corvaisier) 譯／繆永華						
管家	瑪麗蓮·羅賓森 (Marilynne Robinson) 著／李佳純譯	臺北市	麥田出版公司	6	14.8×21	332	美國
星塵	尼爾·蓋曼 (Neil Gaiman) 著／蘇韻筑譯	臺北縣	繆思出版公司	6	14×20	273	英國
不良筆記	馬克·索曼 (Mark Salzman) 著／張索修譯	臺北市	英屬維京群島商高寶國際公司台灣分公司	6	14.9×20.9	361	美國
神奇樹屋1——恐龍谷大冒險	瑪莉·波·奧斯本 (Mary Pope Osborne) 著／周絲芸譯	臺北市	遠見天下文化出版公司	6	14.8×20.5	60+103	美國
神奇樹屋2——黑夜裡的騎士	瑪莉·波·奧斯本 (Mary Pope Osborne) 著／周絲芸譯	臺北市	遠見天下文化出版公司	6	14.8×20.5	60+103	美國
不良教師——不良少年回母校	義家弘介著／丁雍譯	臺北市	麥田出版公司	6	14.7×21	339	日本
阿米——愛的文明	安利奎·巴里奧斯 (Enrique Barrios) 著／趙德明譯	臺北市	大塊文化出版公司	6	13×18.8	332	委內瑞拉

書名	作者（譯者）	出版地	出版社	出版月分	開數	頁數	國別
阿米──星星的小孩	安利奎·巴里奧斯 (Enrique Barrios) 著／趙德明譯	臺北市	大塊文化出版公司	6	13×18.8	231	委內瑞拉
阿米：宇宙之心	安利奎·巴里奧斯 (Enrique Barrios) 著／趙德明譯	臺北市	大塊文化出版公司	6	13×18.8	234	委內瑞拉
吸血鬼獵人D10D──雙影騎士（上）	菊地秀行著／高胤嘵譯	臺北市	奇幻基地出版	6	14.6×20.8	213	日本
妖藩記	菊地秀行著／米娜譯	臺北市	尖端出版公司	6	14.5×21	303	日本
亞特蘭提斯的兒女	Jan Siegel 著／羅玲妃譯	臺北市	詠星藝能事業部	6	14.7×20.9	310	英格蘭
沒有臉孔的男人	湯瑪斯·布雷其納 (Thomas Brezina) 著／唐薇譯	臺北市	和平圖書公司	6	14.9×21.1	203	奧地利
什麼都想知道1──動物為什麼長尾巴？	文、企畫／宇利圖／閔美貞譯／金炫辰	臺北市	遠見天下文化出版公司	6	22.3×27.8	63	韓國
超時空少年2──失落的法爾城	D.J. 麥克海爾 (D.J.MacHale) 著／王師譯	臺北市	奇幻基地出版	6	14.7×20.9	374	美國
佛洛伊德先生的帽子	娜塔·米諾 (Nata Minor) 著／胡引玉譯	臺北市	寶瓶文化事業公司	6	14.1×20	140	烏克蘭

書名	作者（譯者）	出版地	出版社	出版月分	開數	頁數	國別
風與樹之歌	安房直子著／彭懿譯	臺北市	時報文化出版公司	6	14.8×20	191	日本
骨音——池袋西口公園 III	石田衣良著／林平惠譯	臺北市	木馬文化事業公司	6	15.1×21	299	日本
惡夢	雅歌塔・克里斯多夫 (Agota Kristof) 著／胡瑛譯	臺北市	小知堂文化事業公司	7	14.1×21	125	匈牙利
微光中的孩子	桃莉・海頓 (Torey L.Hayden) 著／林妏珆譯	臺北市	新苗文化事業公司	7	15×21	392	美國
沙門空海之唐國鬼宴【卷之一】入唐	夢枕獏著／林皎碧譯	臺北市	遠流出版事業公司	7	14.6×21	253	日本
魔域大冒險1 喪王降臨	向達倫 (Darren Shan) 著／陳穎萱譯	臺北市	皇冠文化出版公司	7	14.9×20.8	250	英國
少女卡蜜兒的煩惱	羅伯特・畢戈 (Robert Bigot) 著／何為、唐佳路譯	臺北市	新苗文化事業公司	7	14.8×20.9	199	法國
勇氣森林	克利夫・伍道爾 (Clive Woodall) 著／洪士美譯	臺北市	圓神出版社	7	14.9×20.8	295	英國
小天才與傻大個兒	Rodman Philbrick 著／麥倩宜譯	臺北市	小魯文化事業公司	7	14.8×20.9	171	美國

書名	作者（譯者）	出版地	出版社	出版月分	開數	頁數	國別
我是大衛	安娜・洪 (Anne Holm) 著／穆卓芸譯	臺北市	財團法人基督教宇宙光全人關懷機構	7	13.5×19.6	236	美國
四月天才	小泉吉宏著／小泉吉宏譯	臺北市	如何出版社	7	13.1×18.6	173	日本
微核之戰	麥德琳・蘭歌 (MadeleineL'Engle)著／黃聿君、洪夙甯譯	臺北市	繆思出版公司	7	14×20	238	法國
手斧男孩	蓋瑞・柏森 (Gary Paulsen) 著／蔡美玲、黃小萍譯	臺北縣	野人文化公司	7	14.8×19.5	187	美國
小公主船長	安・蘿爾・邦杜 (Anne-Laure Bondoux)著／顏湘如譯	臺北縣	繆思出版公司	7	14×20	403	法國
冰火同融	A. S. 拜雅特著／王娟娟譯	臺北市	布波出版公司	7	14.8×20.9	240	英國
雞皮疙瘩 40──木偶驚魂	R. L. 史坦恩 (R.L.STINE) 著／孫梅君譯	臺北市	商周出版	7	14×21	163	美國
帕瓦娜的旅程	黛伯拉・艾里斯 (Deborah Ellis) 著／鄒嘉容譯	臺北市	臺灣東方出版社	7	14.9×21	163	多倫多
大逃殺（上）	高見廣春著／楊哲群譯	臺北市	木馬文化事業公司	7	13.9×20	367	日本

書名	作者（譯者）	出版地	出版社	出版月分	開數	頁數	國別
大逃殺（下）	高見廣春著／楊哲群譯	臺北市	木馬文化事業公司	7	13.9×20	744	日本
公主日記 I	玫格·卡波(Meg Cabot)著／栖子譯	臺北市	英屬維京群島商高寶國際公司臺灣分公司	7	15×21	256	美國
公主日記 II	玫格·卡波(Meg Cabot)著／栖子譯	臺北市	英屬維京群島商高寶國際公司臺灣分公司	7	15×21	253	美國
魔法陰謀論——若荻與花之魔法	黛安娜·偉恩·瓊斯(Diana Wynne Jones)著／宋偉航譯	臺北市	尖端出版公司	7	14.5×21	323	英國
蜜蜜世界 1	齊威國際多媒體策劃	臺北縣	INK 印刻出版公司	7	14.8×20.9	183	韓國
從海底伸出的魔掌	湯瑪斯·布雷其納 (Thomas Brezina) 著／唐薇譯	臺北市	和平圖書公司	7	14.8×21	187	奧地利
種樹的男人	尚·紀沃諾(Jan Giono)著／許偉斌譯	臺中市	晨星出版公司	7	14.1×20.2	71	法國
十五少年漂流記	朱利·凡爾(Jules Verne)著／辜小麗譯	臺北縣	棉花田文化事業公司	7	20.3×14.1	248	法國
勇氣森林	克利夫·伍道(Clive Woodall)著／洪士美譯	臺北市	圓神出版社	7	14.8×20.8	295	英國

書名	作者 （譯者）	出版地	出版社	出版 月分	開數	頁數	國別
呼嚕呼嚕爺爺睡醒的那天	魏基哲著／沈慧媛譯	臺北市	風車圖書出版公司	8	16.6×22.5	130	
住在鞋子裡的鱷魚	魏基哲著／安美英譯	臺北市	風車圖書出版公司	8	16.6×22.5	119	
就算是一個人也是可以的	盧成斗著／金京熙譯	臺北市	風車圖書出版公司	8	16.6×22.5	120	
羅馬少年偵探團八部曲加伯利亞之神鬼戰士	卡洛琳·勞倫斯 (Caroline Lawrence)著／王幼慈譯	臺北市	小知堂文化事業公司	8	14.6×21	285	美國
變身情人	克里斯提昂·班奈克 (Christian Bieniek)著／張淑惠譯	臺北市	新苗文化事業公司	8	14.9×21	289	德國
獅子男孩二部曲——奇跡之翼	祖祖·蔻 (Zizou Corder) 著／張定綺譯	臺北市	大好書屋出版公司	8	14.8×21	313	英國
菠菜吸血鬼	文／古隆德·鮑瑟汪 (Gudrun Pausewang) 圖／馬爾庫斯·格羅力克 (Markus Grolik) 譯／黃秀如	臺北市	臺灣商務印書館公司	8	14.8×21	190	捷克
安格思首部曲——傳奇初現	奧蘭多·裴斯 (Orlando	臺北市	皇冠文化出版公司	8	14.9×20.8	362	巴西

書名	作者（譯者）	出版地	出版社	出版月分	開數	頁數	國別
	PaesFilho) 著／趙丕慧譯						
藍色胡椒貝	愛娃・波拉克 (Eva Polak)著／林倩葦譯	臺北市	臺灣商務印書館公司	8	14.9×21	151	德國
領帶河	蓋瑞・柏森 (Gary Paulsen) 著／奉君山譯	臺北市	野人文化公司	8	14.9×19.5	185	美國
魔法陰謀論——尼克與龍之巫術	黛安娜・韋恩・瓊斯 (Diana Wynne Jones) 著／宋偉航譯	臺北市	尖端出版公司	8	14.5×21	279	英國
小女巫 1——初試身手	派翠夏・施羅德 (Pairicia Schroder)著／李超譯	臺北市	新苗文化事業公司	8	14.8×21	208	德國
快跑！男孩	烏里・奧勒夫 (Uri ORlev)著／李紫蓉譯	臺北市	臺灣東方出版社	8	15×21	301	以色列
誰偷了維梅爾	文／布露・巴利葉特 (Elizabeth Balliett Klein) 圖／布萊特・赫奎斯特(Brett Helquist) 譯／蔡慧菁	臺北市	遠見天下文化出版公司	8	14.8×20.4	265	美國

書名	作者（譯者）	出版地	出版社	出版月分	開數	頁數	國別
穿越時空的瘋狂旅行	瓦爾特‧莫爾斯 (Walter Moers) 著／朱顯亮譯	臺北縣	正中公司	8	14.5×20.8	170	德國
陰陽師——首塚	夢枕貘著／茂呂美耶譯	臺北縣	繆思出版公司	8	14.1×18.1	139	日本
烏鴉絕壁	杰弗里‧亨廷頓 (GeoffreyHuntington) 著／李豔杰譯	臺北市	詠春圖書文化事業公司	8	14.7×21	384	美國
邪魔女巫	杰弗里‧亨廷頓 (GeoffreyHuntington) 著／李豔杰譯	臺北市	詠春圖書文化事業公司	8	14.7×21	365	美國
巫術滿天飛	黛安娜‧韋恩‧瓊斯 (Diana Wynne Jones) 著／張君玫譯	臺北市	尖端出版公司	8	14.5×21	314	英國
神奇樹屋3——木乃伊之謎	瑪莉‧波‧奧斯本 (Mary Pope Osborne) 著／周思芸譯	臺北市	遠見天下文化出版公司	8	14.7×20.5	105+60	美國
神奇樹屋4——海盜的藏寶圖	瑪莉‧波‧奧斯本 (Mary Pope Osborne) 著／周思芸譯	臺北市	遠見天下文化出版公司	8	14.7×20.5	105+60	美國
孩子王	殊能將之著／鄭曉蘭、李芷姍譯	臺北市	麥田出版公司	8	13×18.9	208	日本

書名	作者（譯者）	出版地	出版社	出版月分	開數	頁數	國別
古屋的秘密	小野不由美著／黃姍嬪譯	臺北市	麥田出版公司	8	13×18.9	277	日本
創意學苑歷險	史蒂芬妮・司・托蘭（Stephanie S.Tolan）著／柯倩華譯	臺北市	台灣東方出版社	8	21.5×15.1	277	美國
德莫尼克卷一——不是所有的孩子都是天使	全民熙著／張婷婷譯	臺北市	蓋亞文化公司	8	19.9×12.8	330	韓國
十七歲的承諾——牛仔褲的夏天2	安妮・布魯克絲（Ann Brashares）著／翁如玫譯	臺北市	遊目族文化事業公司	8	20.6×15	382	美國
宇宙最後一本書	羅德曼・菲布利克（Rodman Philbrick）著／林靜華譯	臺北市	小魯文化事業公司	8	20.7×14.2	209	美國
龍魘	芭芭拉・漢柏莉（Barbara Hambly）著／段宗忱譯	臺北市	奇幻基地出版城邦文化出版公司	8	20.8×14.1	318	美國
沙門空海之唐國鬼宴【卷之二】索妖	夢枕貘著／林皎碧譯	臺北市	遠流出版事業公司	8	20.9×14.7	211	日本
沙門空海之唐國鬼宴【卷之三】咒佣	夢枕貘著／徐秀娥譯	臺北市	遠流出版事業公司	8	20.9×14.7	287	日本

書名	作者（譯者）	出版地	出版社	出版月分	開數	頁數	國別
小學萬歲──我真的是1年級！	文／朴信植 圖／姜乙順 譯／陳馨祈	臺北市	新手父母出版 城邦文化事業公司	8	19×22	109	韓國
冒險小虎隊──尋找沉睡的千年法老	托馬斯・布勒齊納	臺北市	風車圖書出版公司	8	13×18.5	206	奧地利
冒險小虎隊──孤島緊急呼救	托馬斯・布勒齊納	臺北市	風車圖書出版公司	8	13×18.5	189	奧地利
冒險小虎隊──太空陵墓	托馬斯・布勒齊納	臺北市	風車圖書出版公司	8	13×18.5	220	奧地利
穿越夜空的瘋狂旅行	文／瓦爾特・莫爾斯(Walter Moers) 圖／古斯塔夫・多雷(Gustave Dore) 譯／朱顯亮	臺北縣	正中書局	8	14.7×22.7	170	德國
女吸血鬼	雷・法紐著／江明譯	臺北市	新潮社文化事業公司	8	14.8×21	186	英國
游向深藍大海	文／金鍾烈 圖／金亨冠 譯／無鏦煌	臺北縣	狗狗圖書公司	8	18.5×23.5	109	韓國
我不是討厭鬼	李文英著／山人形譯	臺北市	飛寶國際文化公司	8	15.5×21.6	239	韓國
首席情人──達令日記	梅根・麥克凱菲爾提(Megan McCafferty)著／林淑娟譯	臺北市	美麗殿文化事業公司	8	14.8×19	351	美國

書名	作者 （譯者）	出版地	出版社	出版 月分	開數	頁數	國別
科學童話 1	文／洪建國 圖／玄殷英 譯／蔡筱怡	臺北市	新手父母出版 城邦文化事業 公司	8	18×24	173	韓國
科學童話 2	文／金良順、 林志豪、蔡筱 怡 圖／鄭朱玹 譯／吳俊芳	臺北市	新手父母出版 城邦文化事業 公司	8	18×24	169	韓國
科學童話 3	文／許文瑄 譯／蔡筱怡 圖／李善宙	臺北市	新手父母出版 城邦文化事業 公司	8	18×24	197	韓國
科學童話4	文／洪建國 圖／玄殷英 譯／吳俊芳	臺北市	新手父母出版 城邦文化事業 公司	8	18×24	191	韓國
冒險小虎隊 ──消失在女 巫狂歡夜	托馬斯·布勒 齊納	臺北市	風車圖書出版 公司	8	13×18.5	204	奧地利
冒險小虎隊 ──捉拿隱身 大盜	托馬斯·布勒 齊納	臺北市	風車圖書出版 公司	8	13×18.5	206	奧地利
冒險小虎隊 ──被困於石 器時代	托馬斯·布勒 齊納	臺北市	風車圖書出版 公司	8	13×18.5	205	奧地利
冒險小虎隊 ──毒藥博士 的恐怖計畫	托馬斯·布勒 齊納	臺北市	風車圖書出版 公司	8	13×18.5	190	奧地利
冒險小虎隊 ──間諜行動	托馬斯·布勒 齊納	臺北市	風車圖書出版 公司	8	13×18.5	187	奧地利

書名	作者（譯者）	出版地	出版社	出版月分	開數	頁數	國別
冒險小虎隊——可怕的魔術	托馬斯・布勒齊納	臺北市	風車圖書出版公司	8	13×18.5	191	奧地利
冒險小虎隊——「鬼屋」驚魂	托馬斯・布勒齊納	臺北市	風車圖書出版公司	8	13×18.5	205	奧地利
魔眼少女佩姬蘇七部曲：角龍大反擊	賽奇・布魯梭羅 (Serge Brussolo)著／胡瑛譯	臺北市	小知堂文化事業公司	9	14.6×21	317	法國
沙門空海之唐國鬼宴【卷之四】牡丹	夢枕獏著／徐秀娥譯	臺北市	遠流出版事業公司	9	20.9×14.7	243	日本
遺失翅膀的天使	海倫・奧耶耶美 (Helen Oyeyemi)著／馬漁譯	臺北市	九歌出版社	9	21×14.9	316	英國
小伯爵	法蘭西絲・霍森・柏內特 (Frances H.Burnett)	臺北縣	風信子文化華文網公司	9	15×20.8	293	英國
魔眼少女佩姬蘇——角龍大反擊	賽奇・布魯梭羅 (Serge Brussolo)著／胡瑛譯	臺北縣	小知堂文化事業公司	9	14.5×21	317	法國
小女巫2——狀況連連	派翠夏・施羅德 (Patricia Schroder)著／李超譯	臺北市	新苗文化事業公司	9	14.8×21	196	德國

書名	作者（譯者）	出版地	出版社	出版月分	開數	頁數	國別
改變家族的九歲男孩	萩真沙子著／李旭譯	臺北市	新苗文化事業公司	9	14.9×21	254	日本
吸血鬼獵D10D──雙影騎士（下）	菊地秀行著／高胤堯譯	臺北市	奇幻基地出版城邦文化出版公司	9	14.7×20.8	218	日本
手斧男孩3──另一種結局	蓋瑞·伯森(Gary Paulson)著／鍾苑文、陳雅菁譯	臺北縣	野人文化公司	9	14.3×19.5	185	美國
最後的飛天海盜	文／保羅·史都沃(Paul Streart)圖／克利斯·瑞德(Chris Riddel)譯／王紹婷	臺北縣	遠足文化事業公司	9	14×20	357	英國
小學萬歲園遊會真好玩	文／克勞德·紀特曼(Claude Gutman)圖／賽傑·白若石(Serge Bloch)譯／王玲琇	臺北市	新手父母出版城邦文化事業公司	9	19×22	109	法國
小學萬歲──開學囉！	文／克勞德·紀特曼(Claude Gutman)圖／賽傑·白	臺北市	新手父母出版城邦文化事業公司	9	19×22	109	法國

書名	作者（譯者）	出版地	出版社	出版月分	開數	頁數	國別
	若石 (Serge Bloch) 譯／王玲琇						
雪地裡的短褲俠	維克多・凱斯派克 (Victor Caspak)、伊凡斯・藍諾斯 (Yves Lanois) 著／竺迎嬌譯	臺北市	新苗文化事業公司	9	14.8×21	189	加拿大
納尼亞傳奇──獅子、女巫、魔衣櫥	C.S. 路易斯 (Clive Staples Lewis) 著／彭倩文譯	臺北市	大田出版公司	9	15.2×21.6	193	英國
神犬天狼星	黛安娜・韋恩・瓊斯 (Diana Wynne Jones)著／翁宛鈴譯	臺北市	尖端出版城邦文化事業公司	9	14×21	302	英國
給新新人類	大江健三郎著／賴明珠譯	臺北市	時報文化出版公司	9	13.5×21	197	日本
童話國的郵使切手	安野光雅著／林平惠譯	臺北縣	木馬文化事業公司	9	19.3×13.6	55	日本
妖精之森──蒂德莉特物語	文／水野良 圖／出渕裕 譯／哈泥蛙	臺北市	蓋亞文化公司	9	14.5×19.9	298	日本
妖藩記之鬼劍眾	菊地秀行 (Kikuehi Hideyuki)著／米娜譯	臺北市	尖端出版城邦文化事業公司	9	14.5×20	282	日本

書名	作者（譯者）	出版地	出版社	出版月分	開數	頁數	國別
來自矮人國的小兄妹	瓦爾特・莫爾斯 (Walter Moers)著／王泰智、沈惠珠譯	臺北縣	正中書局	9	14.8×21	211	德國
亞瑟與毫髮人	盧貝松 (Luc Besson) 著／彭懋龍譯	臺北市	麥田出版公司	9	14.9×21	251	法國
改造野豬	白岩玄著／周若珍譯	臺北市	小知堂文化事業公司	9	14.6×21	198	日本
來自寂靜的星球	C.S. 路易斯 (Clive Staples Lewis)著／異象翻譯小組譯	臺北市	財團法人基督教出版部	9	14.7×21	270	英國
爺爺與狼	文／派歐羅・安奎斯特 (Per Olov Enquist) 圖／史丁・威爾森 (Stina Wirsen) 譯／李紫蓉	臺北市	台灣東方出版社	9	15×21	172	瑞典
致命的蘋果	哈拉德・帕利格 (Harald Parigger) 著／劉興華譯	臺北市	允晨文化實業公司	10	21×14.9	230	德國
最後的魔法	文／中島和子 圖／秋里信子 譯／林文茜	臺北市	臺灣東方出版社	10	14.8×21	93	日本
皮埃爾的森林奇幻冒險	莫里司・盧布朗 (Maurice Leblance)	臺北縣	出色文化事業出版社	10	14.8×21	283	法國

書名	作者（譯者）	出版地	出版社	出版月分	開數	頁數	國別
EVERQUEST 第一部——盜賊傳奇（上）	史考特·錢辛 (Ccott Ciencin) 著／戚建邦譯	臺北市	台灣國際角川書店公司	10	14.9×21.1	240	美國
伴隨孩子成長的小故事	文／蘇非·卡爾甘 (Sophie Carquain) 圖／密歇·布歇爾 (Michel Boucher) 譯／林文惠	臺北市	華文網公司	10	15×21	316	法國
午夜12點的願望	文／賈桂琳·威爾森 (Jacqueline Wilson) 圖／尼克·賈洛特 (Nick Sharratt) 譯／蔡慧菁	臺北市	遠見天下文化出版公司	10	14.7×20.5	234	英國
婆羅門的埋葬	小川洋子 (Ogawa Yoko) 著／葉凱翎譯	臺北縣	木馬文化事業公司	10	14.9×20.9	172	日本
偷窺（原書名：黑冷水）	羽田圭介著／李旭、王倩譯	臺北市	新苗文化事業公司	10	14.8×21	285	日本
小女巫 3——爭風吃醋	派翠夏·施羅德 (Patricia Schroder)著／李超譯	臺北市	新苗文化事業公司	10	14.8×21	204	德國
哈利波特——混血王子的背叛	J.K. 羅琳 (J. K. Rowling)著／皇冠編輯組譯	臺北市	皇冠文化出版公司	10	15×21	735	英國

書名	作者 （譯者）	出版地	出版社	出版 月分	開數	頁數	國別
鳥葬之山	夢枕獏著／陳 孟珠譯	臺北縣	繆思出版公司	10	13.9×19.9	256	日本
納尼亞傳奇——賈思潘王子	C.S. 路易斯 (Clive Staples Lewis) 著／ 張琰譯	臺北市	大田出版公司	10	15.2×21.6	204	英國
納尼亞傳奇——黎明行者號	C.S. 路易斯 (Clive Staples Lewis) 著／ 林靜華譯	臺北市	大田出版公司	10	15.2×21.6	217	英國
納尼亞傳奇——銀椅	C.S. 路易斯 (Clive Staples Lewis) 著／ 張琰譯	臺北市	大田出版公司	10	15.2×21.6	217	英國
納尼亞傳奇——最後的戰役	C.S. 路易斯 (Clive Staples Lewis) 著／林 靜華譯	臺北市	大田出版公司	10	15.2×21.6	182	英國
冰箱裡的企鵝	文／竹下文子 圖／玲木守 譯／林文茜	臺北市	臺灣東方出版 社	10	15×21	105	日本
雙鼠記	凱特‧狄卡密 歐 (Kate Dicamillo)、 提摩太‧巴西 摩‧艾林 (Timothy Basil Ering) 著／ 趙映雪譯	臺北市	臺灣東方出版 社	10	15.3×21.6	309	美國

書名	作者 （譯者）	出版地	出版社	出版 月分	開數	頁數	國別
黑手偵探隊 ──神秘的房客	漢思・于爾根・普爾 (Hans Jurgen Press)著／ 賴雅靜譯	臺北市	飛寶國際文化公司	10	17×23	143	德國
納尼亞傳奇 ──魔法師的外甥	C.S. 路易斯 (Clive Staples Lewis)著／ 彭倩文譯	臺北市	大田出版公司	10	15.2×21.6	215	英國
納尼亞傳奇 ──奇幻馬和傳說	C.S. 路易斯 (Clive Staples Lewis)著／ 彭倩文譯	臺北市	大田出版公司	10	15.2×21.6	217	英國
在溜滑梯下躲雨	文／岡田淳 (Jun Okada) 圖／伊勢英子 (Hideko Ise) 譯／黃瓊仙	臺北縣	暢通文化事業公司	10	14.9×20.9	175	日本
神奇樹屋 5 ──忍者的秘密	文／瑪莉・波・奧斯本 (Mary Pope Osborne) 圖／吳健豐 譯／周思芸	臺北市	遠見天下文化出版公司	10	14.7×20.5	101	美國
神奇樹屋 6 ──雨林大驚奇	文／瑪莉・波・奧斯本 (Mary Pope Osborne) 圖／吳健豐 譯／周思芸	臺北市	遠見天下文化出版公司	10	14.7×20.5	103	美國

書名	作者（譯者）	出版地	出版社	出版月分	開數	頁數	國別
波勒先生的異想世界	薇歐蕾特‧卡貝索絲 (Violette Cabesos)著／劉美安譯	臺北縣	墨文堂文化事業公司	10	14.7×20.8	199	法國
咕咕鐘	莫思渥斯夫人 (Mary Louisa S. Molesworth)著／羅婷以譯	臺北縣	正中書局	10	14.6×20.8	160	英國
狗兒沉睡時分	米莉亞‧裴勒斯 (Mirjam Pressler)著／林倩葦譯	臺北市	臺灣東方出版公司	10	14.8×20.9	276	德國
阿麗思走到鏡子裡	路易斯‧凱洛 (Lewis Carroll)、海倫‧奧森貝里 (Helen Oxen Bury)著／趙元任譯	臺北市	尖端出版公司	10	20.3×24.2	226	英國
EVERQUEST 第一部──盜賊傳奇（下）	史考特‧錢辛 (Ccott Ciencin)著／戚建邦譯	臺北市	臺灣國際角川書店公司	10	14.9×21.1	261	美國
多思特的不凡冒險──一段關於轉變、挑戰與夢想的旅程	喬那森‧柯里 (Jonathan Creaghan)著／余國芳譯	臺北縣	寶瓶文化事業公司	10	13.6×20.9	173	北美
霧散之前，想妳	尚皮耶‧米羅梵諾夫 (Jean-	臺北市	皇冠文化出版公司	10	14.9×20.8	223	法國

書名	作者（譯者）	出版地	出版社	出版月分	開數	頁數	國別
	Pierre Milovanoff) 著／許若雲、鄭馨譯						
米老鼠的憂鬱	松崗桂祐(Matsuoka Keisuke) 著／陳思穎譯	臺北市	臺灣東販公司	11	14.8×21	238	日本
少年作家之死	史蒂芬‧米爾豪瑟 (Dewin Mullhouse) 著／胡娟暐譯	臺北市	小知堂文化事業公司	11	14.5×21	413	法國
從天國來的信	文／鄭永愛 圖／崔收雄 譯／李紅梅	臺北市	新苗文化事業公司	11	14.9×21	205	韓國
小女巫 4——聯手退敵	派翠夏‧施羅德(Patricia Schroder)著／李超譯	臺北市	新苗文化事業公司	11	14.8×21	206	德國
熱血教師的夢	義家弘介著／青木譯	臺北市	新苗文化事業公司	11	14.8×21	256	日本
穿越時空遇見莫札特	維爾‧格梅琳(Will Gmehling) 著／唐陳譯	臺北市	新苗文化事業公司	11	15×21	226	日本
亞瑟與禁忌之城	盧貝松 (Luc Besson) 著／黃琪雯譯	臺北市	麥田出版公司	11	14.9×21	233	法國

書名	作者（譯者）	出版地	出版社	出版月分	開數	頁數	國別
一隻沃泊亭格的誕生——魯莫與黑暗中的奇蹟	瓦爾特・莫爾斯 (Walter Moers) 著／朱劉華譯	臺北縣	正中書局	11	14.8×20.8	379	德國
寂寞獵人	卡森・麥克勒絲 (Carson McCullers) 著／陳雅玫譯	臺北縣	小知堂文化事業公司	11	14.6×21	393	美國
沙門空海之唐國鬼宴【卷之六】幻法	夢枕獏著／徐秀娥譯	臺北市	遠流出版事業公司	11	20.9×14.7	266	日本
沙門空海之唐國鬼宴【卷之七】不空	夢枕獏著／徐秀娥譯	臺北市	遠流出版事業公司	11	20.9×14.7	260	日本
重擔	珍奈・溫特森 (Jeanette Winterson) 著／穆卓芸譯	臺北市	大塊文化出版公司	11	13×20	207	英國
潘妮洛普	瑪格麗特・愛特伍（Margaret Atwood）著／田含章譯	臺北市	大塊文化出版公司	11	13×20	207	加拿大
火焰的秘密	海寧・曼凱爾 (Henning Mankell) 著／陳蕙慧譯	臺北市	台灣東方出版社	11	14.9×21	251	瑞典
黑暗世界大冒險	瓦爾特・莫爾斯 (Walter	臺北縣	正中書局	11	14.7×20.8	316	德國

書名	作者（譯者）	出版地	出版社	出版月分	開數	頁數	國別
	Mores) 著／朱劉華譯						
科學童話 6	文／金良順圖／朱美惠譯／嚴思涵	臺北市	新手父母出版城邦文化事業公司	11	18×24	183	韓國
爸爸教我的事	提姆·羅斯(Tim Russert)著／廖婉如譯	臺北市	二魚文化事業公司	11	14.8×20.9	313	美國
德莫尼克卷二——微笑的假面	全民熙著／張婷婷譯	臺北市	蓋亞文化公司	11	19.9×12.8	328	韓國
我知道鑰匙掛在哪裡	古敦·梅伯斯(Gudrun Mebs)著／鄭惠芬譯	臺北市	小魯文化事業公司	11	14.8×21	189	德國
大家都離去的夏天	安琪拉·強森（Angela Johnson）著／羅婷以譯	臺北市	財團法人基督教宇宙光全人關懷機構	11	13.4×19.6	159	美國
野球少年 1	淺野敦子著／謝怡苓譯	臺北市	台灣國際角川書店公司	11	14.8×21	205	日本
謎幻之森——海克斯伍	黛安娜·韋恩·瓊斯(Diana Wynne Jones) 著／彭玲嫻譯	臺北市	尖端出版城邦文化事業公司	11	14.5×21	401	英國
吹笛童子	北村壽夫著／謝家貴譯	臺北縣	棉花田文化事業公司	11	14.5×20.5	295	日本

書名	作者（譯者）	出版地	出版社	出版月分	開數	頁數	國別
魔法或是瘋狂	賈絲汀·勞伯雷斯堤爾（Justine Larbalestier）著／林淑芬譯	臺北市	正中書局故份公司	11	14.3×20.7	221	澳洲
蜜蜜甜心派——幸福的好滋味6	朴仁植策劃／黃蘭琇譯	臺北縣	INK 印刻出版公司	11	15×21	259	韓國
貓計程車司機	文／南部和也 圖／左藤彩 譯／鄭淑華	臺北市	台灣東方出版社	12	18.3×20.3	84	日本
沙門空海之唐國鬼宴【卷之八】鬼宴	夢枕獏著／徐秀娥譯	臺北市	遠流出版事業公司	12	20.9×14.7	265	日本
為幸福出征	瑪希亞·包爾斯（Marcia Powers）著／朱孟勳譯	臺北市	方智出版社	12	15.1×20.8	270	美國
手斧男孩4——鹿精靈	蓋瑞·伯森（Gary Paulson）著／奉君山譯	臺北縣	野人文化公司	12	15×19.6	108	美國
祖靈之子	南茜·法墨（Nancy Farmer）著／陳念怡譯	臺北縣	謬思出版公司	12	14×20	316	美國
維葉塔，回家吧！——流浪狗人間行路	丹·羅茲（Dan Rhodes）著／戴業譯	臺北市	大塊文化出版公司	12	13.9×20	222	英國

書名	作者（譯者）	出版地	出版社	出版月分	開數	頁數	國別
吉莉的選擇	凱瑟琳・帕特森(Katherine Paterson)著／陳詩紘譯	臺北市	新苗文化事業公司	12	15×21	209	美國
瘋狂聖誕	大衛・塞得里(David Sedaris)著／王怡人譯	臺北市	天培文化公司	12	14.9×19.9	190	美國
龍谷傳奇1——大發現	沃爾夫岡＆海克・霍爾拜因(Wolfgang & Heike Hohlbein) 著／萬燦紅譯	臺北市	新苗文化事業公司	12	15×21	198	美國
龍谷傳奇2——迷宮	沃爾夫岡＆海克・霍爾拜因(Wolfgang & Heike Hohlbein) 著／萬燦紅譯	臺北市	新苗文化事業公司	12	15×21	174	美國
全世界孩子都喜歡的100個童話（藍卷）	克勞德・施特里希編選／塔・豪普特曼繪	臺北市	展望文化圖書公司	12	18.6×24	252	各國童話
全世界孩子都喜歡的100個童話（紅卷）	克勞德・施特里希編選／塔・豪普特曼繪	臺北市	展望文化圖書公司	12	18.6×24	254	各國童話
兔之眼	灰谷健次郎著／藍嘉楹譯	臺北縣	新雨出版社	12	14.9×20.1	348	日本

書名	作者（譯者）	出版地	出版社	出版月分	開數	頁數	國別
管教的甜蜜歲月	芙洛兒‧雅埃吉 (Fleur Jaeggy) 著／宋偉航、林則良譯	臺北市	麥田出版公司	12	12.8×17.8	191	義大利
奧茲國之偉大巫師	法蘭克‧鮑姆 (Frank Baum) 著／羅婷以、馮仔詩譯	臺北市	華文網公司	12	14.8×21	235	美國
熱血教師和他的學生們	義家弘介著／曾鴻燕譯	臺北市	新苗文化事業公司	12	14.8×21	256	日本
大麥村的夏天	原著／李萬喜 改編／河銀敬 譯／黃蘭琇	臺北縣	INK 印刻出版公司	12	14.9×21	191	韓國
納尼亞傳奇——獅子、女巫、魔衣櫥——奇獸世界	原著／C.S. 路易斯 (Clive Staples Lewis) 改寫／史考特 繪圖／司威特 翻譯／郝廣才	臺北市	格林文化事業公司	12	20×20	無註明	英國
納尼亞傳奇——獅子、女巫、魔衣櫥——愛得蒙與白女巫	原著／C.S. 路易斯 (Clive Staples Lewis) 改寫／史考特 繪圖／司威特 翻譯／郝廣才	臺北市	格林文化事業公司	12	20×20	無註明	英國
神奇樹屋7——冰原上的劍齒虎	文／瑪莉‧波‧奧斯本 (Mary Pope	臺北市	遠見天下文化出版公司	12	14.7×20.5	103	美國

書名	作者（譯者）	出版地	出版社	出版月分	開數	頁數	國別
	Osborne) 譯／周思芸 圖／吳健豐						
神奇樹屋 8 ——冰原上的 劍齒虎	文／瑪莉・波・奧斯本 (Mary Pope Osborne) 譯／周思芸 圖／吳健豐	臺北市	遠見天下文化出版公司	12	14.7×20.5	109	美國
道爾馬克四重奏 1——魔琴與吟遊馬車	黛安娜・韋恩・瓊斯 (Diana Wynne Jones) 陳彬彬	臺北市	尖端出版城邦文化事業公司	12	14.5×20.9	255	英國
金魚眼叔叔	安・范恩 (Anne Fine)著／趙永芬譯	臺北市	小魯文化事業公司	12	14.8×20.9	186	英國
巫婆卡蜜兒奇遇記	文／安利可・拉荷舞拉 (Enric Larreul) 圖／羅莎・卡德維拉 (Roser Capdevila) 譯／李佩萱	臺中市	晨星出版公司	12	14.1×20.2	159	法國
巫婆卡蜜兒逛世界	文／安利可・拉荷舞拉 (Enric Larreul) 圖／羅莎・卡德維拉 (Roser Capdevila) 譯／李佩萱	臺中市	晨星出版公司	12	14.1×20.2	162	法國

書名	作者（譯者）	出版地	出版社	出版月分	開數	頁數	國別
希望──白血病童翰帥的國土縱走之旅	文／朴景台圖／丁清誼譯／林妤容	臺北縣	狗狗圖書公司	12	18.5×23.5	118	韓國
亞伯森──曙光重現	賈斯・尼克斯(Garth Nix)著／蔡心語譯	臺北市	日月文化出版公司	12	14.9×21	344	澳洲

二○○六年臺灣兒童文學書目

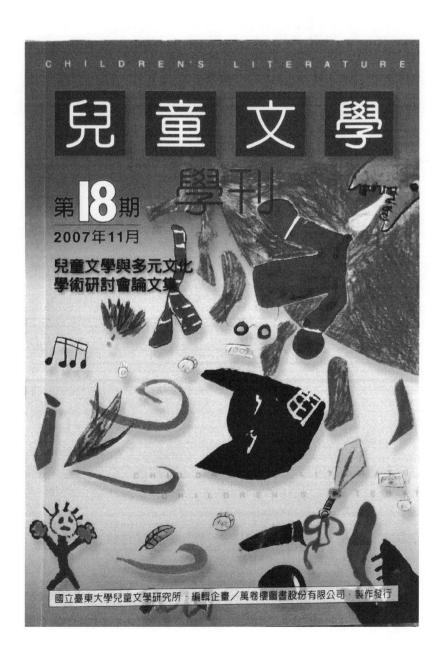

二○○六年兒童文學創作書目

書名	作者	出版地	出版社	出版月	開數	頁數
一年級鮮事多	文／王淑芬 圖／賴馬	臺北縣	作家出版社	1月	19.1×19.5	189
二年級問題多	文／王淑芬 圖／賴馬	臺北縣	作家出版社	1月	19.1×19.5	187
三年級花樣多	文／王淑芬 圖／賴馬	臺北縣	作家出版社	1月	19.1×19.5	179
大頭崁仔的布袋戲	范銘如編著	臺北市	五南圖書出版公司	1月	14.8×20.9	194
小書蟲生活週記	文／岑澎維 圖／沙奇	臺北市	天下雜誌公司	1月	17×21	189
小熊森林	釋證嚴著	臺北市	慈濟傳播文化志業基金會	1月	15×21	231
小精靈的飛翔夢	文／方素珍 圖／王惟慎	臺北市	臺灣東方出版社	1月	21.9×27.7	32
小頭目優瑪──迷露幻想湖	莊孝先著	臺北市	天下雜誌公司	1月	14.9×20.5	239
不只是兒戲──兒童劇本集	文／徐琬瑩 圖／郝麗珠	臺北市	幼獅文化事業公司	1月	14.8×21	217
五月木棉飛	文／凌拂 圖／黃崑謀	臺北市	遠流出版事業公司	1月	21.7×28.7	47
五年級意見多	文／王淑芬 圖／賴馬	臺北縣	作家出版社	1月	19.1×19.5	201
六年級怪事多	文／王淑芬 圖／賴馬	臺北縣	作家出版社	1月	19.1×19.5	205
少年鄭成功	管家琪著	臺北市	文經出版社	1月	14.8×21	191
四年級煩惱多	文／王淑芬 圖／賴馬	臺北縣	作家出版社	1月	19.1×19.5	173

書名	作者	出版地	出版社	出版月	開數	頁數
吃豬皮的日子	吳晟編著	臺北市	五南圖書出版公司	1月	14.8×20.9	196
回家	改寫／齊藤裕子　圖／李漢文	臺北市	格林文化事業公司	1月	20.4×29.3	無註明
好朋友──愛，從我開始	文／王文娟　圖／張哲銘	臺北縣	日月文化出版公司	1月	29.5×36.7	無註明
忙碌的布袋嘴──岩上兒童詩集	岩上著	臺北縣	富春文化事業公司	1月	15×21	153
老爺電車怪客多	文／賴曉珍　圖／李長駿	臺北縣	小兵出版社	1月	20.5×19.5	160
老樹公在哭泣	文／謝鴻文　圖／施佩吟	臺北市	九歌出版社	1月	20.5×19.5	160
希望的種子	文／林滿秋　圖／張哲銘	臺北市	青林國際出版公司	1月	21.4×28.7	32
我愛小變人	廖大魚著	臺北縣	正中書局	1月	14.7×20.8	153
拉拉的自然筆記	文／嚴淑女　圖／郭蕙芳、吳芷寧	臺北市	天下雜誌公司	1月	17.1×21	95+79
拉薩小子	文／雪涅　圖／江正一	臺北市	九歌出版社	1月	15×21	201
花與果實	李敏勇編著	臺北市	五南圖書出版公司	1月	14.8×20.9	155
阿西跳月	文／劉翰師　圖／那培玄	臺北市	九歌出版社	1月	15×21	196
流浪的小女孩	文／邱玉卿　圖／張放之	臺北市	新苗文化事業公司	1月	15×21	251

書名	作者	出版地	出版社	出版月	開數	頁數
流浪的小孩	許正芳著	臺北市	福地出版社	1月	14.6×21	213
科學家螞蟻先生——威爾森的故事	管家琪著	臺北市	文經出版社	1月	14.8×21	191
穿紅襯衫的男孩	陳芳明編著	臺北市	五南圖書出版公司	1月	14.8×20.9	237
美麗的世界	陳明台編著	臺北市	五南圖書出版公司	1月	14.8×20.9	127
致島嶼	向陽編著	臺北市	五南圖書出版公司	1月	14.8×20.9	162
校園的春天	文／朱錫林 圖／呂慧敏、吳怡勳、梁坤明	臺北市	道聲出版社	1月	21×20.2	71
神仙也瘋狂——小廟公生活週記	文／陳景聰 圖／李長駿	臺北縣	小兵出版社	1月	20.5×19.5	100 101
神秘的白塔	文／劉美瑤 圖／陶一	臺北市	九歌出版社	1月	15×21	207
航向福爾摩沙	向陽編著	臺北市	五南圖書出版公司	1月	14.8×20.9	161
彩色豆	文圖／張蓬潔	臺北市	道聲出版社	1月	22×28.6	無註明
斜眼的女孩	楊翠編著	臺北市	五南圖書出版公司	1月	14.8×20.9	200
凱哥的鯨生鯨事	孫慶國著	臺北市	國語日報社	1月	14.1×21	183
無尾鳳蝶的生日	文／凌拂 圖／黃崑謀	臺北市	遠流出版事業公司	1月	21.7×28.7	47

書名	作者	出版地	出版社	出版月	開數	頁數
畫圈圈的女孩	陳益綜著	臺北市	文房文化事業公司	1月	14.8×21	211
菇顏——四季野菇博物繪	圖／黃崑謀	臺北市	遠流出版事業公司	1月	18.3×26	無註明
媽，親一下	九把刀著	臺北市	春天國際文化公司	1月	14.7×21	238
愛麗絲之昆蟲奇遇記1——紅心森林	文圖／薛文蓉	臺北市	臺大出版中心	1月	20.2×18.8	71
愛麗絲之昆蟲奇遇記2——鑽石城	文圖／薛文蓉	臺北市	臺大出版中心	1月	20.2×18.8	58
愛麗絲之昆蟲奇遇記3——黑桃谷	文圖／薛文蓉	臺北市	臺大出版中心	1月	20.2×18.8	58
愛麗絲之昆蟲奇遇記4——梅花餐館	文圖／薛文蓉	臺北市	臺大出版中心	1月	20.2×18.8	70
當豬頭同在一起	文／彭素華　圖／楊麗玲	臺北市	小魯文化事業公司	1月	14.8×20.9	212
綠池白鵝	文／林良　圖／陳美燕	臺北市	小魯文化事業公司	1月	28.4×21.4	無註明
彈子王	梅家玲編著	臺北市	五南圖書出版公司	1月	14.8×20.9	201
蝴蝶之舞	文／陳進隆　圖／黃君婷	臺北市	彩虹兒童文化事業公司	1月	21.4×26.6	無註明
點滴袋上的畫：血癌病童鄭韻婷與媽媽的故事	鄭明淑口述／Carol 謝採訪撰稿	臺北市	奧林文化事業公司	1月	17×23	196
藍與藍	文／李彥　圖／楚璿	臺北縣	左岸文化	1月	17.1×22.6	187

書名	作者	出版地	出版社	出版月	開數	頁數
變形記	原著／法藍茲・卡夫卡 改寫／熊亮 圖／熊亮	新竹市	和英出版社	1月	16.6×21.3	103
17歲，爽！	文／張國立	臺北市	皇冠文化出版公司	2月	14.9×20.8	187
一心一意的糞金龜丁丁	文圖／吳奇峰	臺北縣	狗狗圖書公司	2月	20.1×20.1	41
一本畫不完的繪本	文／蔡榮勇		自製出版	2月	14.7×21	71
三更半夜的悄悄話	文圖／謝霈儀	臺北縣	狗狗圖書公司	2月	20.1×20.1	41
小兔沙比立大功	文／陳榮宜 圖／達姆	臺北縣	小兵出版社	2月	20.5×19.4	69
老鼠捧茶請人客	文／王禎和 圖／張振松	臺北市	遠流出版事業公司	2月	15×21	101
出爾反爾的小狐狸福斯	文圖／吳奇峰	臺北縣	狗狗圖書公司	2月	20.1×20.1	41
在黎明的鳥聲中醒來	吳晟編著	臺北市	五南圖書出版公司	1月	14.8×20.9	200
肉圓國王妙妙妙	文／吳國鴻 圖／黃偉權	臺北縣	稻田出版公司	2月	18.4×26	48
別有洞天的土撥鼠小窩	文／謝霈儀 圖／Tony	臺北縣	狗狗圖書公司	2月	20.1×20.1	41
先生媽	文／吳濁流 圖／官月淑	臺北市	遠流出版事業公司	2月	15×21	73
月月光——光復以前	文／吳赫若 圖／江彬如	臺北市	遠流出版事業公司	2月	15×21	53

書名	作者	出版地	出版社	出版月	開數	頁數
我把妹妹搞丟了	文／王文華 圖／徐建國	臺北縣	小兵出版社	2月	14.8×21	47
我是一隻浣熊	劉爾威著	臺北市	天下遠見出版公司	2月	14.8×20.5	321
沒公德心的壞鯊魚	文／王文華 圖／徐建國	臺北市	小兵出版社	2月	14.8×21	47
於是，上帝派來天使	文／DiFer 圖／白蘿蔔	臺北市	春天出版國際文化公司	2月	14.7×21	222
泡芙酷女生	文／賴曉珍 圖／達姆	臺北縣	小兵出版社	2月	14.7×21	270
春天朵朵開	路寒袖編著	臺北市	五南圖書出版公司	2月	14.8×20.9	226
星星的眼淚	蔡明山著	臺北市	文房文化事業公司	2月	14.6×21	235
飛魚的呼喚	陳芳明編著	臺北市	五南圖書出版公司	2月	14.8×20.9	215
迷宮	著／史航 改編／張焱宏、廖學軍 圖／趙珍、劉麗琴	臺北市	新視野圖書出版公司	2月	18×24.5	136
論語與雞	文／張文環 譯／鍾肇政 圖／劉伯樂	臺北市	遠流出版事業公司	2月	15×21	85
畫字	文／凌拂 圖／吳怡欣	臺北市	玉山社出版事業公司	2月	14.7×21	89

書名	作者	出版地	出版社	出版月	開數	頁數
等不到你長大	林翔著	臺北市	文房文化事業公司	2月	14.7×21	223
過猶不及的小豬皮皮	文／吳奇峰 圖／Tony	臺北縣	狗狗圖書公司	2月	20.1×20.1	41
夢幻森林：小兔的奇幻冒險	林青慧著	臺北市	尖端出版城邦文化事業公司	2月	16.5×20	無註明
夢想出租館	丁琳著	臺北市	文房文化事業公司	2月	14.6×21	219
慢慢龜不說謊了	文／王文華 圖／徐建國	臺北縣	小兵出版社	2月	14.8×21	47
三腳馬	文／鄭清文 圖／唐壽南	臺北市	遠流出版事業公司	2月	15×21	113
學不會魔法的小女巫	文／陳景聰 圖／李長駿	臺北縣	小兵出版社	2月	20.5×19.4	71
蕨色——大地蕨類博物館	圖／黃崑謀	臺北市	遠流出版事業公司	2月	18.5×26	無註明
親愛的魔毯	喻麗清著	臺北市	大塊文化出版公司	2月	14.4×20	191
櫻花樹下的約定	蕭喜云著	臺北市	福地出版社	2月	14.1×21	219
100萬的願望	沈心菱著	臺北市	圓神出版社	3月	14.7×20.8	239
一個人的生日蛋糕	文／岑澎維 圖／沙奇	臺北市	天下雜誌公司	3月	21.7×26.6	無註明
九十四年童話選	主編／徐錦成、張家欣、朱銘翔 圖／貝果	臺北市	九歌出版社	3月	15.1×21	254

書名	作者	出版地	出版社	出版月	開數	頁數
土雞的冒險	常新港著	臺北市	聯合報公司民生報事業處	3月	14.7×21	229
大甲街仔迎媽祖	文／林文忠 圖／莊靜美	臺北縣	澍林科技公司	3月	20.9×19.7	48
大膽的膽小鬼	文／陳肇宜 圖／李長駿	臺北縣	小兵出版社	3月	20.5×19.5	69
大嬸婆在美國	圖文／劉興欽	臺北市	聯經出版事業公司	3月	14.7×21	103
火車載我去看海	文／謝秋霞 圖／李欽賢	臺北市	玉山社出版事業公司	3月	26.5×22.2	無註明
永遠的朋友	張筱弨著	臺北市	福地出版社	3月	14.6×21	214
多美力鴨	文／林哲璋 圖／林倩如、張藏日、羅方君	臺北市	慈濟傳播文化志業基金會	3月	15×21	254
好老師是自己找的	文／楊茂秀 圖／許增巧	臺北市	遠流出版事業公司	3月	14.7×20.9	256
男生女生配	文／黃劍全	臺北市	文房文化事業公司	3月	14.6×21	218
娜娜的煎餅	文圖／錢茵	臺北市	天下雜誌公司	3月	26.6×21.8	無註明
馬路小英雄	朱蘭英著	臺北市	文房文化事業公司	3月	14.6×21	203
救海星的女人	文圖／李宗掖	臺北市	愛書人雜誌公司	3月	20.6×20.7	無註明
逛逛波斯巴札	蔡惠美著	臺北市	聯合報公司民生報事業處	3月	17×21.1	127

書名	作者	出版地	出版社	出版月	開數	頁數
就是要你改變的小故事	史源著	臺北市	海鴿文化出版圖書公司	3月	14.1×21	223
短耳兔	文／達文西圖／唐唐	臺北市	天下雜誌公司	3月	23.5×25.6	無註明
媽媽變魔術	文圖／童嘉	臺北市	天下雜誌公司	3月	27.2×26.3	無註明
獎賞	張之路著	臺北市	聯合報公司民生報事業處	3月	14.7×21	231
稻香渡	曹文軒著	臺北市	聯合報公司民生報事業處	3月	14.7×21	318
誰家的孩子在哭泣	白松霖著	臺北市	文房文化事業公司	3月	14.7×21	196
醜狼杜美力	文／陳佩萱圖／任華斌	臺北縣	小兵出版社	3月	20.5×19.5	69
不要亂說狼來了	李志農編撰	臺北市	華立文化事業公司	4月	14.8×21	190
牛背上的將軍	文／邱玉卿圖／張放之	臺北市	新苗文化事業公司	4月	15×21	223
地球的孩子1——聽見最美麗	黃淑貞著	臺北縣	康軒文教事業公司	4月	17×20.9	197
地球的孩子2——男孩不哭	鄒敦怜著	臺北縣	康軒文教事業公司	4月	17×20.9	185
地球的孩子3——看見心裡的彩虹	林瑋著	臺北縣	康軒文教事業公司	4月	17×20.9	173
地球的孩子4——陽光女孩	林玫伶著	臺北縣	康軒文教事業公司	4月	17×20.9	161

書名	作者	出版地	出版社	出版月	開數	頁數
地球的孩子5——青草茶的滋味	周慧琳著	臺北縣	康軒文教事業公司	4月	17×20.9	161
在哪裡呢？	文圖／黃禾采	臺北市	上誼文化有實業公司	4月	30.3×21.7	31
百萬火鍋王	姜蜜著	臺北市	文房文化事業公司	4月	14.6×21	221
老師不在時	文／郭玫禎 圖／陳盈帆	臺北市	大采文化出版事業公司	4月	21.5×28.2	無註明
老鼠阿灰的煩惱	文／陳可卉 圖／李長駿	臺北縣	小兵出版社	4月	20.5×19.5	70
我要當醫生	文／郭玫禎 圖／林柏廷	臺北市	大采文化出版事業公司	4月	21.5×28.2	無註明
青草茶的滋味	文／周慧珠	臺北縣	康軒文教事業公司	4月	17×20.9	161
看見希望——非洲阿福臺灣之旅	文／曾文娟 圖／冉綾珮	臺北市	格林文化事業公司	4月	21.2×29.7	無註明
飛天小皮蛋	文／伍劍 圖／余沛珈	臺北縣	小兵出版社	4月	20.5×19.6	69
菜鳥老師和學生的交換日記	張曙娟著	臺北市	寶瓶文化事業公司	4月	14.8×20.8	220
黑潮蝴蝶	文／李潼 圖／徐素霞	臺北市	幼獅文化事業公司	4月	14.7×20.9	139
媽媽講故事最好聽	蕭褘然編著	臺北市	德威國際文化事業公司	4月	14.7×20.5	204
會走路的人	林良著	臺北市	國語日報社	4月	15×21	223
蜜蜜心世界4	奇威國際多媒體策畫	臺北縣	INK 印刷出版公司	4月	14.9×21	187

書名	作者	出版地	出版社	出版月	開數	頁數
酷龍小子大戰豬母校長	詩影著	臺北市	滿天星文化出版公司	4月	14.9×21	207
數學摩天輪	文／陳文炳 圖／胡瑞娟	臺北市	小魯文化事業公司	4月	18.7×25.9	87
稻草人傑克	林奇梅著	臺北市	世界華文作家出版社	4月	14.8×21	160
請問一下，踩得到底嗎？	文／劉旭恭 圖／劉旭恭	臺北市	上誼文化實業公司	4月	20.5×28.7	35
豬八妹的青春筆記	文／吳孟樵 圖／朵兒普拉司	臺北市	幼獅文化事業公司	4月	14.8×20.9	217
魯西亞的記事本 II	文／王瑞英 圖／黎季舜	臺北市	理得出版公司	4月	17.1×23	204
蕭水果	文／楊隆吉 圖／楊隆吉	臺北市	大穎文化事業公司	4月	19.1×25.6	無註明
聽見最美麗	黃淑真著	臺北縣	康軒文教事業公司	4月	17×20.9	197
酷龍小子大戰豬母校長	詩影著	臺北市	滿天星文化出版公司	4月	14.9×20.9	207
小妖的金色城堡	饒雪漫著	臺北市	九歌出版社	5月	15×20.9	237
日落紅瓦厝	陳啟淦著	臺北市	聯合報公司民生報事業處	5月	14.9×21	175
四年五班，魔法老師！	洪志明著	臺北市	小魯文化事業公司	5月	14.8×20.9	185
先跟你們說再見	文圖／林小杯	臺北市	天下雜誌公司	5月	19.7×26.7	無註明
夸父的手杖	褚育麟著	臺北市	國語日報社	5月	15×21	230

書名	作者	出版地	出版社	出版月	開數	頁數
好癢！好癢！	文圖／陶樂蒂	臺北市	天下雜誌公司	5月	19.5×26.6	無註明
我們合作來演戲	文／王文華 圖／徐建國	臺北縣	小兵出版社	5月	14.9×21	47
我班有個大哥大	文／李光福 圖／李長駿	臺北縣	小兵出版社	5月	14.9×20.9	219
兔奶奶的麵包屋	文／郭玫禎 圖／陳佩娟	臺北市	三采文化出版事業公司	5月	21.5×28.2	無註明
兩個孩子兩片天 ——寫給你的25封信	張讓、韓秀著	臺北市	大田出版公司	5月	14.5×19.5	253
肥龍過街	曾祖樹著	臺北市	文房文化事業公司	5月	14.7×21	222
阿沖、黑黑、鮪小寶	文／岑澎維 圖／陳維霖	臺北縣	小兵出版社	5月	21.4×29.3	無註明
美夢銀行	文／王文華 圖／徐建國	臺北縣	小兵出版社	5月	20.5×19.5	167
動物園驚奇：動物工作者和動物們的親密對話	文／余珍芳 圖／李淑玲	臺北市	麥田出版城邦文化事業公司	5月	14.7×21	240
現在，你知道我是誰了嗎？	文圖／賴馬	新竹市	和英出版社	5月	24.8×28.7	無頁碼
媽媽生我好辛苦	文／郭郁君 圖／鍾易真	臺北市	玉山社出版事業公司	5月	22×26.6	無註明
搗蛋鬼丁丁	蕭慶好著	臺北市	文房文化事業公司	5月	14.7×21	204

書名	作者	出版地	出版社	出版月	開數	頁數
當我們同在一起	文圖／黃郁欽	臺北市	天下雜誌公司	5月	27.6×20.7	無註明
螃蟹衝衝學禮貌	文／王文華 圖／徐建國	臺北縣	小兵出版社	5月	14.9×21	47
驕傲沒有好朋友	文／王文華 圖／徐建國	臺北縣	小兵出版社	5月	14.9×21	47
小動物兒歌集	文／林良 圖／鄭明進	臺北市	聯合報公司民生報事業處	6月	18.1×20.1	無註明
小紙船看海	文／林良 圖／鄭明進	臺北市	聯合報公司民生報事業處	6月	18.1×20.1	47
互相尊重好朋友	文／王文華 圖／徐建國	臺北縣	小兵出版社	6月	14.8×21	47
天上的魚與木棉	文／凌拂 圖／洪幸芳	臺北市	玉山社出版事業公司	6月	14.9×21	99
木盒子的回憶	丁一文著	臺北市	福地出版社	6月	14.8×21	219
司馬中原童話	文／司馬中原 圖／廖建興、李月玲	臺北市	九歌出版社	6月	18.5×20	177
用寓	郝勇著	臺北市	海鴿文化出版圖書公司	6月	14.8×21	219
我的貝殼借你玩	文／王文華 圖／徐建國	臺北縣	小兵出版社	6月	14.8×21	47
我的警察哥哥	文／郭玫禎 圖／吳嘉鴻	臺北市	三采文化出版事業公司	6月	21.5×28.2	無註明
我最想做的事	文圖／王孟婷	新竹市	和英出版社	6月	19.2×23.5	無頁碼

書名	作者	出版地	出版社	出版月	開數	頁數
妹妹愛我我愛她	文／王文華 圖／徐建國	臺北縣	小兵出版社	6月	14.8×21	47
泡芙與貓共舞	文／賴曉珍 圖／達姆	臺北縣	小兵出版社	6月	14.8×21	254
勇敢的錫兵	文／林良 圖／唐諾	臺北市	格林文化事業公司	6月	29.6×21.7	無頁碼
故事屋的故事	文／張大光 圖／岳宣	臺北市	格林文化事業公司	6月	21.6×29.7	無註明
馬戲團離鎮	文／臥斧 圖／伊卡魯斯	臺北市	寶瓶文化事業公司	6月	14.8×20.9	201
頑皮故事集	文／侯文詠 圖／蕭言中	臺北市	健行文化出版事業公司	6月	18.5×20	189
管家琪童話	文／管家琪 圖／貝果	臺北市	九歌出版社	6月	18.5×20	189
拉比傳奇	周學信著	臺北縣	校園書房出版社	6月	15.8×21.4	217
臺灣兒童文學精華集2000	林文寶總策畫	臺北市	天衛文化事業公司	7月	14.9×20.9	276
2000年臺灣兒童文學精華集	林文寶總策畫	臺北市	天衛文化事業公司	7月	15×20.9	278
2001年臺灣兒童文學精華集	林文寶總策畫	臺北市	天衛文化事業公司	7月	15×20.9	276
大熊米多力	文／郝廣才 圖／安嘉拉萊	臺北市	格林文化事業公司	7月	29.6×21.7	無頁碼
女籃特攻隊	文／王文美 圖／江正一	臺北市	九歌出版社	7月	15×21	216

書名	作者	出版地	出版社	出版月	開數	頁數
小丑爺爺的紅鼻子	文／曾美慧 圖／林倩如	臺北市	慈濟傳播文化志業基金會	7月	15×21	270
小狗舒比有一個夢	文 圖 ／ Tina Kuo	臺北縣	INK 印刻出版公司	7月	20×20.9	無頁碼
山上的孩子	蔡佐渝著	臺北市	文房文化事業公司	7月	14.7×21	223
天使帶我轉個彎	文／呂淑敏 圖／貝果	臺北市	九歌出版社	7月	15×21	197
水母漂漂最勤勞	文／王文華 圖／徐建國	臺北縣	小兵出版社	7月	14.8×21	47
水蜜桃朱安禹姊姊非吃不可的童話	主述／朱安禹 改寫／康逸藍 圖／簡永宏	臺北市	城邦文化事業公司尖端出版	7月	19.6×22.7	無頁碼
他不麻煩，他是我弟弟	文／陳三義 圖／施佩吟	臺北市	九歌出版社	7月	15×21	224
臺灣兒童文學精華集2001	林文寶總策畫	臺北市	天衛文化事業公司	7月	14.9×20.9	274
西瓜李岳哥哥元氣十足的英雄童話	主述／李岳 改寫／施養慧 圖／王達人	臺北市	城邦文化事業公司尖端出版	7月	19.6×22.7	無頁碼
來不及說的愛	羅彩娟著	臺北市	福地出版社	7月	14.6×21	247
爸爸的十六封信	林良著	臺北市	國語日報社	7月	15×21	126
阿夏與電子狗	黃文輝著	臺北市	國語日報社	7月	14.9×20.9	221
是誰在搞鬼	文／陳肇宜 圖／李長駿	臺北縣	小兵出版社	7月	20.5×19.5	165
馬祖卡蹓卡蹓	文／陳月文 圖／洪義男、	連江縣	福建省連江縣政府	7月	21.6×30.2	47

書名	作者	出版地	出版社	出版月	開數	頁數
	劉伯樂、劉素珍、官月淑、張振松					
晴空小侍郎	文／哲也 圖／唐唐	臺北市	天下雜誌公司	7月	17×22.1	272
慢慢龜變勇敢了	文／王文華 圖／徐建國	臺北縣	小兵出版社	7月	14.9×21	47
網站奇緣	文／劉美瑤 圖／奚佩璐	臺北市	九歌出版社	7月	15×21	216
酸酸甜甜17歲	王立芹著	臺北市	文房文化事業公司	7月	14.5×21	225
閣樓裡的小孩	易湘晴著	臺北市	文房文化事業公司	7月	14.5×21	223
憂鬱小王子	文／游思行 圖／棗田	香港	突破出版社	7月	17.8×20	141
學校一百歲	文／凌拂 圖／張振松	臺北市	玉山社出版事業公司	7月	15.1×21	93
螃蟹衝衝闖紅燈	文／王文華 圖／徐建國	臺北縣	小兵出版社	7月	14.9×21	47
謝謝妳，空中小姐	文圖／劉旭恭	臺北市	三采文化出版事業公司	7月	21.5×28.3	無頁碼
難忘的夏天	林家華著	臺北市	文房文化事業公司	7月	14.5×21	220
我家住在加拿大Fall篇	文／砂子 圖／砂子攝影	桃園市	桃園縣兒童文學協會	7月	20×19.7	70
今天不下雪	文／邱傑 圖／瓶子	桃園市	桃園縣兒童文學協會	7月	20×19.7	70

書名	作者	出版地	出版社	出版月	開數	頁數
石洞之謎	文／黃那 圖／藍玉評	桃園市	桃園縣兒童文學協會	7月	20×19.7	134
聰明的小古	文／黃登漢 圖／陳秋穎	桃園市	桃園縣兒童文學協會	7月	20×19.7	172
人客來	文／大牛稠囡仔 圖／砂子	桃園市	桃園縣兒童文學協會	7月	20×19.7	64
嘰嘰喳喳玉米園	文／邱吉兒 圖／邱吉兒攝影	桃園市	桃園縣兒童文學協會	7月	20×19.7	41+28
魔法花園	姜吟芳著	桃園市	桃園縣兒童文學協會	7月	20×19.7	95
超級比一比	文／林瑞芳 圖／劉時傑	桃園市	桃園縣兒童文學協會	7月	20×19.7	128
風的味道	趙志龍著	桃園市	桃園縣兒童文學協會	7月	20×19.7	121
野鼠與松樹	文／沈秋蘭 圖／李淑珍	桃園市	桃園縣兒童文學協會	7月	20×19.7	151
獵人師（1）	文圖／愚溪	臺北市	普音文化事業公司	7月	15.5×21.6	85
獵人師（2）果子狸	文圖／愚溪	臺北市	普音文化事業公司	7月	15.5×21.6	137
獵人師（3）水月兒	文圖／愚溪	臺北市	普音文化事業公司	7月	15.5×21.6	121
獵人師（4）西瓜妹妹	文圖／愚溪	臺北市	普音文化事業公司	7月	15.5×21.6	103

書名	作者	出版地	出版社	出版月	開數	頁數
小鹿阿班的心事	文／王蕙瑄 圖／莊姿萍	臺北縣	狗狗圖書公司	8月	21.9×28.9	35
小頭目優瑪2小女巫鬧翻天	文／張有漁 圖／莊孝先	臺北市	天下雜誌公司	8月	14.8×20.5	235
山童歲月	凌拂著	臺北市	天下雜誌公司	8月	14.9×20.5	280
天堂來的孩子	文圖／PENCIL	臺北市	台視文化事業公司	8月	21×24	無頁碼
臺灣兒童文學精華集2002	林文寶總策畫	臺北市	天衛文化事業公司	7月	14.9×20.9	251
臺灣兒童文學精華集2003	林文寶總策畫	臺北市	天衛文化事業公司	7月	14.9×20.9	263
甘蔗的滋味	文／謝武彰 圖／洪義男	臺北市	青林國際出版公司	8月	21.5×28.7	32
我丟失了我的小男孩	文／易術 圖／林育暐	臺北縣	INK 印刻出版公司	8月	15×20.9	173
我要一個家	文／林良 圖／張化瑋	臺北市	聯合報公司民生報事業處	8月	18.2×20.2	無頁碼
李遠哲的成長故事	張敏超著	臺北市	幼獅文化事業公司	8月	21×19	195
汪汪的家	文／林良 圖／何雲姿	臺北市	聯合報公司民生報事業處	8月	18.2×20.2	無頁碼
那一天，我和爸爸交換身體	文／洪倫喜 圖／白明植	臺北縣	狗狗圖書公司	8月	18.6×23.5	128
奇奇鎮的怪事	文／張如鈞 圖／姬炤華	臺北市	小魯文化事業公司	8月	17×21	86
妮兒與多麥家族	周桑著	臺北市	泰電電業公司	8月	14.8×21	260

書名	作者	出版地	出版社	出版月	開數	頁數
爸爸的33種用處	文／潔芙 圖／海莉	臺北市	格林文化事業公司	8月	18.6×21.3	無頁碼
故事愛唱歌	徐永康著	臺北市	財團法人毛毛蟲兒童哲學基金會	8月	14.9×21	194
猴死囝仔6終於畢業啦！	丫燈著	臺北市	文房文化事業公司	8月	14.7×21	221
給長耳兔的36封信：成長進行式	文／李崇建 圖／辜筱茜	臺北市	寶瓶文化事業公司	8月	14.8×20.9	216
黑色校慶	張清清著	臺北縣	喜樂亞公司	8月	19.6×19.2	147
像女孩的男孩	陳益綜著	臺北市	文房文化事業公司	8月	14.6×21.1	199
誰偷走孩子的快樂──做孩子的貴人	黃振裕著	臺北市	日月文化出版公司	8月	14.9×21	217
獨腳提琴手	齊樂樂著	臺北市	文房文化事業公司	8月	14.7×21	221
貓總統被綁架了	文／劉映吟 圖／楊麗玲	臺北市	幼獅文化事業公司	8月	15×21	221
礦工的女兒	劉興民著	臺北市	福地出版社	8月	14.8×21	217
鹹酸甜──人生的滋味	林文憲著	彰化市	彰化縣文化局	8月	14.9×20.9	180
大象男孩與機器女孩	文／郝廣才 圖／田中仲介	臺北市	格林文化事業公司	9月	21.6×29.7	無頁碼
大熊寵物店	文／郭玫禎 圖／林柏廷	臺北市	大采文化出版事業公司	9月	21.4×28.2	無頁碼
小水滴的幸福魔法	奇歐著	臺北市	魔豆文化公司	9月	14.9×21	223

書名	作者	出版地	出版社	出版月	開數	頁數
小四愛作怪	文／阿德蝸 圖／任華斌	臺北縣	小兵出版社	9月	20.5×19.5	163
你不知道的白雪公主	如果兒童劇團	臺北市	平裝本出版公司	9月	15.1×18.5	159
你爸爸我媽媽	李光福著	臺北市	小魯文化事業公司	9月	14.9×20.9	206
妙點子翻跟斗	文／吳立萍 圖／楊麗玲	臺北市	慈濟傳播文化志業基金會	9月	14.9×21	319
我和我的腳踏車	文圖／葉安德	新竹市	和英出版社	9月	20.6×20.6	無頁碼
沒有腿的兄弟	董林著	臺北市	漢宇國際文化公司	9月	15×21	214
周處除三害	文圖／蕭媚義	臺北市	信誼基金出版社	9月	21.6×30.3	46
星星旅館的探險——連加恩的西非星海任務	連加恩著	臺北市	國語日報社	9月	15.1×21	223
夏天來的時候我會想妳	文圖／周瑞萍	臺北市	大塊文化出版公司	9月	17.6×21.5	無頁碼
真相拼圖	文／陳肇宜 圖／徐建國	臺北市	小兵出版社	9月	14.7×20.8	251
神秘的來信	陸楊著	臺北縣	漢宇國際文化公司	9月	14.9×21	212
神棋少年——阿奇的覺醒	陳能明著	臺北市	魔豆文化公司	9月	14.9×21	223
強強那麼長	文圖／林宗賢	臺北市	新手父母出版城邦文化事業公司	9月	21.6×29.8	39

書名	作者	出版地	出版社	出版月	開數	頁數
尋找一朵幸運草	楊玉川著	臺北市	福地出版社	9月	14.7×21.1	215
雲鯨少年——雲海中的奇遇	粽子著	臺北市	魔豆文化公司	9月	14.9×21	223
達達出發了	文圖／林宗賢	臺北市	信誼基金出版社	9月	25.4×24.7	32
頑童也能變天使	黃裕仁著	臺北市	日月文化出版公司	9月	14.9×21	185
滴滴	陳文月著	臺北市	國語日報社	9月	14.9×20.9	255
謊話蟲	文圖／蕭媚義	臺北市	信誼基金出版社	9月	22.6×24.7	35
變成貓	貓文著	臺北市	魔豆文化公司	9月	14.9×21	239
阿律愛玩水	文／腸子 圖／莊河源	臺南市	世一文化事業公司	9月	25.5×23.5	24
狐狸與白鵝	改編／余治瑩 圖／曲敬蘊	臺南市	世一文化事業公司	9月	25.5×23.5	24
阿尼要搬家	文／黃慧敏 圖／莊河源	臺南市	世一文化事業公司	9月	25.5×23.5	24
我的糖果在哪裡	文圖／呂淑恂	臺南市	世一文化事業公司	9月	25.5×23.5	24
男生愛女生	文／黃慧敏 圖／杜小爾	臺南市	世一文化事業公司	9月	25.5×23.5	24
小狼的禮物	文／腸子 圖／莫侯	臺南市	世一文化事業公司	9月	25.5×23.5	24
小紅帽	文／格林童話 圖／杜小爾	臺南市	世一文化事業公司	9月	25.5×23.5	24
阿甘洗澡咯	文／胡韶真 圖／黃純玲	臺南市	世一文化事業公司	9月	25.5×23.5	24

書名	作者	出版地	出版社	出版月	開數	頁數
白米洞	文／黃慧敏 圖／余麗婷	臺南市	世一文化事業公司	9月	25.5×23.5	24
三隻小紅狐狸	文圖／馬景賢	臺北市	小魯文化事業公司	10月	17.1×21	75
小寓言大智慧	王子島著	臺北市	新苗文化事業公司	10月	14.8×21	203
王淑芬童話	文／王淑芬 圖／貝果	臺北市	九歌出版社	10月	18.6×20	190
叮噹的魔法	曉玲叮噹著	臺北市	核心文化事業公司	10月	14.8×21	189
生命的學徒——生命散文集	蕭蕭主編	臺北市	幼獅文化事業公司	10月	14.8×20.9	167
快樂天使心	文／溫小平 圖／曲曲	臺北市	幼獅文化事業公司	10月	14.8×20.9	173
和平使者——達賴喇嘛的故事	文／陳啟淦 圖／張清隆	臺北市	文經社出版社公司	10月	14.8×21	191
芭蕾小公主	陳美妙著	臺北市	新苗文化事業公司	10月	14.8×21	243
春風少年八家將	陳景聰著	臺北市	小魯文化事業公司	10月	14.8×20.9	159
校長的童年	謝水乾著	臺北市	新潮社文化事業公司	10月	16.1×22.9	191
無限的天空——心窗	文／林武憲 圖／曹俊彥	臺北市	朗智思維科技公司	10月	14.9×20.9	無頁碼
無限的天空——秋天的信	文／林武憲 圖／曹俊彥	臺北市	朗智思維科技公司	10月	14.9×20.9	無頁碼

書名	作者	出版地	出版社	出版月	開數	頁數
無限的天空——陽光	文／林武憲 圖／曹俊彥	臺北市	朗智思維科技公司	10月	14.9×20.9	無頁碼
黃海童話	文／黃海 圖／貝果	臺北市	九歌出版社	10月	18.6×20	178
圖畫裡的孩子	邱琇媚著	臺北市	文房文化事業公司	10月	14.9×21	222
賣肉粽的小孩	許正芳著	臺北市	福地出版社	10月	14.8×21	251
學校裡的隱形班級	羅丰苓著	臺北市	新苗文化事業公司	10月	15.1×21	239
龍蛇馬羊	文／王家珍 圖／王家珠	臺北市	格林文化事業公司	10月	21.7×29.8	無頁碼
感動一輩子的友情小故事	文圖／羅琪	臺北市	福地出版社	10月	14.5×21	214
胖子尋寶	文／陳偉仁 圖／蔡兆倫	臺北市	心靈童話工作室	10月	16.4×17.5	117
懶惰的農夫	文／張晉霖 圖／陳佩瑋	臺北市	橋福圖書公司	10月	30.3×29.4	30
漂亮老師和壞小子	楊紅櫻著	臺北市	漢湘文化事業公司	10月	14.7×20.9	286
動物總動員	文／黃黑妮 圖／黃黑蠻	香港	星島出版公司	10月	20×20	211
火裡來，水裡去	文／張曼娟、高岱君 圖／蘇子文	臺北市	天下雜誌公司	11月	17×22	173
我家有個風火輪	文／張曼娟 圖／周瑞萍	臺北市	天下雜誌公司	11月	17×22	173

書名	作者	出版地	出版社	出版月	開數	頁數
甘蔗好吃雙頭甜	文／王柏鎧 圖／貓頭鷹	臺北市	神農廣播雜誌社	11月	14.9×20.9	155
左耳	饒雪漫著	臺北市	我識出版集團 ——意識文學公司	11月	4.8×21	309
歐麥加的狗日子	廖大魚著	臺北縣	正中書局	11月	14.8×20.8	189
冒牌爸爸	文／陳景聰 圖／李長駿	臺北縣	小兵出版社	11月	14.8×20.9	222
靈靈精精精靈靈	文／陳昇群 圖／莊河源	臺北縣	小兵出版社	11月	20.5×19.5	71
魔法小象找朋友	文／王洛夫 圖／巫耳	臺北縣	小兵出版社	11月	20.5×19.5	71
天使街23號	文圖／郭妮	高雄市	耕林出版社公司	11月	16.5×23.5	270
一年甲班34號	文圖／恩佐著	臺北市	時報文化出版企業公司	11月	16.6×21	221
手心裡的祝福	王志強著	臺北市	福地出版社	11月	14.7×21	239
台灣囝仔的歌	文／康原 音樂／曾慧青	臺中市	晨星出版公司	11月	18.8×24	95
擁抱大文豪	文／黃淑貞 圖／簡漢平	臺北市	慈濟傳播文化志業基金會	11月	15×21	329
踢踢踏	文／余光中 圖／徐素霞	新竹市	和英出版社	11月	19.8×26.7	無頁碼
只要我長大歡樂兒歌	文／傳統兒歌 圖／杜小爾等	臺南市	世一文化事業公司	11月	21.6×20.3	91
月球少女	俊希著	臺北市	魔豆文化公司	11月	15×21	222

書名	作者	出版地	出版社	出版月	開數	頁數
代號：小魷魚	林滿秋著	臺北市	小魯文化事業公司	11月	15×21	206
聖誕老公公不見了	文／可白圖／達姆	臺北縣	小兵出版社	12月	20.5×19.5	70
為天量身高	文／子魚圖／黃荷	臺北市	聯合報公司民生報事業處	12月	20×20	107
看我七十二變	文／張曼娟等圖／王書曼	臺北市	天下雜誌公司	12月	14.9×22	169
花開了	文／張曼娟等圖／潘昀珈	臺北市	天下雜誌公司	12月	14.9×22	165
會笑的陽光	周姚著	臺北市	小魯文化事業公司	12月	14.8×20.9	159
中國古代經典寓言故事	秦漢唐編	臺北市	廣達文化事業公司	12月	14.8×21	297
野蠻丫頭戴安	楊紅櫻著	臺北市	漢湘文化事業公司	12月	14.7×20.9	287
我的麗莎阿姨	文／鄭丞鈞圖／李月玲	臺北市	九歌出版社	12月	14.8×21	164
我們這一班	文／雪涅圖／江正一	臺北市	九歌出版社	12月	14.8×21	195
變身魔法石	文／陳維鸚圖／陶一	臺北市	九歌出版社	12月	14.8×21	182
走了一個小偷之後	文／李慧娟圖／李月玲	臺北市	九歌出版社	12月	14.8×21	198
葉王捏廟尪仔	文／陳玟如、許玲慧圖／官月淑	臺北市	青林國際出版公司	12月	28.5×21.8	32

書名	作者	出版地	出版社	出版月	開數	頁數
許願樹上的星星	文圖／SMART	臺北市	商周出版	12月	17×23	121
天上飛來的魚	文圖／劉伯樂	臺中市	國立臺灣美術館	12月	22.5×27.8	31
我的台北	文圖／劉瑞琪	臺中市	國立臺灣美術館	12月	22.5×27.8	31
玉山爺爺的畫筆	文／黃寶萍 圖／官月淑	臺中市	國立臺灣美術館	12月	22.5×27.8	31
在地圖裡長大的臺灣	文／劉克襄 圖／江彬如	臺中市	國立臺灣美術館	12月	22.5×27.8	31
油桐花・五月雪	文／馮輝岳 圖／徐麗媛	臺中市	國立臺灣美術館	12月	22.5×27.8	31
愛河	文／林仙龍 圖／王子麵	臺中市	國立臺灣美術館	12月	22.5×27.8	31
外公的塑像	文／陳玉珠 圖／張哲銘	臺中市	國立臺灣美術館	12月	22.5×27.8	31
台語兒歌西北雨	整理／李南衡 圖／曹俊彥	臺中市	國立臺灣美術館	12月	22.5×27.8	31
敲！敲！敲！不斷的挑戰	文／蔡振明 圖／林傳宗	臺中市	國立臺灣美術館	12月	22.5×27.8	31
二十元硬幣上的英雄　莫那・魯道	文／鄧相揚 圖／邱若龍	臺中市	國立臺灣美術館	12月	22.5×27.8	31
我和我的家人們	文圖／楊麗玲	臺北市	幼獅文化事業公司	12月	14.8×20.8	125
叔叔的祕密情人	文／張雅涵 圖／李宜馨	臺北市	小兵出版社	12月	14.5×21	250
我的顏色旅行	文圖／顧斯嘉	臺北縣	幼福文化事業公司	12月	22×20.7	無頁碼

書名	作者	出版地	出版社	出版月	開數	頁數
我的數字旅行	文圖／顧斯嘉	臺北縣	幼福文化事業公司	12月	22×20.7	無頁碼
我的反義詞旅行	文圖／顧斯嘉	臺北縣	幼福文化事業公司	12月	22×20.7	無頁碼
我的位置旅行	文圖／顧斯嘉	臺北縣	幼福文化事業公司	12月	22×20.7	無頁碼
超級完美的願望	文／楊隆吉圖／邱千容	臺北市	信誼基金出版社	12月	15×21	76
和星星說話的孩子	登蘊雅著	臺北市	文房文化事業公司	12月	15×21	215
天使工廠	文圖／郭婷	臺北市	風車圖書出版公司	12月	19.5×26.5	71
山中的悄悄話	文／林鍾隆圖／劉伯樂	臺北市	信誼基金出版社	12月	15×21	79
亞洲鐵人楊傳廣	文／施佩君圖／曹俊彥	臺東市	臺東縣政府	12月	29.8×21.2	31
陽光畫家丁學洙	江學澄著	臺東市	臺東縣政府	12月	29.8×21.2	31

二〇〇六年兒童文學論述書目

書名	作者	出版地	出版社	出版月	開數	頁數
哈利波特與神隱少女——進入孩子的內心世界	山中康裕著／王真瑤譯	臺北市	心靈工坊文化事業公司	1月	14.1×20	243
安徒生傳	詹斯·安徒生著／陳雪松等譯	臺北市	聯經出版事業公司	1月	17.3×23.6	588
走進魔衣櫥：路易斯與納尼亞的閱讀地圖	幸佳慧著	臺北市	時報文化出版企業公司	1月	14.8×20	155
魯益師——魔幻王國的創造者	梁志華著	香　港	突破出版社	1月	12.7×18.4	127
教學資源館8：Write Right! 寫作創意新思考	Kendall Haven 著／黃郇媖譯	臺北市	東西出版事業公司	1月	21.3×30.3	304
幼兒文學	林芳菁	臺中市	華格那企業公司	1月	17.1×23	
煙斗、帽子、放大鏡裡的福爾摩斯	迪克·萊利(Dick Riley)、潘·麥克阿莉絲特 (Pam McAllisteer)著／黃政淵譯	臺北市	圓神出版社	2月	14.3×20.8	286
日本動畫五天王	傻呼嚕同盟著	臺北市	大塊文化出版公司	2月	17.1×23	328
出發點 1979-1996	宮崎駿著／黃穎凡、章澤儀譯	臺北市	臺灣東販公司	2月	13.1×19.5	567

書名	作者	出版地	出版社	出版月	開數	頁數
愛上卡通	鐘志鵬著	臺北市	小知堂文化事業公司	2月	21×20	199
鍊金術師完全事典	愛德華・尼古拉 斯 (Edward Nicholas) 著／鍊金達人譯	臺北市	可道書房公司	2月	14.8×21	207
童書久久 III	臺灣閱讀協會	臺北市	臺灣閱讀協會	2月	18.5×23	95
魔幻王國的心靈世界	禤浩榮	香港	天道書樓公司	2月	14×21.1	230
觀賞圖畫書中的圖畫	珍・杜南(Jane Doonan) 著／宋珮譯	臺北市	雄獅圖書公司	3月	15×21	139
天使事典：加百列	李查・韋伯 (Richard Webster) 著／華特譯	臺北市	尖端出版 城邦文化事業公司	3月	14.6×21	182
故事在我口袋 ——教學資源館 9-1 故事在我口袋	文／瑪莎・漢彌頓、米齊・衛思 (Martha Hamilton & Mitch Weiss) 圖／卡蘿・萊恩 (Carol Lyon) 譯／鄭鳳珠	臺北市	東西出版事業公司	3月	19×25.9	160
故事在我口袋 ——教學資源館 9-2 故事大冒險	文／瑪莎・漢彌頓、米齊・衛思 (Martha	臺北市	東西出版事業公司	3月	19×25.9	184

書名	作者	出版地	出版社	出版月	開數	頁數
	Hamilton & Mitch Weiss) 圖／安妮・坎貝爾 (Annie Campbell) 譯／王靜怡、李紀唐					
教學資源館11： 教孩子說故事	瑪莎漢彌頓、米齊衛思 (Martha Hamilton & Mitch Weiss) 著／陳宏淑譯	臺北市	東西出版事業公司	3月	21.3×30.3	276
尋找一本繪本，在沙漠中……	柳田邦男著／唐一寧、王國馨譯	臺北市	遠流出版事業公司	4月	13.2×19.5	255
100萬隻傳說中的貓	斯蒂凡諾・薩爾維亞蒂 (Stefano Salviati) 著／宋岩譯	臺中市	晨星出版公司	4月	18.6×24.5	141
跟著漫畫家去旅行	墨必斯 (Moe-bius)、馮索瓦・史奇頓 (Francois Schuiten) 等畫家著／林莉菁譯	臺北市	大辣出版公司	4月	21×28.8	163

書名	作者	出版地	出版社	出版月	開數	頁數
臺灣兒童文學的出發	趙天儀著	臺北縣	富春文化事業公司	4月	15×21	215
歐洲天使之旅	若月伸一著／徐曉佩、蔡青雯、劉惠卿、林佩儀譯	臺北縣	西遊記文化	4月	15×21	160
伊斯蘭幻想世界——怪物、英雄與魔法的故事	桂令夫著／沙子芳譯	臺北市	尖端出版城邦文化事業公司	4月	14.7×21	232
魔法・幻想百科（原著名：魔法事典）	山北篤監修／王書銘、高胤喨譯	臺北市	奇幻基地出版城邦文化事業公司	4月	16.9×23	349
這些書可以讓你的孩子變第一名	謝淑美	臺北市	大穎文化事業公司	4月	16.7×22	201
邊玩邊讀格林童話	格林兄弟著／李毓昭譯	臺中市	晨星出版公司	4月	14×20.2	178
台灣藝術經典大系・插畫藝術卷1：台灣插畫圖像美學	陳永賢	臺北市	藝術家出版社	4月	21.8×29.8	159
台灣藝術經典大系・插畫藝術卷2：探索圖畫書彩色森林	曹俊彥、曹泰容	臺北市	藝術家出版社	4月	21.8×29.8	159
語文的滋味	杜榮琛	臺北縣	康軒文教事業公司	5月	17×21	141
兒童愛演戲——如何用戲劇統整	茱蒂斯・阿克洛伊＆喬・包	臺北市	遠流出版事業公司	5月	19×26	194

書名	作者	出版地	出版社	出版月	開數	頁數
九年一貫小學教程	爾頓 (Judith Ackroyd & Jo Boulton) 著／陳書悉譯					
有關女巫──永不止息的魔法傳奇	凱特琳與艾米	臺北市	蓋亞文化	5月	14.4×20	246
餵故事書長大的孩子	汪陪珽	臺北市	時報文化出版企業公司	5月	16.4×20	205
忠狗101──親子共戲故事書	紙風車劇團	臺北市	圓神出版社	5月	20.9×19.8	151
台灣漫畫文化史──從文化史的角度看台灣漫畫的興衰	陳仲偉	臺北市	杜葳廣告公司	5月	14.8×20.9	203
教孩子成為閱讀高手	南美英著／寧莉譯	臺北市	核心文化事業公司	5月	14.8×20.5	287
守護聖人事典	真野隆也著／楊素宜譯	臺北市	尖端出版 城邦文化事業公司	6月	14.5×21	293
文字拼圖	文／馬景賢 圖／鄭慧荷	臺北市	聯合報公司民生報事業處	6月	20×20	99
鍊金術師的傳說	草野巧著／周佩憲譯	臺北市	尖端出版 城邦文化事業公司	6月	14.5×21	179
古老的魔法──打開咒語、預知、占卜之門	真野隆也著／林志聰譯	臺北市	春光出版	6月	16.9×23	213
道在童書──真理、兒童、圖畫書	劉清彥	臺北市	道聲出版社	6月	17.9×23	236

書名	作者	出版地	出版社	出版月	開數	頁數
閱讀遊戲妙點子	珮琪・凱伊 (Peggy Kaye) 著／鄭鳳珠譯	臺北市	東西出版事業公司	6月	21.2×27	229
故事——打開兒童成長大門的金鑰匙	謝珮芝	臺北市	書泉出版社	6月	14.9×20.9	172
優游意象世界——精選當代名家詩作	蕭蕭主編	臺北市	聯合文學出版社	6月	14.8×21.1	230
揮動想像翅膀——精選當代名家詩作	蕭蕭主編	臺北市	聯合文學出版社	6月	14.8×21.1	183
兒童文學與兒童語言——學術研討會論文集　第十屆兒童文學與生態學	趙天儀主編	臺北縣	富春文化事業公司	6月	15×21	416
戲劇教學	Dorothy Heathcote & Gavin Bolton 著／鄭黛瓊、鄭黛君譯	臺北市	心理出版社	6月	14.8×21	250
路漫漫——香港獨立漫畫25年	智海、歐陽應霽	香　港	三聯書店（香港）公司	7月	19.1×26	277
奇幻小百科　勇者鬥怪物教戰手冊	何飛鵬	臺北市	冒險同業公會出版部	7月	14.8×21	102

書名	作者	出版地	出版社	出版月	開數	頁數
台灣兒童文學發展的省思學術研討會論文集暨會議手冊	臺東大學兒童文學研究所編	臺東市	國立台東大學兒童文學研究所	7月	21×29.3	168
童話‧兒童‧文化產業	傑克‧齊普斯(Jack Zipes)著／張子樟等譯	臺北市	台灣東方出版社	7月	15×21	238
你不可不知道的偉大插畫——比亞茲萊	許麗雯	臺北市	高談文化事業公司	7月	16.5×21.5	253
小孩的宇宙——從經典童話解讀小孩的內心世界	河合隼雄著／詹慕如譯	臺北市	天下雜誌公司	7月	14.8×20.6	213
日本漫畫60年	保羅‧葛拉維(Paul Gravett)著／連惠幸等譯	臺北縣	西遊記文化	7月	24.2×28.1	176
動畫師究極養成師	尾澤直志著／余為政譯	臺北市	積木文化	7月	21×26	221
仙奶泉——兒童舞台劇創作指南	壹貳參戲劇團著／吳嘉鴻譯	臺北市	智多星事業部滿天星文化出版公司	7月	21×25	107
妖精事典	草野巧著／蘇黎衡譯	臺北市	奇幻基地出版城邦文化事業公司	7月	17×23	294
解讀卡漫密碼	Tiffany	臺北市	城邦文化事業工司尖端出版	7月	14.4.21	239
討厭下雨的達洋	池田晶子著／楊雅琇譯	臺北市	核心文化事業公司	9月	18.8×24.7	56

書名	作者	出版地	出版社	出版月	開數	頁數
科幻世界的哲學凝思	陳瑞麟	臺北市	三民書局	9月	13×18.7	243
動態閱讀圖畫書：立體拼圖	林秀兒	臺北市	陪伴者事業公司	9月	14.5×20.5	295
動態閱讀圖畫書：閱讀積木	林秀兒	臺北市	陪伴者事業公司	9月	14.5×20.5	240
動態閱讀圖畫書：故事寫作	林秀兒	臺北市	陪伴者事業公司	9月	14.5×20.5	242
怪理怪氣怪可愛	林珮熒	臺北市	遠流出版事業公司	10月	15×21	211
繪本故事媽媽你也可以做做看	黃慶惠	臺北市	天衛文化圖書公司	10月	14.8×20.9	196
喜歡旅行的達洋——色鉛筆與水彩	池田晶子著／楊雅琇譯	高雄市	核心文化事業公司	10月	18.8×24.7	63
笨蛋！問題在閱讀	樋口裕一著／鹿谷譯	臺北縣	世茂出版公司	10月	14.8×21	155
在圖書館培養比爾蓋茲	李賢著／寧莉譯	高雄市	核心文化事業公司	10月	14.9×20.5	254
誰說沒人用筷子喝湯	楊茂秀	臺北市	遠流出版事業公司	10月	14.8×20.9	191
哈利波特奇異的考驗	Tom Morris 著／洪慧芳譯	臺北市	時報文化出版企業公司	10月	14.8×21	269
圖說怪獸事典	草野巧著／王啟華譯	臺北市	尖端出版 城邦文化事業公司	10月	21×19.6	275
品德八寶盒	國立臺東大學兒童文學研究所	臺東市	財團法人兒童文化藝術基金會國立台東大學兒童文學研究所	10月	16.9×23.1	191

書名	作者	出版地	出版社	出版月	開數	頁數
用故事教出優秀的孩子	黃鳳文	臺中縣	狠角色文化事業公司	10月	15×21	187
童話大王	文／林淑英 圖／披薩先生	臺北縣	康軒文教事業公司	10月	17×20.9	141
諺語萬事通	文／林淑英、林秀苓 圖／劉若棉、陳庭昀	臺北縣	康軒文教事業公司	10月	17.1×20.9	124
超自然的歷史	凱倫・法林頓(Karen Farrington) 著／謝佩妏譯	臺北市	究竟出版社	11月	18×23.5	185
讀傳記教出資優兒	管家琪	臺北市	文經社出版社	11月	14.8×21	127
資深兒童文學作家──潘人木作品研討會論文集	中華民國兒童文學學會編	臺北市	中華民國兒童文學學會	11月	20.9×29.4	295
從聽故事到閱讀	蔡淑媖	臺北市	上誼文化實業公司	11月	20×19.9	203
童詩大王	林淑英	臺北縣	康軒文教事業公司	11月	17.2×21	149
品格怎麼教	萬榮輝等	臺北市	心理出版社	11月	16.9×23	419
共譜愛・閱協奏曲演討會手冊		臺北市	財團法人毛毛蟲兒童文學基金會	12月	21×29.6	54
探索兒童文學──認識本土兒文作家與作品之美		臺北市	財團法人毛毛蟲兒童文學基金會	12月	21×29.6	80

書名	作者	出版地	出版社	出版月	開數	頁數
我的第半本書	文／謝武彰 圖／鄭淑芬	臺北市	聯合報公司民生報事業處	12月	19.9×20	107
寫我故鄉與童年	文／馮輝岳 圖／鄭淑芬	臺北市	聯合報公司民生報事業處	12月	19.9×20	95
睡在粉彩筆堆中的達洋	池田晶子著／楊雅琇譯	臺北市	核心文化事業公司	12月	18.9×25	62
小寓言讓孩子成大器	紀康保	臺北市	新潮社文化事業公司	12月	16×23	222
激發創造力的想像童話	朴哲聖	臺北縣	人類智庫公司	12月	19×24.5	175
遇見圖畫書百年經典	彭懿	臺北市	信誼基金出版社	12月	20.9×28	287
凝視台灣兒童文學的重鎮桃園縣兒童文學史	謝鴻文	臺北縣	富春文化事業公司	12月	15.1×20.98	555
開始玩戲劇11-14歲：中學戲劇課程教師手冊	Jonothan Neelands 著／歐怡雯譯	臺北市	心理出版社	12月	15×20	200
手指遊戲動動兒歌——小猴子	文／李紫蓉 圖／楊麗玲	臺北市	信誼基金出版社	12月	21.5×20.5	27
手指遊戲動動兒歌——螃蟹歌	文／傳統兒歌、林芳萍 圖／許文綺	臺北市	信誼基金出版社	12月	21.5×20.5	27
手指遊戲動動兒歌——好朋友	文／游淑芬 圖／楊子桂	臺北市	信誼基金出版社	12月	21.5×20.5	27
激發創造力的想像童話	朴聖哲著／戚先治譯	臺北市	人類智庫公司	12月	19×24.5	174

書名	作者	出版地	出版社	出版月	開數	頁數
台灣尪仔	張婉真著／張宏久譯	臺北市	前衛出版社	12月	20.3×20.7	65
幼兒戲劇	編著／曹瑟宜 圖／曹俊彥	臺北縣	啟英文化事業公司	再版	19×26	60

二〇〇六年兒童文學翻譯書目

書名	作者	出版地	出版社	出版日期	開數	頁數	國別
滿天都是小星星	著／岡田淳　譯／黃瓊仙	臺北縣	暢通文化事業公司	1月	14.9×21	148	日本
尋找天使	希拉蕊・麥凱(Hilary Mckay)著／劉清彥譯	臺北市	臺灣東方出版社	1月	15×21	302	英國
惡魔賊	向達倫(Darren Shan)著／平雲譯	臺北市	皇冠文化出版公司	1月	14.9×20.8	254	英國
手斧男孩5——獵殺布萊恩	蓋瑞・伯森(Gary Paulson)著／奉君山譯	臺北縣	野人文化公司	1月	15×19.6	179	美國
奧茲國之堤普歷險記	法蘭克・鮑姆(Frank Baum)著／羅婷以譯	臺北市	華文網公司	1月	14.8×21	237	美國
傾斜的星球	麥德琳・蘭歌(Madeleine L'Engle)著／黃聿君、洪夙甯譯	臺北市	繆思出版公司	1月	14×20	298	法國
深夜魔女的奇幻著藥房	文／垣內磯子　圖／三原紫野　譯／鄭惠如	臺北市	小魯文化事業公司	1月	17×20.9	86	日本
半七補物帳——妖銀杏	文／岡本綺堂　圖／三谷一馬　譯／茂呂美耶	臺北市	遠流出版事業公司	1月	14.8×19.8	247	日本

書名	作者	出版地	出版社	出版日期	開數	頁數	國別
舞劍士	珍妮佛・羅伯森 (Jennifer Roberson)著／段宗忱譯	臺北市	奇幻基地出版 城邦文化事業公司	1月	14.7×20.9	333	美國
天之瞳——幼年篇 II	灰谷健次郎著／譯／黃瑾瑜	臺北縣	新雨出版社	1月	14.9×20	300	日本
遠古幽暗的紀年系列1——狼兄弟	米雪兒・佩弗 (Michelle Paver)著／張君玫譯	臺北市	尖端出版城邦文化事業公司	1月	14.7×21	380	英國
吸血鬼獵人D11:D——黑暗之路	菊地秀行著／常純敏譯	臺北市	奇幻基地出版 城邦文化事業公司	1月	14.7×20.9	219	日本
電子之星——池袋西口公園 IV	石田衣良著／劉名揚譯	臺北縣	木馬文化事業公司	1月	15×21	287	日本
廢棄公主1：棄貓公主的前奏曲	文／榊一郎 圖／安曇雪伸 譯／常純敏	臺北市	奇幻基地出版 城邦文化事業公司	1月	14.8×21	248	日本
小黑森巴歷險記	海倫・班尼曼 (Helen Bannerman)著／張惠凌譯	臺中市	晨星出版公司	1月	14×20.1	152	英國
吸血鬼獵人D11:D——黑暗之路（2）	菊地秀行著／常純敏譯	臺北市	奇幻基地出版 城邦文化事業公司	1月	14.7×20.9	218	日本

書名	作者	出版地	出版社	出版日期	開數	頁數	國別
我的妹妹小順	文／朴信植 圖／鄭真姬 譯／李敏姬	臺北市	新苗文化事業公司	1月	15×21	159	韓國
無賴	哈拉德・帕利格 (Harald Parigger) 著／劉興華譯	臺北市	允晨文化實業公司	1月	14.8×21	211	德國
秘密結晶	小川洋子著／王蘊潔譯	臺北市	麥田出版	1月	14.8×21	291	日本
龍騎士	克里斯多夫・鮑里尼 (Christopher Paolini) 著／張子樟等譯	臺北市	聯經出版事業公司	1月	15.2×21.6	816	美國
寂寞嗎雪人	文／維爾・葛梅林 (Will Gmehling) 圖／蘇芳毅 譯／洪翠娥	臺北市	大田出版公司	1月	14.8×21	195	德國
道爾馬克四重奏系列2——魔法稻草人	黛安娜・韋恩・瓊斯 (Diana Wynne Jones) 著／陳彬彬譯	臺北市	尖端出版城邦文化事業公司	1月	14.6×21	329	英國
野球少年2	淺野敦子著／謝怡苓譯	臺北市	台灣國際角川書店	1月	14.8×21	302	日本
每個星期從一個故事開始	艾倫・柯漢 (Alan Colhen)著／王玉英譯	臺北縣永和市	財團法人靈鷲山般若文教基金會附設出版社	1月	13.1×19.1	123	美國

書名	作者	出版地	出版社	出版日期	開數	頁數	國別
真理的花束	文／池口惠觀 圖／濱田泰介 譯／李惠英	臺北市	益群書店公司	1月	13.2×19.1	47	日本
波特萊爾大遇險1——混亂的旅館	雷蒙尼・史尼奇 (Lemony Snicket) 著／江坤山譯	臺北市	天下遠見出版公司	1月	14.8×20.5	314	美國
奧茲國之堤普歷險記	法蘭克・鮑姆 (Frank Baum)著／羅婷以譯	臺北市	華文網公司（全球華文聯合出版平台）	1月	14.8×21	237	美國
島王	麥克・莫波格 (Michael Morpurgo) 著／林滿秋譯	臺北市	台灣東方出版社	2月	15.1×21.2	198	英國
13歲校長	藤原和博著／黃麗貞譯	臺北市	小知堂文化事業公司	2月	14.6×21	175	日本
愛倫的故事	凱伊・吉本絲 (Kaye Gibbons) 著／允韜譯	臺北市	臺灣商務印書館	2月	14.9×20.9	148	美國
呆鵝約拿斯	拉赫爾・凡・科艾 (Rachel van Kooij)著／竺迎嬌譯	臺北市	新苗文化事業公司	2月	14.8×21	194	荷蘭
龍谷傳奇4——鏡宮	沃爾夫岡、海克・霍爾拜因 (Wolfgang & Heike Hohlbein)	臺北市	新苗文化事業公司	2月	14.7×21	193	德國

書名	作者	出版地	出版社	出版日期	開數	頁數	國別
	著／李超、萬燦紅譯						
佐賀的超級阿嬤	島田洋七著／陳寶蓮譯	臺北市	先覺出版公司	2月	14.9×20.8	212	日本
心靈積木	辛西亞‧佛特 (Cynthia Voigt) 著／謝瑤玲譯	臺北市	小魯文化事業公司	2月	14.7×20.9	155	美國
陰陽師──生成姬	夢枕獏著／茂呂美耶譯	臺北市	繆思出版公司	2月	14.2×18	318	日本
羅德斯島傳說第一部──亡國的王子	文／水野良 圖／山田章博 譯／張鈞堯	臺北市	蓋亞文化公司	2月	14.5×20	288	日本
德莫尼克──卷三失落的一角	全民熙著／張婷婷譯	臺北市	蓋亞出版	2月	19.9×12.8	352	韓國
神奇樹屋9──與海豚共舞	文／瑪莉‧波.奧斯本 (Mary Pope Osborne) 圖／吳健豐 譯／周思芸	臺北市	天下遠見出版公司	2月	14.7×20.5	103	美國
神奇樹屋10──鬼城裡的牛仔	文／瑪莉‧波.奧斯本 (Mary Pope Osborne) 圖／吳健豐 譯／周思芸	臺北市	天下遠見出版公司	2月	14.7×20.5	115	美國
天之瞳──少年篇 I	灰谷健次郎著／黃瑾瑜譯	臺北縣	新雨出版社	2月	15.1×20	302	日本

書名	作者	出版地	出版社	出版日期	開數	頁數	國別
跟贅肉說掰掰	湯瑪斯·布雷齊納 (Thomas Brezina) 著／唐薇譯	臺北市	旗林文化出版社	2月	14.8×21	141	奧地利
把男生趕到月球去	湯瑪斯·布雷齊納 (Thomas Brezina) 著／唐薇譯	臺北市	旗林文化出版社	2月	14.8×21	141	奧地利
超炫衣服拿過來	湯瑪斯·布雷齊納 (Thomas Brezina) 著／唐薇譯	臺北市	旗林文化出版社	2月	14.8×21	141	奧地利
沼澤傳說：三大冥神的詛咒	黛安娜·韋恩·瓊斯 (Diana Wynne Jones) 著／子玉譯	臺北市	尖端出版城邦文化事業公司	2月	14.5×21	296	英國
還沒有書名的小書	文／霍塞·安東尼·米良 (Jose Antonio Millan) 圖／培利可·巴斯托 (Perico Pastor) 譯／李毓昭	臺中市	晨星出版公司	3月	14×20.1	102	西班牙
奧茲國之奧茲瑪女王	法蘭克·鮑姆 (Frank Baum) 著／馮仔詩譯	臺北市	華文網公司	3月	15×21	242	美國
堅強淑女偵探社	亞歷山大·梅可·史密斯	臺北市	遠流出版事業公司	3月	14.7×20.9	258	英國

書名	作者	出版地	出版社	出版日期	開數	頁數	國別
	(Alexander McCall Smith)著／嚴立楷譯						
白髮鬼談	岡本綺堂著／孫玉珍譯	臺北市	遠流出版事業公司	3月	14.8×19.8	246	日本
鯨騎士	威提・伊希麥拉(WitiIhimaera)著／陳靜芳譯	臺北市	允晨文化實業公司	3月	14.9×21	201	紐西蘭
小黃狗的窩	琵亞芭蘇倫戴娃(ByambasurenDavaa)、麗莎・萊許(Lisa Reisch)著／薛文瑜、林倩葦、林琦珊譯	臺北縣新店市	野人文化公司	3月	14.8×19.5	191	蒙古、德國
瑪麗安的夢	凱薩琳・史都(Catherine Storr)著／羅婷以譯	臺北市	臺灣東方出版社	3月	14.9×21	297	英國
史庫樂街19號	柯尼斯柏格 (E. L. Konigsburg)著／蔡美玲譯	臺北市	臺灣東方出版社	3月	14.9×21	339	美國
飛向星星	英格爾・麥耶爾・迪特里希(Inge Meyer-Dietrich) 著／黃亞琴譯	臺北市	新苗文化事業公司	3月	14.9×21	232	德國
我的校外教學——非洲篇	瑪麗-德雷沙・席斯 (Marie-	臺北市	新苗文化事業公司	3月	14.9×21	183	荷蘭

書名	作者	出版地	出版社	出版日期	開數	頁數	國別
	Therese Schins) 著／張淑惠譯						
藍色匿名狂徒	羅琳・法莉・史多爾茲 (Laurie Faria Stolarz) 著／翁宛玲譯	臺北市	尖端出版城邦文化事業公司	3月	14.6×21	306	美國
包心菜奇蹟	文／柳德蜜拉・烏利茨卡婭 (Lyudmila Ulitskaya) 圖／弗拉基米爾・柳巴羅夫 (Vladimir Lyubarov) 譯／熊宗慧	臺北市	大塊文化出版公司	3月	13×16.6	123	俄國
吸血鬼獵人 D11：D——黑暗之路（3）	菊地秀行著／常純敏譯	臺北市	奇幻基地出版 城邦文化事業公司	3月	14.8×21	215	日本
照亮心世界	彼爾・沛祖 (Pierre Peju) 著／陳秋玲譯	臺北市	聯經出版事業公司	3月	14.8×21	180	
極速飛行：天使改造計畫	詹姆斯・韋伯 (Richard Webster) 著／朱里斯譯	臺北市	尖端出版城邦文化事業公司	3月	14.5×20.9	380	美國
魔法森林首部曲——魔龍傳奇	派翠西亞 C・蕾德 (Patricia C Wrede) 著／柯清心譯	臺北市	商周出版城邦文化事業公司	3月	14×21	232	美國

書名	作者	出版地	出版社	出版日期	開數	頁數	國別
魔法森林二部曲——龍王歷險	派翠西亞 C‧蕾德 (Patricia C Wrede) 著／柯清心譯	臺北市	商周出版城邦文化事業公司	3月	14×21	264	美國
2年1班昆蟲博士：小五郎抓蟲記	文／那須正幹 圖／秦好史郎 譯／陳昭蓉	臺北市	天下遠見出版公司	3月	15.2×21.1	79	日本
2年3班漫畫高手：小惠的塗鴉本	文／那須正幹 圖／秦好史郎 譯／陳昭蓉	臺北市	天下遠見出版公司	3月	15.2×21.1	79	日本
馴魔幻遊記	黛安娜‧韋恩‧瓊斯 (Diana Wynne Jones) 著／子玉譯	臺北市	尖端出版城邦文化事業公司	3月	14.4×21	390	英國
遠古幽暗的紀年系列 2——心靈行者	米雪兒‧佩弗 (Michelle Paver) 著／張君玫譯	臺北市	尖端出版城邦文化事業公司	3月	14.6×21	424	英國
傳奇魔法師梅林 I——消逝的歲月	T. A. 貝倫 (T. A. Barron) 著／劉語婕譯	臺北市	尖端出版城邦文化事業公司	3月	14.6×21	405	美國
魔鑰	崔西‧哈登 (Traci Harding) 著／孫文瑛譯	臺北縣中和市	華文網公司（沃爾文化出版事業部）	3月	15×20.9	261	澳洲
天使米奇的十四堂課	文／馬克‧吉爾曼 (Marc Gellman) 圖／比撒列 譯／劉清彥	臺北市	道聲出版社	3月	24.6×17.7	144	美國

書名	作者	出版地	出版社	出版日期	開數	頁數	國別
哥哥，再見！	編劇／金恩淨 文／韓郊原 圖／韓在弘 譯／金炫辰	臺北市	新手父母出版 城邦文化事業公司	3月	18×24	168	韓國
下雨下豬下麵條	文／傑克・普瑞拉特斯基 (Jack Prelutsky) 圖／詹姆斯・史蒂文森 (James Stevenson) 譯／陳黎、張分齡	臺北市	天下遠見出版公司	3月	19.5×24.7	174	美國
不不幼兒園	文／中川李枝子 圖／大村百合子 譯／林宜和	臺北市	信誼基金出版社	3月	15×20.5	183	日本
廢棄公主2：罪無可赦之人的騷動歌	文／榊一郎 圖／安曇雪伸 譯／常純敏	臺北市	奇幻基地出版 城邦文化事業公司	3月	14.8×21	251	日本
奧茲國之奧茲瑪女王	法蘭克・鮑姆 (Frank Baum)著／馮仔詩譯	臺北市	華文網公司(全球華文聯合出版平台)	3月	14.8×21	245	美國
小光	文／須賀敦子 圖／酒井駒子 譯／楊素宜	臺北市	大塊文化出版公司	4月	14.9×20	79	日本
鯨眼	蓋瑞・施密特 (Gary D. Schmidt)著／鄒嘉容譯	臺北市	臺灣東方出版社	4月	15.3×21.6	361	美國

書名	作者	出版地	出版社	出版日期	開數	頁數	國別
一公升的眼淚：與頑症對抗的少女亞也的日記	木藤亞也著／明珠譯	臺北市	英屬維京群島商高寶國際公司臺灣分公司	4月	14.9×21	255	日本
半七補物帳——雷獸與蛇	文／岡本綺堂圖／三谷一馬譯／茂呂美耶	臺北市	遠流出版事業公司	4月	14.9×19.8	239	日本
永遠在一起	胡斯・凱爾(Guus Kuijer)著／杜子倩譯	臺北市	小魯文化事業公司	4月	14.8×20.9	164	荷蘭
泥土裡的孩子	中村文則著／蕭照芳譯	臺北市	臺灣東販公司	4月	14.8×21	140	日本
冰狗任務	蓋瑞・伯森(Gary Paulsen)著／魏婉琪譯	臺北縣	野人文化公司	4月	15×19.9	236	美國
提高孩子成績的巧克力店	鄭聖蘭著／李泰浩譯	臺北市	新苗文化事業公司	4月	14.9×21	185	韓國
水中荒漠	麥德琳・蘭歌(Madeleine L'Engle) 著／黃聿君、黃小花譯	臺北市	繆思出版公司	4月	14×20	316	法國
荊棘裡的天使	艾麗斯・霍夫曼(Alice Hoffman)著／林劭貞譯	臺北市	商周出版	4月	14.7×21	135	美國
微光	琴娜・杜普洛(Jeanne DuPrau)著／趙英譯	臺北縣	繆思出版公司	4月	13.9×20	268	美國

書名	作者	出版地	出版社	出版日期	開數	頁數	國別
REVOLUTION No.3	金城一紀著／劉佳麗譯	臺北市	臺灣國際角川書店公司	4月	14.8×21	237	日本
生命的障礙——一公升的眼淚母親潮香的手記	木藤亞也著／明珠譯	臺北市	英屬維京群島商高寶國際公司臺灣分公司	4月	14.9×21	255	日本
流星小亮亮	圖文／微笑媽媽 譯／朱倩怡	臺北市	向上出版事業公司	4月	20.4×20.7	24	日本
我的獅子爸爸	圖文／微笑媽媽 譯／朱倩怡	臺北市	向上出版事業公司	4月	20.4×20.7	36	日本
傳奇魔法師梅林 II——七首魔法之歌	T. A. 貝倫 (T. A. Barron)著／劉語婕譯	臺北市	尖端出版城邦文化事業公司	4月	14.6×21	398	美國
道爾馬克四重奏系列3——魔衣地圖	黛安娜·韋恩·瓊斯 (Diana Wynne Jones) 著／陳彬彬譯	臺北市	尖端出版城邦文化事業公司	4月	14.6×21	320	英國
神奇樹屋11——非洲草原逃生記	文／瑪莉·波·奧斯本 (Mary Pope Osborne) 圖／吳健豐 譯／周思芸	臺北市	天下遠見出版公司	4月	14.7×20.5	101	美國
神奇樹屋12——愛上北極熊	文／瑪莉·波·奧斯本 (Mary Pope Osborne) 圖／吳健豐 譯／周思芸	臺北市	天下遠見出版公司	4月	14.7×20.5	109	美國

書名	作者	出版地	出版社	出版日期	開數	頁數	國別
魔法森林三部曲—魔劍風雲	派翠西亞 C・蕾德 (Patricia C Wrede) 著／柯清心譯	臺北市	商周出版城邦文化事業公司	4月	14×21	281	美國
魔法森林四部曲——王子復國	派翠西亞 C・蕾德 (Patricia C Wrede) 著／柯清心譯	臺北市	商周出版城邦文化事業公司	4月	14×21	320	美國
地鐵求生121	菲黎思・侯嫚 (Felice Holman) 著／蔡美玲譯	臺北市	小魯文化事業公司	4月	14.8×20.8	167	美國
羅德斯島傳說第二部——天空的騎士	文／水野良 圖／山田章博 譯／張鈞堯	臺北市	蓋亞文化公司	4月	14.5×20	264	日本
莉莉三人組1——鯨怪步兵團	文／M. T. 安德森 (M. T. Anderson) 圖／柯特・賽若斯 (Jurt Cyrus) 譯／錢基蓮	臺北市	天下遠見出版公司	4月	14.9×20.5	245	美國
查理的魔法記事1——午夜大冒險	珍妮・尼莫 (Jenny Nimmo) 著／吳雯媛譯	臺北市	尖端出版城邦文化事業公司	4月	14.5×20.9	349	美國
我的校外教學——印度篇	瑪麗-德雷沙・席斯 (Marie-Therese Schins) 著／張淑惠譯	臺北市	新苗文化事業公司	4月	14.9×21	216	荷蘭

書名	作者	出版地	出版社	出版日期	開數	頁數	國別
威士忌貓咪	C. W. 尼可著／呂婉君譯	臺北市	高談文化事業公司	4月	17×22.2	186	英國？日本？
從天國來的信	文／鄭永愛 圖／崔收雄 譯／李紅梅	臺北市	新苗文化事業公司	4月	15×21	205	韓國
地獄、惡魔和賤狗	安東尼‧邁高文 (Anthony McGowan) 著／謝佩妏譯	臺北市	天陪文化公司	4月	14.8×21	254	英國
三角四部曲1 ──白色山脈	約翰‧克里斯多夫 (John Christopher) 著／王心瑩譯	臺北市	遠流出版事業公司	5月	14.7×21	287	英國
三角四部曲2 ──金鉛之城	約翰‧克里斯多夫 (John Christopher) 著／蔡青恩譯	臺北市	遠流出版事業公司	5月	14.7×21	300	英國
三角四部曲3 ──火焰之池	約翰‧克里斯多夫 (John Christopher) 著／王心瑩譯	臺北市	遠流出版事業公司	5月	14.7×21	286	英國
三角四部曲4 ──三腳入侵	約翰‧克里斯多夫 (John Christopher) 著／王心瑩譯	臺北市	遠流出版事業公司	5月	14.7×21	286	英國

書名	作者	出版地	出版社	出版日期	開數	頁數	國別
愛的手札給我的女兒們	井村和清著／莫海君譯	臺北市	臺灣東販公司	5月	14.8×21	223	日本
泰迪男孩	銀戒指著／萬玉波譯	臺北市	圓神出版社	5月	14.8×20.8	335	韓國
我最喜愛的童話故事第3輯	林宴夙譯	臺北市	天下遠見出版公司	5月	21×24.2	207	含一CD
許願鳥	文／金善姬圖／李相權譯／蘇茉	臺北縣永和市	狗狗圖書公司	5月	18.5×23.5	115	韓國
夏日魔法	本岡類著／王靜怡譯	臺北市	日月文化出版公司	5月	14.8×20.9	345	日本
所羅門王的貓狗指環	康拉德・勞倫茲(Konrad Lorenz)著／張麗瓊譯	臺北縣新店市	野人文化公司	5月	15×21	253	維也納
霹靂嬌雞漢娜	菲力克斯・米特雷爾 (Felix Mitterer) 著／房衛譯	臺北市	新苗文化事業公司	5月	14.8×21	192	奧地利
Girls（2）——第一次找回自己	賈桂琳・威爾森(Jacqueline Wilson) 著／黃聿君譯	臺北市	遊目族文化事業公司	5月	14.7×21	191	英國
看得見風的男孩	C. W. 尼可著／黃靜怡譯	臺北市	高談文化事業公司	5月	17.2×22.2	288	日本
綠色羅水滴	文／金明秀圖／金容徹譯／李敏姬	臺北市	新苗文化事業公司	5月	14.7×21	176	韓國

書名	作者	出版地	出版社	出版日期	開數	頁數	國別
大於10的死罪	伯納・韋伯(Bernard Werber) 著／孫智綺譯	臺北市	皇冠文化出版公司	5月	15×20.8	255	法國
失憶幽魂莎莉	黛安娜・韋恩・瓊斯 (Diana Wynne Jones) 著／子玉譯	臺北市	尖端出版城邦文化事業公司	5月	14.5×21	320	英國
廢棄公主3：獻給異教徒的安魂曲	文／榊一郎 圖／安曇雪伸 譯／常純敏	臺北市	奇幻基地出版 城邦文化事業公司	5月	14.6×20.9	252	日本
風之影	卡洛斯・魯依斯・薩豐(Carlos Ruiz Zafon)著／范湲譯	臺北市	圓神出版社	5月	14.9×20.8	557	西班牙
一隻寵物的恐怖復仇	迪諾・布札第(Dino Buzzati)著／梁若瑜譯	臺北市	皇冠文化出版公司	5月	14.9×20.8	254	義大利
梭河上的寶藏	菲利帕・皮亞斯(Philippa Pearce)著／羅婷以譯	臺北市	台灣東方出版社	5月	14.9×21	407	英國
貓頭鷹男孩	桃莉・海頓(Torey L. Hayden)著／陳淑惠譯	臺北市	新苗文化事業公司	5月	15×21	216	美國
雞蛋哥哥	秋山匡著／林靜譯	臺北市	小魯文化事業公司	5月	21.3×26.5	30	日本

書名	作者	出版地	出版社	出版日期	開數	頁數	國別
F5的睡衣派對	賈桂琳・威爾森 (Jacqueline Wilson) 著／陳雅茜譯	臺北市	天下遠見出版公司	5月	14.8×20.5	165	英國
透明時空歷險	珍妮・尼莫 (Jenny Nimmo) 著／吳雯媛譯	臺北市	尖端出版城邦文化事業公司	5月	14.9×21	343	美國
奧茲國之桃樂絲與奧茲魔法師	法蘭克・鮑姆 (Frank Baum) 著／羅婷以、陳相如譯	臺北市	華文網公司（全球華文聯合出版平台）	5月	14.8×21	251	美國
尤利西斯・摩爾時間之門	帕多文尼高・巴卡拉里奧 (PierdomenicoBaccalario) 著／李慧儀譯	香港	新雅文化事業公司	5月	16.3×23	199	義大利
星火	琴娜・杜普洛 (Jeanne DuPrau) 著／趙英譯	臺北縣	繆思出版公司	6月	14.1×20	307	美國
被收藏的孩子	艾力克-埃馬紐埃爾・史密特 (Eric-Emmanuel Schmitt) 著／林雅芬譯	臺北市	方智出版社	6月	14.9×20.8	207	法國
少年間諜艾列克：風暴剋星	安東尼・赫洛維茲 (Anthony Horowitz) 著／柯清心譯	臺北市	台灣東方出版社	6月	14.8×21	222	英國

書名	作者	出版地	出版社	出版日期	開數	頁數	國別
少年間諜艾列克：直擊顛峰	安東尼‧赫洛維茲 (Anthony Horowitz) 著／柯清心譯	臺北市	台灣東方出版社	6月	14.8×21	265	英國
夏天的故事	珍‧柏雪 (Jeanne Birdsall) 著／張子樟譯	臺北市	遠流出版事業公司	6月	14.9×21	367	美國
我們周圍的仙境	奧帕爾‧懷特利 (Opal Whiteley) 著／張宓譯	臺北市	風雲時代出版公司	6月	14.8×21	317	美國
泰迪男孩 2	銀戒指著／萬玉波譯	臺北市	圓神出版社	6月	14.9×20.8	309	韓國
你的朋友	重松清著／蕭照芳譯	臺北市	台灣東販公司	6月	14.8×21	333	日本
廢棄公主4：半桶水騎士的進行曲	文／榊一郎 圖／安曇雪伸 譯／常純敏	臺北市	奇幻基地出版 城邦文化事業公司	6月	14.8×21	253	日本
夜巡老師	著／水谷修 譯／易哲理、德馨	臺北市	文經出版社	6月	13×18.7	223	日本
Girls（3）—第一次不想回家	賈桂琳‧威爾森 (Jacqueline Wilson)著／黃聿君譯	臺北市	遊目族文化事業公司	6月	14.7×21	187	英國
德莫尼克——卷二劇院裡的人們	全民熙著／張婷婷譯	臺北市	蓋亞出版	6月	19.9×12.8	335	韓國

書名	作者	出版地	出版社	出版日期	開數	頁數	國別
卡彭老大幫我洗襯衫	真妮佛・丘丹柯 (Gennifer Choldenko) 著／李畹琪譯	臺北市	台灣東方出版社	6月	15.2×21.6	366	美國
眼花迷亂堡的秘密：如真似幻的感官視覺歷險	文／安娜・貝勒 (Anna Bahler) 圖／克里斯托夫・德隆 (Christoph Derron) 譯／天寒	臺北市	飛寶國際文化公司	6月	14.9×21	122	瑞士
吹牛爺爺歷險記：北極驚魂之旅	文／克里斯提安・提爾曼 (Christian Tielmann) 圖／哈瑞波特・舒麥雅 (Herivert Schulmeyer) 譯／徐潔	臺北市	飛寶國際文化公司	6月	14.9×21	105	德國
毒蛇在握	艾爾維・巴贊 (HerveBazin) 著／繆詠華譯	臺北市	美麗殿文化事業公司	6月	14.8×19	281	法國
7人小學的迷你足球隊	文／塩野米松 圖／後藤惠美子 譯／王俞惠	臺北市	新苗文化事業公司	6月	14.8×21	193	日本
伊仰之地I──黑暗山丘	派崔克・卡門 (Patrick Carman) 著／子不譯	臺北市	尖端出版城邦文化事業公司	6月	14.7×21	311	英國

書名	作者	出版地	出版社	出版日期	開數	頁數	國別
雷賽司 I——魔精紅絨	馬丁・史考特 (Martin Scott)著／舒靈譯	臺北市	尖端出版城邦文化事業公司	6月	14.6×21	303	英國
BEWARE! 驚魂樂園	R. L. 史坦恩 (R. L. Stine) 著／孫梅君譯	臺北市	商周出版城邦文化事業公司	6月	16.8×22.8	191	美國
生命奇蹟小狐狸	文／今井雅子 圖／田中伸介 譯／張玲玲	臺北市	格林文化事業公司	6月	15.4×19.6	無註明	日本
傳奇魔法師梅林（3）火之翼	湯瑪斯・阿爾契鮑德・貝倫 (Thomas Archibald Barron) 著／劉語婕譯	臺北市	尖端出版城邦文化事業公司	6月	14.4×21	342	美國
壞心眼	貝瑞・約克魯 (Barry Yourgrau) 著／胡娟暐譯	臺北市	小知堂文化事業公司	7月	14.7×21	157	美國
萊特屋謎案	布露・巴利葉特 (Blue Balliett)著／汪芸譯	臺北市	天下遠見出版公司	7月	14.9×20.4	306	小說
搶救交換學生	克麗絲汀・諾斯特林格 (Christine Nostlinger) 著／林倩葦譯	臺北市	遠流出版事業公司	7月	14.7×20.9	174	德國
學童矯治機	克麗絲汀・諾斯特林格 (Christine Nostlinger) 著／周欣譯	臺北市	遠流出版事業公司	7月	14.7×20.9	232	德國

書名	作者	出版地	出版社	出版日期	開數	頁數	國別
善良的魔鬼先生	克麗絲汀・諾斯特林格 (Christine Nostlinger) 著／賴雅靜譯	臺北市	遠流出版事業公司	7月	14.7×20.9	114	德國
鰻男鬼談	岡本綺堂著／孫玉珍譯	臺北市	遠流出版事業公司	8月	14.7×19.8	206	日本
心事爆爆網	文／賈桂琳・威爾森 (Jacqueline Wilson) 圖／尼克・夏洛特 (Nick Sharratt)	臺北市	天下遠見出版公司	8月	14.1×20.5	190	英國
龐貝城的末日	瑪麗・波・奧斯本 (Mary Pope OSborne) 著／周思芸譯	臺北市	天下遠見出版公司	8月	14.8×20.5	166	美國
南瓜弟弟忘東西	文／高山榮子 圖／武田美穗 譯／周姚萍	臺北市	小魯文化事業公司	8月	15.3×19.7	無頁碼	日本
天使掉進破鞋盒	彼得・赫爾德林 (Peter Haertling) 著／徐潔譯	臺北市	財團法人基督教宇宙光全人關懷機構	8月	13.5×19.5	215	德國
古墓裡的兵馬俑	瑪麗・波・奧斯本 (Mary Pope OSborne) 著／周思芸譯	臺北市	天下遠見出版公司	8月	14.8×20.5	166	美國
尤利西斯・摩爾神秘的地圖	帕多文尼高・巴卡拉里奧	香港	新雅文化事業公司	8月	16.3×23	223	義大利

書名	作者	出版地	出版社	出版日期	開數	頁數	國別
	(Pierdomenico Baccalario) 著／李慧儀譯						
十四歲	石田衣良著／劉華珍譯	臺北市	尖端出版城邦文化事業公司	9月	14.5×21	276	日本
薇拉的真愛	派翠西亞·梅可蕾蘭 (Patricia Maclachlan)著／蔡美玲譯	臺北市	玉山社出版事業公司	9月	15×21	216	美國
小豬梅西救難，GO！	文／凱特·狄卡蜜歐 (Kate Di Camillo) 圖／克里斯·凡杜森 (Chris Van Dusen) 譯／汪芸	臺北市	天下遠見出版公司	9月	19.1×23.5	92	美國
追愛的孩子	凱文·羅維茲 (Kevin Lewis)著／史錫蓉譯	臺北市	新苗文化事業公司	9月	15×21	273	英國
誰來當王妃	珊寧·海爾 (Shannon Hale) 著／趙映雪譯	臺北市	台灣東方出版社	9月	15.5×21.6	370	美國
捉迷藏	克萊兒·薩布魯克 (Clare Sambrook) 著／林邵珍譯	臺北市	商周出版	9月	14.7×21	290	英國

書名	作者	出版地	出版社	出版日期	開數	頁數	國別
大大大大的鱷魚	文／羅爾德・達爾 (Roald Dahl) 圖／昆丁・布雷克 (Quentin Blake) 譯／顏銘新	臺北市	幼獅文化事業公司	9月	14.9×21	155	英國
長頸鹿、小鵜兒和我	文／羅爾德・達爾 (Roald Dahl) 圖／昆丁・布雷克 (Quentin Blake) 譯／顏銘新	臺北市	幼獅文化事業公司	9月	14.9×21	155	英國
魔女的決心	中島和子著／林文茜譯	臺北市	台灣東方出版社	9月	15.1×21	93	日本
7人小學的東京來的新同學	文／塩野米松 圖／後藤惠美子 譯／王俞惠	臺北市	新苗文化事業公司	9月	14.9×21	196	日本
奧茲國之拼布女孩與不幸男孩	法蘭克・鮑姆 (Frank Baum)著／方嘉薇譯	臺北市	華文網公司（全球華文聯合出版平台）	9月	14.8×21	337	美國
暗夜獵人 I 暗夜的邀請	雪洛琳・肯揚 (Sherrilyn Kenyon) 著／高瓊宇譯	臺北市	春光出版社	9月	14.9×20.9	393	美國
刀	松重清著／鄭涵壬譯	臺北市	台灣東販公司	10月	15×21.1	319	日本

書名	作者	出版地	出版社	出版日期	開數	頁數	國別
佐賀阿嬤──笑著活下去！	島田洋七著／陳寶蓮譯	臺北市	先覺出版公司	10月	14.8×20.8	181	日本
為什麼青蛙要走路	史都華‧艾利‧高德 (Stuart Avery Gold)著／黃聿君譯	臺北市	大塊文化出版公司	10月	14.1×20	161	美國
看見生命的男孩	葛拉漢‧喬伊思 (Graham Joyce)著／郭寶蓮譯	臺北市	商周出版 城邦文化事業公司	10月	14.7×20.9	361	英國
與狼共存	米夏‧狄芳絲卡 (Misha Defonseca)著 孫智綺譯	臺北市	木馬文化事業公司	10月	15×21	240	美國
天堂的聲音	傑恩‧葛斯坦 (Jam Goldstein)著／張玲茵譯	臺北市	小知堂文化事業公司	10月	14.7×21	203	美國
幻獸 7 涅盤變‧鳳凰變	夢枕貘著／高詹燦譯	臺北市	奇幻基地出版 城邦文化事業公司	10月	14.8×20.9	386	日本
彼得潘	詹姆斯‧馬修‧巴利 (James Matthew Barrie)著／李淑珺譯	臺北市	繆思出版公司	10月	14.×20	260	英國
紅衣彼得潘	潔若婷‧麥考琳 (Geraldine McCaughrean)著	臺北市	繆思出版公司	10月	14.×20	296	英國

書名	作者	出版地	出版社	出版日期	開數	頁數	國別
	／蘇韻筑 MOTH 編譯小組譯						
夜	埃利・維瑟爾 (Elie Wiesel) 著／陳蓁美譯	臺北市	左岸文化事業公司	10月	15×21	199	美國
爸爸的最後聲音	金惠麗著／金哲譯	臺北市	新苗文化事業公司	10月	15×21	181	韓國
大家都叫我食蟻獸	克莉絲提娜・諾斯特林格 (Christine Nostlinger) 著／賴雅靜譯	臺北市	飛寶國際文化公司	10月	14.9×20.9	215	奧地利
小南與小小南	文／石井睦美 圖／吉田奈美 譯／徐月珠	臺北市	三采文化出版事業公司	10月	16.5×22.5	111	日本
馬利與我	約翰・葛羅根 (John Grogan)著／蔣宜臻譯	臺北市	皇冠文化出版公司	10月	15×20.8	318	美國
九命幻術師	戴安娜・韋恩・瓊斯 (Diana Wynne Jones) 著／舒靈譯	臺北市	尖端出版城邦文化事業公司	10月	14.6×21.1	329	英國
敏娜的琴音	派翠西亞・梅可蕾蘭 (PatricaMacLachlan)著／蔡美玲譯	臺北市	玉山社出版事業公司	10月	14.9×21	245	美國

書名	作者	出版地	出版社	出版日期	開數	頁數	國別
暗夜獵人 II 夜之擁抱	雪洛琳·肯揚 (Sherrilyn Kenyon)著／高瓊宇譯	臺北市	春光出版社	10月	14.9×20.9	472	美國
廢棄公主8：永無止盡的情歌	榊一郎著／常純敏譯	臺北市	奇幻基地出版 城邦文化事業公司	10月	14.8×21	249	日本
吸血鬼獵人 D 短篇傑作集 D 昏暝夜曲	菊地秀行著／高胤喨譯	臺北市	奇幻基地出版 城邦文化事業公司	10月	14.8×21	283	日本
羅德斯島傳說第五部至高神的聖女	水野良著／張鈞堯譯	臺北市	蓋亞文化公司	10月	14.5×20	266	日本
逃離維京海盜	瑪莉·波·奧斯本 (Mary Pope Osbone) 著／汪芸譯	臺北市	天下遠見出版公司	10月	14.9×20.6	109+63	美國
勇闖古奧運	瑪莉·波·奧斯本 (Mary Pope Osbone) 著／汪芸譯	臺北市	天下遠見出版公司	10月	14.9×20.6	109+63	美國
總有一天我要抬頭看彩虹	松下龍一	臺北市	新苗文化事業公司	10月	15×21	190	日本
管家貓	竹下文子著／林文茜譯	臺北市	台灣東方出版社	10月	15×21.1	79	日本

書名	作者	出版地	出版社	出版日期	開數	頁數	國別
恐怖的人狼城第二部：法國篇	二階堂黎人著／陳柏瑤、麥盧譯	臺北市	小知堂文化事業公司	10月	14.6×21	543	日本
閣樓裡的信	邦妮・西姆科(Bonnie Shimko)著／朱耘譯	臺北市	商周出版城邦文化事業公司	10月	14.8×21	221	美國
羅德斯島傳說第五部至高神的聖女	水野良著／張鈞堯譯	臺北市	蓋亞文化公司	10月	14.5×20	266	日本
我叫巴德，不叫巴弟	克里斯多夫・保羅・克提斯(Christopher Paul Curtis)著／甄晏譯	臺北市	維京國際公司	11月	14.5×20.5	293	美國
人體探險童話——有趣的人體之旅	文／小鉛筆圖／吳晟鳳譯／陳馨祈	臺北市	風車圖書出版公司	11月	19×22	96	韓國
海濱生態童話——紅色蟹螯最神氣	文／金貞姬圖／鄭昌益譯／陳馨祈	臺北市	風車圖書出版公司	11月	19×22	95	韓國
植物生態童話——鼴鼠小姐的花園	文／Woorinuri圖／魚純榮、吳晶譯／陳馨祈	臺北市	風車圖書出版公司	11月	19.5×22	96	韓國
種子從哪裡來？	文／鷲谷いづみ攝影／埴沙萠譯／黃郁婷	臺中市	晨星出版公司	11月	18.5×21	113	日本

書名	作者	出版地	出版社	出版日期	開數	頁數	國別
永遠的出口	森繪都著／沈燕翎譯	臺北市	日月文化出版公司	11月	14.8×21	329	日本
彩霞下的笑臉	野本三吉著／王倩譯	臺北市	新苗文化事業公司	11月	14.9×21	194	日本
淚球小童	龔冉格·聖·比爾斯 (Gonzague Saint Bris) 著／劉秋穎、張力譯	臺北市	新苗文化事業公司	11月	14.9×21	273	法國
迎接黎明的孩子	盧慶實著／金哲譯	臺北市	新苗文化事業公司	11月	15×21	177	韓國
幻獸 8 狂佛變·獨覺變	夢枕貘著／高詹燦譯	臺北市	奇幻基地出版 城邦文化事業公司	11月	14.8×21	385	日本
空色勾玉	荻原規子著／辛如意譯	臺北市	奇幻基地出版 城邦文化事業公司	11月	14.8×21.1	345	日本
鳥街上的孤島	烏里·奧勒夫 (Uri Orlev)著／區國強譯	臺北市	台灣東方出版社	11月	15.7×21.5	292	美國
魔女宅急便2 琪琪的新魔法	角野榮子著／王蘊潔譯	臺北市	貓巴士出版社 台灣東方出版社	11月	14.7×21	297	日本
屠夫男孩	派屈克·馬克白 (Patrick	臺北市	寶瓶文化事業公司	11月	14.9×20.8	284	愛爾蘭

書名	作者	出版地	出版社	出版日期	開數	頁數	國別
	McCabe)著／余國芳譯						
西瓜王	丹尼・華勒斯 (Daniel Wallace) 著／張定綺譯	臺北市	皇冠文化出版公司	11月	14.9×20.8	285	美國
一碗牛肉麵感恩的小故事	威廉・H・麥加菲著／李佳東譯	臺北縣	順達文化事業公司	11月	15×21	154	美國
崔西秘密手記	賈桂琳・威爾森著／蔡慧菁、陳雅茜譯	臺北市	天下遠見出版公司	11月	14.9×20.6	203	英國
狼兄弟之食魂者	米雪兒・佩弗 (Michelle Paver) 著／張君玫譯	臺北市	尖端出版城邦文化事業公司	11月	14.7×20.9	409	英國
少年間諜艾列克3骷髏島	安東尼・赫洛維茲 (Anthony Horowitz) 著／柯清心譯	臺北市	貓巴士出版社 台灣東方出版社	11月	14.9×21	310	英國
少年間諜艾列克4飛鷹特警	安東尼・赫洛維茲 (Anthony Horowitz) 著／柯清心譯	臺北市	貓巴士出版社 台灣東方出版社	11月	14.9×21	310	英國
冒險博物館2：誰能找回梵谷的色彩寶藏	文／湯瑪斯・布熱齊納 (Thomas Brezina) 圖／勞倫斯・薩爾亭 (Laurence Sartin) 譯／朱劉華	臺北市	新苗文化事業公司	11月	17×23	172	德國

書名	作者	出版地	出版社	出版日期	開數	頁數	國別
冒險博物館1：誰能破解達文西密碼	文／湯瑪斯・布熱齊納 (Thomas Brezina)圖／勞倫斯・薩爾亭 (Laurence Sartin)譯／朱劉華	臺北市	新苗文化事業公司	11月	17×23	172	德國
如何馴服你的龍	葛蕾熙達・柯維爾 (Cressida Cowell) 著／羅婷以譯	臺北市	三采文化出版事業公司	11月	14.6×21	223	英國
你好！小熊沃夫	神澤利子著／井上洋介譯	臺北市	小魯文化事業公司	11月	16.9×21	131	日本
愛在蔓延中	艾倫・史特拉頓 (Alan Stratton)著／趙永芬譯	臺北市	小魯文化事業公司	11月	14.9×21	230	加拿大
指紋鹿人——卡夫夫投胎轉世的魔幻之音	李笛著／徐藝旆譯	臺北市	紅色文化出版	11月	14.8×19.5	207	韓國
藍眼菊兒	辛西亞・勞倫特 (Cynthia Rylam) 著／穆卓芸譯	臺北市	財團法人基督教宇宙光全人關懷機構	11月	13.5×19.5	127	美國
爸爸，加油！	高仙娥等著／林玉葳譯	臺北縣	狗狗圖書公司	11月	17×23	172	韓國
森林裡的嬰孩	艾德薩・夏普 (Edzard Schaper) 著／徐潔譯	臺北市	道聲出版社	11月	24×17.6	77	波蘭

書名	作者	出版地	出版社	出版日期	開數	頁數	國別
小精靈	柯奈莉亞・馮克 (Cornelia Funke) 著／鄭納無譯	臺北市	大田出版公司	12月	14.7×21	93	德國
小狼人	柯奈莉亞・馮克 (Cornelia Funke) 著／鄭納無譯	臺北市	大田出版公司	12月	14.8×21	89	德國
龜兔賽跑，然後呢？	文／Agnes Bradon 圖／Cassandre Montoriol 譯／C・莫	臺北市	三采文化出版事業公司	12月	16.5×22.5	61	法國
博物館驚魂夜	Leslie Coldman 著／楊孟華譯	臺北市	核心文化事業公司	12月	14.8×21	146 +140	美國
老師的眼淚	李喆奐著／黃蘭琇譯	臺北市	INK 印刻出版公司	12月	14.9×21	169	韓國
種在天堂的花	李喆奐著／黃蘭琇譯	臺北市	INK 印刻出版公司	12月	14.9×21	156	韓國
連結世界的渡河石	李喆奐著／黃蘭琇譯	臺北市	INK 印刻出版公司	12月	14.9×21	159	韓國
幻獸9　胎藏變・金剛變	夢枕貘著／高詹燦譯	臺北市	奇幻基地出版 城邦文化公司	12月	14.7×21	394	日本
我是摩根勒菲	南西・史賓格 (Nancy Springer) 著／李維拉譯	臺北市	繆思出版公司	12月	13.9×20	283	美國

書名	作者	出版地	出版社	出版日期	開數	頁數	國別
笨天使的聖誕節	克裡斯多福‧摩爾 (Christopher Moore) 著／宋瑛堂譯	臺北市	時報文化出版企業公司	12月	14.8×21	275	美國
飛馬少年佛格斯	保羅‧史都沃 (Paul Steward)著／汪芸譯	臺北市	天下遠見出版公司	12月	14.8×20.5	254	英國
少年陰陽師貳黑暗的說縛	結城光流著／涂愫芸譯	臺北市	皇冠文化出版公司	12月	14.9×20.8	238	日本
最後的六個禮物	李圭喜著／蔡筱怡譯	臺北市	新手父母出版	12月	14.8×21	157	韓國
揚起希望的風帆	柯萊萌 (Patsy Clairmont) 等著／陳曼玲譯	臺北市	華宣出版公司	12月	15×20.9	256	美國
小瑪諾琳的奇幻旅程	文／愛爾薇拉‧林多 圖／艾密利歐‧烏貝魯阿格 譯／陳慧瑛	臺中市	晨星出版公司	12月	17.5×18.6	131	西班牙
四眼田雞小瑪諾林	文／愛爾薇拉‧林多 圖／艾密利歐‧烏貝魯阿格 譯／陳慧瑛	臺中市	晨星出版公司	12月	17.5×18.6	155	西班牙
我買了一座森林	C. W. 尼可 (C. W.Nicol) 著／宋欣穎譯	臺北市	高談文化事業公司	12月	16.5×21.5	181	英國

書名	作者	出版地	出版社	出版日期	開數	頁數	國別
狸貓的報恩	C. W. 尼可 (C. W.Nicol) 著／張維君譯	臺北市	高談文化事業公司	12月	16.5×21.5	235	英國
廢棄公主9：獸姬的狂想曲	榊一郎著／常純敏譯	臺北市	奇幻基地出版 城邦文化事業公司	12月	14.8×20.9	249	日本
少年邁爾斯的海	吉姆・林奇(Jim Lynch)著／殷麗君譯	臺北市	寶瓶文化事業公司	12月	14.8×20.9	283	美國
相愛從零開始父子健行三百里	凡頌・居維里耶(Kilometre Zero)著／于光維譯	臺北市	馬可孛羅文化	12月	14.8×21	165	法國
魔女宅急便	角野榮子著／王蘊潔譯	臺北市	貓巴士出版社 台灣東方出版社	12月	14.8×20.8	309	日本
騎鵝歷險記（上）	賽爾瑪・拉格洛芙 (Selma Lagerlof) 著／高子英、李之義、楊永範譯	臺北市	遠流出版事業公司	12月	14.5×20.7	292	瑞典
騎鵝歷險記（下）	賽爾瑪・拉格洛芙 (Selma Lagerlof) 著／高子英、李之義、楊永範譯	臺北市	遠流出版事業公司	12月	14.5×20.7	298	瑞典

書名	作者	出版地	出版社	出版日期	開數	頁數	國別
查理的魔法記事4勇闖魔鏡城	珍妮・尼莫 (Jenny Nimmo)著／吳雯媛譯	臺北市	尖端出版城邦文化事業公司	12月	14.9×21	361	美國
雙子奇緣	K.P. 貝斯 (K.P. Bath)著／希寶兒譯	臺北市	尖端出版城邦文化事業公司	12月	14.9×21	349	美國
彈貓老人歐魯歐拉內	夢枕貘著／茂呂美耶譯	臺北市	遠流出版事業公司	12月	14.8×20.9	327	日本
巨魔海	南茜・法墨 (Nancy Farmer)著／嚴湘如譯	臺北市	繆思出版公司	12月	13.9×20	406	美國
長頸鹿的眼淚	亞歷山大・梅可・史密斯 (Alexander McCall Smith)著／嚴立楷譯	臺北市	遠流出版事業公司	12月	14.9×20.9	231	英國
萬世師表	詹姆士・希爾頓 (James Hilton)著／陳麗芳譯	臺北縣	新路出版公司	12月	13.1×19	205	英國
尤利西斯・摩爾旋轉的鏡屋	帕多文尼高・巴卡拉里奧 (Pierdomenico Bacca-lario)著／李慧儀譯	香港	新雅文化事業公司	12月	16.3×23	223	義大利
告訴我生命的祕密	文／陸可鐸 (Max Lucado)圖／隆・迪西安尼 (Ron DiCianni)譯／郭恩惠	臺北市	道聲出版社	12月	21×26.5	63	美國

書名	作者	出版地	出版社	出版日期	開數	頁數	國別
告訴我生命的故事	文／陸可鐸 (Max Lucado) 圖／隆・迪西安尼 (Ron DiCianni) 譯／郭恩惠	臺北市	道聲出版社	12月	21×26.5	54	美國

二○○七年臺灣兒童文學大事記
暨書目

時間	摘要
1/05 （星期五）	**臺北書展童書館吹起奇幻風** 第十五屆臺北國際書展將於三十日到二月四日在臺北世貿一、二、三館登場。一館包含全球百家出版社參與的國際區、外文區、綜合區、文學區、心靈區、藝術區、雜誌區、及俄羅斯文化館，其中以「綜合書區」以俄羅斯文化館最受矚目。二館「動畫館」仍以眾多動漫畫及相關產品吸引青少年，展出包括國內外漫畫作品、卡通動畫、遊戲祕笈、言情小說等。三館「童書館」則是呼應《哈利波特》、《納尼亞傳奇》等暢銷作品，設定以「奇幻」為主題，而吹起奇幻風潮。
1/08 （星期一）	**第四屆林君鴻兒童文學獎頒獎** 首獎謝鴻文〈鞦韆老了〉、貳獎鄭玉姍〈小乖的紀念日〉，此項文學獎為該校王家禮教授設置，以獎勵全國大專院校學生為徵文對象，本年度兩位得獎者俱為博士班研究生。
1/19 （星期五）	**臺灣讀報教育日本媒體肯定** 國語日報推動讀報教育，獲得日本 NIE（Newspaper In Education）推進協議會及媒體肯定。日本 NIE 推進協議會上個月底率團來臺訪問，了解臺灣「讀報教育」推展情形，與日本超過十七年的推行讀報教育相較，普及率及步調卻很快，尤其臺灣教師、家長參與踴躍。
1/19 （星期五）	**毛毛蟲兒童哲學基金會搬新家** 毛毛蟲兒童哲學基金會明天搬新家，將從北市忠孝東路喬遷到大安森林公園旁。未來基金會將啟動「兒童哲學走進校園」一系列培訓與實驗教學活動。
1/20 （星期六）	**臺北書展推薦童書，小讀者作主** 今年即將展開的「臺北國際書展」，「童書館」邀請了十名小朋友，推薦五十本圖畫書供小讀者參考，讓小朋友

時間	摘要
	擔任選書與推薦的工作，展現兒童的主體性。
1/20 （星期六）	**書展主題館，秀俄羅斯迷你書** 第十五屆臺北國際書展即將展開，今年一館吹起俄羅斯風，現場不但可以看到只有零點零一平方公分的俄羅斯迷你書，還會有五位俄羅斯重要作家來臺演講。
1/29 （星期一）	**繪本行動學校啟動，前進山區** 文化大學與繪本作者陳璐茜合作推動「繪本行動學校」，今天起在雲林縣草嶺國小展開。繪本教師將住校教學，不但要教小朋友製作繪本，也希望藉此提升小朋友的閱讀能力、語文能力，並找到自我。
1/31 （星期三）	**臺北國際書展開幕** 第十五屆國際書展昨天開幕，在世貿一館展出俄羅斯主題館，迷你書收藏家雅羅斯拉夫展示收藏的各種迷你書。在世貿二館展出的動、漫畫吸引大批參觀人潮。行政院新聞局為了表彰經營出版事業滿三十年，在書展開幕活動中，特別舉辦「金鼎三十『老字號金招牌』資優出版事業特別獎」頒獎典禮。
1/31 （星期三）	**臺北國際書展登場，四十國參展** 今年臺北國際書展總計四十國共計二○九九個攤位參展。澳洲是首度參展的國家，其中三家出版社來臺舉辦「澳洲奇妙動物園——動物世界的童書繪本插畫展」，展出二十一本具有澳洲特色的暢銷繪本，以及澳洲知名插畫家詹姆斯等人的三十多幅插畫作品。隨著臺灣新移民的增加，今年書展還規畫「東南亞書區」，請伊甸園基金會、善沐基金會等團體義工，向參觀民眾介紹東南亞文化。
2/02 （星期五）	**學童自主選書，小說比繪本多** 臺北國際書展今年首度讓兒童自主，邀請臺北市立圖書

時間	摘要
	館借閱量排行榜中十名十二歲以下小朋友推薦書單，總計推薦五十本書籍。
2/03（星期六）	**輕小說風潮，從日本吹到臺灣** 今年臺北國際書展動漫館多家出版社，首賣書都出現了輕小說。輕小說源自於日本「Light Novel」，意思是指一種「可輕鬆閱讀的小說」，和一般小說不同的是，作者是站在青少年的角度撰寫，以口語書寫，內頁、封面則是漫畫畫風的插畫。有些讀者認為，比起圖文書，輕小說帶給讀者更多想像空間。
2/04（星期日）	**東南亞故事書，吸引新住民** 隨著國內新住民增加，今年臺北國際書展特別規畫了「東南亞專區」，展出包括泰國、新加坡、馬來西亞、菲律賓、越南、寮國、汶萊、印尼共八國書籍。
2/05（星期日）	**人潮減，台北書展四十萬人參觀** 第十五屆臺北國際書展昨天閉幕。今年的入場人次四十萬人，比去年少了四萬人次，可能是因為首度在農曆年前舉行，以及遇到學測的關係；不過，透過俄羅斯主題館引進作家交流，擴大與亞洲出版業的聯結，都讓臺北書展不同於以版權為主的北京書展，和以銷售為主的香港書展，建立起它在亞太出版業的特別地位。
2/05（星期日）	**好書大家讀，二〇二冊入選** 由臺北市立圖書館、國語日報、聯合報主辦，幼獅少年及中華民國兒童文學學會協辦的第五十一梯次「好書大家讀」優良少年兒童讀物評選活動，昨天公布評選結果，共計套書四部五十二冊、單冊圖書一百五十冊入選。今年有八十七家出版社六百三十三冊參選。評選分故事文學組、非故事文學組、知識性讀物組、圖畫書及幼兒讀物組，由學者專家組成評選團進行評選。

時間	摘要
2/06 （星期一）	國立中央圖書館在寒假故事媽媽，推出「鄉土故事屋」活動，除了播放臺灣童話故事影片，也提供孩子們在人文、自然……等多面主題的故事說演活動。
2/16 （星期五）	**首座 NIE 實驗學校，座落桃縣** 桃園縣政府教育局與國語日報社合作推動「NIE 讀報教育——兒童閱讀計畫」，將在新學期正式啟動，桃園縣成為全國第一個推動 NIE 讀報教育的實驗縣市。NIE 是「Newspaper In Education」的簡稱，稱為「讀報教育」，也就是在學校裡，以新聞作為課程教材，活化教學方式，安排學生親近文字，增加學習興趣。桃園縣教育局三月起將透過讀報教育，活化各科教學課程，提升桃園縣學童的閱讀、語文能力及公民涵養。縣教育局初期將選定桃園縣壽山國小為讀報教育實驗學校，實施報紙融入課程的教學實驗活動。
3/05 （星期一）	**國語日報牧笛獎收件** 第七屆國語日報「兒童文學牧笛獎」即日起到三月三十一日辦理收件，甄選者需年滿十八歲，作品以中文寫作，且尚未發表或出版。牧笛獎徵件分為童話及圖畫故事兩類，童話創作以適合八到十二歲兒童閱讀為主，文長五千字到七千字；圖畫故事創作以適合學齡前到國小三年級小朋友閱讀為主，主題不拘。
3/05 （星期一）	**兒文學會作文師資營報名** 中華民國兒童文學會主辦、聯合報系 Fifi 少年兒童書城協辦的「全方位作文師資培訓營」即日起報名，講師陳正治、仇小屏、林子弘、張春榮等。
3/06 （星期二）	二〇〇六年度九歌文學獎昨天頒獎，童話獎由林世仁獲得，得獎作品是曾發表在《國語日報》「兒童文藝版」的〈流星沒有耳朵〉；小說獎與散文獎得獎作品都與海洋有關，得主分別是夏曼・藍波安的〈漁夫的誕生〉、

時間	摘要
	廖鴻基的〈出航〉。擔任評審的由曾獲臺灣兒童文學協會童話首獎的黃秋芳、國小六年級小朋友劉德玉、鄢詠君，從兩百五十七篇作品裡，選出二十篇入選作品，編入《九十五年童話選》，再從中選出得獎作品。
3/17 （星期六）	國家臺灣文學館「繪本，臺灣文學最美麗的一章」——幾米與徐錦成對談。
3/21 （星期三）	**紐伯瑞得主：小說從秘密開始** 「只要發揮想像力，書本裡的文字比電影、電玩，有更多豐富美麗的影像。」紐伯瑞兒童文學獎得主琳達・蘇・帕克，昨天到臺北市康寧國小和學生分享寫作經驗。她鼓勵小朋友多閱讀，只要不怕寫不好，很快就能體會寫作的魔力。
3/26 （星期一）	**「好書大家讀」二○○六年度好書揭曉** 「好書大家讀」活動二○○六年度優良少年兒童讀物評選結果揭曉，共有一百零九本好書入選。今年的最佳兒少讀物是從七十六家出版社共四百二十本入選圖書中選出，文學讀物占四十四冊，知識性讀物二十五冊，圖畫書及幼兒讀物四十冊；其中，由本土作家創作的圖書有四十六冊，國外翻譯的作品有六十三冊。詳細推薦書單，請見臺北市立圖書館網頁 http://www.tpml.edu.tw/「好書通報」項目。
4/11 （星期三）	教育部長杜正勝四月十日在臺東縣溫泉國小啟動「陽光、海洋、故事、焦點三百閱讀活動」。杜部長表示，為提升偏遠文化資源不足地區兒童的閱讀能力，今年編列一億元經費為學校購書，舉辦閱讀活動，希望故事媽媽繼續為兒童閱讀扎根。
4/16 （星期一）	**本土童書創作，質量不輸譯本** 二○○六年「好書大家讀」年度最佳少年兒童讀物獎贈

時間	摘要
	獎典禮，昨天在臺北市立圖書館舉行。獲選的書籍，即日起到五月十八日將在北市圖總館、四十所分館及全國二十五所公共圖書館提供閱覽。北市圖館長曾淑賢表示，今年有許多資深作家入選，像林良、鄭清文、司馬中原，他們持續在文壇上耕耘的精神，也帶領新秀激發創作活力，且藉由各地文化局和出版社的合作，已建立本土創作的新模式。這項「好書大家讀」活動，是由北市圖、聯合報、國語日報主辦，幼獅、中華民國兒童文學學會協辦。
4/26（星期四）	**臺灣館，波隆那童書館展搶眼** 波隆那童書展二十四日展開，臺灣館今年延續去年東方小美人主視覺，改以「臺灣青」色調呈現，成功引起國際出版界的注意，不僅書展主辦單位在平面導覽圖上，特別標明臺灣館位置，臺灣館的設計，在亞洲區獨樹一幟，也深獲國外出版人士讚譽。
4/27（星期五）	**生命教育繪本，動植物作主角** 教育部主辦的全國生命教育繪本競賽總決賽，得獎名單昨天揭曉。小學生以雨滴、蒲公英及小動物等當主角，用繪本表達對生命的看法。高年級組第一名的桃縣石門國小廖元歆，以蒲公英的生命歷程，形容即使是微小的生命，也能展現美麗的色彩。低年級組第一名雲縣北辰國小楊子靚，以阿公家的母雞、貓媽媽餵小貓、我家的小狗等小故事，說明「生命就在我身邊」。中年級組第一名竹縣照門國小彭思潔，以兩個不同的小朋友，說明每個人都有自己的特色。
4/28（星期六）	**第十五屆九歌現代兒童文學獎得獎名單揭曉** 鄭承鈞的《帶著阿公走》拿下本屆最高獎項文建會少兒文學特別獎。其他得獎人是：孫昱的《神秘島》得評審獎；蔡聖華的《歡迎光臨幸福小館》得推薦獎；榮譽獎

時間	摘要
	有五名，分別是黃少芬《夢與辣椒》、范富玲《金鑰匙》、蔡麗雲《凹凸星球》、陳韋任《紐約老鼠》、李慧娟《希望的種子》。
5/4 （星期五）	俞金鳳（梵竹）女士獲頒第四十八屆文藝獎章兒童文學類（兒童文學獎）。
5/14 （星期一）	國立臺東大學為紀念吳英長教授逝世週年，將於十九日舉辦「紀念吳英長老師學術論文發表會」，同時出版《教育理念與師資培育》、《兒童文學與閱讀教學》、《深入教學現場》三本專集，匯總發表吳教授生前有關教育及兒童文學的研究、論述，以及在《國語日報》「國民教育版」發表文章。這次學術論文發表會，發表十四篇論文，並舉行座談。
5/27 （星期日）	「中華民國兒童人權協會」和「黃秋芳創作坊」合辦二〇〇七年兒童愛閱活動「橋樑書的選擇與運用」研討會與兒童愛閱書展，在中壢展開；由施政廷主講「兒童閱讀新概念──橋樑書」、「如何閱讀與選擇橋樑書」；黃秋芳主講「橋樑書的使用時機」、「橋樑書在教學上的應用」。
5/30 （星期三）	衛生署國民健康局「二〇〇七年健康好書，悅讀健康」評選活動評選結果，在兒童及青少年健康類別方面，於一〇八本參選書籍中選出二十本健康好書。
6/10 （星期日）	**首屆教育影展，真實記錄校園** 教育部首度舉辦的「二〇〇七教育影展」入圍名單揭曉，在兩百五十六部參賽作品中，選出二十二部影片入圍，十部影片獲評審團推薦。入圍影片的題材多元，記錄著許多教育現場的真實故事，包括：偏遠教育、生態教育、新移民的教育、師培新制實施後的校園文化衝擊、戲劇融入教學及升學主義的壓力等。
6/19	**部落格教學，師生共營童詩園地**

時間	摘要
（星期二）	新竹縣雙溪國小教師翁世雄與學生共同建置童詩部落格「小蜜蜂童詩小步舞曲」，和學生一起讀詩、賞詩、寫詩。這個由新竹縣雙溪國小五六年級的師生共同經營的童詩部落格，在網路上非常熱門。 新竹縣雙溪國小「小蜜蜂童詩小步舞曲」部落格網址：http://blog.roodo.com/poe/。
6/24 （星期日）	**讀報教育，臺北縣校長盼推廣** 國語日報社常務董事會昨天在臺北縣明德高中舉行，並與當地十多所中小學校長進行「語文教育發展研討會」，分享教學研習資源。與會校長對國語日報社長期帶動中小學生語文能力，堅守媒體的文化教育品質，表示肯定；並希望比照桃園縣讀報教育研習及實驗學校模式，在臺北縣推動。
6/29 （星期五）	**兒童劇募款，購報助孩子閱讀** 紙風車文教基金會發起的「孩子的第一哩路——三一九鄉村兒童藝術工程」，昨天交出「期中報告」，半年來演出二十九場兒童劇，帶給五萬六千多個孩童及大人笑容。紙風車宣布，將成立「三一九臺灣文藝青年工作大隊」；同時與國語日報社合作「幫助孩子閱讀」計畫，於每場演出後，提撥現場捐款金額的三成，作為購買報紙的經費，送報給偏遠學校學生閱讀。
7/01 （星期日）	**兩岸兒文研究會，理監改選** 兩岸兒童文學研究會十五週年大會，六月三十日在國語日報社舉行。由理事長林煥彰、桂文亞、馬景賢以及現任理事長方素珍代表切蛋糕。浙江師範大學兒童文學研究院也來文祝賀。會後進行第六屆理監事改選舉。當選名單為：理事——林煥彰、陳木城、方素珍、王金選、余治瑩、何綺華、林文寶、林文茜、蔡麗鳳、林瑋、劉碧玲、郝洛玟、李黨、康逸藍、刁明燕。監事——馬景

時間	摘要
	賢、楊孝濚、洪義男、曾西霸、桂文亞。
7/01 （星期日）	一日至八月二十六日，由桃園市立圖書館舉辦「童話列車」活動，每週末在四個分館邀請桃園縣兒童文學協會黃惠珠、謝鴻文、簡佩瑤、江連居、朱唱進擔任講師說故事。
7/02 （星期一）	學童繪本細訴生命之歌。高雄市日前舉辦國小學生「生命教育創意繪本比賽」，得獎作品充滿生命學習與生活體驗，教育局最近將六十四件得獎作品集錄成「生命教育創意繪本」電子書，讓更多人閱讀高雄市兒童創作的童話。高市教育局長鄭英耀表示，電子書光碟中收納六十四件得獎繪本，二○○七學年度將發送各國小，作為生命教育補充教材。
7/03 （星期二）	**九歌少兒文學獎，奇幻題材居多** 第十五屆九歌現代少兒文學獎昨天舉行頒獎典禮。今年得獎名單為文建會特別獎鄭丞鈞《帶著阿公走》、評審獎孫昱《神祕島》、推薦獎蔡聖華《歡迎光臨幸福小館》；榮譽獎五名，分別是黃少芬《夢與辣椒》、范富玲《金鑰匙》、蔡麗雲《凹凸星球》、陳韋任《紐約老鼠》、李慧娟《希望的種子》。
7/05 （星期四）	**兒文研討會，臺東大學登場** 由國立臺東大學主辦的「兒童文學與多元文化學術研討會」於五日、六日兩天在臺東大學舉行，今年邀請兩名澳洲學者——獲得二○○六年國際格林兄弟大獎的約翰史蒂文生和曾獲美國國際研究協會兒童文學獎的克萊兒柏列得佛，來臺發表專題演講，期望透過兩地研究者的交流，促使臺灣兒童文學發展更具多樣性與國際化。另規畫兩場座談會，主題分別是「兒童文學與多元文化教育的實踐」與「多元文化議題在兒童文學出版的趨勢」，並有論文發表，內容包括從生態學觀點審視兒童

時間	摘要
	文學、從後殖民論述觀點反思兒童文學的發展、少數民族在兒童文學上的呈現等。
7/10 （星期二）	**童話現代感，圖畫心思細，廖雅蘋、陳貴芳摘牧笛首獎** 第七屆「國語日報兒童文學牧笛獎」得獎名單揭曉，共十二人獲獎，上屆童話組和圖畫故事組的第一名從缺，本屆則順利評選出兩組首獎，顯見今年的創作水準提升。本屆題材也更加多元，童話組很多參賽作品帶有生死觀的視野，擴展孩童生命教育；而圖畫故事組則有多件作品以女性為出發點，發展外籍新娘、原住民等議題，反映臺灣社會現貌。 各組的前三名與佳作名單如下。童話組：廖雅蘋〈我的大海，我愛你〉、林芳妃〈絲絲公主〉、鄭啟承〈刺刺的嘿吉〉；佳作：陳昇群〈沉船阿古號〉、賴曉珍〈這個城裡沒有天使〉、陳素宜〈天堂中途站〉。圖畫故事組前三名：陳貴芳〈蘿拉的藏寶圖〉、郭桂玲〈小琪巫婆的小跟班〉、何宜娟〈小女孩，光腳丫〉；佳作：劉如桂〈魚夢〉、劉值言〈夢的處理場〉、張倩華〈兔子小布買紅蘿蔔〉。
7/11 （星期三）	**點字繪本** 高雄市文化局即日起到十五日，在文化中心舉辦「二○○七高雄好讀書」活動。活動中，市立圖書館特別提供故事媽媽創作的十五本「點字繪本」，繪本裡所有的故事主角與圖案都以立體呈現，讓視障兒童透過觸摸，走進繪本世界。
7/14 （星期六）	**優良漫畫，二十一人獲獎** 國立編譯館二○○七年度優良漫畫得獎名單揭曉，共二十一人獲獎。今年得獎作品題材多元，有歷史人物題材、溫馨家庭生活，還有以漫畫手法呈現自然環境生態，進行知性教育，發揮以漫畫作為教材的寓教於樂精

時間	摘要
	神。訂九月三十日頒獎。得獎名單如後：已出版連環圖畫前三名：阮光民《刺客列傳》、梁紹先《天國之門》、沈穎杰《水底月》。佳作：敖幼祥《烏龍院精彩大長篇──活寶一至五》、任正華《通天寶》、蘇彥彰《搶救性福大作戰（I）、（II）》。已出版短篇漫畫前兩名：楊麗玲《我和我的家人們》、朱德庸《甜心澀女郎》。佳作：戴源亨《COLORFUL DREAMS》。未出版連環圖畫前三名：黃耀傑〈鮭鮭向前衝〉、沈志惠〈小明的放大鏡〉、韋宗成〈八卦山〉。佳作：許貿淞〈悉達多王子〉、洪義男〈民間故事集錦〉、蔡慧君〈霞客行〉。未出版短篇漫畫前兩名：姚炳憕〈超級寶貝〉、林振宏〈探戈頻道〉。佳作：劉宗銘〈愛在一起〉、鄭文淵〈歡樂笑園〉、林志達〈趣味單幅四格漫畫作品集〉。編輯獎：陳欽棉《刺客列傳》。
7/14（星期六）	桃園縣兒童文學協會改選新任理事長，由童話作家黃登漢當選。
7/22（星期日）	**創意繪本研習，向大自然學習** 由行政院農委會林務局主辦、台灣環境資訊協會承辦的「山徑童畫師──創意繪本種子研習營」，昨天在高市樂群國小舉行，參加研習的教師與故事志工，學習創作手提袋書、魔法書，也在校園的裝置步道中進行自然體驗與探索，將尊重森林與自然的觀念融入作品。
7/23（星期一）	**好書交換，熱到不行** 二〇〇七年「全國好書交換」活動昨天在各縣市文化局和鄉鎮市圖書館展開，現場吸引許多親子參與。臺北縣今年共收書六萬多冊，比去年成長近一萬冊。活動現場中，名列收書排行榜冠軍的童書類，也一如往年最快被換完。
7/30	**貼近孩子，朱銘兒藝中心真「玩」美**

時間	摘要
（星期一）	「在地上畫畫真好玩！」看起來普通的人行步道，也可以成為兒童的塗鴉畫板！朱銘美術館日前打造全臺灣第一座兒童藝術中心，不同於制式的展覽空間，獨具創意的環境讓兒童可以「盡情玩」藝術。兒童藝術中心完全從兒童的角度和需求來設計空間，除了提供兒童雕塑課程的「藝術體驗教室」，規畫教育展或讓藝術家和兒童互動的「兒童藝術實驗展場」，以及清涼暢快的「戶外戲水區」，最特別的是「大嘴巴」兒童餐廳，裡面的桌椅是按照兒童的身高打造，而且兒童可以大聲吃飯，大聲討論，還原兒童在生活中的自然本性。
7/31 （星期二）	**《遠見》調查半數成年人不讀書** 《遠見》雜誌昨天公布針對十八歲以上成年人進行的「臺灣閱讀大調查」，結果發現半數成人沒有閱讀習慣，包括兩成五五完全不看書、兩成五四很少看書。平均每月看一點七二本書，每週看書時間，只有二點七二小時，比起上網、看電視相加的三十六點三八小時，減少許多，這個現象在十八歲到二十四歲年輕人身上，更是明顯。這份調查在今年七月二日到四日進行，以電話訪問的方式，調查臺灣二十三縣市成年人，有效樣本一千零六十八人。調查顯示，收入與學歷愈高的人，閱讀頻率也愈高。每人平均一年買書金額只有新臺幣一千三百七十五元，不到香港的四分之一。至於最喜歡看的書，以散文小說為主。
8/05 （星期日）	**世界都在看，我國主辦明年亞洲兒文大會** 由臺灣主辦的第九屆亞洲兒童文學大會定明年七月十日到十四日舉行，主題為「『土・土・土』：生態、全球化和主體性」，討論在生態熱潮與全球化風潮下，如何建立亞洲地區兒童文學的主體性。生態批評與自然書寫、生態與科技、藝術中的環境意識等議題，則是討論範

時間	摘要
	疇。大會由臺東大學負責規畫，並邀中華民國兒童文學學會、海峽兩岸兒童文學研究會、臺北市兒童文學教育學會、高雄市兒童文學寫作學會和臺灣兒童文學學會等單位參與籌備。大會會長林文寶指出，臺灣能夠承辦這項國際會議，具有重要意義，代表臺灣兒童文學走向國際。過去，臺灣兒童文學多是在國外展現，這次透過舉辦大會，讓國際人士來臺灣看見臺灣兒童文學發展，提高臺灣兒童文學的能見度，並將臺灣兒童文學作品和作家推向世界舞臺。大會顧問林煥彰表示，亞洲兒童文學大會最初是韓國兒童文學學者李在徹於一九九〇年發起，臺灣曾在一九九九年承辦過第五屆大會，明年再度承辦這項會議，象徵臺灣兒童文學的發展水準。
8/05（星期日）	**徵主題圖案，彰顯生態議題** 第九屆亞洲兒童文學大會明年將在臺灣舉行，主辦單位近日展開相關作業，提供獎金公開徵求以「土・土・土」三字為設計主軸的 LOGO 與海報設計，結合藝術、文學和生態，彰顯生態議題。
8/05（星期日）	**創意繪本研習，體驗蚯蚓世界** 由行政院農委會林務局主辦、臺灣環境資訊協會承辦的「山徑童畫師——創意繪本種子研習營」，昨天在國立台灣博物館舉行。參與的教師和故事媽媽在專家指導下，利用各種回收物製成美麗的藝術品；還躺在地上，體驗蚯蚓的世界，創意課程帶給與會者新奇感受。
8/10（星期五）	**分享快樂，漫博會輕鬆登場** 第八屆漫畫博覽會昨天起到十四日在臺北世貿展演二館登場，今年活動主題精神是「分享快樂的湧泉」，以輕鬆、解壓角度，推廣漫畫，現場除了提供商品優惠，還邀國內外三十多名動漫畫作者及配音員舉行簽名會與見面會。開幕首日就吸引上萬人，六天展期預估參觀潮將

時間	摘要
	逾四十五萬人次。今年漫博會由中華民國漫畫出版同業協進會結合八家出版社主辦，包括木棉花、台灣東販、台灣國際角川、尖端、東立、長鴻、青文以及博英社。新聞局出版處指出，據二○○四年出版調查，臺灣漫畫投資達五百三十四萬餘冊，占出版市場的百分之九。漫畫可發展為動畫，新聞局已將本土漫畫列為明年度重點計畫，將設獎項鼓勵年輕人創作。
8/17 （星期五）	新竹縣文化局主辦的「二○○七吳濁流文藝獎」得獎名單揭曉，兒童文學類首獎陳愫儀〈城隍小弟〉，貳獎陳韋任〈時光膠囊〉，參獎王文美〈大眼王子與竹竿公主〉，佳作姜天陸〈雪舞〉、楊寶山〈烏不拉國的抗議事件〉、藺奕〈火星文密碼〉、賀樹棻〈ENTER〉、李慧娟〈倒數第一與倒數第二土地公的故事〉、廖育正〈南村的雨羊〉。
8/18 （星期六）	**金鼎獎，肯定劉振強特別貢獻** 第三十一屆金鼎獎昨天在臺大醫院國際會議中心舉行頒獎典禮，頒發六大類、三十四個獎項，其中，慈濟傳播文化志業基金會是最大贏家，共獲得五個獎項。特別貢獻獎則頒給三民書局發行人劉振強。國語日報社本屆有三件作品獲得入圍獎：《小作家月刊》入圍最佳兒童及少年類雜誌，金車教育基金會執行長孫慶國的《凱哥的鯨生鯨事》入圍最佳科學類圖書，賴文心的《爸爸與我》入圍最佳圖畫書。
8/26 （星期日）	**嚴友梅辭世，童話長伴讀者** 在臺灣兒童文學界享有「童話大王」美譽的嚴友梅，十二日在美國病逝，享壽八十三歲。她是臺灣兒童文學早期開拓者之一，其作品肯定人性的愛與美善，給人溫暖的閱讀經驗，兼具想像的趣味。她的辭世令人不捨，但留下的童話《小仙人》、《小番鴨佳佳》、《飛上天》將永

時間	摘要
	遠飛翔在讀者心中。
8/29（星期三）	**創意畫繪本，弱勢兒圓夢** 由荷蘭銀行主辦的藝術種子圓夢計畫，透過舉辦夏令營的方式，帶領弱勢家庭兒童學習藝術。今年共有五十三名兒童參與，他們在活動中創作的繪本，即日起在光點臺北展出。其中，胡志杰與嘉義市大同國小六年級陳冠伶、南投縣水里國小四年級田林晨歆，以創意內容和細膩繪畫獲得優勝。
9/03（星期一）	**桃園縣深耕讀報，三年後遍及國小** 繼成立全國第一所「讀報教育實驗學校」後，桃園縣教育局進一步研擬草案，推動「讀報教育三年計畫」。教育局長張明文表示，今年是讀報教育準備期，明年一月一日正式推動，目標是三年後全縣每一所國小，至少都有一個班級實施讀報教育。
9/05（星期三）	**「好書大家讀」評選結果揭曉** 第五十二梯次好書大家讀評選結果昨揭天曉，今年計有九十五家出版社八百三十三冊圖書參加，最後選出套書兩套共十三冊、單冊圖書兩百零六冊，詳細名單可上臺北市立圖書館網站（http://www.tpml.edu.tw）點選「好書通報」選項，再進入「來讀好書」的「好書大家讀」查詢。「好書大家讀」活動由臺北市立圖書館、聯合報、國語日報主辦，幼獅少年及中華民國兒童文學學會協辦。
9/06（星期四）	**公民新聞獎，向年輕人徵稿** 公視文化事業基金會、卓越新聞獎基金會主辦的「第一屆 PeoPo 公民新聞獎」即起開跑，鼓勵民眾對地方議題到公共事務，進行影音新聞報導。因網路使用者年輕化，特設十八歲以下組別，希望公民意識向下紮根，透過觀察、記錄社區與回響，讓孩童了解，自己也有改變

時間	摘要
	世界的能力。報名訊息請上網（www.peopo.org）查詢。
9/07 （星期五）	**五年十億，教育部大手筆為學校購書** 為了充實公立國中小學的圖書館圖書及設備，教育部國教司長潘文忠昨天表示，今年起將推動「兒童閱讀五年計畫」，第一年編列一億元經費，明年將編列兩億元，預計五年內投入十億元，為學生買書，充實圖書並改善圖書設備，希望從小培養學童的閱讀能力。
9/10 （星期一）	**「日日談」建立閱讀文化，改善人類生活** 二○○七年聯合國教科文組織掃盲獎，今天在非洲馬利的首都巴馬科頒發。獲獎團體來自美國、西班牙等六國。今年也是聯合國「全球掃盲十年運動」的第五年。何謂文盲，一直是各國掃盲時急於釐清的問題。就第三世界貧窮國家而言，人民不識字，就是文盲；努力讓多數兒童上學識字，就成了該國掃盲大計。但歐美國家對文盲的判定，早已超脫「識字」的狹義範疇。美國民間組織近年來推展「擴大閱讀」活動，不僅要協助低收入戶兒童識字，還要他們擁有寫作能力，建立閱讀文化，從閱讀報章吸取新知，因應個人健康及生活所需。不懂得思考和理性批判，也可能被歸為「文盲」。西班牙非營利組織阿杜納雷基金長期鼓勵公民學習思考與批判，促進社會和諧進步，今年因而獲頒掃盲榮譽獎。全球掃盲的目標，從早期不識字的「文盲」和「功能性文盲」，逐漸發展到經由閱讀和教育，幫助人們改善健康及生活；未來更將透過閱讀及對話，建立公民的思考能力及自信。世界不斷變遷，文盲的定義也在變，唯有從小養成閱讀書報習慣，學習新知，才能避免自己成為現代文盲。
9/10 （星期一）	**推動零歲閱讀，高雄縣親子起跑** 高雄縣推動閱讀植根工作，在文化局及大樹鄉立圖書館

時間	摘要
	規畫下，由大樹鄉公共圖書館首先在縣內引進「圖書起步走（Bookstart）」運動，將閱讀向下延伸到零歲，由家長帶動新生兒，透過親子共讀方式，從出生養成閱讀習慣。高雄縣文化局長吳旭峰表示，「圖書起步走」運動源自英國，幾年前臺中縣、臺北市已引進，推廣親子閱讀。他指出，近年來文化局推動閱讀項目雖已多元化，但使用圖書館閱讀資源者，仍以兒童、學生居多，因此文化局最近決定，透過「圖書起步走」運動，將閱讀向下延伸到零歲。大樹鄉立圖書館推動的「圖書起步走——閱讀植根活動」，到九月三十日截止，除了贈書給新生兒家庭，還推出閱讀植根「小小愛書人」、「○一二三寶寶讀書樂」活動；參與活動的新生兒家庭，可獲贈「閱讀禮物包」，包括為家長準備的導讀手冊，以及三本給寶寶看的圖畫書及幼兒借書證、借書袋等。
9/11（星期二）	**宜蘭縣一師捐一書，教師節回饋學童** 宜蘭縣教師會今年在全縣九十多所國中小學，發起「一師一書」贈書活動，將節慶的歡樂，轉化為愛心，回饋到學生身上。宜蘭縣教師會理事長朱堯麟說，縣內國中小的圖書採購經費嚴重不足，也欠缺管理人力，在沒人沒錢的狀況下，許多圖書館利用率都偏低。因此，教師會發動全縣教師每人至少捐一本書，送給自己學校的圖書館，豐富學童的閱讀內涵。
9/13（星期四）	**聽說書來讀書，百冊課外書** 名人推薦閱讀。交通大學與《天下雜誌》等合作，邀請前中研院院長李遠哲、前教育部長曾志朗等十位傑出人士推薦一百本書，其中包括《小王子》、《兒子的大玩偶》及《將太的壽司》等，供各級學校學生及民眾參考閱讀。參與推薦的人士有：李遠哲、曾志朗、黃春明、南方朔、蔣勳、蔡明介、杜書伍、何薇玲、黃達夫與殷

時間	摘要
	允芃，除了《西遊記》、《三國演義》、《紅樓夢》、《莎士比亞全集》、《安徒生童話》、《木偶奇遇記》、《梵谷傳》、《希臘神話》等經典名著外，也有現代作家黃春明的作品，如《兒子的大玩偶》、洪蘭的《講理就好》等。交大通識教育中心將開設課程，邀請專家學者就推薦作品進行說書，培養學生閱讀習慣。上課過程將全程錄影，經由網路放送，讓全球都可看到精采的說書實況，相關訊息請上網（www.pac.nctu.edu.tw/news/news_msg.php）查詢。
9/13 （星期四）	至十一月一日，由耕莘文教基金會舉辦的「童心書田——耕莘96秋季兒童文學創作班」，每週一個主題，有凌明玉主講「從百科全書開啟創作童話之頁」、林世仁主講「文字想像和童話」等課程。
9/15 （星期六）	**公視跟書去旅行，讓閱讀立體化** 教育部與公共電視合作，開闢兒童閱讀電視節目「跟書去旅行」，將到臺北縣烏來、臺北市龍山等三十三所國小拍攝，並將邀學童到攝影棚，與作者或有相關經驗的人士對談，讓書籍立體化，帶領全國學童一起深入閱讀。教育部次長吳財順表示，推動「全國兒童閱讀計畫」以來，已為偏遠地區小學購買許多書籍，學生應該多借閱，別讓書在圖書館裡睡覺。因此，教育部特別委託公視製播節目，針對專家學者推薦的好書，帶領深度閱讀。
9/16 （星期日）	**兒文學術研討會徵件** 臺東大學主辦的「海峽兩岸兒童文學學術研討會」，定明年七月二十五日及二十六日舉行，即日起公開徵求論文，論文題目及摘要截止日為今年十月三十日，論文截稿日為明年二月二十八日。
9/20	**網站開張，協助親子識讀媒體**

時間	摘要
（星期四）	媒體對於兒童及青少年影響日益深化，媒體識讀教育更顯迫切，為此，臺灣媒體觀察教育基金會新設置「小小媒體觀察家」網站，透過刊載相關文章、公布優質節目名單，提供教師及家長更豐富的媒體識讀教育資源。網站包括小小媒體觀察家、媒體識讀、優質節目三大專欄。小小媒體觀察家專欄採用本報同名專欄文章，以平易親切的用語，引導兒童從不同角度觀看電視節目，了解其背後隱含的意識形態。媒體識讀專欄則蒐集與媒體觀察相關的評論文章，由學者專家及教育工作者解讀現今媒體現象，分析媒體背後的政經關係，並提供識讀之道。優質節目則提供每季優質節目評選結果，讓兒童與家長在選擇電視節目時，可以依照不同興趣與需求，找到合適的優質節目。網址為：literacy.mediawatch.org.tw。
9/21（星期五）	**讀報教育實驗班啟動，前進二十五校** 國語日報社甄選「全國 NIE 讀報教育實驗班」，昨天名單揭曉，本學年度有十一個縣市、二十五個國小班級、近七百名學生參加實驗計畫，涵蓋北中南東四區及離島。民間與教育界合作推動的兒童閱讀活動，將不只是讀書，也讀報紙。 第一批讀報實驗班選拔，從三十八件申請案中選出十二班，完全由國語日報社免費提供報紙。此外，與縣市政府及基金會共同出資免費提供報紙的實驗班，還有桃園縣十一班、金門縣及花蓮縣各一班。入選學校之一的嘉義縣新美國小，位在偏遠的阿里山上，九成學生都是原住民，將推動讀報教育的一年甲班，全班只有三人。入選班級將獲得部分或全額補助，每個學生可獲一學年的《國語日報》，十月起實施。國語日報總編輯馮季眉說明，讀報教育實驗班有四個特色：一是教師須提出一學年教學計畫，二是每週至少一節課（正課時間），三是

時間	摘要
	師生都有報紙教材，四是學期末須提教學報告並檢視學生學習效果。
9/26（星期三）	**兒文學會名家講堂開課** 中華民國兒童文學學會規畫「名家講堂」系列私塾課程，課程包括兒童文學作家林良講授的「淺語的藝術」，邱各容帶領的「凝視臺灣兒童文學的發展軌跡」，以及林文茜的「日本兒童文學的魅力」。
9/28（星期五）	**搶救國語文，專家應融入生活** 為提升學生國語文能力，搶救國文教育聯盟昨天舉辦「腹有詩書氣自華」座談，提出具體作法，包括訂定全校閱讀計畫、背誦古典詩詞、舉辦詩歌吟誦比賽，以及讓古典文化生活化等。搶救國文教育聯盟副召集人張曉風表示，許多國文教師對國語文授課時數減少、文言文比例降低等不滿，但教育部都置之不理，學校只好另想辦法。 臺北市立教育大學校長劉源俊表示，應重新編選《論語》、《孟子》等，傳承文化遺產。臺北市中山女高教師李素真表示，國文教育是文化的根本，學習古典文學將一生受用，其中不只是知識，更蘊涵待人處世的智慧。
9/30（星期日）	**張曉風搶救國文，籲背書** 陽明大學教授張曉風，也擔任搶救國文教育聯盟副召集人。日前她參加教改座談，聽到臺上全家盟代表宣揚「意義多一點，背書少一點」理念時，立刻起身發言說：「死書應少背，但好的經典、歌訣，甚至九九乘法表，還是要背。」
10/01（星期一）	**創作漫畫，兒童創意勝過成人** 國立編譯館昨天舉行二○○七年度優良漫畫頒獎典禮，得獎的作品題材多元，創意十足，用色大膽，圖案也相當活潑，其中有溫馨家庭小品、歷史人物題材，還有以

時間	摘要
	漫畫傳達環保觀念等。評審表示，兒童漫畫作品比大人更有創意，充滿想像空間，沒有受到任何限制，「真是一代比一代優秀。」為推廣優質漫畫教育，鼓勵優秀的本土漫畫家創作，國立編譯館特別選出適合青少年、兒童閱讀的優良漫畫作品二十一件。其中連環圖畫組甲類（已出版）是由阮光民的《刺客列傳》奪魁。連環漫畫組乙類（未出版）是由黃耀傑的「鮭鮭向前衝」獲得冠軍。除優良漫畫評選外，國立編譯館今年還擴大舉辦青少年漫畫創意競賽，共收到兩千四百三十六件作品，再依國小、國中、高中職三組選出優勝作品五十七件。評審周顯宗說，青少年的創作比大人還有創意，尤其今年的競賽主題是「上課」及「送給教師的禮物」，中小學生都能以詼諧、戲謔的手法創作，顯示現在的師生關係已經改變，教師不再像過去那樣威嚴，與學生的關係就像朋友一樣。另外，今年還首度舉辦數位漫畫比賽，希望優質漫畫也可以在網際網路流傳，獲得金獎的是臺南縣三慈國小教師楊婷雅。詳細得獎名單可上國立編譯館網站 comic.nict.gov.tw 查詢。
10/04（星期四）	由桃園縣政府教育局主辦的「二○○七年度桃園縣兒童文學獎徵文」得獎名單揭曉，童話類第一名蘇旭榮〈快樂寶盒〉、第二名林淑珍〈童話球〉、第三名蕭良伯〈電伯伯罷工記〉、佳作林靜琍〈水晶小學〉、佳作吳高勝〈七彩烏龜殼〉、佳作張玉英〈珮珮的超能力〉。
10/17（星期三）	**兒童文學牧笛獎，二十七日頒獎** 第七屆「國語日報兒童文學牧笛獎」得獎名單日前揭曉，十月二十七日將在國語日報五樓會議室，舉行頒獎典禮。本屆童話組和圖畫故事組分別選出六名得獎者，共有童話組首獎廖雅蘋和圖畫組首獎陳貴芳等十二人獲獎。這一屆童話組的參選作品多達兩百六十二件，圖畫

時間	摘要
	故事組也收到八十二件參賽作品。這些作品歷經三個多月初選、複選、決選，終於評審出得獎名單。其中，首獎獎金達十五萬元，是國內兒童文學界中備受矚目的獎項之一。
10/19 （星期五）	**作文大賽，受理報名** 為推廣國語文教育，聯合報將舉辦第一屆「聯合盃全國作文大賽」。初賽自十一月四日到十二月八日，在全臺九縣市舉行。全國小學三年級到國中學生都可報名參加。即日起報名，到三十一日止。
10/21 （星期日）	**手握小金鐘，雲林縣林頭、苗栗縣大南好樂** 二〇〇七年廣播電視小金鐘獎二十日舉行頒獎典禮，今年首度將創作獎分為兒童和少年兩類，以鼓勵兒少參與。其中，最佳兒童廣播創作獎為雲林縣林頭國小「Who put the cheese？！誰放的屁啊?！」，最佳兒童短片創作獎則是苗栗縣大南國小「我的外籍媽媽」。 廣播劇「Who put the cheese？！誰放的屁啊?！」，講的是愛吃番薯的豬想盡辦法改善放屁後遺症的趣味故事。創意劇情由校內小四學生構思，並由十名學生擔綱演出。評審認為，學生以國語、閩南語、英語呈現，讓聽眾感受歡樂氣氛。 由三名六年級學生謝其紘、林致君、吳孟屏共同完成的影片「我的外籍媽媽」，拍攝主角是謝其紘來自印尼的媽媽，片中藉由一幕幕生活畫面，呈現出母子親情。評審表示，透過孩子的鏡頭和訪談，讓觀眾接觸到真實的感動。 演出大愛電視臺「地球的孩子」獲得最佳兒童少年演出獎的詹蘋，從小學五年級加入演出行列至今已有三年，表演經驗豐富。她說，以前太強調聲音的抑揚頓挫，後來發現這種表現方式無法貼近觀眾，所以改用自然的方

時間	摘要
	式演出，沒想到獲獎了，很高興。
10/21 （星期日）	**正聲電臺、公視大贏家** 今年廣播電視小金鐘獎共頒發二十三個獎項，其中除了最佳少年短片創作獎從缺外，廣播類獎項最大贏家是正聲廣播電臺，共獲得最佳少年節目主持人獎、最佳兒童或少年母語節目獎等四個獎項。電視類獎項最大贏家則是公共電視，共獲得最佳學齡前兒童節目獎、最佳導演（播）獎等五個獎項。
10/25 （星期四）	**用愛彌補兒童文學獎揭曉** 羅慧夫顱顏基金會主辦的第十屆「用愛彌補」兒童文學獎二十四日公布得獎名單，總計十人獲獎，包括一名金獎、兩名銀獎、兩名佳作以及五名入圍獎。金銀獎作品將出版成書，十二月九日頒獎。本屆「用愛彌補」兒童文學獎以「友誼」與「勇氣」為徵件主題，符合資格的作品共三十四件。基隆市仁愛國小林宣以「再見！八堵鐵橋」作品獲得金獎，她透過描繪八堵鐵橋在心中各種不同面貌，像是器宇不凡的老國王、閃亮的星光大道等，表達出對這座百年老橋的情感。桃園縣大業國小曹榮慧以作品「音速小子」獲銀獎，描述一名聽障生不適應普通班環境，想像自己能像烏龜、蝸牛、兔子一樣躲起來，最後在教師及同學的愛與友誼下，變得勇敢。另一名銀獎得主是屏東縣中正國小鍾佳軒，作品「我的家人」，充分描寫單親家庭子弟的心路歷程，在媽媽的關懷下，終於不再傷心。得獎名單可上網（www.nncf.org）查詢。
10/28 （星期日）	**第七屆牧笛獎十二得主，分享得獎喜悅** 第七屆「國語日報兒童文學牧笛獎」，昨天在國語日報社舉行贈獎典禮，十二名創作者分享得獎的喜悅。今年得獎名單，童話組第一名廖雅蘋〈我的大海，我愛

時間	摘要
	你〉，第二名林芳妃〈絲絲公主〉，第三名鄭啟承〈剌剌的嘿吉〉；佳作陳昇群〈沉船阿古號〉，賴曉珍〈這個城裡沒有天使〉，陳素宜〈天堂中途站〉。圖畫故事組第一名陳貴芳〈蘿拉的藏寶圖〉，第二名郭桂玲〈小琪巫婆的小跟班〉，第三名何宜娟〈小女孩，光腳丫〉；佳作劉如桂〈魚夢〉，劉值言〈夢的處理場〉，張倩華〈兔子小布買紅蘿蔔〉。
11/03 （星期六）	**族語比賽，高雄市首度挑戰說故事** 高雄市昨天首次舉辦國中生原住民族語說故事比賽，因為能以母語說故事的學生比較少，所以全部只有三族共十名學生參賽。今年參加說故事比賽的學生，包括阿美族語組的立德國中張美雲、餐旅國中謝旻葳、前鎮國中張文郝及潘明楚、翠屏國中周小冬及陳澔羽；以及其他族語組的魯凱族語興仁國中林書儀及歐筠茹、鹽埕國中李謙怡，排灣族語前鎮國中白志偉。承辦單位高雄市前鎮國中校長賴榮飛表示，高雄市首度以「說故事」的方式舉辦比賽，難度提高許多，以致報名的人數比較少。
11/03 （星期六）	**上圖書館聽故事，高雄市啟動幼兒早讀運動** 來自全國各地的故事媽媽昨天齊聚高雄市，參加由高雄市立圖書館主辦的「故事媽媽——愛的故鄉・逗陣走」活動，高雄市長陳菊在會中宣布高雄市「早讀運動」正式啟動，並鼓勵幼兒上圖書館，聽故事媽媽說故事，進而愛上圖書館。高雄市立圖書館館長施純福表示，「早讀運動」發源自英國，因為英國發現，幼童從小接觸圖書，長大後閱讀能力比較好，他表示，「早讀運動」主要讓幼童家長在了解「早讀」的訊息後，前往圖書館領書、辦借書證、參加父母成長課程，讓閱讀習慣向下延伸。
11/05	**文化結合繪本，人才培育有成**

時間	摘要
（星期一）	教育部補助花蓮教育大學執行「文化繪本人才培育子計畫」，目前已經有豐碩成果。花蓮教大藝術學院的八名學生在教授指導下，從不同的角度探討原住民的傳統文化，以及描繪花蓮的自然生態特色，創作完成六本兒童繪本，計畫主持人徐秀菊表示，將把這些繪本推展到波隆那插畫展，讓臺灣的文化創意在國際綻放。在國小任教、目前是花蓮教大藝術研究所學生的李孟芬創作的《魚的家——巴拉告》，是將阿美族特殊的生態捕魚法「巴拉告」，透過繪本讓更多人知道這項老祖先的智慧。
11/07 （星期三）	**繪本導讀教學生尊重差異** 教育部訓委會昨天舉辦「反歧視」校園教學活動設計頒獎典禮和成果發表會，希望教師適當引導，灌輸學生正確價值觀，尊重和包容不同長相或個性的人。獲得國小組特優的高雄市前鎮國小教師陳淑芬表示，她透過繪本導讀讓學生認識人權，除了說明人權是不分種族、膚色、性別、語言和宗教的，不應受到任何歧視外，還以分組討論、角色扮演等方式，讓學生說出自己的想法。
11/07 （星期三）	**桃園縣推讀報，到臺北市明德取經** 桃園縣讀報教育推動小組學校校長，以及在班級實施讀報教學的教師昨天組成三十人參訪團，到推動讀報教育卓然有成的臺北市明德國小、國語日報社觀摩訪問。桃園縣政府今年起，以「創意閱讀——開拓桃園 NIE」和國語日報社合作，規畫讀報教育三年計畫，由壽山國小擔任讀報教育實驗學校，並和大坑、西門、元生、內海四校結合成立推動小組，運用《國語日報》為素材，推動讀報教育。
11/09 （星期五）	**鄭明進展出創作原畫** 資深圖畫書教育工作者鄭明進，首度公開展出多年來的圖畫書創作原畫，十一月十日上午九點半在臺北市圖總

時間	摘要
	館藝廊開幕，現場還有多家出版社舉辦圖畫書創意活動，適合親子參加。
11/10 （星期六）	**樂活生命中小學生徵文** 教育部舉辦「樂活生命」全國中小學生生命教育徵文比賽，主題是「生命教育」，學生可從知福、惜福、造福、感恩的心和真誠的關懷下筆。比賽分國小中年級、國小高年級、國中學生、高中學生四組，收件日期到十一月三十日止，得獎名單預計十二月底揭曉。
11/10 （星期六）	**柏楊童話** 「二〇〇七柏楊學術國際研討會」於國立臺南大學召開，會中發表多篇論文，其中，張清榮的〈柏楊童話作品「小棉花歷險記」研究〉，呈現難得一見的柏楊童話風貌。
11/11 （星期日）	**畫說故事** 「鄭明進繪畫創作‧圖畫書原畫作品展」昨天起在北市圖總館地下一樓藝廊展出。開幕活動中，鄭明進和現場親子接力演出繪本中的故事情節，大小朋友不忘把握難得的機會，請他在繪本上簽名。
11/12 （星期一）	**首屆教育影展關注青少年問題** 教育部首度舉辦的「二〇〇七教育影展」創作競賽昨天舉行頒獎，當場揭曉五部最佳影片，包括探討澎湖縣大倉國小小校廢校、新臺灣之子教育問題的《有一個島》，描述學校霸凌及同儕關係的《畢業生系列──自然捲》，由學生拍攝的《下一秒‧無限》、《少年不戴花》及《十二點前》。另外，榮獲最佳人氣獎的《拳擊手套布娃娃》，則是探討國中生的夢想及性別認同問題。
11/14 （星期三）	十四到十六日，由臺東大學人文學院與美國哈佛大學東亞語言與文明學系聯合主辦的「第六屆國際青年學者漢學會議：民間文學與漢學研究」於國立臺灣史前文化博

時間	摘要
	物館召開，會中發表多篇論文，包括張嘉驊〈虎姑婆吃不吃小孩的手指頭？——論兒童文學對民間故事「驚悚情節」的接受〉及林佳慧〈台灣與日本的民間故事比較研究——以台灣〈虎姑婆〉與日本〈天道的金鎖〉為例〉。
11/17 （星期六）	**臺灣兒童圖畫書，鄭明進扮推手** 中華民國兒童文學學會主辦「臺灣資深圖畫書工作者——鄭明進先生作品研討會」，十七日在臺北市立圖書館舉行，在會中發表論文的臺北市平等國小教師李公元表示，鄭明進在臺灣兒童圖畫書發展史上具有重要地位，從圖畫書觀念的引進及教育推廣，到理論論述和作品翻譯，都帶領臺灣看見東西方圖畫書世界，堪稱是臺灣的兒童圖畫書「教父」。李公元指出，綜觀鄭明進多年來的兒童插畫，可以發現幾項特點，包括「大膽隨興、奔放自如的線畫表現」、「童趣樸拙、構圖活潑的童畫特質」、「媒材多元、靈活運用的實驗性質」、「不居形式、包容萬物的開創精神」。此外，鄭明進的取材多來自臺灣，像是原住民族特徵的描繪，臺灣山岳和動物的描繪等，展現他身為臺灣兒童插畫家的自豪與自我認同感，值得推崇。這項研討會今天再舉行一天，由曹俊彥進行專題演講，蔡昀婷、陳玉金發表論文。下午一點半到兩點四十五分則舉辦鄭明進畫作義賣。
11/30 （星期五）	**國際閱讀評比，臺灣學生中等** 國際教育評估協會昨天公布國小四年級學生的國際閱讀素養調查結果，在四十五個參加評量的國家中，臺灣排名第二十二，平均成績為五百三十五分，略高於國際平均值五百分，表現中等。與其他華人地區相比，落後第二名的香港及第四名的新加坡，中國大陸則未參加。中央大學學習與教學研究所教授柯華葳表示，這項結果可

時間	摘要
	能與學校的語文教育方向，以及沒有獨立閱讀時數有關。國內的教學比較偏重字詞，閱讀時數只占總課程時數的百分之九，低於國際的兩成。學生因興趣而閱讀的比例低，顯示學生把閱讀當成是功課的一部分。柯華葳指出，家庭也是影響孩子閱讀表現的關鍵，分析臺灣學生表現，家中書籍越多、父母與子女進行越多閱讀活動、父母有正面自發的閱讀態度，學生閱讀表現越好。柯華葳認為，閱讀能力與習慣是自主學習的重要關鍵，建議學校應規畫學生獨自與獨立閱讀的時間，教師教學應該著重閱讀理解，學校、家庭應培養學生課外閱讀的興趣及習慣。教育部國教司長潘文忠表示，針對是否增加學校閱讀時數，教育部正進行各領域授課時數研究，將作為調整的參考。在教學方面，將編寫延伸閱讀補充教材；在家庭方面，則結合社區大學、民間基金會協助推展。
12/01 （星期六）	**青年文學會議登場** 二○○七年青年文學會議今登場，今明兩天於國家圖書館舉行，主題為「台灣當代文學媒介研究」，希望透過探討報紙副刊和文學雜誌所扮演的功能和角色，呈現文學創作的多元面貌。來自兩岸三地的近四百多名青年學者，將在會中從自身經驗交換意見。
12/01 （星期六）	**邱阿塗獲頒「宜蘭文化獎」** 被譽為「蘭陽兒童文學導師」的邱阿塗獲頒「宜蘭文化獎」，宜蘭縣文化局同時發表「作家身影」系列叢書第一本，邱少頤著《南門河上的橋──兒童文學教育推手邱阿塗》。
12/08 （星期六）	**幼兒多閱讀，別急著學東學西** 信誼基金會舉辦「課程的成長・教師・教材的對話」海峽兩岸幼兒教育學術交流研討會，七日起在淡江大學城

時間	摘要
	區舉行兩天，並邀請兩岸課程學者和幼兒教育實務工作人員，針對幼兒教育課程理論、師資及材等進行討論。信誼基金會執行長張杏如認為，幼稚園的所有學習都應該以孩子為本位，讓孩子盡情的探索自己有興趣的事情。陽明大學教授洪蘭呼籲家長打破「不要輸在起跑點」的迷思，不要讓孩子提早學習，鼓勵孩子多閱讀，多接觸新事物，刺激腦神經的發育，因為從小閱讀的孩子，無論是數學或語言學習，都比沒有從小閱讀的孩子好，但她強調：「閱讀應該在沒有壓力的情形下，讓孩子自由享受閱讀的樂趣」。
12/08（星期六）	**兒少新聞獎《國語日報》獲四獎項** 第三屆好「媒」人徵選——優良平面兒少新聞報導獎七日揭曉，徵選活動由台灣少年權益與福利促進聯盟舉辦，聯盟成員包括國內二十六個關心青少年團體。《國語日報》記者劉偉瑩、趙瑜婷、陳康宜、張彩鳳和王建宇的「改變世界、兒童幫助兒童」系列專題，獲選為兒少新聞採訪報導第一名。高修民則以「送微笑到偏鄉，給三一九鄉兒童一個禮物」系列報導，獲得佳作。由總編輯馮季眉領軍，採訪組長夏成淵和鄭淑華、王建宇組成的「日日談」撰述群，以「迎向兒童全球化，深度為臺灣兒少發聲」為主題，全方位探討國際兒童重要議題，深獲評審青睞，獲頒優等獎。高修民同時獲得兒少新聞攝影佳作獎，得獎作品主題為「送微笑到偏鄉，陪孩子走第一哩」。
12/10（星期一）	**用愛彌補兒文獎，八堵鐵橋奪金** 羅慧夫顱顏基金會第十屆「用愛彌補」兒童文學獎九日頒獎，基隆市仁愛國小六年級林宣作品「再見！八堵鐵橋」獲得金獎。
12/13	**推動閱讀，多國交流經驗**

時間	摘要
（星期四）	天下雜誌教育基金會十二日在臺北舉辦「國際閱讀教育論壇」，邀請芬蘭前教育部官員分享「如何推動閱讀」，和「教育制度被譽為『世界第一』的芬蘭經驗」；南韓、日本主講人暢談「如何將學校改造成快樂的學習環境」；「國際閱讀素養調查」（PIRLS）香港區計畫主持人謝錫金、臺灣區計畫主持人柯華葳教授分析今年施測結果。
12/13（星期四）	**全國語文賽，選手表現雙峰化** 全國語文競賽十二日落幕，來自各縣市的語文菁英出現雙峰現象，讓評審學者相當擔憂。國立臺中教育大學語教系專任教授蘇伊文指出，國小組作文，許多文章出現引用錯誤或過度引用佳句，少見內在情感或思想的文句。此外，字體不夠清爽，標點符號錯誤及錯別字都比過去嚴重。臺中教大語教系教授鄭峰明表示，書法組的雙峰現象更令人擔憂，且有許多小學已經不寫書法，這現傳統文化的式微更令人憂心。臺中教大語教系教授施枝芳表示，字音字形方面，國小組表現最出色，國中以上則有明顯落差。臺中市信義國小校長曾金美指出，中小學語文課程時數不足，是導致雙峰現象的主要原因。
12/16（星期日）	**取材有創意，今年作品優（華夏徵文比賽）** 華夏婦女文教基金會和國語日報社合辦的「動物與我」徵文比賽，十五日舉行頒獎典禮。臺中市鎮平國小四年級的洪敬軒，以「我愛騎馬」一文榮獲中年級組第二名。獲得中年級組第一名的是澎湖縣中正國小四年級歐奕琳，作品「永遠的家人」寫的是大她一歲的貴賓狗「娃娃」。 國語日報社長張學喜表示，「動物與我」是很理想的徵文題目，看似簡單，卻需要有敏銳的觀察力，和真實的感情才能寫得好。華夏婦女文教基金會董事夏黃新平，

時間	摘要
	特別分享她年輕時，隨夫婿夏功權外派在美國紐約時，讀《國語日報》學注音的經驗，她同時轉達基金會董事長辜嚴倬雲女士對小朋友的勸勉，希望小朋友認真讀《國語日報》，提高文化素養，千萬不要「入寶山而空返」。知名作家，也是評審之一的丘秀芷則表示，今年小朋友的作文題目都訂得鮮活有創意，比如「家有游泳好手」、「永遠的家人」、「聽！鳥鳴唱！」，文字也很優美，比起往年進步很多。此次「動物與我」徵文比賽，共有一千五百零三件作品參賽，經過三階段評選後，國小低、中、高年級三組各選出前三名及佳作十名；得獎作品除了刊登在國語日報網站上，也將結集成冊出版。
12/16 （星期日）	**提倡閱讀，嘉市展成果** 「打開一本書，等於打開一個世界」，嘉義市推動國小閱讀教育成果發表會，十五日起在崇文國小游藝館舉行兩天，嘉義市長黃敏惠為小朋友說繪本故事《傻鵝皮肚妮》，逗趣活潑的內容，讓大家聽得笑呵呵。成果發表會中，黃敏惠頒獎表揚各校推薦的閱讀達人、快樂捐書人，以及愛心說書人。現場還有闖關活動，讓學生享受閱讀樂趣。
12/17 （星期一）	**橋樑書入手，發現閱讀樂趣** 臺灣小學生的閱讀能力在國際評比中落後，多位學者專家昨天表示，臺灣小學生習慣閱讀繪本、短篇文章，不習慣閱讀長篇文章，教育部應從培訓教師開始，提升閱讀的方法，建立「適齡閱讀」的策略，並從「橋樑書」開始培養國小中年級學生閱讀少年小說等長篇文學名著，讓學生養成獨立閱讀的習慣，找到閱讀的樂趣。海峽兩岸兒童文學研究會昨天舉辦「橋樑書的教學與運用」研討會，理事長余治瑩表示，與大陸、香港比較，臺灣兒童的閱讀量明顯不足，例如香港要求教師要修閱

時間	摘要
	讀學分，以提升閱讀效能；大陸更明確要求國小低年級學生要讀五萬字的課外書，中年級要讀四十萬字，高年級要讀一百萬字，但臺灣中、高年級的學生還是喜歡看無字書、圖畫書或漫畫等。誠品書店兒童市場行銷副理張淑瓊表示，兒童從「圖象閱讀」跨越到「文字閱讀」是有困難的，需要細心安排，「橋樑書」在文圖的比例大約是二比一，很適合國小一到三年級的學生閱讀，但國內出版社在出版兒童讀物時，並沒有確切分齡。
12/19 （星期三）	**國編館評選，五本人權圖書獲獎** 國立編譯館二〇〇七年度人權教育書籍評選揭曉，獲獎圖書為《人權與民主生活》、《我們都應該知道——認識聯合國兒童權利公約》、《叔叔的祕密情人》、《愛在蔓延中》和《劃破地毯的少年——伊克寶的故事》。編譯館指出，今年有三十七本書籍參加，共選出五本書籍。獲獎書籍將頒給出版者獎座一座及獎金十萬元，編著或編譯者獎座一座及獎金八萬元。
12/20 （星期四）	**十一個兒少電視節目獲五星獎** 臺灣媒體觀察基金會主辦的二〇〇七年國人自製兒童及青少年優質節目五星獎頒獎典禮，十九日公佈得獎名單。評選人由專家學者、教師、家長和青少年等不同領域的代表組成，共有十一個節目獲得最高五顆星推薦。公共電視有六個節目獲獎，包括人文藝術類「古典魔力客」、「非常有藝思」，綜合類「下課花路米」，幼教類「水果冰淇淋」以及戲劇類「畢業生」和「我的這一班」。東森電視臺以人文藝術類「塗丫森林」和綜合類「大頭小狀元」獲得兩項講座。三立電視臺紀實類「世界那麼大」和「台灣全記錄」獲獎，原住民臺則以科學教育類「科學小原子」獲得評審青睞。評審指出這十一個優質兒少節目，不論內容取材、呈現方式、可親近

時間	摘要
	性，以及當事人觀點，都有極佳的表現。
12/23 （星期日）	**馬景賢榮獲冰心獎** 資深兒童文學作家馬景賢以兒童小說《小英雄與老郵差》，最近榮獲「第五屆冰心文學獎」二等獎。頭等獎得主是九十歲的大陸資深兒童文學作家郭風。冰心文學獎每兩年獎勵一種文學形式創作，本屆獎勵兒童文學。和馬景賢同屆得獎的還有獲三等獎的新加坡作家李松，以及獲優秀獎的江蘇女作家黃蓓佳。馬景賢得獎，證明臺灣兒童文學作家與作品在華文世界的實力。
12/27 （星期四）	**資訊融入教學、看動畫玩遊戲，七十七件作品優勝** 教育部昨天舉辦二○○七年全國中小學資訊融入教學創意競賽頒獎典禮，共有七百九十隊報名，最後選出七十七件優勝作品。所有得獎作品已建置在活動網頁（http:// teaching.moe.gov.tw/），免費提供教師使用。 語文領域國小第一名，由彰化縣饒明國小教師林秀如等設計的「書法藝術村」作品獲得，內容讓學生利用滑鼠寫書法，省去準備墨水、毛筆等麻煩。
12/27 （星期四）	**兒童電視影展，二十五部影片入圍** 第三屆臺灣國際兒童電視影展入圍影片二十六日揭曉，今年共有四十一國、三百六十五部影片報名參加，經過五位評審評選後，最後共有二十五部影片脫穎而出，一同角逐總獎金近百萬元的獎項。 主辦單位公視表示，這屆影展預設觀賞年齡提高到十五歲，因此報名影片激增，比上屆成長百分之四十五，題材也更見廣度和深度。今年入圍影片分有最佳劇情、最佳動畫、最佳紀錄片、最佳電視節目、最佳臺灣影片、最佳臺灣電視節目六大類。評審包括作家黃春明、MOMO 電視台台長陳瑞楨、政治大學廣電系副教授陳儒修、如果兒童劇團團長趙自強和退休國小教師蘇蘭。

時間	摘要
	臺灣入圍影片與節目有「風中的祕密」、「小荳人」、「我會演布袋戲」、「故宮奇航——美不勝收～帝后生活」、「非常有藝思——色彩萬歲的馬諦斯」、「小男孩與鞋」等。所有入圍影片將於四月四日到八日在臺北信義誠品書店播映。
12/28 （星期五）	**戲說性別平等，七所國小得獎** 教育部昨天舉辦「九十六年度男性參與反性暴力全國戲劇競賽」頒獎典禮，國小組共有七校獲獎，首獎是彰化縣潭墘國小，二獎兩名是新竹市民富國小、雲林縣大東國小，三獎兩名是屏東縣佳冬國小、臺北市東門國小，佳作兩名是國北教大附小、臺中市賴厝國小。 潭墘國小獲獎劇名叫做「爸爸?!」，內容是父親吸毒導致神智不清，結果做出性侵女兒的憾事，最後改過自新，又和女兒重逢的故事。特別的是，全劇以雨傘代表劇中各項用品，像是樹木、針筒、晒衣架等。參加演出的六年級吳崑田說，自己從故事中知道人和人相處應該彼此尊重，往後看到女生綁辮子，不會再拉辮子捉弄對方了。民富國小的「男人的天空」劇碼，畫分成三個不同時段，第一段是父權時代、第二段是女人開始爭取權利、第三段則是男女和平共處。大東國小的「性別無礙，校園更 high」一劇，演出溫柔、細心的小男生，被同學笑很「娘」，經過溝通，後來大家懂得欣賞每個人的不同特質。

二〇〇七年兒童文學創作書目

書名	作者	出版地	出版社	出版月	開數	頁數
神探阿凡提	徐興華、宿炎、吳茜、石仁著	臺北市	聯經出版事業公司	1月	19.1×19.5	189
給孩子生命中的東方童話	蕭褘然編著	臺北市	得威國際文化事業公司	1月	14.8×21	205
聯絡簿裡的秘密	文／王文華圖／采彤	臺北縣	康軒文教事業公司	1月	16.9×21	141
瞧，這群俏丫頭	楊紅櫻著	臺北縣	漢湘文化事業公司	1月	15×20.8	215
海馬爸爸	陳龍明著	臺北市	文房文化事業公司	1月	14.8×20.9	319
大鬼小鬼圖書館	文／幸佳慧圖／楊宛靜	臺北市	小魯文化事業公司	1月	23.5×29.6	無頁碼
好孩子的國民武俠故事	Icecream 風聆著	臺北市	春天出版國際文化公司	1月	14.8×21.1	233
小詩星河	陳幸蕙著	臺北市	幼獅文化事業公司	1月	14.7×21	219
紅氣球	文圖／楊惠中	臺北市	格林文化出版事業公司	1月	20.5×20.5	32 無頁碼
我是棒球明星	文／蔡依如圖／陳盈帆	臺北市	大采文化出版事業公司	1月	21.5×28	34 無頁碼
動物生死書	杜白著	臺北市	心靈工坊文化事業公司	1月	15×21	253
路燈阿亮亮亮亮	文／陳昇群圖／方采穎	臺北市	小兵出版社	1月	20.5×19.5	71

書名	作者	出版地	出版社	出版月	開數	頁數
嘟嘟減肥記	文／李光福 圖／任華斌	臺北縣	小兵出版社	1月	20.5×19.5	69
草莓讀心術	文／林佑儒 圖／施姿君	臺北縣	小兵出版社	1月	20.5×20	162
山櫻花	文／陳素宜 圖／曹俊彥	臺北市	台灣東方出版社	1月	18.2×20.5	105
氣泡人	文／游乾桂 圖／張振松	臺北市	新手父母出版城邦文化事業公司	1月	15×21	204
老師的祕密武器	文／王文華 圖／徐建國	臺北市	小兵出版社	1月	20.5×19	165
仙島小學	文／林哲璋 圖／王蔚萁	臺北市	台灣東方出版社	1月	18.2×20.2	105
香腸班長當家	文／鄭宗弦 圖／任華斌	臺北市	小兵出版社	1月	20.5×19	165
阿凡提的大智慧	艾克拜爾·烏拉木、趙世杰著	臺北市	風車圖書出版公司	1月	17×23	160
妮妮的紅長褲	文／劉清彥 圖／林怡湘	臺北市	台灣彩虹愛家生命教育學會	1月	21.5×28.5	30 無頁碼
我媽媽是虎姑婆	文／張嘉文 圖／嚴凱信	臺北市	文房文化事業公司	1月	14.5×21	151
勇氣鼠斑斑	文／何麗珠 圖／杜小爾	臺南市	世一文化事業公司	1月	26×24	43
黑馬和河馬	文／吳燈山 圖／楊涵青	臺南市	世一文化事業公司	1月	26×24	43

書名	作者	出版地	出版社	出版月	開數	頁數
神豬村選村長	文／陳沛慈 圖／楊子桂	臺南市	世一文化事業公司	1月	26×24	43
曾文溪的故事	文圖／陳麗雅	臺北市	青林國際出版公司	1月	28.5×21.5	31
幽靈城的祕密	編譯／張景梅 圖／鬼塚町	臺北縣	漢湘文化事業公司	1月	15×21	139
爸爸的蝴蝶結	文／劉岳華	臺北縣	漢宇國際文化公司	1月	15×20.5	196
弟弟別怕	文／唐唐	臺北縣	漢宇國際文化公司	1月	15×21	199
康熙	文／朱秀芳 圖／林鴻堯	臺北市	聯經出版事業公司	1月	15.5×21.5	209
毛驢上的笑星 ──阿凡提的大幽默	艾克拜爾‧烏拉木、趙世傑著	臺北市	風車圖書出版公司	1月	16.8×23	160
小烏龜換新衣	文／陳美玲 圖／陳維霖	臺北市	親親文化事業公司	1月	20.8×21.7	25
貪睡的牽牛花	文／孫婉玲 圖／劉麗霞	臺北市	親親文化事業公司	1月	20.8×21.7	25
小水母要骨頭	文／陳美玲 圖／陳維霖	臺北市	親親文化事業公司	1月	20.8×21.7	25
藍天國王	文／陳美玲 圖／崔麗君	臺北市	親親文化事業公司	1月	20.8×21.7	25
小蚯蚓想要……	文／王元容 圖／莊河源	臺北市	親親文化事業公司	1月	20.8×21.7	25
河馬的大嘴巴	文／陳美玲 圖／卓昆峰	臺北市	親親文化事業公司	1月	20.8×21.7	25
水怪打嗝	文／劉書瑜 圖／陳維霖	臺北市	親親文化事業公司	1月	20.8×21.7	25

書名	作者	出版地	出版社	出版月	開數	頁數
阿去搬家	文／王元容 圖／黃淑華	臺北市	親親文化事業公司	1月	20.8×21.7	25
小鯊魚吉及	文／劉書瑜 圖／林傳宗	臺北市	親親文化事業公司	1月	20.8×21.7	25
誰在亂說話	文／王元容 圖／姜春年	臺北市	親親文化事業公司	1月	20.8×21.7	25
春天快點來	文／王元容 圖／赤川明	臺北市	親親文化事業公司	1月	20.8×21.7	25
孤單的稻草人	文／陳美玲 圖／劉伯樂	臺北市	親親文化事業公司	1月	20.8×21.7	25
誰來修橋	文／王元容 圖／劉旭恭	臺北市	親親文化事業公司	1月	20.8×21.7	25
傑克與魔豆	文／王元容 圖／林傳宗	臺北市	親親文化事業公司	1月	20.8×21.7	25
小龍愛吃牛	文／王元容 圖／姜春年	臺北市	親親文化事業公司	1月	20.8×21.7	25
肥肥找朋友	文／孫婉玲 圖／林傳宗	臺北市	親親文化事業公司	1月	20.8×21.7	25
胖胖的家	文／劉書瑜 圖／陳維霖	臺北市	親親文化事業公司	1月	20.8×21.7	25
小竹的煩惱	文／劉書瑜 圖／施姿君	臺北市	親親文化事業公司	1月	20.8×21.7	25
畫在身上的名字	文圖／施政廷	臺北縣	小兵出版社	2月	14.8×20.9	218
小學生童話字典（1）	小魯文化編輯部編著	臺北市	小魯文化事業公司	2月	15.3×21.3	153
小學生童話字典（2）	小魯文化編輯部編著	臺北市	小魯文化事業公司	2月	15.3×21.3	153

書名	作者	出版地	出版社	出版月	開數	頁數
123．光腳丫．玩遊戲	文圖／老頭	臺北市	大穎文化事業公司	2月	21.5×25.5	71
噹！噹！噹！跟我回到小時候	文圖／老頭	臺北市	大穎文化事業公司	2月	21.5×25.5	97
月芽香	文／亞平圖／崔麗君	臺北市	信誼基金出版社	2月	15×21	85
小豆芽的生命寶盒	文／管家琪圖／貝果	臺北市	信誼基金出版社	2月	15×21	88
福爾摩沙的月光小鎮	文／林哲璋圖／鍾易真	臺北市	信誼基金出版社	2月	15×21	87
折翼天使	管家琪著	臺北市	理得出版公司	2月	17×23	128
夢和誰玩：林煥彰童詩精選	文／林煥彰圖／徐建國	臺北市	小兵出版社	2月	20.5×19.5	130
生態池的故事	文圖／許增巧	臺北市	玉山社出版事業公司	2月	30×21	無頁碼約35
一粒種籽	文圖／劉旭恭	臺北市	玉山社出版事業公司	2月	30×21	無頁碼約35
阿比忘了什麼？	文／郝廣才圖／朱里安諾	臺北市	格林文化出版事業公司	2月	33.5×23.5	無頁碼約30
黑面琵鷺來過冬	文／謝志誠、林芳智圖／龐雅文	臺北市	格林文化出版事業公司	2月	29.5×21.5	無頁碼約30
我也是名偵探	文／魅力小組圖／安迪動漫工作室	臺北縣	漢湘文化事業公司	2月	15×21	174

書名	作者	出版地	出版社	出版月	開數	頁數
黃金杯不見了	編譯／張景梅 圖／鬼塚町	臺北縣	漢湘文化事業公司	2月	15×21	124
倒楣鬼日記	文／姜蜜 圖／李珮紋	臺北市	文房文化事業公司	2月	15×21	159
拾荒兩兄弟	許正芳著	臺北市	福地出版社	2月	15×21	254
拾荒的母親	張海生、李為著	臺北縣	漢宇國際文化公司	2月	15×21	230
綠森林的建築師	文／郭玫禎 圖／戴斯璠	臺北市	大采文化出版事業公司	2月	21.4×28.1	無頁碼
斑馬花花系列 ——我愛你	文圖／張哲銘	臺北縣	日月文化公司	2月	29.4×36.5	無頁碼
月球休閒樂園	文圖／王金選	臺北市	慈濟傳播文化志業基金會	2月	15×21	197
淘氣故事集	侯文詠著	臺北市	皇冠文化出版公司	2月	15×20.9	157
野狗之丘	文／劉克襄 圖／劉奉和	臺北市	遠流出版事業公司	3月	17×23	190
風鳥皮諾查	劉克襄著	臺北市	遠流出版事業公司	3月	17×23	190
左岸精靈	李東華著	臺中市	大典國際文化公司	3月	14.5×21	183
校園惡勢力—— 老師，您錯了	詩影著	臺北市	墨客工作坊	3月	14.6×20.6	219
刺青	三映電影文化事業公司著	臺北市	尖端出版城邦文化事業公司	3月	14.6×21	175
九十五年童話選	黃秋芳等編	臺北市	九歌出版社	3月	15×21	253
我是數學小神探	米勒著	臺北市	福地出版社	3月	14.7×21	175
同窗的嫵媚時光	彭學軍著	臺中市	大典國際文化公司	3月	14.5×20.9	174

書名	作者	出版地	出版社	出版月	開數	頁數
黑白村莊	文圖／劉伯樂	新竹市	和英出版社	3月	19.8×26.7	無頁碼
瘋羊血頂兒	文／沈石溪 圖／陳維霖	臺北市	幼獅文化事業公司	3月	14.8×21	236
彷彿你陪伴著我	文圖／吳佳穎	臺北市	大田出版公司	3月	28.2×20	109
發光如星	文／馬兆駿 圖／林學榮	臺北市	磐石製作公司	3月	22.9×28.6	39
風和雲的青春紀事	國立臺東大學兒童文學研究所主編	臺北市	聯合報公司	3月	14.9×21	182
小詩・床頭書	張默編	臺北市	爾雅出版社	3月	15×21	282
一根扁擔打到人	陳可卉著	臺北縣	小兵出版社	3月	20.5×19.5	71
老師早安！貓頭鷹和他們的學生們	詩影著	臺北市	墨客工作坊	3月	14.7×20.7	206
種一顆幽默的種子	賴淑惠著	臺北市	旗林文化出版社	3月	16.3×20	237
拜訪鬼鎮	文／管家琪 圖／陳英樺	臺北市	理德出版公司	3月	17.1×23	133
媽媽為我做花衣	正中書局主編	臺中縣	正中書局	3月	14.8×20.8	112
父母心　彩虹情	正中書局主編	臺中縣	正中書局	3月	14.8×20.9	122
老鼠吉力古	文／李維明 圖／莊河源	臺北縣	小兵出版社	3月	20.5×19.5	69
芽芽搬新家	文圖／錢茵	臺北市	天下雜誌公司	3月	21.6×26.8	無頁碼
噗噗俠	文／林世仁 圖／林怡湘	臺北市	台灣東方出版社	3月	18.3×20.3	117

書名	作者	出版地	出版社	出版月	開數	頁數
月光溜冰場	林小杯著	臺北市	天下雜誌公司	3月	18×26.2	無頁碼
魔屋之謎	張景梅著	臺北縣	漢湘文化事業	3月	14.9×20.9	158
金色的窗戶	文／張晉霖、李美華 圖／李一煌	臺北市	風車圖書出版公司	3月	31.3×29.8	33
四個月亮	文／張晉霖、李美華 圖／張嘉宏	臺北市	風車圖書出版公司	3月	31.3×29.8	32
小公雞古古	文／張晉霖、李美華 圖／程千芬	臺北市	風車圖書出版公司	3月	31.3×29.8	32
我沒有話要說——給成人看的童詩	周慶華著	臺北市	秀成資訊科技公司	3月	14.8×21	196
聰明兔	文／吳冠婷 圖／楊子桂	臺北市	世一文化事業公司	3月	26×24	43
不守時的小公雞	文／陳沛慈 圖／郭璧如	臺北市	世一文化事業公司	3月	26×24	43
忠狗貝克	文／吳冠婷 圖／Tomas Rizek	臺北市	世一文化事業公司	3月	26×24	43
水牛和烏秋	文／楊寶山 圖／陳英豪	臺北市	世一文化事業公司	3月	26×24	43
勇敢的黑羊	文／黃瑞田 圖／吳楚璿	臺北市	世一文化事業公司	3月	26×24	43

書名	作者	出版地	出版社	出版月	開數	頁數
迷走海洋	文圖／謝宜云、謝廷理著	澎湖縣	澎湖縣文化局	3月	28.7×23.8	無頁碼
真愛，遇見了幸運草	林慶昭、黃襄著	臺北縣	好 fun 文化	4月	14.6×20.4	187
胖女孩轉轉轉	邱玉卿著	臺北市	新苗文化事業公司	4月	15×21	270
短鼻子大象小小	文／九把刀　圖／小內	臺北市	春天出版國際文化公司	4月	17.6×23.7	71
魔法的戀人	希艾著	臺北市	優藝文化	4月	15×20.9	255
我不是弱者	文／李光福　圖／李長駿	臺北縣	小兵出版社	4月	14.9×20.9	220
媽媽，我還是你的寶貝嗎	桓恩、林蔓繻著	臺北市	墨客工作坊	4月	14.9×20.6	265
麵包超人在我家	鄭宗弦著	臺北市	小魯文化事業公司	4月	14.8×20.9	179
胡圖迷遊記	文／蘇善　圖／JUN	臺北市	新苗文化事業公司	4月	15×20.9	251
我的老爸大明星	文／兔子波西　圖／大尉	臺北縣	小兵出版社	4月	20.5×19.5	71
我不是故意的	文／郝廣才　圖／伯納丁	臺北市	格林文化出版事業公司	4月	21.6×29.8	無頁碼
小丑‧兔子‧魔術師	文／林秀德　圖／廖健宏	臺北市	信誼基金出版社	4月	21.5×29.7	無頁碼
一公分鉛筆──只要有愛，就有希望	文／方素珍　圖／左耳	臺北市	日月文化出版公司	4月	19.6×26.8	37
在哪兒呢	文圖／黃禾采	臺北市	信誼基金出版社	4月	30.4×21.6	無頁碼

書名	作者	出版地	出版社	出版月	開數	頁數
誰是老大	文圖／謝宜蓉	臺北市	信誼基金出版社	4月	30×20.7	無頁碼
快樂鳥日子	文／朱秀芳 攝影／張惠晴 圖／劉伯樂	臺北市	幼獅大化事業公司	4月	14.9×20.9	169
雙胞胎愛作怪VOL.1被搞砸的生日PARTY	文／伍美珍 圖／王秋香	臺北市	文房文化事業公司	4月	14.5×21	159
巨人的秘密	趙莒玲等著	臺北市	財團法人基督教宇宙光全人關懷機構	4月	14.6×19.1	139
我那賭徒阿爸	楊索著	臺北市	聯合文學出版社	4月	14.7×20.9	181
笭鴿	文／朱秀芳 圖／高玉菁	臺北市	青林國際出版公司	4月	21.7×28.1	33
田裡的魔法師西瓜大王陳文郁	文／蔡慧菁 圖／鍾易珍、陳文郁	臺北市	天下遠見出版公司	4月	17×22	235
一對好朋友	文／陳啟淦 圖／林倩如	臺北市	慈濟傳播文化志業基金會	4月	15×21	255
長生不老的國王	劉碧玲著	臺北市	正中書局	4月	14.9×20.8	159
小黑桑波	改編／黃慧敏 圖／張振松	臺南市	世一文化事業公司	4月	21.5×29.5	37
不吃蘿蔔吃婆婆	改編／黃怡甄 圖／邱千容	臺北市	世一文化事業公司	4月	21.5×29.5	37
床前明月光　讀唐詩・學漢字	圖／施宜新	臺北市	天下遠見出版公司	4月	23.5×29.7	無頁碼
天涼好個秋　讀詞曲・學漢字	圖／王書曼	臺北市	天下遠見出版公司	4月	23.5×29.7	無頁碼

書名	作者	出版地	出版社	出版月	開數	頁數
功夫羽球——愛上羽毛球	林蔓繻著	臺北市	墨客工作坊	4月	14.8×20.6	221
我不是歹囝仔——台北歷險記	桓恩、林蔓繻著	臺北市	墨客工作坊	4月	14.7×20.6	245
大家來逛魚市場	文/朱秀芳 圖/張燈睿	臺北市	青林國際出版公司	4月	21.7×28.6	39
編織的幸福	文/嚴淑女 圖/鍾易珍	臺北市	青林國際出版公司	4月	21.7×28.6	33
看見希望——非洲阿福台灣之旅	文/曾文娟 圖/冉綾珮	臺北市	格林文化事業公司	4月	21.6×39.7	無頁碼
小老鼠的警告《居安思危的學習》	文/丁朝陽 圖/王曉鵬	臺北縣	漢湘文化事業公司	4月	21.6×30.3	28
我想做一個……	文圖/貓靈	臺北市	格林文化事業公司	4月	15.3×21.7	無頁碼
外婆的牽牛花	文/劉清彥 圖/蔡兆倫	臺北市	財團法人台灣彩虹愛家生命教育基金會	4月	28.5×21.8	無頁碼
薇薇和蒂蒂的願望	文/劉清彥 圖/楊淑雅	臺北市	財團法人台灣彩虹愛家生命教育基金會	4月	28.5×21.8	無頁碼
學校有鬼	文/王元容 圖/馮湘陵	臺北縣	狗狗圖書公司	4月	20×19.9	121
壞女孩兒的尖叫	佐耳著	臺北市	泰電電業公司	5月	20.1×15.1	286
給自己一個機會	邱秀芷主編	臺北市	幼獅文化事業公司	5月	15×20.9	157
傅林統童話	文/傅林統 圖/貝果	臺北市	九歌出版社	5月	18.6×20	189

書名	作者	出版地	出版社	出版月	開數	頁數
爸爸星	馬景賢主編	臺北市	幼獅文化事業公司	5月	14.9×21	122
銀光幕後	李潼著	臺北縣	小兵出版社	5月	14.8×20.9	143
鐵橋下的鰻魚王	李潼著	臺北縣	小兵出版社	5月	14.8×20.9	139
野溪之歌	李潼著	臺北縣	小兵出版社	5月	14.8×20.9	141
水蜜桃朱安禹姊姊　最美麗的公主童話	主述／水蜜桃朱安禹姊姊 改寫／王珮琳 圖／黃麗珍	臺北市	城邦文化事業公司 尖端出版	5月	19.6×22.8	50
西瓜李岳哥哥不可思議的童話奇遇	主述／西瓜李岳哥哥 改寫／施養慧 圖／吳嘉鴻	臺北市	城邦文化事業公司 尖端出版	5月	19.6×22.8	50
小羊咩找媽媽	文／郝廣才 圖／亞莉珊卓	臺北市	格林文化事業公司	5月	25.7×25.7	無頁碼
十二生肖誰第一	文／劉嘉路 圖／歐尼可夫	臺北市	格林文化事業公司	5月	25.7×25.7	無頁碼
外婆住在香水村	文／方素珍 圖／江彬如	臺北市	青林國際出版公司	5月	23.6×26.6	34
無賴老爸	林橫京德著	臺北市	城邦文化事業公司 尖端出版	5月	14.6×21	173
給自己一個機會	邱秀芷主編	臺北市	幼獅文化事業公司	5月	14.9×21	157
天才寶貝蛋VOL1自然老師的特異功能	文／周志勇 圖／邱千容	臺北市	文房文化事業公司	5月	14.6×20.9	139
幸福瓶子專賣店	故事溜溜球作者群著	臺北縣	康軒文教事業公司	5月	16.9×21	109

書名	作者	出版地	出版社	出版月	開數	頁數
長得很像的小魚獸和一群	文／施佩君 教案／徐永康 圖／吳孟芸	臺北市	聯合報公司民生報事業處	5月	17×22.8	119
嗚哇嗚哇變	文／李紫蓉 圖／林小杯	臺北市	信誼基金出版社	5月	24.7×23.2	47
水獺找新家	文圖／陳盈帆	金門縣	金門縣政府文化局	5月	21.6×30.5	31
等待霧散的戴勝鳥	文圖／張振松	金門縣	金門縣政府文化局	5月	21.6×30.5	31
鱟	文圖／施政廷	金門縣	金門縣政府文化局	5月	21.6×30.5	31
藍色味道	張雅崝著	臺中市	大典國際文化公司	5月	14.6×21	196
巫婆最愛吃甚麼？	文／鄭如晴 圖／張瀛	臺北市	天下遠見出版公司	5月	21.5×28.5	45
頭疼的狐仙	文／鄭如晴 圖／張瀛	臺北市	天下遠見出版公司	5月	21.5×28.5	45
國語日報精選童話一	王文華、哲也等著	臺北市	國語日報社	5月	14.9×21	199
國語日報精選童話二	林世仁、周姚萍等著	臺北市	國語日報社	5月	14.9×21	199
大家來學ㄅㄆㄇ小鞭炮劈啪劈	文／李紫蓉 圖／林小杯	臺北市	信誼基金出版社	5月	24.6×23.2	47
聽，水在唱歌——跟小格格遊九寨溝	文／林芳萍 圖／張小瑩	臺北市	聯合報公司民生報事業處	5月	14.9×21	155
野孩子	黃劍全著	臺北市	文房文化事業公司	5月	14.6×21	206
美女與熊貓	少君、平萍著	臺北市	風雲時代出版公司	6月	14.8×21	222
另類生靈	沈石溪著	臺北市	風雲時代出版公司	6月	14.8×21	315

書名	作者	出版地	出版社	出版月	開數	頁數
人生嘛！	童嘉著	臺北市	遠流出版事業公司	6月	19×20	90
不老才奇怪	童嘉著	臺北市	遠流出版事業公司	6月	19×20	131
好觀念62轉	楊雅惠著	臺北市	國語日報社	6月	14.8×21	206
爸爸可以和兒子做的60件事	陳睿著	臺北市	海鴿文化出版集團	6月	14.8×21	269
老師的十二種樣見面禮——一個小男孩的美國遊學誌	簡媜著	臺北縣	INK 出版公司	6月	17×23	307
電腦搜尋引擎——GOOGLE小子的故事	管家琪著	臺北市	文經社公司	6月	14.8×21	175
教我心醉　教我心碎	關子尹著	臺北市	漫遊者文化事業公司	6月	13×19	195
勇闖黃金城	文／魏徵湯 圖／唐壽南	臺北市	格林文化事業公司	6月	21.7×29.8	無頁碼
W.C.美眉大作家	文／陳沛慈 圖／葉芸	臺北縣	小兵出版社	6月	20.5×19.38	163
關於愛的重量	楊玉卿著	臺北市	代表作國際圖書出版公司	6月	14.8×21	170
愛吹冷氣的河馬	文／亞平 圖／蕪婉	臺北縣	小兵出版社	6月	20.5×19.4	71
加油，小雪！——一個癌末少女的單車環島日誌	林舒嫻著	臺北市	文房文化事業公司	6月	14.9×20.9	215

書名	作者	出版地	出版社	出版月	開數	頁數
馴鹿之國	黑鶴著	臺北市	聯合報公司民生報事業處	6月	14.9×21	238
誰不小心作弊了	文／張嘉文 圖／嚴凱信	臺北市	文房文化事業公司	6月	14.7×21	151
姚水洗澡	朱自強主編	臺北市	聯合報公司民生報事業處	6月	14.9×21	279
青蛙巫婆動物魔法廚房	文／張東君 圖／唐唐	臺北市	遠流出版事業公司	6月	16.9×21	219
石頭爺爺	文／小圓 圖／郭碧如	臺南市	世一文化事業公司	6月	29.3×29.5	29
十二生肖的故事	文圖／顧斯嘉	臺北縣	漢湘文化事業公司	6月	26.2×25.8	33
會說故事的石頭	文／嚴淑女 圖／林妙燕	臺北市	青林國際出版公司	6月	28.5×21.6	32
羊爺爺的秘密	文／王錦慧 圖／鍾易真	臺北縣	富春文化事業公司	6月	15×21	117
擁抱媽媽	文／林政伶 圖／黃麗珍	臺北縣	康軒文教事業公司	6月	20×29.7	無頁碼
愛吹冷氣的河馬	文／亞平 圖／蕪婉	臺北縣	小兵出版社	6月	20.5×19.5	71
真心寶貝	文圖／鬍子奶爸	臺北市	慈濟傳播文化志業基金會	6月	15×21	199
少年西拉雅	文／林滿秋 圖／張又然	臺北市	青林國際出版公司	6月	28.5×21.6	無頁碼
恐龍妹妹找爸爸	文／姜子安 圖／大隻熊	臺南市	世一文化事業公司	6月	29.4×29.4	31
給孩子們的台灣	編／林綉華、	臺北市	寶島新聲廣播電台	6月	28.5×17.6	79

書名	作者	出版地	出版社	出版月	開數	頁數
民間故事　台語有聲書	林瓊美　圖／史杰生		公司			
玉兔下凡	文圖／熊亮、段虹	新竹市	和英出版社	6月	22.8×20.7	無頁碼
山上的女孩	文／李光福　圖／楊子桂	臺北縣	康軒文教事業公司	6月	17.1×21	149
春風少女心	文／陳肇宜　圖／余沛珈	臺北縣	小兵出版社	7月	14.9×20.9	221
11堂智慧故事課	文／洪志明　圖／陳盈帆	臺北市	小魯文化事業公司	7月	17.1×21	95
歡喜巫婆買掃把	文／王文華　圖／達姆	臺北縣	小兵出版社	7月	20.5×19.4	71
長大前的練習曲——給少年的50堂人生成長課	呂政達著	臺北市	九歌出版社	7月	15.1×21	140
追逐巨浪的小孩	沉零著	臺北縣	漢宇國際文化公司	7月	14.8×21	200
這世上還有這樣的禮物	陶淵亮著	臺北市	海鴿文化出版集團	7月	17×23	91
吉丁的超級任務	文圖／邱俊瑋	臺北縣	三之三文化事業公司	7月	26.3×18.7	無頁碼
父親	文／梁曉聲　圖／法蘭克	臺北市	泰電電業公司	7月	20×20	155
媽媽，謎啊	文／陳維鸚　圖／徐建國	臺北市	小兵出版社	7月	14.9×21	159
帶著阿公走	文／鄭承鈞　圖／貝果	臺北市	九歌出版社	7月	14.7×21	195

書名	作者	出版地	出版社	出版月	開數	頁數
卡通公仔的大戰	文／姜蜜 圖／李佩紋	臺北市	文房文化事業公司	7月	14.6×21	166
金鑰匙	文／姜子安 圖／吳孟芸	臺北市	九歌出版社	7月	14.7×21	213
LUCKY 的晚餐	文／兔子波西 圖／馬培容	臺北縣	小兵出版社	7月	20.5×19.9	71
水蜜桃阿嬤	文／郝廣才 圖／唐唐	臺北市	格林文化事業公司	7月	19.5×20.7	無頁碼
誰偷了便當	文圖／葉安德	新竹市	和英出版社	7月	19.6×26.7	無頁碼
跳‧跳‧跳	文／郝廣才 圖／安娜蘿拉	臺北市	格林文化事業公司	7月	19.5×20.7	無頁碼
花鬚國——尋找心中的桃花源	褚育麟著	臺北市	國語日報社	7月	14.9×21	254
一公克的憂傷	文／高翊峰 圖／漂流木馬雲童話	臺北市	寶瓶文化事業公司	7月	13.1×18.6	188
熊兒悄聲對我說	文圖／張瀛太	臺北市	九歌出版社	7月	15×21	238
家有125	文／幸佳慧 圖／楊宛靜	臺北市	天下遠見出版公司	7月	23.5×25.7	無頁碼
象爸爸著火了	文／羅吉希、陳麗如 圖／黃純玲	臺北市	財團法人勵馨社會福利事業基金會	7月	23.9×25.2	無頁碼
一封奇妙的信	文／冰波 圖／顏青、趙蕾、周梅	臺北縣	明天國際圖書公司	7月	26.7×25.8	31

書名	作者	出版地	出版社	出版月	開數	頁數
我的魔法爸爸	文／肖定麗 圖／朱丹丹	臺北縣	明天國際圖書公司	7月	26.7×25.8	31
追逐巨浪的小孩	沉靈著	臺北市	漢宇國際文化公司	7月	14.4×20.9	200
我的巴赫	文／林滿秋 圖／林怡湘	臺北市	青林國際出版公司	7月	18.3×23.7	32
綠獅子	文圖／張哲銘	臺北市	上人文化事業公司	7月	21.5×30.4	無頁碼
巴布和魚	文圖／張哲銘	臺北市	上人文化事業公司	7月	21.5×30.4	無頁碼
[嗨 HI]印象繪本	文圖／張哲銘	臺北市	上人文化事業公司	7月	21.5×30.4	無頁碼
我的搞笑爸爸	文／趙靜 圖／丫暖	臺北市	福地出版社	7月	14.7×21	222
姐姐的註冊費	王力芹著	臺北市	福地出版社	7月	14.8×21	215
我要吃零食《良好飲食習慣的學習》	文／唐韻 圖／鐵皮人美術	臺北縣	漢湘文化事業公司	8月	26.7×25.7	33
我要我的牙齒《換牙常識的學習》	文／唐韻 圖／鐵皮人美術	臺北縣	漢湘文化事業公司	8月	26.7×25.7	33
我不要睡覺《勇敢獨立的學習》	文／唐韻 圖／鐵皮人美術	臺北縣	漢湘文化事業公司	8月	26.7×25.7	33
小頭目優瑪3那是誰的尾巴	張友漁著	臺北市	天下雜誌公司	8月	14.8×20.5	213
西瓜星球，砰！	文／李維明 圖／大尉	臺北縣	小兵出版社	8月	20.5×19.5	71

書名	作者	出版地	出版社	出版月	開數	頁數
愛生氣的小王子	文／陳可卉 圖／巫伊	臺北縣	小兵出版社	8月	20.5×19.5	71
不喜歡寫字	文圖／紅膠囊	臺北市	大田出版公司	8月	16.5×22	153
我的錯都是大人的錯	文圖／幾米	臺北市	大塊文化出版公司	8月	15×20	無頁碼
林世仁童話——魔洞歷險記	文／林世仁 圖／貝果	臺北市	九歌出版社	8月	18.5×20	189
兩滴眼淚的幸福	沈春華著	臺北市	皇冠文化出版公司	8月	15×20.5	255
一隻狗和他的城市	常新港著	臺北市	聯合報公司民生報事業處	8月	14.8×21	287
夢中的花季	文／管家琪 圖／徐陳楊	臺北市	理得出版公司	8月	17×23	129
想飛：教出會生活、懂生命的孩子	游乾桂著	臺北市	時報文化出版公司	8月	16.7×20.1	246
米粒儿歷險記	文／閔小玲 圖／黃曉敏、李春苗	臺北市	明天國際圖書公司	8月	26.6×25.7	31
小英雄拉比	文／蕭袤 圖／李全華	臺北市	明天國際圖書公司	8月	26.6×25.7	31
短耳朵的蘿里	文／王一梅 圖／李春苗、何萱	臺北市	明天國際圖書公司	8月	26.6×25.7	31
打開奈米的神奇盒子	郭正佩著	臺北市	國語日報社	8月	15×20.9	167
搶救胖老六	文／李維明 圖／徐建國	臺北縣	小兵出版社	8月	10.5×19.5	71

書名	作者	出版地	出版社	出版月	開數	頁數
鄉下來的大英雄	文／李維明 圖／徐建國	臺北縣	小兵出版社	8月	10.5×19.5	71
一塊錢吃到飽	文／李維明 圖／徐建國	臺北縣	小兵出版社	8月	10.5×19.5	71
我要當警察	文／李維明 圖／徐建國	臺北縣	小兵出版社	8月	10.5×19.5	71
灰灰狼不哭了	文／李維明 圖／徐建國	臺北縣	小兵出版社	8月	10.5×19.5	71
是誰偷了錢	文／李維明 圖／徐建國	臺北縣	小兵出版社	8月	10.5×19.5	71
紐約老鼠	陳韋任著	臺北市	九歌出版社	9月	14.8×21	209
歡迎光臨幸福小館	蔡聖華著	臺北市	九歌出版社	9月	14.8×21	213
火龍家庭故事集	文／哲也 圖／水腦	臺北市	天下雜誌公司	9月	14.8×21	97
屁屁超人	文／林哲璋 圖／BO2	臺北市	天下雜誌公司	9月	14.8×21	89
真假小珍珠	文／方素珍 圖／小蘑菇	臺北市	天下雜誌公司	9月	14.8×21	81
危險！請不要按我	文／侯維玲 圖／黃文玉	臺北市	天下雜誌公司	9月	14.8×21	97
我家有個烏龜園	文圖／童嘉	臺北市	天下雜誌公司	9月	14.8×21	91
企鵝熱氣球	文／林世仁 圖／呂淑恂	臺北市	天下雜誌公司	9月	14.8×21	89
小氣財神不小氣	文／趙莒玲 圖／韓以茜	臺北市	飛寶國際文化公司	9月	15.4×21.5	246

書名	作者	出版地	出版社	出版月	開數	頁數
我的資優班	游森棚著	臺北市	寶瓶文化事業公司	9月	14.9×20.9	294
捉拿古奇颱風	文／管家琪 圖／林怡湘	臺北市	台灣東方出版社	9月	18.3×20.3	95
少年豆子的煩惱	文／阿德蝸 圖／任華斌	臺北縣	小兵出版社	9月	20.5×19.5	165
負責任的小猴子	文／陳惠珠 圖／任華斌	臺北縣	小兵出版社	9月	20.5×19.5	71
無敵懶惰蟲	文／李維明 圖／大尉	臺北縣	小兵出版社	9月	20.5×19.5	71
我的姐姐鬼新娘	文／鄭宗弦 圖／大尉	臺北縣	小兵出版社	9月	14.9×21	221
天使太用力	文／樓曉東 圖／黃淑英	臺北市	格林文化事業公司	9月	19.5×26.7	無頁碼
沒有爸爸的小孩	匡平方著	臺北市	福地出版社	9月	14.6×20.9	233
幸福的烤焦小女生	文／兔子波西 圖／陳英樺	臺北市	理得出版公司	9月	16.9×23	131
幸福的好滋味	文／吳燈山 圖／楊麗玲	臺北市	慈濟傳播文化志業基金會	9月	15×20.9	287
愛在春風裡	慈濟教師聯誼會著	臺北市	新手父母出版	9月	14.8×21	223
下營鄉的老故事——和阿公去旅行	文／曾瀞怡 圖／潘石元	臺北市	青林國際出版公司	9月	21.6×28.8	24
螢火蟲去許願	文／方素珍 圖／吳嘉倩	臺北市	維京國際公司	9月	22.3×28.5	無頁碼
兔子的胡蘿蔔	文／王一梅 圖／卜佳媚	臺北縣	維京國際公司	9月	26.8×25.8	無頁碼

書名	作者	出版地	出版社	出版月	開數	頁數
藍屋的神秘禮物	文圖／貝果	臺北市	信誼基金出版社	9月	23.2×23.2	33
獅王退位以後	朱新望著	臺北市	風雲時代出版公司	10月	15×21	318
我們一起走，迪克	沈石溪著	臺北市	風雲時代出版公司	10月	15×21	315
廁所幫少年偵探・7-11偷竊風波	林佑儒著	臺北市	小魯文化事業公司	10月	14.9×20.9	143
我的神秘訪客	文／李慧娟 圖／李月玲	臺北市	九歌出版社	10月	14.7×21	211
夢與辣椒	文／黃少芬 圖／蘇力卡	臺北市	九歌出版社	10月	14.7×21	195
搗蛋鬼倒大楣	文／陳可卉 圖／施姿君	臺北縣	小兵出版社	10月	20.5×19.4	71
外星人的禮物	文／兔子波西 圖／葉懿瑩	臺北縣	小兵出版社	10月	20.5×19.4	70
小仙精慈雨	文圖／雁子	臺北縣	大塊文化出版公司	10月	17×23.9	295
黃金周末	朱自強主編	臺北市	聯合報公司民生報事業處	10月	14.8×21	220
芋仔番薯一家親——戀戀曾文溪	文／李光福 圖／施政廷	臺北縣	小兵出版社	10月	14.8×20.9	185
非客尋的秘密	文／沈小牧 圖／錢茵	臺北市	天下雜誌公司	10月	14.7×21	159
表弟的心事	文／毛咪 圖／GAGA	臺北市	飛寶國際文化公司	10月	15.1×21.5	255
我的校長老爸	文／謝慧怡 圖／左耳	臺北市	日月文化出版公司	10月	19.4×26.7	39

書名	作者	出版地	出版社	出版月	開數	頁數
那魯	文圖／李如青	新竹市	和英出版社	10月	21.7×30.3	無頁碼
小恐怖	文／侯維玲 圖／吉樂藍儂	臺北市	天下雜誌公司	10月	14.9×21.1	133
湖邊故事	文／哲也 圖／黃士銘	臺北市	天下雜誌公司	10月	14.9×21.1	117
超時空錢包車	米妮球著	臺北市	理財家文化公司	10月	15.6×19.6	94
我的麻吉物語	文／陳素怡 圖／胡培德	臺北市	理得出版公司	10月	17.1×23	144
樂樂的音樂盒	文／陳沛慈 圖／王蔚其	臺北市	台灣東方出版社	10月	18.3×20.2	83
紅風箏和藍帽子	文／張燕風、Rena Krasno 圖／王平、馮艷	臺北市	三民書局	10月	21.7×20.8	95
月亮忘記了	文圖／幾米	臺北市	大塊文化出版公司	10月	17×20	無頁碼
永恆的淚光	文／蕭仕芯	臺北市	福地出版社	10月	14.6×21	219
遺忘的芭吉魯	文圖／郭育君	花蓮市	國立花蓮教育大學	10月	14.9×21	32
夏‧樂得之旅	文圖／謝佩杏、楊佩駿、陳怡萱	花蓮市	國立花蓮教育大學	10月	14.9×21	36
噗！噗！噗！	文圖／林芳安	花蓮市	國立花蓮教育大學	10月	14.9×21	32
小粉蝶花之旅	文圖／謝佳礽	花蓮市	國立花蓮教育大學	10月	14.9×21	32
魚的家巴拉告	文圖／李孟芬	花蓮市	國立花蓮教育大學	10月	14.9×21	32
月光曼波	文圖／楊千瑩	花蓮市	國立花蓮教育大學	10月	14.9×21	32

書名	作者	出版地	出版社	出版月	開數	頁數
小精靈的世界	文／傅林統 圖／鬍子奶爸	臺北市	慈濟傳播文化志業基金會	10月	15×21	333
肉腳少棒機車兄	文／陳肇宜 圖／大尉	臺北縣	小兵出版社	11月	14.9×21	223
橘子咖啡	文／林惠珍 圖／達姆	臺北縣	小兵出版社	11月	14.8×21.1	222
番薯囝ㄟ童樂惠	文／黃振裕	臺北市	正中書局	11月	15×21.1	207
京劇貓・長坂坡	文／熊亮 圖／熊亮、吳翟	新竹市	和英出版社	11月	23×20.8	無頁碼
小琪巫婆的小跟班	文圖／郭桂玲	臺北市	國語日報社	11月	21.6×29.4	無頁碼
蘿拉的藏寶圖	文圖／陳貴芳	臺北市	國語日報社	11月	21.6×29.4	無頁碼
魚夢	文圖／劉如桂	臺北市	國語日報社	11月	21.6×29.4	無頁碼
小女孩，光腳丫	文圖／何宜娟	臺北市	國語日報社	11月	21.6×29.4	無頁碼
我的大海我愛你	文／廖雅蘋、鄭啟承、賴曉珍 圖／齊光	臺北市	國語日報社	11月	14.8×21	117
絲絲公主	文／安石榴、陳昇群、陳素宜 圖／余麗婷	臺北市	國語日報社	11月	14.8×21	111

書名	作者	出版地	出版社	出版月	開數	頁數
一年一班，天兵天將！	文／李光福 圖／黃雄生	臺北市	小魯文化事業公司	11月	15×21	119
狼與狐	郭雪波著	臺北市	風雲時代出版公司	11月	14.9×21	318
大家一起拔蘿蔔	文／林世仁、陳致元 圖／陳致元	新竹市	和英出版社	11月	26.9×25.7	無頁碼
花和蝴蝶	文／林煥彰 圖／鄭明進	臺北市	聯合報公司民生報事業處	11月	19.9×20	95
母雞孵出大恐龍	文／賴曉珍 圖／郝洛玟	臺北市	台灣東方出版社	11月	18.3×20.3	83
聖誕婆婆	文／李文英 圖／黃南禎	臺北市	飛寶國際文化公司	11月	15.5×21.5	269
牛墟	文／林良 圖／鄭明進	臺北市	青林國際出版公司	11月	28.7×21.7	31
小孩與螃蟹	編寫／盧彥芬 族語／希婻‧沙燕 圖／曹俊彥	臺北市	台東縣政府	11月	31×21.1	無頁碼
妹妹的翅膀	劉曉慧著	臺北市	文房文化事業公司	11月	14.7×21	221
奇妙的旅程	岳清清著	臺北市	時周文事業公司	11月	14.8×21	202
我是劉乃蘋	文／溫小平 圖／楊麗玲	臺北市	幼獅文化事業公司	11月	14.7×21	189
我的神仙奶奶	文／陳耶喜 圖／阿暖	臺北市	福地出版社	11月	14.7×21	217
色難	釋證嚴著	臺北市	聯合文學出版社	11月	14.8×21	220
巨人的秘密2	吳俊德等著	臺北市	財團法人基督教宇宙光全人關懷機構	11月	14.8×19	142

書名	作者	出版地	出版社	出版月	開數	頁數
小猴子吃果子	文／陳景聰 圖／楊涵青	臺南市	世一文化事業公司	11月	26×24	43
阿溜不想換新衣	文／陳景聰 圖／TBM	臺南市	世一文化事業公司	11月	26×24	43
海洋台灣的故事——香料、葡萄牙人、西班牙人與艾爾摩莎	文／李毓中 圖／Fancy Wu	臺北市	南天書局‧台灣與西班牙文化交流協會	11月	26×25.7	42
我的放牛班	文圖／陳巧宜	臺北市	小魯文化事業公司	12月	17×21	80
請到我的家鄉來	文／林海音 圖／鄭明進	臺北市	小魯文化事業公司	12月	24.6×28.3	47
神秘島	文／孫昱 圖／陶一	臺北市	九歌出版社	12月	14.8×21	211
凹凸星球	文／蘇善 圖／吳嘉鴻	臺北市	九歌出版社	12月	14.8×21	227
勇敢的光頭幫	陳月文、方思真著	臺北市	小魯文化事業公司	12月	14.9×21	223
嘟寶要睡覺	文／郝廣才 圖／朱里安諾	臺北市	格林文化事業公司	12月	23.7×34	無頁碼
愛搶第一的轟轟樹	文／林世仁 圖／朱美靜	臺北市	聯合報公司民生報事業處	12月	17.5×21	99
搶救大白鵝	文／陳正治 圖／任華斌	臺北縣	小兵出版社	12月	20.4×19.4	71
公主的一滴淚	郭心雲著	臺北縣	康軒文教事業公司	12月	17×21	107
小小哭霸王	文／方素珍 圖／小蘑菇	臺北市	天下雜誌公司	12月	14.9×21	81

書名	作者	出版地	出版社	出版月	開數	頁數
爺爺，be care-ful！	王曉寒著	臺北市	台灣商務印書館公司	12月	14.8×21.1	115
烏山頭水庫	文圖／施政廷	臺北市	青林國際出版公司	12月	21.7×28.6	33
公共藝術好好玩	文／張育雯 圖／曾思中	臺北市	格林文化事業公司	12月	21.7×29.7	無頁碼
故事說金門	文／許維民 圖／劉伯樂	金門縣	金門縣文化局	12月	20.6×19.6	95
彈簧腿跳跳	文／陳沛慈 圖／大尉	臺北縣	小兵出版社	12月	19.5×20.5	70

二○○七年兒童文學論述書目

書名	作者	出版地	出版社	出版月	開數	頁數
繪本談心	徐季玲著	臺中市	迦密文化事業公司	1月	20.1×20.1	172
台灣科幻文學薪火錄（1956-2005）	黃海著	臺北市	五南圖書出版公司	1月	17×23	296
芮妮·齊薇格愛上波特小姐	文／賈施·皮爾斯 (Garth Pearce) 攝影／亞歷士·貝里 (Alex Bailey)	臺北市	青林國際出版公司	1月	19×25.5	96
夏綠蒂的網──電影大發現	阿曼達·李著／黃可凡譯	臺北市	青林國際出版公司	1月	22×28	46
快樂捏塑童話世界	蔡青芬著	臺北市	福地出版社	1月	21×19	83
波特女士：小兔彼得的誕生	金·克利姆 (Kim Kremer)著／劉清彥譯	臺北市	青林國際出版公司	1月	15.5×15.5	93
魔鬼的歷史	羅貝爾·穆尚布萊 Robert Muchembled 著／張庭芳譯	臺北市	五南圖書出版公司	1月	17×23	337
日治時期台灣的兒童文化	游珮芸著	臺北市	玉山社出版事業公司	1月	15.3×21.3	319
魔法師事典	久久保田收羅、F.E.A.R. 著／沙子芳譯	臺北市	尖端出版城邦文化事業公司	1月	14.5×21	316

書名	作者	出版地	出版社	出版月	開數	頁數
飛行、玫瑰、小王子——聖修伯里與康綏蘿的傳奇愛戀	亞蘭・維康德烈(Alain Virconde-let)著／李雅媚譯	臺北市	日月文化出版公司	1月	18.5×24.5	183
波特小姐	理察・馬特比著／吳朝朝、丁士琦譯	臺北市	青林國際出版公司	1月	14×21.2	160
臺灣兒童文學年表1895-2004	邱各容著	臺北市	五南圖書出版公司	1月	17×23	186
說演故事空手道	子魚著	臺北市	天衛文化圖書公司	2月	15×21	170
小學生童話字典（1）	小魯文化編輯部編著	臺北市	小魯文化事業公司	2月	15.3×21.3	153
小學生童話字典（2）	小魯文化編輯部編著	臺北市	小魯文化事業公司	2月	15.3×21.3	153
童書中的神奇魔力	妮娜・米可森(Nina Mikkelsen)著／李紫蓉譯	臺北市	阿布拉教育文化公司	2月	17×22	289
青少年詩話	蕭蕭著	臺北市	爾雅出版社	2月	15×21	212
資深兒童文學家——潘人木作品研討會論文集	中華民國兒童文學學會編	臺北市	中華民國兒童文學學會	2月	14.9×21	430
歇後語萬事通	林淑英、林秀岑著／徐秀如、陳春花譯	臺北縣	康軒文教事業公司	2月	17×21	125
女巫不傳的魔法藥草書	西村佑子著／王立言譯	臺北市	如果出版社大宴文化事業公司	3月	14×20	210

書名	作者	出版地	出版社	出版月	開數	頁數
偵探技巧入門	魅力小姐著	臺北市	漢湘文化事業公司	3月	15×20.9	173
兒歌理論與賞析	陳正治著	臺北市	五南圖書出版公司	3月	17×23	263
小紅蝌蚪去散步	文／宋慧芹　圖／陳佩娟	臺北市	東西圖書出版事業公司	3月	25.4×25.7	36
童詩頂呱呱	顏福南、陳靜宜著	臺北市	新苗文化事業公司	4月	15×21	276
蝙蝠俠實戰手冊	文／史考特・比提　圖／大衛・漢恩　譯／李建興	臺北市	時報文化出版公司	4月	14.3×20	191
童話的真相	陳又凌著	臺北市	聯合文學出版社	4月	14.9×21	167
換個角度看童話——經典童話讀書會	林玫伶著	臺北市	幼獅文化事業公司	4月	14..9×21	215
光影的創意小鋪	無獨有偶工作室劇團著	臺北縣	教育之友文化	4月		78
誰是大偵探	推理作家10人會著／陳祖懿譯	臺北市	馬可出版企畫所	4月	14.5×21	246
插畫考	郭書瑄著	臺北市	如果出版社大雁文化事業公司	5月	16.9×21	246
少年小說大家讀	張子樟著	臺北市	天衛文化圖書公司	5月	14.8×20.9	390

書名	作者	出版地	出版社	出版月	開數	頁數
童詩的時空設計	夏婉雲著	臺北縣	富春文化事業公司	5月	14.8×21.1	305
吳英長老師學思集一：兒童文學與閱讀教學	吳英長著	臺北市	吳英長老紀念文集編輯委員會	5月	17×23	305
可愛怪畜生	早川育夫著／曾小雪譯	臺北市	時報文化出版公司	5月	14.9×20	159
學蜘蛛人趴趴走——受大自然啟發的仿生科技	佛布茲 (Peter Gorbes)著／張雨青譯	臺北市	遠流出版事業公司	5月	14.9×20.9	294
醜小鴨上班，怎麼變天鵝？	梅特‧諾加 (Mette Norgarrd)著／陳正芬譯	臺北市	大塊文化出版公司	6月	15.9×20	239
30個故事教出好孩子——不打不罵輕鬆養成孩子好品格	師尾喜代子著／廖紫娟譯	臺北市	世茂出版公司	6月	14.7×21	159
少年思想家	游乾桂著	臺北市	國語日報社	6月	15×21	255
走入歷史的身影——讀新詩遊台灣（人文篇）	余欣娟、林菁菁、陳沛淇著	臺北市	幼獅文化事業公司	6月	14.6×21	173
繪本作文力	黃慶惠著	臺北市	天衛文化圖書公司	6月	18.8×25.8	175
生態小偵探4推理冒險攻略本	珍‧喬琪 (Jean Craighead George)著／野人文化編譯	臺北市	野人文化公司	6月	14.9×21	111

書名	作者	出版地	出版社	出版月	開數	頁數
大開童思，學童詩	趙鏡中著	臺北市	台灣小學語文教育學會	6月	19×23	125
風櫃上的演奏會——讀新詩遊台灣（人文篇）	余欣娟、林菁菁、陳沛淇著	臺北市	幼獅文化事業公司	6月	14.6×21	173
兒童文學與兒童語言學術研討會論文集第十一屆兒童文學、民間文學與兒童文學教育	趙天儀主編	臺北縣	富春文化事業公司	6月	14.8×20.9	268
14個童話裡的管理哲學	周耀童著	臺北縣	一言堂出版社	6月	14.7×20.7	285
醒來吧！傳說中的神祕寶物	稻葉義明 F.E.A.R. 著	臺北市	可道書房公司	6月	14.8×21.1	245
酷凌行動應用戲劇手法——處理校園霸凌和衝突	John O'Toole, Bruce Burton, & Anna Plunkett 著／林玫君、歐怡雯譯	臺北市	心理出版社	6月	19×26	174
高效閱讀的入門訓練　第一冊	何家齊編著	臺北市	旭智文化事業公司	6月	19×26	125
高效閱讀的入門訓練　第二冊	何家齊編著	臺北市	旭智文化事業公司	6月	19×26	125
童心玩趣：福爾摩沙玩具特展	蘇芳儀著	臺北市	國立科學工藝博物館出版委員會	6月	25.8×24.9	111

書名	作者	出版地	出版社	出版月	開數	頁數
手工書的繽紛世界	製本家著	臺北縣	教育之友文化	7月	21.6×19	79
兩岸小說的少年家變	石曉楓著	臺北市	里仁書局	7月	14.9×20.9	299
魔獸天下	Chiara Guarducci, Francesco Milo 著／明天編譯小組譯	臺北縣	明天國際圖書公司	7月	26.1×29.2	64
五歲前，培養超強閱讀力	黛安‧麥堅尼斯 (Diane McGuinness)著／張彬譯	臺北市	英屬維京群島商高寶國際公司台灣分公司	7月	15×21	191
重要書在這裡——楊茂秀的繪本哲學	楊茂秀著	臺北市	遠流出版事業公司	7月	14.4×21	256
兒童文學與多元文化學術研討會論文集暨會議手冊	國立臺東大學兒童文學研究所著	臺東市	國立臺東大學兒童文學研究所	7月	20.9×29.3	200
遊戲是孩子的功課——幻想戲的重要性	維薇安‧嘉辛‧培利 (Vivan Gussin Paley)著	臺北市	財團法人成長文教基金會	7月	14.7×21	155
啟蒙寫作——從繪本閱讀到提筆寫作的完全學習方案	林淑英、何家齊著	臺北市	旭智文化事業公司	8月	19×26	154
童詩閱讀教學探究——以「在夢	黃連從著	臺北市	威秀資訊科技公司	8月	14.9×21.1	456

書名	作者	出版地	出版社	出版月	開數	頁數
裡愛說童話故事的星星」為例						
即興真實人生——一人一故事劇場中的個人故事	Jo Salas 著／李志強、林世坤、林淑玲譯	臺北市	心理出版社	8月	14.9×21	199
我把相聲變小了	葉怡均著	臺北市	幼獅文化事業公司	8月	14.9×21	213
手製繪本快樂玩：從手製繪本愛上閱讀與寫作【進階版】	林美琴、穆醑煙著	臺北市	天衛文化圖書公司	8月	18.7×25.9	119
傳說日本	茂呂美耶著	臺北市	遠流出版事業公司	8月	16.9×23	207
孩子，我應該留什麼給你	謝淑美著	臺北市	奧林文化事業公司	8月	16.8×22	157
偶來說故事多元、多樣、多層面的說故事方法	白碧華著	臺北縣	菁品文化事業公司	8月	15×21	248
孩子，先別急著吃棉花糖	喬辛‧迪‧波沙達著／徐若英譯	臺北市	方智出版社	9月	16.5×21	192
幼兒讀、寫與計算能力	七田真著	臺北縣	智慧大學出版公司	9月	15×21.1	248
寶寶愛閱讀	許慧貞著	臺北市	天衛文化圖書公司	9月	15×21	183
讀者劇場　建立	Neill Dixon, Anne	臺北市	財團法人成長	10月	19×20.9	171

書名	作者	出版地	出版社	出版月	開數	頁數
戲劇與學習的連線舞台	Davies, Colleen Politano 著／張文龍譯		文教基金會			
魔女圖鑑	文／角野榮子 圖／下田智美 譯／黃碧君	臺北市	台灣東方出版社	10月	15.5×21.6	71
我的第一堂繪畫課	著／烏蘇拉・巴格拿 (Ursula Bagnall) 圖／布萊恩・巴格拿 (Brian Bagnall) 譯／高鈺婷	臺北市	信實文化行銷公司	10月	17.1×22.2	131
來讀散文吧！	著／鄒敦怜 圖／許增巧	臺北縣	康軒文教事業公司	10月	17×20.9	127
孩子，我會說故事給你聽！	瑪格麗特・瑞德・麥當勞 (Margaret Read MacDonnald) 著／沈佩玲、莊喜任譯	臺北市	東西出版事業公司	10月	19×26	193
說故事高手	戴晨志著	臺北縣	晨星出版公司	10月	14.9×20.5	253
世界妖怪事典	水木茂著	臺中市	晨星出版公司	10月	20.3×14	199
中國妖怪事典	水木茂著	臺中市	晨星出版公司	10月	20.3×14	209
天使全書	丹尼爾著	臺北市	城邦文化事業公司	11月	14.6×21	172
閱讀的苗圃	許建崑著	臺北市	幼獅文化事業	11月	14.9×20.9	217

書名	作者	出版地	出版社	出版月	開數	頁數
			公司			
繪本怎麼教？繪本創意與萌發	張育慈等著	臺北市	心理出版社	11月	17×23	233
花和蝴蝶	文／林煥彰 圖／鄭明進	臺北市	聯邦出版事業公司	11月	20×20	95
台灣資深圖畫書工作者——鄭明進先生作品研討會 論文集	中華民國兒童文學學會著	臺北市	中華民國兒童文學學會	11月	20.9×29.3	121
妖精的歷史	井村君江著／王立言譯	臺北市	如果出版社大雁文化事業公司	11月	14×2	225
切開鴕鳥蛋	李雪菱著	臺北市	旗林文化出版公司	11月	14.2×20.9	235
南門河上的橋——兒童文學推手邱阿塗	邱紹頤著	宜蘭市	宜蘭縣政府文化局	12月	14.9×20.9	271
趙天儀教授榮退紀念文集、論文集	陳千武等著	臺北縣	富春文化事業公司	12月	19×26	539
人間樂園——中外傳說裡的奇幻仙境	真野隆也著／朗穎譯	臺北市	達觀出版公司	12月	14.8×21.1	217
兒童讀物	林文寶等著	臺北市	國立空中大學	12月	18.9×26	317

二○○七年兒童文學翻譯書目

書名	作者	出版地	出版社	出版月分	開數	頁數	國別
維京小英雄 II 如何成為海盜	葛蕾熙達・柯維爾 (Cressida Cowell) 著／羅婷以譯	臺北市	三采文化出版事業公司	1月	14.5×20.9	223	英國
愛德華的神奇旅行	文／凱特・狄卡蜜歐 (Kate DiCamillo) 圖／克里斯・凡杜森 (Chris Van Dusen) 譯／劉清彥	臺北市	東方出版社	1月	18.4×20.8	200	美國
魔域大冒險4 女祭司	向達倫 (Darren Shan) 著／陳穎萱譯	臺北市	皇冠文化出版公司	1月	15×20.8	254	英國
恐怖的人狼城第三部：偵探篇	二階堂黎人著／周若珍譯	臺北市	皇冠文化出版公司	1月	14.6×21	438	日本
只丟下我一個人	鹿島和夫著／邱茗捷譯	臺北市	新苗文化事業公司	1月	15×21	212	日本
幻獸10梵天變 緣生變	夢枕貘著／高詹燦譯	臺北市	奇幻基地出版城邦文化事業公司	1月	14.9×21	381	日本
明智的孩子	安潔拉・卡特 (Angela Carter) 著／嚴韻譯	臺北市	行人出版社	1月	13×18.9	357	英國

書名	作者	出版地	出版社	出版月分	開數	頁數	國別
維京小英雄 III 如何學好火龍語	葛蕾熙達・柯維爾 (Cressida Cowell) 著／羅婷以譯	臺北市	三采文化出版事業公司	1月	14.5×21	239	英國
波特萊爾大遇險13──大結局	雷蒙尼・史尼奇 (Lemony Snicket) 著／陳雅茜譯	臺北市	天下遠見出版公司	1月	14.8×20.5	299	美國
星星王子	森博嗣著／莊靜君譯	臺北市	皇冠文化出版公司	1月	17.6×17.6	65	日本
樹	C.W. 尼可 (Clive William Nicol) 著／孫玉珍譯	臺北市	高談文化事業公司	1月	16.5×21.5	188	日本
破天神記之白鳥異傳（上）	荻原規子著／辛如意譯	臺北市	奇幻基地出版城邦文化事業公司	1月	14.7×20.9	277	日本
破天神記之白鳥異傳（下）	荻原規子著／辛如意譯	臺北市	奇幻基地出版城邦文化事業公司	1月	14.7×20.9	283	日本
羅德斯島傳說外傳：永遠的歸還者	水野良著／張鈞堯譯	臺北市	蓋亞文化公司	1月	14.5×20	214	日本
納賽爾丁阿凡提傳	列昂尼德・瓦西里耶維奇・索洛維耶夫 (Leonid Vasilyevich Solovyov) 著／	臺北市	聯經出版事業公司	1月	18×26	468	俄國

書名	作者	出版地	出版社	出版月分	開數	頁數	國別
	邱曉倫、楊冰皓譯						
魔女宅急便4琪琪談戀愛	角野榮子著／王蘊潔譯	臺北市	貓巴士出版社台灣東方出版社	1月	14.8×21	275	日本
我是莫桀　卡美洛傳說 II	南西・史賓格 (Nacy Springer) 著／李維拉譯	臺北縣	繆思出版公司	1月	14×19.9	242	美國
Girls（4）第一次為愛流淚	賈桂琳・威爾森 (Jacqueline Wilson) 著／黃韋君譯	臺北市	遊目族文化事業公司	1月	14.8×21	176	英國
蜜蜜甜心派：真正的友情	文／李喆奐 圖／金慶姬 譯／黃蘭琇	臺北縣	INK 印刻出版公司	1月	15×21	174	韓國
小瑪諾林與小呆瓜	文／愛爾薇拉・林多 (Elvira Lindo) 圖／艾密利歐・烏貝魯阿格 (Emilio Urberuage) 譯／陳慧瑛	臺中市	晨星出版公司	1月	17.5×19	162	西班牙
小瑪諾林放暑假了	文／愛爾薇拉・林多 (Elvira Lindo) 圖／艾密利歐・烏貝魯阿格	臺中市	晨星出版公司	1月	17.5×19	138	西班牙

書名	作者	出版地	出版社	出版月分	開數	頁數	國別
	(Emilio Urberuage) 譯／陳慧瑛						
半七捕物帳：妖狐傳	文／岡本綺堂 圖／三谷一馬 譯／茂呂美耶	臺北市	遠流出版事業公司	1月	14.8×19.7	261	日本
冒險博物館2：誰能找回梵谷的色彩寶藏	文／湯瑪斯・布熱齊納 (Thomas Brezina) 圖／勞倫斯・薩爾亭 (Laurence Sartin) 譯／朱劉華	臺北市	新苗文化事業公司	1月	17×23	170	德國
給山姆的信	文／丹尼爾・戈特里布 (Daniel Gottlieb) 譯／陳筱宛	臺北市	商周出版	1月	15×21	220	美國
憨第德	文／伏爾泰 (Voltaire) 圖／荷歇特 (Jean-Marc Rothette) 譯／李桂蜜	臺北市	格林文化事業公司	1月	17.5×23.7	160	法國
真正的友情	李喆奐著／黃蘭琇譯	臺北縣	INK 印刻出版公司	1月	14.8×21	175	韓國
卡蘭德文件	李西亞・佛特 (Cynthia Voigt) 著／麥倩宜譯	臺北市	小魯文化事業公司	1月	15×20	237	美國

書名	作者	出版地	出版社	出版月分	開數	頁數	國別
吸血鬼獵人D12:D──邪王星團（1）	菊地秀行著／高詹燦譯	臺北市	奇幻基地出版城邦文化事業公司	2月	14.7×21	218	日本
迪藍的星星	希拉蕊・瑪凱(Hilary McKey)著／羅婷以譯	臺北市	飛寶國際文化公司	2月	15×21	295	英國
看不見的訪客	瑪麗亞・格里珀(Maria Gripe)著／任溶溶譯	臺北市	台灣東方出版社	2月	15×21	334	瑞典
殘缺騎士	懷特 (T. H. White) 著／譚光磊譯	臺北市	繆思出版公司	2月	14×20	348	英國
符文之子2德萊尼克卷五海螺島的公爵	全民熙著／張婷婷譯	臺北市	蓋亞出版	2月	13×20	330	韓國
幻歐11：群狼變・昇月變	夢枕獏 (Baku Yu-memakura)著／高詹燦譯	臺北市	奇幻基地出版城邦文化事業公司	2月	15×21	344	日本
童話就是童話就是童話	文／瑪雅麗娜・雷姆克 (Marja-leena)圖／許碧樂・海恩譯／賴雅靜	臺北市	飛寶國際文化公司	2月	15.5×21.5	197	芬蘭
森林裡的特別教室	C.W.尼可 (Cliv William Nicol)著／許晴舒譯	臺北市	高談文化事業公司	2月	16.5×21	293	日本

書名	作者	出版地	出版社	出版月分	開數	頁數	國別
松鼠的生日宴會	文／敦・德勒根 (Toon Tellegen) 圖／凱蒂・葛羅瑟 (Kitty Crowther) 譯／蔡孟貞	臺北市	大田出版公司	2月	16.5×20	91	荷蘭
小瑪諾林的超級貴客	文／愛爾薇拉・林多 (Elvira Lindo) 圖／艾密利歐・烏貝魯阿格 (Emilio Urberuage) 譯／蔡淑吟	臺中市	晨星出版公司	2月	17.5×19	128	西班牙
小瑪諾林惡搞記	文／愛爾薇拉・林多 (Elvira Lindo) 圖／艾密利歐・烏貝魯阿格 (Emilio Urberuage) 譯／蔡淑吟	臺中市	晨星出版公司	2月	17.5×19	138	西班牙
媽媽的彩虹	文／元柳順 圖／金在宏 譯／郭秀華	臺北市	新苗文化事業公司	2月	15×21	190	韓國
愛到星星也落淚（上）	趙昌仁著／金哲譯	臺北市	新苗文化事業公司	2月	14.5×21	279	韓國

書名	作者	出版地	出版社	出版月分	開數	頁數	國別
愛到星星也落淚（下）	趙昌仁著／金哲譯	臺北市	新苗文化事業公司	2月	14.5×21	280	韓國
冒險博物館3：誰能打開米開朗基羅的七個封印？	文／湯瑪・布熱齊納 (Thomas Brezina) 圖／勞倫斯・薩爾亭 (Laurence Sartin) 譯／孫甯	臺北市	新苗文化事業公司	2月	17×23	164	德國
神奇樹屋19印度叢林大逃亡	瑪麗・波・奧斯本 (Mary Pope Osbome)著／汪芸譯	臺北市	天下遠見出版公司	2月	14.8×20.5	109+63	美國
神奇樹屋19搶救無尾熊	瑪麗・波・奧斯本 (Mary Pope Osbome)著／汪芸譯	臺北市	天下遠見出版公司	2月	14.8×20.5	109+63	美國
狼來了	文／貝蒂娜・偉根納斯 (Bettina Wegenast) 圖／卡達琳娜・布斯霍夫 (Katharina Bu Bhoff) 譯／唐薇	臺北市	時報文化出版公司	2月	15×22	無頁碼（約62頁）	瑞士
媽媽的鑰匙	文／山花郁子 圖／謝泜翰 譯／王俞惠	臺北市	新苗文化事業公司	2月	15×21	192	日本

書名	作者	出版地	出版社	出版月分	開數	頁數	國別
廢棄公主10：遙遠的輪唱曲	文／榊一郎 圖／安曇雪伸 譯／常純敏	臺北市	城邦文化事業公司	2月	15×21	243	日本
永恆戰士之梅尼波內的艾爾瑞克	麥克‧摩考克(Michael Moorcock) 著／嚴韻譯	臺北市	奇幻基地出版城邦文化事業公司	2月	14.7×20.8	214	英國
永恆戰士之珍珠堡壘	麥克‧摩考克(Michael Moorcock) 著／嚴韻譯	臺北市	奇幻基地出版城邦文化事業公司	2月	14.7×20.8	278	英國
永恆戰士之命運之海的水牛	麥克‧摩考克(Michael Moorcock) 著／嚴韻譯	臺北市	奇幻基地出版城邦文化事業公司	2月	14.7×20.8	238	英國
3個小海盜故事書	文／喬姬‧亞當斯 (Georgie Adams) 圖／愛蜜莉‧包蘭(Emily Bolam) 譯／楊慧莉	臺北市	天下遠見出版公司	2月	19.5×23.5	95	英國
德莫尼克卷五海螺島的公爵	全民熙著／張婷婷譯	臺北市	蓋亞文化公司	2月	13×20	330	韓國
恐怖的人狼城第四部：完結篇	二階堂黎人著／楊明綺譯	臺北市	小佑堂文化事業公司	3月	14.8×21	488	日本
討厭魔法的小魔女	安晝安子著／蕘合譯	臺北市	學研館文化事業公司	3月	15.3×20.4	127	日本

書名	作者	出版地	出版社	出版月分	開數	頁數	國別
大嘴巴&醜女孩	喬伊斯・奧茲 (Joyce Carol Oates) 著／廖婉如譯	臺北市	二魚文化事業公司	3月	14.8×21	280	美國
亞法隆女王亞法隆迷霧：第一部	瑪麗安紀默布蕾利 (Marion Zimmer Bradley) 著／李淑珺譯	臺北縣	遠足文化事業公司	3月	14.1×20	394	美國
德語課	齊格飛・藍茲 (Siegfried Lenz) 著／許昌菊譯	臺北市	遠流出版事業公司	3月	14×21	541	德國
種樹的男人	文／尚紀渥諾 (Jean Giono) 圖／布赫茲 (Quint Buchholz) 譯／張玲玲	臺北市	格林文化事業公司	3月	14.5×21.8	無頁碼	德國
霍爾姆鎮的大秘密	窪島里歐著／佐竹美保譯	臺北市	學研館文化事業公司	3月	15.3×20.4	141	日本
佐賀阿嬤的幸福旅行箱	島田洋七著／陳寶蓮譯	臺北市	先覺出版公司	3月	15×21	225	日本
杯子蛋糕的魔力	安晝安子著／呂金緣譯	臺北市	學研館文化事業公司	3月	15.2×20.4	71	日本
羽毛男孩	妮齊・辛兒 (Nicky Singer)著／穆卓芸譯	臺北市	財團法人基督教宇宙光全人關懷機構	3月	13.3×19.6	279	英國
細數繁星	露薏絲・勞威 (Lois Lowry) 著／史茵茵譯	臺北市	哈佛人出版公司	3月	14.8×20.9	115+131	美國

書名	作者	出版地	出版社	出版月分	開數	頁數	國別
永恆之王第四部風中燭	懷特(T.H.White)著／簡怡君譯	臺北縣	繆思出版公司	3月	14×20	250	英國
不朽的玫瑰	希拉蕊・瑪凱(Hilary McKey)著／葉淑燕譯	臺北市	飛寶國際文化公司	3月	14.9×21	273	美國
我的曾祖父是貓	丹・葛林寶(Dan Greedbung)著／陳亭如譯	臺北市	哈佛人出版公司	3月	14.7×21.1	128	美國
杜瑞爾的希臘狂想曲	傑洛德・杜瑞爾(Gerald Durrel)著／唐家慧譯	臺北市	野人文化公司	3月	15×21	219	印度
大象的眼淚	莎拉・格魯恩(Sara Gruen)著／謝佳真譯	臺北市	天培文化公司	3月	14.8×21	414	美國
蝌蚪運動會	文／阿部夏丸 圖／村上康成 譯／何榮發	彰化市	和融出版社	3月	14.7×21.1	77	日本
小荳荳的心事	黑柳徹子著／洪俞君譯	臺北市	大田出版公司	3月	14.8×21	221	日本
螢火蟲之墓	野坂昭如著／賴明珠譯	臺北市	貓巴士出版社台灣東方出版社	3月	14.9×21	315	日本
楊小弟的笨耳朵	來思・浪岡(Lensey Namioka)著／柳惠容譯	臺北市	哈佛人出版公司	3月	14.7×21	280	美國
野蠻王子	C.W.尼可(Clive Williams Nicol)著／林冠汾譯	臺北市	高談文化事業公司	3月	16.4×21.5	261	英國

書名	作者	出版地	出版社	出版月分	開數	頁數	國別
她是我哥哥	茱莉・安・彼得絲 (Julie Anne Peters) 著／丁凡、唐鳳譯	臺北市	貓巴士出版社台灣東方出版社	3月	14.8×21	310	美國
甜甜圈池塘	文／阿部夏丸圖／村上康成譯／郭淑娟	臺北市	和融出版社	3月	14.7×21.1	77	日本
大仔	阿索・佛佳德 (Athol Fugard)著／梁永安譯	臺北市	天下遠見出版公司	3月	14.8×20.5	244	南非
吸血鬼獵人D12：D——邪王星團（2）	菊地秀行著／高詹燦譯	臺北市	奇幻基地出版城邦文化事業公司	3月	14.6×21	221	日本
少年克里斯賓	艾非著／錢基蓮譯	臺北市	天下遠見出版社	3月	15×20.5	289	美國
依莉的娃娃	文／伊芙・邦婷 (Eve Bunting) 圖／凱瑟琳・史塔克 (Catherine Stock) 譯／劉清彥	臺北市	道聲出版社	3月	16.7×24	47	美國
七色山的秘密	征矢薰著／林明子譯	臺北市	愛智圖書公司	3月	15.6×21.4	71	日本
2年1班昆蟲博士小五郎抓蟲記	撰文／那須正幹圖／秦好史郎譯／陳昭蓉	臺北市	天下遠見出版公司	3月	15.2×21.2	82	日本

書名	作者	出版地	出版社	出版月分	開數	頁數	國別
2年3班漫畫高手小惠的塗鴉本	撰文／那須正幹圖／秦好史郎譯／陳昭蓉	臺北市	天下遠見出版公司	3月	15.2×21.2	82	日本
最近的一扇門	希瑟・夸爾斯 (Heather Quarles) 著／陳麗芳譯	臺北市	維京國際公司	3月	15×21	316	美國
好忙好忙的動物醫院	文／垣內磯子圖／松原里惠譯／游蕾蕾	臺北市	維京國際公司	3月	14.9×20.7	90	日本
森林來的信	文／尼克拉・斯拉多戈夫 (Nikolai Sladkov) 圖／阿部弘士譯／姚巧梅	高雄市	愛智圖書公司	3月	19.2×21.3	49	日本
奈諾身體探險記	狄特里・格內麥爾 (Dietrich Gronemeyer) 著／薛文瑜譯	臺北市	商周出版城邦文化事業公司	3月	14.9×21	316	波洪
壁櫥裡的冒險	文／古田足日圖／田畑精一譯／米雅	臺北市	維京國際公司	3月	19×26.6	79	日本
印度童話——藍海深深深處・滾滾塵哞合訂本	雪莉・普羅巴・阮將・沙卡 (Shrii Prabhat Ranjan Sarkar)著／吳春華譯	臺北市	阿南達瑪迦出版社	3月	14.4×21	247	印度

書名	作者	出版地	出版社	出版月分	開數	頁數	國別
日巡者	盧基楊年科 (Sergey Lukian-enko) 著／鄒定嘉譯	臺北市	圓神出版社	4月	14.8×20.8	462	蘇俄
破天神記之薄紅天女	荻原規子著／辛如意譯	臺北市	奇幻基地出版城邦文化事業公司	4月	14.7×20.9	413	日本
希臘狂想曲 II 酒醉的橄欖樹林	傑洛德·杜瑞爾 (Gerald Durrel) 著／唐嘉慧譯	臺北縣	野人文化公司	4月	15×22	249	英國
天堂小店	黛博拉·艾勵思 (Deborah Ellis) 著／楊正華譯	臺北市	學研館文化·書櫃文坊	4月	14.9×20.5	237	加拿大
玻璃眼睛	平林浩著／王俞惠譯	臺北市	新苗文化事業公司	4月	14.8×21	227	日本
不道德美女	亞歷山大梅可史密斯 (Alexander McCall Smith) 著柯翠園／譯	臺北市	遠流出版事業公司	4月	14.8×21	247	日本
湖中的愛因斯坦	烏里希·沃克 (Ulrich Woelk) 著／張淑惠譯	臺北市	新苗文化事業公司	4月	13.9×21	184	德國
維京小英雄：我是龍，我馴服了維京人	葛蕾熙達·柯維爾 (Cressida Cowell) 著／羅婷以譯	臺北市	三采文化出版事業公司	4月	14.5×21	74	英國
一郎 X 二郎上東京大夜逃	奧田英明著／章蓓蕾譯	臺北市	麥田出版城邦文化事業公司	4月	15×21	294	日本

書名	作者	出版地	出版社	出版月分	開數	頁數	國別
一郎 X 二郎下南方大作戰	奧田英明著／章蓓蕾譯	臺北市	麥田出版城邦文化事業公司	4月	15×21	227	日本
廢棄公主11：小巷裡的哀歌	榊一郎著／常純敏譯	臺北市	奇幻基地出版城邦文化事業公司	4月	14.7×20.9	253	日本
致我的男友	可愛淘著／黃譽譯譯	臺北市	平裝本出版公司	4月	14.9×20.8	287	韓國
夜鶯的嘆息	賽門・葛林（Simon R. Green）著／戚建邦譯	臺北市	蓋亞文化公司	4月	13×20	295	美國
黃色水桶	文／森山京 圖／土田義晴 譯／陳珊珊	臺北市	台灣東方出版社	4月	15.1×21.1	77	日本
吸血鬼獵人D12:D──邪王星團（3）	菊地秀行著／高詹燦譯	臺北市	奇幻基地出版城邦文化事業公司	4月	14.7×20.9	226	日本
少年陰陽師三鏡子的牢籠	結城光流著／涂愫芸譯	臺北市	皇冠文化出版公司	4月	14.8×20.8	238	日本
希臘狂想曲 III 桃金孃森林寶藏	傑洛德・杜瑞爾（Gerald Durrel）著／唐嘉慧譯	臺北縣	野人文化公司	4月	15×20.9	189	英國
生態小偵探之知更鳥事件簿	珍・喬琪（Jean Braighead George）著／王聖棻、魏婉琪譯	臺北縣	野人文化公司	4月	14.8×20.9	147 +138	美國

書名	作者	出版地	出版社	出版月分	開數	頁數	國別
神奇樹屋21戰地裡的天使	瑪麗‧波‧奧斯本 (Mary Pope Osbome) 著／汪芸譯	臺北市	天下遠見出版公司	4月	14.7×20.5	107+65	美國
神奇樹屋22遇見華盛頓	瑪麗‧波‧奧斯本 (Mary Pope Osbome) 著／汪芸譯	臺北市	天下遠見出版公司	4月	14.7×20.5	104+63	美國
半七捕物帳幽靈棚子	岡本綺堂著／茂呂美耶譯	臺北市	遠流出版事業公司	4月	14.8×19.8	225	日本
安多尼的閃亮寶劍	海倫‧赫曼 (Helen Walker Homan) 著／李偉平譯	臺北市	光啟文化事業	4月	14.7×21	172	未標示
劃破地毯的少年伊克寶的故事	法蘭西斯科‧德阿達摩 (Francesco D'Adamp) 著／林淑娟譯	臺北市	先覺出版公司	5月	14.8×20.8	213	義大利
失竊的孩子	凱斯‧唐納修 (Keith Donohue) 著／朋萱、朱孟勳譯	臺北市	遠流出版事業公司	5月	14.1×21	382	美國
少女蘇菲的航海故事	莎朗‧克里奇 (Sharon Creech) 著／王玲月譯	臺北市	維京國際公司	5月	14.8×21	260	美國
陰陽師——瀧夜叉姬（上）	夢枕貘著／茂呂美耶譯	臺北市	繆思出版公司	5月	14×20	329	日本

書名	作者	出版地	出版社	出版月分	開數	頁數	國別
陰陽師──瀧夜叉姬（下）	夢枕獏著／茂呂美耶譯	臺北市	繆思出版公司	5月	14×20	318	日本
怪盜莫倫西1地下水道雙面人	愛麗諾・阿普戴爾 (Eleanor Updale) 著／趙丕慧譯	臺北市	大田出版公司	5月	14.9×21	221	英國
鹿王：亞法隆迷霧第三部	瑪莉安・紀默・布蕾莉 (Marion Zim-mer Bradley) 著／李淑珺譯	臺北縣	繆思出版公司	5月	13.9×20	333	美國
皮埃爾的森林奇幻歷險	莫里斯・盧布朗 (Maurice Leblane) 著／好 FUN 文化譯	臺北縣	好 FUN 文化	5月	14.7×20.6	283	法國
輝丁頓傳奇	艾倫・阿姆斯壯 (Alen Armstrong) 著／余國芳譯	臺北市	維京國際公司	5月	14.8×20.9	255	英國
搗蛋鬼日記：小頑童加尼諾的倒楣故事	萬巴著／思閔譯	臺北縣	普林特斯資訊公司	5月	14.8×20.9	237	義大利
伊賀忍法帖	山田風太郎著／思閔譯	臺北市	城邦文化事業公司尖端出版	5月	14.6×21	354	日本
杜瑞爾的希臘狂想曲 IV 貓頭鷹爵士樂團	傑洛德・杜瑞爾 (Gerald Durrel) 著／唐嘉慧譯	臺北縣	野人文化公司	5月	15×20.7	205	英國

書名	作者	出版地	出版社	出版月分	開數	頁數	國別
山口爺爺的圖書館	永井萌二著／王海譯	臺北市	新苗文化事業公司	5月	15×20.9	250	日本
沙丘魔堡（上）	法蘭克・赫伯特 (Frank Herbert) 著／顧備譯	臺北市	貓頭鷹出版社	5月	15×21	333	美國
沙丘魔堡（下）	法蘭克・赫伯特 (Frank Herbert) 著／顧備譯	臺北市	貓頭鷹出版社	5月	15×21	433	美國
十津川警部跨海緝兇 春香傳物語	西村京太郎著／林達中譯	臺北縣	新雨出版社	5月	15×21	216	日本
怪盜莫倫西2爆破之謎	愛麗諾・阿普戴爾 (Eleanor Updale) 著／趙丕慧譯	臺北市	大田出版公司	5月	14.6×20.9	276	英國
森林的四季散步	C.W.尼可 (C.W. Nicol) 著／呂婉君譯	臺北市	高談文化事業公司	5月	16.5×21.5	271	日本
愛蒂緹與獨眼猴	文／蘇妮緹・南西 (SunitiNamjoshi) 圖／莎芙蕾・潔恩(Shefalee Jain) 譯／李毓昭	臺北市	玉山社出版事業公司	5月	17.1×22.6	80+84	英國
吊橋搖呀搖	文／森山京 圖／土田義晴 譯／陳珊珊	臺北市	台灣東方出版社	5月	14.8×21	77	日本

書名	作者	出版地	出版社	出版月分	開數	頁數	國別
四個第一次	文／佐藤牧子 圖／杉田筆呂美 譯／周姚萍	臺北市	台灣東方出版社	5月	15.2×21.5	236	日本
愛蒂緹與泰晤士河龍	文／蘇妮緹・南西（SunitiNamjoshi）圖／莎芙蕾・潔恩(Shefalce Jain) 譯／郭郁君	臺北市	玉山社出版事業公司	5月	17×22.5	70+76	英國
比目魚夏令營	平井信義著／王海譯	臺北市	新苗文化事業公司	5月	15×21	259	日本
吸血鬼獵人 D12:D── 邪王星團（4）完結篇	菊地秀行著／高詹燦譯	臺北市	奇幻基地出版城邦文化事業公司	5月	14.6×20.9	237	日本
今天，什麼事也不做	文圖／仁科幸子 譯／張東君	臺北市	遠流出版事業公司	6月	15×21.1	65	日本
魔法人力派遣公司 I 魔法師出租中！	三田誠著／KK 譯	臺北市	台灣國際角川書店公司	6月	12.9×18.9	293	日本
暗殺之手	愛麗諾・阿普戴爾 (Eleanor Updale) 著／趙丕慧譯	臺北市	大田出版公司	6月	14.8×21	347	英國
德莫尼克 卷六 紅霞島的秘密	全民熙著／柏青譯	臺北市	蓋亞出版	6月	13×20	354	韓國

書名	作者	出版地	出版社	出版月分	開數	頁數	國別
娑婆氣第二部：致當家大人	畠中惠著／葉凱翎譯	臺北市	繆思出版公司	6月	14×20	298	日本
膽小鬼	李常權著／金哲譯	臺北市	新苗文化事業公司	6月	14.9×21.1	248	韓國
加油吧！風太	向井承子著／王海譯	臺北市	新苗文化事業公司	6月	15×21	248	日本
獅子男孩三部曲決戰加勒比海	祖祖・蔻德 (Zizou Cordre)著／張定綺譯	臺北市	日月文化出版公司	6月	14.8×21	309	英國
來自綠星的女孩	文／穆罕默德・芮札・尤西菲 (Mohammad Reza Yusefi) 圖／巴娜弗謝・阿瑪札第 (Bonafshen Ahmadzadch) 譯／羅婷以	臺北市	飛寶國際文化公司	6月	16.6×23.2	159	伊朗
大森林的小屋	蘿拉・英格斯・懷德 (Laura Ingalls Wilder) 著／李常傳譯	臺北縣	新潮社文化事業公司	6月	15.1×21	190	美國
變成烏龜的奶奶	絲瓦娜・甘朵菲 (Silvana Gandolfi) 著／李毓昭譯	臺中市	晨星出版公司	6月	14×20.2	173	義大利

書名	作者	出版地	出版社	出版月分	開數	頁數	國別
生態小偵探3鱒魚事件簿	珍・喬琪 (Jean Braighead George) 著／王聖棻、魏婉琪譯	臺北縣	野人文化公司	6月	15.1×20.9	137	美國
橡樹之囚（亞法隆迷霧・第四部）	瑪莉安・紀默・布蕾莉 (Marion Zim-mer Bradley) 著／李淑珺譯	臺北縣	繆思出版公司	6月	14.1×20	364	美國
獵殺白色雄鹿	C.W.尼可 (C.W. Nicol) 著／呂婉君譯	臺北市	高談文化事業公司	6月	16.5×21.5	285	英國
希臘狂想曲 v 眾神的花園	傑洛德・杜瑞爾 (Gerald Durrel) 著／唐嘉慧譯	臺北縣	野人文化公司	6月	15×21	283	英國
織女力蒂	凱薩琳・派特森 (Katherine Pater-son)著／穆卓芸譯	臺北市	財團法人基督教宇宙光全人關懷機構	6月	13.4×19.7	263	美國
石器時代傳奇1愛拉與穴熊族	珍奧爾 (Jjean M. Auel)著／黃中憲譯	臺北市	貓頭鷹出版社	6月	14.9×21.5	510	美國
膽小鬼	李常權著／金哲譯	臺北市	新苗文化事業公司	6月	14.9×21	248	韓國
寫信給哈利波特	比爾・艾德勒 (Bill Adler)編著／鄭淑芬譯	臺北市	時報文化出版公司	6月	16.4×20	269	美國

書名	作者	出版地	出版社	出版月分	開數	頁數	國別
大草原之家	蘿拉・英格斯・懷德 (Laura Ingalls Wilder) 著／李常傳譯	臺北市	新潮社文化事業公司	6月	15×21	285	美國
廢棄公主12：叛亂份子的多重奏	榊一郎著／常純敏譯	臺北市	奇幻基地出版城邦文化事業公司	6月	14.6×20.9	249	日本
微笑吧！蒙娜麗莎	柯尼斯柏格 (E. L. Konigsburg) 著／鄒嘉容譯	臺北市	台灣東方出版社	6月	15×21	195	美國
全世界最小的牛	著／凱瑟琳・派特森 (Katherine Pater-son) 圖／珍・克拉克・布朗 (Jean Clark Brown) 譯／劉清彥	臺北市	天下雜誌公司	6月	14.8×21	71	美國
多出來的人	著／凱瑟琳・派特森 (Katherine Pater-son) 圖／珍・克拉克・布朗 (Jean Clark Brown) 譯／劉清彥	臺北市	天下雜誌公司	6月	14.8×21	55	美國
最棒的聖誕禮物	文／凱瑟琳・派特森 (Katherine Pater-son) 圖／珍・克拉	臺北市	天下雜誌公司	6月	14.8×21	55	美國

書名	作者	出版地	出版社	出版月分	開數	頁數	國別
	克・布朗 (Jean Clark Brown) 譯／劉清彥						
艾瑪的神奇冬天	文／珍・立德 (Jean Lit-tle) 圖／珍妮弗・派卡斯 (Jennnifer Plecas) 譯／劉清彥	臺北市	天下雜誌公司	6月	14.8×21	71	加拿大
艾瑪的臭小弟	文／珍・立德 (Jean Lit-tle) 圖／珍妮弗・派卡斯 (Jennnifer Plecas) 譯／劉清彥	臺北市	天下雜誌公司	6月	14.8×21	71	加拿大
艾瑪的怪寵物	文／珍・立德 (Jean Lit-tle) 圖／珍妮弗・派卡斯 (Jennnifer Plecas) 譯／劉清彥	臺北市	天下雜誌公司	6月	14.8×21	71	加拿大
亞瑟的慶生會	文圖／莉莉安・赫本 (Lillian Hoban) 譯／劉清彥	臺北市	天下雜誌公司	6月	14.8×21	71	美國
我是火雞	文／米雪兒・隆貝爾・史波恩	臺北市	天下雜誌公司	6月	14.8×21	55	美國

書名	作者	出版地	出版社	出版月分	開數	頁數	國別
	(Michele Sobel Spirn) 圖／裘依・艾倫 (Joy Allen) 譯／劉清彥						
外婆和奶奶	文圖／艾蜜莉・阿諾・麥考利 (Emily Amold McCully) 譯／劉清彥	臺北市	天下雜誌公司	6月	14.8×21	71	美國
魔術的秘密	文／蘿絲・惠勒 (Rose Wyler)、吉瑞兒・艾美斯 (Gerald Ames) 圖／亞瑟・達羅斯 (Arthur Dorros) 譯／劉清彥	臺北市	天下雜誌公司	6月	14.8×21	71	美國
神奇樹屋23衝出龍捲風	瑪麗・波・奧斯本 (Mary Pope Osbome)著／譯／汪芸	臺北市	天下遠見出版公司	6月	14.8×20.5	107+65	美國
神奇樹屋24絕命大地震	瑪麗・波・奧斯本 (Mary Pope Osbome)／著譯／汪芸	臺北市	天下遠見出版公司	6月	14.8×20.5	109+63	美國
哇！動物世界真有趣	文／亨利希・威斯勒 (Henning	臺北市	新苗文化事業公司	6月	16.9×23	251	德國

書名	作者	出版地	出版社	出版月分	開數	頁數	國別
	Wiesner)圖／君特・瑪泰(Gunter Mattei)譯／王萍萬、迎朗						
超怪咖豪宅	菲利普・亞爾達(Philip Ardagh)著／宋瑛堂譯	臺北市	時報文化出版公司	6月	14.8×20	150	英國
驚險大特技	菲利普・亞爾達(Philip Ardagh)著／宋瑛堂譯	臺北市	時報文化出版公司	6月	14.8×20	162	英國
壞消息時報	菲利普・亞爾達(Philip Ardagh)著／宋瑛堂譯	臺北市	時報文化出版公司	6月	14.8×20	169	英國
LOST 檔案1：大滅絕	凱西・哈伯卡(Cathy Hapka)著／郭秀琪、姚怡平譯	臺北市	凱特文化創意公司	6月	14.8×20.9	154	美國
LOST 檔案2：神秘人	凱西・哈伯卡(Cathy Hapka)著／郭秀琪、姚怡平譯	臺北市	凱特文化創意公司	6月	14.8×20.9	186	美國
LOST 檔案3：恐怖象限	凱西・哈伯卡(Cathy Hapka)著／郭秀琪、姚怡平譯	臺北市	凱特文化創意公司	6月	14.8×20.9	168	美國

書名	作者	出版地	出版社	出版月分	開數	頁數	國別
小偵探莉西——重刑犯「玻璃眼珠」越獄	瑪琳‧馮‧克里琴 (Maren Von Klitzing) 著／賴靜雅譯	臺北市	飛寶國際文化公司	6月	14.8×21	139	德國
天鷹與神豹的回憶：首部曲怪獸之城	伊莎貝‧阿言德 (Isbel Allende)著／陳正芳譯	臺北市	聯經出版事業公司	7月	14.7×21	281	祕魯
天鷹與神豹的回憶：二部曲	伊莎貝‧阿言德 (Isbel Allende)著／陳正芳譯	臺北市	聯經出版事業公司	7月	14.7×21	217	祕魯
天鷹與神豹的回憶：三部曲矮人森林	伊莎貝‧阿言德 (Isbel Allende)著／陳正芳譯	臺北市	聯經出版事業公司	7月	14.7×21	217	祕魯
打不開的小丹	文／窪島里歐　圖／佐竹美保　譯／胡慧文	臺北市	東雨文化事業公司	7月	16.5×20.4	173	日本
巨靈首部曲——古都護符的陰謀	喬納森‧史特勞 (Jonathan Stround) 著／呂奕欣譯	臺北縣	繆思出版公司	7月	14×20	459	英格蘭
什麼都行魔女商店2魔法旅行分店	安晝安子著／蕘合譯	臺北市	東雨文化事業公司	7月	15×20.5	127	日本
露露和菈菈2魔法餅乾的秘密	安晝安子著／蕘合譯	臺北市	東雨文化事業公司	7月	15×20.5	71	日本
不可思議國的小荳荳	黑柳徹子著／洪俞君譯	臺北市	大田出版公司	7月	14.8×21	213	日本

書名	作者	出版地	出版社	出版月分	開數	頁數	國別
一個人相撲	文圖／櫻桃子 譯／陳系美	臺北市	遠流出版事業公司	7月	11.7×18.3	208	日本
聖戰騎士錄	亨利·萊特·啥葛德 (Hennery Rider Haggaed) 著	臺北縣	華文網出版集團偵查館	7月	14.7×20.5	340	英國
所羅門王的寶藏	亨利·萊特·啥葛德 (Hennery Rider Haggaed) 著	臺北縣	華文網出版集團偵查館	7月	14.7×20.5	284	英國
白女王與夜女王	亨利·萊特·啥葛德 (Hennery Rider Haggaed) 著	臺北縣	華文網出版集團偵查館	7月	14.7×20.5	242	英國
尿臭男	遠藤豐吉著／王海譯	臺北市	新苗文化事業公司	7月	14.9×21	238	日本
摩利山的孩子們	宇峰奎著／金哲譯	臺北市	新苗文化事業公司	7月	15×21	252	韓國
金美與香草奶奶	于奉奎著／郭秀華譯	臺北市	新苗文化事業公司	7月	14.9×21.1	257	韓國
刺蝟與小鄰君 2生日的約定	仁科幸子著／張東君譯	臺北市	遠流出版事業公司	7月	15×21.1	65	日本
魔域大冒險5變身狼	向達倫 (Darren Shan)著／陳穎萱譯	臺北市	皇冠文化出版公司	7月	14.9×20.8	254	英國
畢業	重松清著／陳涵壬譯	臺北市	日月文化出版公司	7月	14.8×20.9	344	日本

書名	作者	出版地	出版社	出版月分	開數	頁數	國別
阿瑪茜星的賽梅	文／羅貝托・皮烏米尼 (Roberto Piumini) 圖／羅塔維亞・莫納科 (Octavia Monaco) 譯／倪安宇	臺北市	飛寶國際文化公司	7月	15.4×21.7	130	義大利
扮鬼臉	宮部美幸著／茂呂美耶譯	臺北市	獨步文化城邦文化事業公司	7月	14.9×21	515	日本
亡者之劍01戰國魔俠篇	菊地秀行著／陳惠莉譯	臺北市	奇幻基地出版	7月	14.7×20.9	232	日本
被天堂遺忘的孩子	索妮雅・維薩瑞歐 (Laura Ingalls Wilder) 著／許晉福譯	臺北市	九周出版文化事業公司	7月	14.8×20.9	304	美國
反自殺俱樂部——池袋西口公園 V	石田伊良著／林佩儀譯	臺北市	木馬文化事業公司	7月	14.9×21	255	日本
梅西河岸	蘿拉・英格斯・懷德 (Laura Ingalls Wilder) 著／李常傳譯	臺北市	新潮社文化事業公司	7月	14.9×21	317	美國
海潮之聲	冰室牙子著／王蘊潔譯	臺北市	貓巴士出版社台灣東方出版社	7月	14.8×21	271	日本
海潮之聲 II	冰室牙子著／王蘊潔譯	臺北市	貓巴士出版社台灣東方出版社	7月	14.8×21	271	日本

書名	作者	出版地	出版社	出版月分	開數	頁數	國別
醜人兒	史考特·威斯特菲德 (Scott Westerfeld) 著／舒靈譯	臺北市	尖端出版城邦文化事業公司	7月	14.6×21	426	美國
廢棄公主13：響徹天際的清唱劇	榊一郎著／常純敏譯	臺北市	奇幻基地出版城邦文化事業公司	7月	14.2×20.9	253	日本
半七捕物帳——夜叉神堂	岡本綺堂著／茂呂美耶譯	臺北市	遠流出版事業公司	7月	14.9×19.8	239	日本
我的心動	葛蕾·傅萊曼威爾 (Garret Freymann Weyr) 著／黃庭敏譯	臺北市	哈佛人出版公司	7月	14.8×21	207	美國
銀湖畔	蘿拉·英格斯·懷德 (Laura Ingalls Wilder) 著／李常傳譯	臺北市	新潮社文化事業公司	7月	15×21	317	美國
愛挖耳朵的國王	小薗江圭子著／張桂娥譯	臺北市	台灣東方出版社	7月	14.8×20.9	77	日本
生命交叉點	琳·瑞·柏金斯 (Lynne Rae Perkins) 著／謝維玲譯	臺北市	維京國際公司	7月	14.8×20.9	281	美國
女巫前傳	格萊葛利·馬奎爾 (Gregory Maguire) 著／蔡梵谷譯	臺中市	晨星出版公司	7月	15.1×22.5	491	美國

書名	作者	出版地	出版社	出版月分	開數	頁數	國別
大偉的規則	辛西亞・洛德 (Cythia Lord)著／趙映雪譯	臺北市	台灣東方出版社	7月	15.8×21.5	259	美國
穿破衣服的迪克	霍瑞修・愛爾傑 (Alger Horatio)著	臺北市	宇河文化出版公司	7月	15×21	223	美國
聽差菲爾	霍瑞修・愛爾傑 (Alger Horatio)著	臺北市	宇河文化出版公司	7月	15×21	236	美國
用希望塗鴉的人	葛提姆 (Tim Guenard)著／符文玲譯	臺北市	日東昇公司	7月	15×21	183	法國
聰明的波麗和大野狼	凱薩琳・史都 (Catherine Storr)著／吳宜潔譯	臺北市	台灣東方出版社	8月	18.2×20.3	81	英國
塔拉的奇想冒險	蘇菲・歐瑞-嫚米柯尼昂 (Sophie Audouin-Mamikonian)著／劉美安譯	臺北市	英屬維京群島商高寶國際公司台灣分公司	8月	14.9×20.9	432	德國
幽巡者	盧基楊年科 (Sergey Lukianenko)著／邱光、鄔定嘉譯	臺北市	圓神出版社	8月	14.8×20.8	463	俄國
說愛你就要殺死你	艾莉・卡特 (Ally Carter)著／尤傳莉譯	臺北市	貓巴士出版社台灣東方出版社	8月	14.8×21	319	美國
小熊軟糖與炸薯條	愛芙麗娜・史坦費雪 (Evelyne	臺北市	新苗文化事業公司	8月	15×21	265	法國

書名	作者	出版地	出版社	出版月分	開數	頁數	國別
	Stein-Fischer) 著／張淑惠譯						
吃鼠的豚鼠	柯奈莉亞‧馮克 (Comelia Funke Er-zahlt) 著／劉興華譯	臺北市	大田出版公司	8月	16.1×23.5	197	德國
魍魎之匣（上）	京極夏彥著／林哲逸譯	臺北市	獨步文化城邦文化事業公司	8月	15×21	412	日本
魍魎之匣（下）	京極夏彥著／林哲逸譯	臺北市	獨步文化城邦文化事業公司	8月	15×21	365	日本
五年四班的木筏	高科正信著／陳雅婷譯	臺北市	新苗文化事業公司	8月	14.9×21	240	日本
農場少年	蘿拉‧英格斯‧懷德 (Laura Ingalls Wilder) 著／李常傳譯	臺北市	新潮社文化事業公司	8月	15×21	314	美國
漫長冬季	蘿拉‧英格斯‧懷德 (Laura Ingalls Wilder) 著／李常傳譯	臺北市	新潮社文化事業公司	8月	15×21	350	美國
天與海的交會	小手鞠流為著／周若真畠	臺北市	小知堂文化事業公司	8月	14.7×21.1	238	日本
貓婆婆	畠中惠著／劉慧卿、葉凱翎譯	臺北市	繆思出版公司	8月	14×20	278	日本
少年陰陽師肆災禍之鎖	結城光流著／涂愫芸譯	臺北市	皇冠文化出版公司	8月	14.7×20.8	237	日本

書名	作者	出版地	出版社	出版月分	開數	頁數	國別
刺蝟與小鄰居3報春花	仁科幸子著／張東君譯	臺北市	遠流出版事業公司	8月	15×21	65	日本
動物我愛你	辛西亞·賴藍特(Cynthia Rylant)著／陳素燕譯	臺北市	幼獅文化事業公司	8月	14.9×20.9	182	美國
阿根廷婆婆	文／吉本芭娜娜 圖／奈良美智 譯／陳寶蓮	臺北市	時報文化出版公司	8月	14.9×21	101	日本
亡者之劍2魔王遭遇篇	菊地秀行著／陳蕙莉譯	臺北市	奇幻基地出版	8月	14.7×20.9	220	日本
阿修羅女孩	舞城王太郎著／張鈞堯譯	臺北市	城邦出版文化事業公司尖端出版	8月	14.6×21	252	日本
閣樓上的秘密	菲利蒲·甘貝爾(Philippe Grimbert)著／月琪譯	臺北市	天培文化公司	8月	14.9×21	156	法國
天路歷程	原著／本仁·約翰 改寫／葛瑞·蘇密特(Gary D. Schmidt) 圖／貝瑞·莫瑟(Barry Moser) 譯／劉清彥	臺北市	道聲出版社	8月	20.9×26.4	93	英國
群（上）	法蘭克·薛慶(Frank	臺北市	野人文化公司	9月	14.9×21	416	德國

書名	作者	出版地	出版社	出版月分	開數	頁數	國別
	Schatzing) 著／朱劉華、嚴徽玲譯						
群（下）	法蘭克・薛慶 (Frank Schatzing) 著／朱劉華、嚴徽玲譯	臺北市	野人文化公司	9月	14.9×21	418-903	德國
松林少年的追尋	湯姆・布朗 (Tom Brown) 著／達娃譯	臺北縣	野人文化公司	9月	15.1×20	287	美國
綠矮人和西瓜頭大叔	李相權著／李懿芳譯	臺北市	東雨文化事業公司	9月	15.4×20.4	133	韓國
我和爸爸的 Y 檔案	Roh, Kyung-sil 著／李懿芳譯	臺北市	東雨文化事業公司	9月	15.4×20.4	103	韓國
時時少年時	五味太郎著／陳寶蓮譯	臺北市	遠流出版事業公司	9月	14.7×19.5	192	日本
第六個小夜子	恩田陸著／婁美蓮譯	臺北市	獨步文化城邦文化事業公司	9月	14.9×21	271	日本
女巫之子	格萊葛利・馬奎爾 (GergoryMaguire)著／韓宜辰譯	臺北市	晨星出版公司	9月	15.3×22.5	356	美國
樂琦的神奇力量	蘇珊・派特隆 (Matt Phelan) 著／鄒嘉容譯	臺北市	台灣東方出版社	9月	15.6×21.6	218	美國

書名	作者	出版地	出版社	出版月分	開數	頁數	國別
鬼磨坊	奧飛・普思樂 (OtfriedPreussler)著／鄭納無譯	臺北市	大田出版公司	9月	14.9×21	285	德國
星星婆婆的雪鞋	威兒瑪・瓦歷斯 (Velma Wallis)著／王聖棻、魏婉琪譯	臺北縣	野人文化公司	9月	15×19.5	126	美國
開心遊戲	伊蓮娜・波特著／安昱譯	臺北縣	好 FUN 文化	9月	14.5×20.7	259	美國
本格萌童話	本田透著／哈泥蛙譯	臺北市	城邦文化事業公司尖端出版	9月	14.6×21	250	日本
光輝燦爛的歲月	蘿拉・英格斯・懷德 (Laura Ingalls Wider) 著／李常傳譯	臺北縣	新潮社文化事業公司	9月	15×21	349	美國
黑神駒	安娜・史威爾 (Ann Sewell) 著／楊玉娘譯	臺北市	風雲時代出版公司	9月	14.8×21	284	英國
清子	重松清著／吳美玲譯	臺北市	日月文化出版公司	9月	14.9×21	233	日本
白海豹	魯迪亞德・吉普林 (Rudyard Kipling) 著／陳榮東等譯	臺北市	風雲時代出版公司	9月	14.8×21	235	英國
大草原小鎮	蘿拉・英格斯・懷德 (Laura	臺北縣	新潮社文化事業公司	9月	15×21	333	美國

書名	作者	出版地	出版社	出版月分	開數	頁數	國別
	Ingalls Wider) 著／李常傳譯						
小販保羅	霍瑞修‧愛爾傑 (Alger Horatio) 著	臺北市	宇河文化出版公司	9月	14.9×21	221	美國
小雞值日生	中川志郎著／張琇媛譯	臺北市	新苗文化事業公司	9月	15×21	212	日本
冒險博物館4誰能開啟林布蘭的藏寶箱	文／湯瑪斯‧布熱齊納 (Thomas Brezina) 圖／勞倫斯‧薩爾亭 (Laurence Sartin) 譯／孫甯	臺北市	新苗文化事業公司	9月	17×23	162	奧地利
不安的童話	恩田陸著／黃心寧譯	臺北市	獨步文化城邦文化事業公司	9月	14.7×20.6	269	日本
豪門保母日記	Emma Mclaughlin & Nicola Kraus 著／蔣行之譯	臺北市	遠流出版事業公司	9月	14.9×21.1	390	美國
幽靈救命急先鋒	高野和明著／張智淵譯	臺北市	繆思出版公司	9月	40×20.2	470	日本
3分鐘故事	瑪格麗特‧瑞德‧麥當勞 (Margaret Read Mac Donald) 著／黃宗嫻、郭妙芳譯	臺北市	東西出版事業公司	9月	19×26	291	美國

書名	作者	出版地	出版社	出版月分	開數	頁數	國別
埃及遊戲	吉爾法・祁特麗・史奈德 (ZiphaKeathey Snyder) 著／麥倩宜譯	臺北市	小魯文化事業公司	10月	14.9×21	206	美國
想睡的男孩尼諾的追夢之旅	米樹・布雷 (Michel Brule)著／蕭淑君譯	臺北市	飛寶國際文化公司	10月	14.7×20.8	126	法國
小靈魂與地球	尼爾・唐納・沃許 (Neale Donald Walsch) 著／林淑娟譯	臺北市	方智出版社	10月	15.5×21.6	29	美國
親愛的比奈猿	重松清著／季暄譯	臺北市	台灣東販公司	10月	14.7×21	472	日本
神奇樹屋26再見大猩猩	瑪莉・波・奧斯本 (Mary Pope Osbome) 著／汪芸譯	臺北市	天下遠見出版公司	10月	14.9×20.6	109+65	美國
神奇樹屋25莎士比亞的舞台	瑪莉・波・奧斯本 (Mary Pope Osbome) 著／汪芸譯	臺北市	天下遠見出版公司	10月	14.9×20.6	111+63	美國
男人打字學校	亞歷山大・梅可・史密斯 (Alexander McCall Smith)著／柯翠園譯	臺北市	遠流出版事業公司	10月	14.7×20.9	2128	英國

書名	作者	出版地	出版社	出版月分	開數	頁數	國別
幽暗森林	亞嫚達・克雷格 (Amanda Craig) 著／盧相如譯	臺北市	天培文化公司	10月	14.9×21	349	英國
隱字書	馬修・史坎頓 (Matthew Skelton) 著／夏荷立譯	臺北市	英屬維京群島商高寶國際公司台灣分公司	10月	15×21	319	英國
惡童藍調	安娜・朗奈 (Anne Lenner)著／賈翊君譯	臺北市	英屬維京群島商高寶國際公司台灣分公司	10月	14.9×21	176	法國
追蹤師的足跡	湯姆・布朗 (TomBrown)、威廉・瓦金斯 (Willam Watkins) 著／達娃譯	臺北市	野人文化公司	10月	15×21	255	美國
基夫大戰鬥牛犬	貝瑞・強斯堡 (Barry Jonsberg) 著／謝佩妏譯	臺北市	允晨文化事業公司	10月	15×21	233	澳洲
塔拉的奇想冒險2詛咒的禁書	蘇菲・歐瑞-嫚米柯尼昂 (Sophie Audouin-Mamikonian) 著／張喬玟譯	臺北市	英屬維京群島商高寶國際公司台灣分公司	10月	15×21	432	法國
露露和菈菈3魔法寶石果凍	安書安子著／蕘合譯	臺北市	東雨文化事業公司	10月	16.5×20.3	71	日本

書名	作者	出版地	出版社	出版月分	開數	頁數	國別
魔女商店什麼都行3雪女王的星星禮服	安畫安子著／王曉丹譯	臺北市	東雨文化事業公司	10月	16.5×20.3	127	日本
一百件洋裝	艾蓮諾・艾斯提斯 (Eleanor Estes) 著／謝維玲譯	臺北市	維京國際公司	10月	14.8×21	103 +81	美國
搗蛋鬼日記 II 我不是故意的	萬巴著／思閔譯	臺北縣	順達文化事業公司	10月	14.8×21	251	義大利
達文西男孩	龔冉格・聖・比爾 (Gonzague Saint Bris) 著／趙婷姝、楊秋兒譯	臺北市	新苗文化事業公司	10月	15×21	295	法國
追著毛線球的達巴	文／窪島里歐 圖／佐竹美保 譯／胡慧文	臺北市	東雨文化事業公司	10月	15.5×20.5	173	日本
爺爺和我	魯瓦克 (Robert C. Ruark) 著／謝斌譯	臺北市	如果出版社大雁文化事業公司	10月	14.9×21.1	297	美國
六年一班　小型動物園	園田雅春著／陳家誼譯	臺北市	新苗文化事業公司	10月	15×21	237	日本
尼古拉回來了	文／勒內・戈西尼 (Rene Goscinny) 圖／讓-雅克・桑貝 (Jean-Jacques	臺北市	英屬蓋曼群島商網路與書古 v 份公司台灣分公司	10月	17×23	146	法國

書名	作者	出版地	出版社	出版月分	開數	頁數	國別
	Sempe) 譯／戴捷						
尼古拉的遊樂園	文／勒內・戈西尼 (Rene Goscinny) 圖／讓-雅克・桑貝 (Jean-Jacques Sempe) 譯／戴捷	臺北市	英屬蓋曼群島商網路與書古ｖ份公司台灣分公司	10月	17×23	146	法國
尼古拉的怪鄰居	文／勒內・戈西尼 (Rene Goscinny) 圖／讓-雅克・桑貝 (Jean-Jacques Sempe) 譯／戴捷	臺北市	英屬蓋曼群島商網路與書古ｖ份公司台灣分公司	10月	17×23	146	法國
幸運小銅板	珍妮芙・賀牡 (Jennifer Holm) 著／李晼琪譯	臺北市	台灣東方出版社	10月	15.7×21.5	246	美國
野球少年4	淺野敦子著／謝怡苓譯	臺北市	台灣國際角川書店公司	10月	14.9×21.1	198	日本
哈利・波特——死神的聖物	J.K.Rowling 著／皇冠編譯組譯	臺北市	皇冠文化出版公司	10月	15.1×20.8	863	英國
大變！嫁入深山養牛去——北國農婦事件簿	三上亞希子著／蔡昭儀譯	臺北市	如果出版社	10月	14.9×20.8	158	日本

書名	作者	出版地	出版社	出版月分	開數	頁數	國別
初戀未滿	山本幸久著／彭士晃譯	臺北市	遠流出版事業公司	11月	12.6×18.9	280	日本
往前走的力量	約瑟夫・M・馬紹爾三世(Joseph M. Marshall III) 著／林小波譯	臺北市	方智出版社	11月	14.9×20.6	163	美國
萊拉的牛津	菲力普・普曼(Philip Pullman)著／木易楊譯	臺北縣	繆思出版公司	11月	13.1×18.7	70	英國
生存遊戲	安德雅・懷特(Andrea White)著／吳宜潔譯	臺北市	台灣東方出版社	11月	14.8×21	365	美國
我的小村如此多情	齊格飛・蘭茨(Siegfried Lenz)著／林倩葦譯	臺北市	遠流出版事業公司	11月	14×21	174	德國
在極光中遺忘	范達拉・薇達(Vendela Vida)著／李郁純譯	臺北市	天培文化公司	11月	14.8×21	221	美國
鱷魚・鯊魚・短腿狗	里歐坡・索瓦(Leopold Chauveau) 著／劉姿君譯	臺中市	晨星出版公司	11月	20.4×14	125	法國
豬頭大進擊	著／沙克斯比圖／艾爾布魯赫譯／竇維儀	臺北市	格林文化事業公司	11月	15.2×21	103	英國
勇敢的格蘭特	霍瑞修・愛爾傑(Alger Horatio)著	臺北市	宇河文化出版公司	11月	15×21	227	美國

書名	作者	出版地	出版社	出版月分	開數	頁數	國別
蓋布瑞爾的眼淚	大衛・史塔勒二世 (David Stahler Jr.) 著／吳妍儀譯	臺北縣	木馬文化事業公司	11月	14.9×21	287	美國
少年陰陽師──伍──雪花之夢	結城光流著／涂愫芸譯	臺北市	皇冠文化出版公司	11月	14.9×20.8	237	日本
再一次轉學	文／金惠莉 圖／張先煥 譯／金哲	臺北市	新苗文化事業公司	11月	15×21	229	韓國
管家貓送手帕	竹下文子著／林文茜譯	臺北市	台灣東方出版社	11月	15.6×21.1	79	日本
香魚師	夢枕貘著／茂呂美耶譯	臺北市	遠流出版事業公司	11月	14.8×21	334	日本
德黑蘭的囚徒	瑪莉娜・奈梅特 (Marina Nemat) 著／郭寶蓮譯	臺北市	商周出版	11月	14.7×21	324	伊朗
棉花糖女孩	賈桂琳・威爾森 (Jacqueline Wilson) 著／錢基蓮譯	臺北市	天下遠見出版公司	11月	14.9×20.5	366	英國
給不讀詩的人──我的非小說：詩與畫	鈞特・葛拉斯 (Gunter Grass)著／張善穎譯	臺北市	原點出版社	11月	17.8×22.8	252	德國
白雪公主外傳	格萊葛利・馬奎爾著／祁怡瑋譯	臺中市	晨星出版公司	11月	15.2×22.5	280	美國
雨果的秘密	布萊恩・賽茲尼	臺北市	台灣東方出	11月	14.8×21.8	534	美國

書名	作者	出版地	出版社	出版月分	開數	頁數	國別
	克 (Brian Selzmick) 著／宋珮譯		版社				
聖誕老公公不來我家的7個理由	文／Chae, In-sun 圖／Lee, Hyung-jiry 譯／李懿芳	臺北市	東雨文化事業公司	12月	15.6×20.3	131	韓國
我是撿來的	文／Cho, Sung-ja 圖／Kim, Byung-ha 譯／李懿芳	臺北市	東雨文化事業公司	12月	15.6×20.3	103	韓國
小雞雞的秘密	文／Park, Sang-Ryul 圖／Choi, Min-oh 譯／李懿芳	臺北市	東雨文化事業公司	12月	15.6×20.3	111	韓國
花食	朱川湊人著／孫智齡譯	臺北市	遠流出版事業公司	12月	14.8×20	304	日本
終巡者	盧基揚年科 (Sergey Lukiane-nko) 著／陳翠娥、周正滄譯	臺北市	圓神出版社	12月	15×20.7	415	俄國
那年夏日湖畔	瑪麗‧羅森 (Mary Lawson) 著／盧相如譯	臺北市	天培文化公司	12月	14.9×21	270	加拿大
三角鐵環	夢枕貘著／茂呂美耶譯	臺北縣	繆思出版公司	12月	14.1×18	158	日本

書名	作者	出版地	出版社	出版月分	開數	頁數	國別
吃了整隻豬	鳥山敏子著／陳嘉誼譯	臺北市	新苗文化事業公司	12月	15×21	249	日本
望海的眼睛	安琪拉・娜內提 (Angela Nanetti)著／倪安宇譯	臺北市	飛寶國際文化公司	12月	14.9×20.8	167	義大利
蘿拉的奇想冒險（3）魔法的王杖	蘇菲・歐瑞-嫚米柯尼昂 (Sophie Audouin-Mamikonian) 著／張喬玫譯	臺北市	英屬維京群島商高寶國際公司台灣分公司	12月	15×21	383	巴斯克
魔女的第101號繼承人	安晝安子著／蕘合譯	臺北市	東雨文化事業公司	12月	15.7×20.4	143	日本
神奇樹屋27難忘的感恩節	瑪麗・波・奧斯本 (Mary Pope Osbome)著／汪芸譯	臺北市	天下遠見出版公司	12月	14.8×20.5	111+63	美國
神奇樹屋28逃出大海嘯	瑪麗・波・奧斯本 (Mary Pope Osbome)著／汪芸譯	臺北市	天下遠見出版公司	12月	14.8×20.5	103+63	美國
趕象人	葛林・克洛斯 (Gillian Cross)著／蔡卓芬譯	臺北市	商周出版城邦文化事業公司	12月	14.9×21	280	英國
奇航冒險王——海上小英雄蔻比	保羅・史都沃 (Paul Stewart)著／汪芸譯	臺北市	天下遠見出版公司	12月	14.7×20.5	278	英國
寫給當了教師的可奈子的故事	船越準葳著／楊譯守全	臺北市	玉山社出版事業公司	12月	15×21	223	日本

書名	作者	出版地	出版社	出版月分	開數	頁數	國別
泰坦星的海妖	馮內果 (Kurt Vonnegut) 著／張佩傑譯	臺北市	麥田出版	12月	15.1×21	399	美國
風神祕抄 (上)	荻原規子著／辛如意譯	臺北市	奇幻基地出版城邦文化事業公司	12月	14.9×21	297	日本
風神祕抄 (下)	荻原規子著／辛如意譯	臺北市	奇幻基地出版城邦文化事業公司	12月	14.9×21	281	日本
媽媽，我好想妳	島田洋七著／陳寶蓮譯	臺北市	先覺公司	12月	14.8×20.8	199	日本

二○○八年臺灣兒童文學大事記

林文寶及兒童讀物研究中心蒐集整理

時　　間	摘要
01/19（星期六）	**二〇〇七開卷好書贈獎典禮** 頒獎典禮一月十九日舉行，二〇〇八開卷——最佳青少年圖書《巧克力戰爭》（遠流）；《抵岸》（格林文化）；《花紋樣的生命：自然生態散文集》（幼獅文化）；《歐赫貝奇幻地誌學 A-Z 套書》（時報）；《橡樹部落 I 托比大逃亡＋橡樹部落 II 艾立莎的眼淚》（台灣東方）。二〇〇八開卷——最佳童書《艾蓮娜的小夜曲》（典藏藝術家庭公司）；《林良爺爺寫童年》（幼獅文化）；《書的手藝人》（青林國際）；《貓的研究》（小魯文化）；《博物館之書》（和英）；《劍獅出巡》（信誼基金出版社）。
02/04（星期一）	**第五十三梯次「好書大家讀」，一六八冊入選** 由臺北市立圖書館、聯合報、國語日報主辦，幼獅少年及中華民國兒童文學學會協辦的第五十三梯次「好書大家讀」評選活動，結果揭曉，共有套書三套十八冊，單冊圖書一百五十冊入選。今年總計有七十七家出版社的五百六十五冊圖書參加評選。參選圖書的內容分成「故事文學組」、「非故事文學組」、「知識性讀物組」、「圖畫書及幼兒讀物組」，由二十名學者專家進行評選。
02/13（星期三）	**臺北國際書展登場，三十八國參展** 第十六屆臺北國際書展開幕，本屆書展各主題館包括：書展主題館……澳洲國家館、「世界最美麗的書」特展、旅行文學主題館、東南亞館、數位金鼎獎、二〇〇八臺北國際書展大獎展示區、Books From Taiwan 二〇〇八版權推介展示區、記錄閱讀專區、動漫主題館、童書主題館、金鼎獎館、專題展覽區。本屆國際區參展出版社共三六〇家、二五二個攤位，國內出版社有三二七家共一五八六個攤位，參展國家數三十八國。
03/14（星期五）	**推廣華語閱讀，曾志朗獲頒金語獎** 銘傳大學主辦的「第一屆華語文教學國際研討會」，中央研究院士曾志朗獲頒「金語獎」，表揚他致力漢語神經語言學研

時　　間	摘要
	究、多年在全球推廣華語文閱讀運動，以及在教育部長任內推動學校與家庭陪同孩子閱讀，對臺灣兒童閱讀運動奠下良好基礎的貢獻。
03/29（星期六）	**「好書大家讀」二〇〇七年度評選揭曉。** 「二〇〇七好書大家讀年度最佳少年兒童讀物得獎好書」名單揭曉，共計九十九冊好書上榜（含一套三冊套書），本土創作約占四成。參選圖書題材包含生死、身心障礙、新移民、跨文化、老人失智、原住民傳說、罕見疾病等，面向多元，得獎的讀物將是各學校、鄉鎮圖書館選書的重要依據，具指標意義。
03/31（星期一）	**義大利波隆那兒童書展，臺灣積極向國際發聲** 三月三十一日到四月三日，在義大利舉行的波隆那兒童書展中，臺灣館以神秘的「異想」為主題，並設立「繪本的異想世界──台灣的故事」、「幾米原畫作品展」兩大專區，展出作品從去年的二一九本增加為三三七本，館場也設置「臺灣插畫家 Profile 展示區」，遴選十一位插畫家參與展出，包括蔡達源、周瑞萍、王書曼、何華仁、林小杯、王蔚萁、林怡湘、郝洛玟、曹俊彥、Kowei、李瑾倫等國內知名插畫創作者，展現臺灣童書出版的實力及插畫作品的吸引力。而最受矚目的是童書原畫展，每年都有五千名插畫家參賽，臺灣今年有三位插畫家入選，分別是鄒駿昇、謝佳晏、蔡達源，比起去年只有一人入選，這次成績再次鼓舞臺灣插畫界。
04/4（星期五）	**臺灣國際兒童電視影展登場，多元文化一起看** 二〇〇八第三屆臺灣國際兒童電視影展登場。今年參展的一〇五部影片來自三十一個國家，結合國際觀、多元文化及生命教育課題，帶領兒童認識不一樣的文化。臺灣國際兒童電視影展是亞洲第一個以兒童為主角的影展，來自世界各地的影片，將讓兒童接觸不同地區的風土民情，體驗繽紛、豐富的視覺感受。

時　　間	摘要
04/19（星期六）	**第二十屆信誼幼兒文學獎週年慶暨頒獎典禮** 信誼兒童文學獎創辦於一九八七年，截至目前為止已經連續舉辦了二十屆，是國內第一個專門以零至八歲幼兒為創作對象的文學徵獎活動。今年第二十屆信誼幼兒文學獎，三至八歲圖畫書創作首獎由廖健弘與林秀穗夫妻檔以《癩蛤蟆與變色龍》拿下，從郝市長與信誼基金會董事長執行長張杏如手中領取獎牌與二十萬元獎金。其他得獎名單如下：零至三歲圖畫書創作組佳作獎：林柏廷《猴小孩》、江惠瑜《有人哭哭》；三至八歲圖畫書創作獎佳作獎：貝果《早安！阿尼早安！阿布》、劉如桂《劍獅出巡》；三至八歲圖畫書創作獎評審委員特別獎：劉心瑜《一日遊》。
05/09（星期五）	**第二屆教育與文化論壇登場，「童年／社會／日常生活」成焦點** 國立屏東教育大學幼教系承辦，兼顧理論與實務的面向，把焦點放在童年＼社會＼日常生活這個面向上，並區分以下六個焦點進行細緻地分析：多元化的兒童圖像、文學裡的兒童意涵、dirty childhood、兒童的在地議題分析、童年的集體記憶與媒體再現、文化工業與物的分析。在專題演講部分，英國學者Anna Davin 教授與本地學者蕭百興教授與游珮芸教授針對童年的時間性、空間性與現代性進行專題演講，並安排主題為兒童社會學的梗概與在地發展的焦點論壇，盼透過尖峰對談來釐清兒童社會學的面貌。
6/20（星期五）	**第十二屆「兒童文學與兒童語言」全國學術研討會登場** 由靜宜大學舉辦的第十二屆「兒童文學與兒童語言」全國學術研討會今日登場，本屆主題為幼兒文學、圖畫書與幼兒教育。除邀請臺東大學語文教育學系洪文瓊副教授，演講臺灣兒童圖畫書現況，現場也有多篇論文發表。
	繪本列車啟動，一起開進藝想世界 由教育部、文建會指導，文化資產總管理處籌備處、研揚文教

時　　間	摘要
7/5 （星期六）	基金會、光仁文教基金會及技嘉教育基金會主辦的「走入繪本的藝想世界——世界繪本插畫巡迴展」，於今日在臺北縣三重市立圖書館首展。這項世界繪本插畫巡迴展，展出臺、日、韓、英、法、荷、澳、義等國插畫家的五十件繪本作品，現場並規畫了親子共同完成的學習單展覽區，透過活動學習單，不僅培養家庭成員一起閱讀、共同討論的習慣，還提供了社區新移民家庭對不同藝術文化的認識，可謂創造了圖書館多元的效益。未來繪本列車將繼續深入偏鄉部落，持續配合教育部在各地區學校、圖書館傳播美的種子，期望能培養人人建立「生活藝術家」的能力，並促進台灣藝術整體生態的平衡與發展。
7/21-22 （星期一）	**兒童圖畫書國際論壇暨第一屆豐子愷兒童圖畫書獎發布會** 為表揚優質華文原創兒童圖畫書，鼓勵作家、插畫家及出版社，以華文創作優質兒童圖畫書，主辦單位於二〇〇八年在香港舉辦首屆「豐子愷兒童圖畫書獎」發布會，此獎為華文創作獎金最高的獎項。其中設「最佳兒童圖畫書首獎」，得獎者獲獎金二萬美元，「評審推薦圖畫創作獎」及「評審推薦文字創作獎」各一名，得獎者獲獎金一萬美元，設「優秀兒童圖畫書獎」十名，得獎者獲獎金一千美元，主辦單位將購買首獎作品三千冊，贈予學校作為教育及推廣閱讀之用。主辦單位將出版專書，介紹入圍決選前五十名作品，廣為宣傳以資鼓勵。並在七月二一至二二日在香港教育學院舉行兒童圖畫書國際論壇。邀請著名國際圖畫作家 EdYoung 進行專題演講，同時邀請中港台等研究圖畫書的學者、出版社、作家和插畫家等，並針對圖畫書的創作、出版、閱讀、欣賞等議題進行座談及討論。
07/24 （星期四）	**推廣科幻文學，兩岸搭起橋梁** 國語日報社和臺東大學兒童文學研究所共同舉辦「科幻文學交流座談會」，邀請華人世界中唯一授予科幻文學碩士學位的中國大陸北京師範大學科幻碩士班主持人吳岩，和臺灣科幻文學界的學者專家，包括「臺灣兒童科幻的開山祖」之稱的黃海，一起討論科幻文學的發展和未來。與會人士期望未來兩岸能有

時　　間	摘要
	更多的科幻研究與教案合作，讓推理和科幻成為兒童成長過程的重要元素。
07/25（星期五）	**海峽兩岸兒童文學學術研討會，臺北登場** 二〇〇八海峽兩岸兒童文學學術研討會今於臺北展開，與會學者針對全球化下的本土出版展開討論，會中共計發表十三篇的論文：香港霍玉英〈時代意義：《華語日報·兒童周刊》早期研究（1947-1949）〉、大陸李莉芳〈全球化語境中的中國西部兒童文學〉、臺灣王蕙瑄〈從2000-2006年的童書翻譯現象看台灣童書〉、臺灣李明足〈童詩中的生態保育觀：從《山中悄悄話》與《我愛青蛙呱呱呱》論生物多樣性〉、臺灣吳宜婷〈海峽兩岸兒歌的自然書寫〉、大陸楊實誠〈不可忽略的問題——兒童文學生態觀〉、臺灣傅鳳琴〈從邊陲到主體——試說台灣原住民兒童圖畫書〉、香港余婉兒〈局限與開拓：『飛越青春系列』的成長空間探索〉、大陸馬力〈兒童與兒童文學的詩意之源〉、大陸肖顯志〈呼喚·滲透·啟迪——兒童文學走向生態文學的嘗試與實踐〉、臺灣林哲璋〈國語運動、白話文運動與兒童文學〉、臺灣吳玫瑛〈台灣男童文化初探：《魯冰花》與《阿輝的心》中的男童形態與國族想像〉、大陸吳岩〈大陸科幻小說對人與自然關係的書寫〉。
07/27-31（星期日）	**亞洲兒童文學大會，探討童書在地化** 臺東大學主辦的第九屆亞洲兒童文學大會登場，本屆主題為：「土·土·土」：生態、全球化和主體性（Ecology, Globalization, and Subjectivity）。第一個「土」的意涵為地球與生態的相關議題；第二個「土」著重在全球化的趨勢對亞洲兒童文學的影響；第三個「土」強調亞洲兒童文學的在地化與主體性。包括科技、經濟、環保、臺灣本土、自然書寫與「全球化」、「在地化」和「全球在地化」的種種互動。會議範疇包含生態批評與自然書寫、生態與科技、經濟、社會、亞洲的生態議題、藝術中的環境意識、環境倫理及人與地球的共生等。本

時　　間	摘要
	次大會主要希望從我們賴以生存的地球為出發，結合生態議題及在全球化衝擊下兒童文學內容、包裝、行銷的改變，同時論及亞洲兒童文學在面臨全球化的衝擊之下如何與之抗衡，展現在地化及主體性等議題，藉由大會來自亞洲地區的兒童文學學者、從業者、作家和學者和專家能從出版、創作、論述等多面向的討論，來呈現亞洲兒童文學發展所面臨的問題及未來的趨勢。來自臺灣、中國、日本、韓國、馬來西亞、新加坡等學者，共發表了三十篇的論文，三百多人與會，出版四國不同語言論文集，充分表現出了這次大會的主題「生態、全球化和主體性」等。
07/31（星期四）	**九歌現代少兒文學獎，鄭淑麗《月芽灣的寶藏》榮獲文建會特別獎** 第十六屆「九歌現代少兒文學獎」得獎名單在五月二十八日揭曉，今天頒獎。陳佳秀撰寫的《揚帆吧！八極風》獲得評審獎的殊榮，文建會特別獎鄭淑麗《月芽灣的寶藏》、推薦獎陳怡如《第十二張生肖卡》。榮譽獎包括陸麗雅《阿祖的魔法天書》、孫昱《藍月亮、紅月亮》、陳韋任《灰姑娘的變身日記》、胡玫姍《勇闖「不管里」》、洪雅齡《躲進部落格》。
08/15（星期五）	**第三十二屆金鼎獎得獎名單揭曉** 今年金鼎獎總報名件數達二四八四件，其中雜誌類有二九〇件、圖書類有二一九四件；入圍作品中，雜誌類四十九件，圖書類九十六件，總計一四五件作品。「特別貢獻獎」頒給遠流出版公司董事長王榮文先生與信誼基金會執行長張杏如女士。最佳兒童及少年類雜誌獎（地球公民365）、兒童及少年圖書類出版獎：最佳科學類圖書獎《和溪流做朋友》；最佳文學語文類圖書獎《獸和一群長得很像的小魚》；最佳圖畫書獎《那魯》；最佳漫畫書獎《花翼妖精 WINGS》；最佳著作人獎：李毓中《海洋台灣的故事——香料、葡萄牙人、西班牙人與艾爾摩沙》；最佳主編獎：周逸芬《黑白村莊》；最佳美術編輯獎：

時　　　間	摘要
	李凌瑋、黃淑雅、吳慧妮《我的台灣小百科》；最佳插畫獎葉安德：《誰偷了便當》。
09/15 （星期一）	**第五十四梯次「好書大家讀」一八八冊入選** 第五十四梯次「好書大家讀」評選結果揭曉，套書部分共有三套二十八冊入選；單冊圖書部分，共有一百六十冊入選。「好書大家讀」評選是由臺北市立圖書館、聯合報系、國語日報社主辦，幼獅少年及中華民國兒童文學學會協辦，本梯次評選的書籍為二〇〇八年一月到六月出版的少年、兒童及幼兒圖書，總計有一百四十一家出版社，六百六十六冊圖書參加評選，參選圖書面向多元，內容更是琳琅滿目，包括醫學、科學、藝術、植物、昆蟲、動物及旅行等。
09/29 （星期一）	**「二〇〇八年度優良漫畫評選」結果揭曉** 國立編譯館主辦的「二〇〇八年度優良漫畫評選」結果揭曉，甲類的第一名《擁抱——綻放在山崖邊的花朵》、第二名《我和我的艾尼亞》、第三名《3499個愛》；乙類優勝《形形・色色，總是美》、《童年鳥事》、《美好的時光》。今年的「優良漫畫評選」活動，打破過去以連環漫畫、四格漫畫等類別區分，改以作品整體的教育性、創意性及啟發性為基準。
10/15 （星期三）	**第四屆小金鐘今天舉行頒獎典禮** 第四屆小金鐘得獎名單於十月六日揭曉，新聞局今天舉行頒獎典禮。今年小金鐘共有三百一十八件作品報名，角逐二十四個獎項，而今年得獎者以國立教育廣播電臺和公共電視為大贏家，前者今年囊括八個廣播獎項，後者席捲七個電視獎項，顯示兒少節目之製作仍以公營廣電媒體為主，學校作品部分，則分別由公視輔導臺北市敦化國小拍攝《藍眼珠呼叫小耳朵》獲得最佳兒童短片創作八項大獎，臺中市東光國小獲得最佳兒童廣播創作獎，高雄市高雄中學獲得最佳少年廣播創作，私立復興商工獲得最佳少年短片創作獎，選材與製作俱見用心，令人驚豔。

時　　間	摘要
	法蘭克福書展盛大揭幕 二〇〇八年法蘭克福書展十五日盛大揭幕，展出時間至十月十九日，來自全世界一〇一個國家、七〇五二家出版社參加書展，共同展現六十年風華的法蘭克福。今年臺灣館展現「文化時尚——臺灣出版的多元風貌」為目標，以代表新興臺灣鮮明形象的故宮書籍文物、臺灣茶文化、三十五位臺灣當代作家，包括陳致元、王家珠、幾米、劉伯樂、張又然，哲也等，整合國內八十七家出版社，共展出六五一本書籍。
10/18 （星期六）	**資深兒童文學作家林鍾隆病逝，享年七十九歲** 資深兒童文學作家林鍾隆十月十八日因心臟衰竭，病逝家中，享年七十九歲。這位對臺灣兒童文學發展貢獻卓著的作家，筆名林外、林岳等，臺灣桃園人，一九三〇年七月二十四日生，臺北師範學校普通科畢業，通過教師檢定考試及高考，歷任國小、初中及高中老師，創辦主編臺灣第一本童詩雜誌《月光光》，並曾獲第一屆布穀鳥兒童詩獎、中國時報開卷最佳童書獎、金鼎獎等。 著有散文、小說、兒童文學八十多種。童話《醜小鴨看家》、童詩《我要給風加上顏色》、少年小說《阿輝的心》、編著《現代寓言》曾同時入選「臺灣兒童文學一百」的經典，對臺灣兒童詩發展貢獻卓越。告別式訂三十日舉辦，十一月八日桃園文化局將舉辦追思會。
10/24 （星期五）	**國語日報兒童文學牧笛獎改為年年辦，鼓勵童話創作** 國內唯一設有童話獎項的「國語日報兒童文學牧笛獎」，從明年起將有重大改變，由每兩年舉辦一次，改為每年舉辦，並重新定位為「童話獎」，未來將全力辦好童話獎，不再續辦圖畫故事獎。國語日報「兒童文學牧笛獎」，與「信誼幼兒文學獎」、「九歌少兒文學獎」，並列國內三大兒童文學獎項。三大兒童文學獎各有特色，國語日報社的「牧笛獎」，是目前唯一獎勵童話創作的大型兒童文學獎；信誼基金會的「信誼幼兒文

時　　間	摘要
	學獎」，開發零歲到三歲以及三歲到八歲適讀的圖畫故事；九歌文教基金會的「九歌少兒文學獎」，獎勵少年小說創作。國語日報決定集中力量和資源，獎勵童話創作，希望能扮演臺灣兒童文學「童話夢工廠」的角色。
10/24（星期五）	**海峽兩岸第二屆圖畫書研討會登場** 二十一世紀出版社、上師大兒童文學研究所與三之三國際教育機構共同舉辦的圖畫書論壇，本屆以「圖畫書裡的大教育」為主題，以講座、示範教學、沙龍交流等方式為少兒社編輯、幼兒園、小學教師及圖畫書愛好者提供了精彩實用的內容。本次論壇特別邀請了《不一樣的卡梅拉》系列圖畫書作者、法國作家克利斯提昂·約裡波瓦和畫者克利斯提昂·艾利施與臺東大學人文學院林文寶教授、上師大梅子涵教授、《東方娃娃》主編周翔等專家學者互動交流。
10/25（星期六）	**給風加上顏色——林鍾隆先生館藏著作紀念展，用故事說再見** 桃園縣政府文化局為紀念林鍾隆先生在兒童文學上的傑出成就，特別從十月二十五日至十一月三十日，在文化局四樓參考室展出林鍾隆主題館藏著作，讓民眾認識這位兒童文學界的罕見瑰寶。此外，也於十一月八日舉辦「用故事說再見——林鍾隆作品討論會」，邀請邱傑、邱各容、馮輝岳、傅林統、謝鴻文等多位兒童文學作家共同分享與緬懷林鍾隆不凡的一生與文學成就。
10/30（星期四）	**幼獅文化歡慶五十歲** 幼獅文化公司十月三十日慶祝五十周年，董事長李鍾桂表示，未來幼獅還將向下扎根，推出兒童圖畫書系列。創立於一九五八年十月十日的幼獅文化事業公司，其出版品《幼獅文藝》於一九五四年創刊，是一份為青年學子量身訂做的文學藝術入門雜誌；而創刊於一九七六年的《幼獅少年》，則是全國第一本專為少年提供知識養分的綜合性刊物。兩份雜誌都曾榮獲多次「雜誌出版金鼎獎」及「中小學生課外優良讀物」推薦。

時　　間	摘要
10/31 （星期五）	**「用愛彌補」兒童文學獎，得獎名單揭曉** 羅慧夫顱顏基金會第十一屆「用愛彌補」兒童文學獎，得獎名單揭曉。今年以「友誼」為主題，多件得獎作品內容主題擴展到祖孫情誼，十分特別。得獎名單如下：金獎《阿嬤遊樂場》臺中市中華國小五年級郭展佑、銀獎《麻吉阿公》花蓮市海星國小四年級陳懷安、佳作《我的好朋友》新店市中正國小五年級胡淨一、佳作《好朋友》臺北市百齡國小四年級李莉婷、佳作《怪爺爺的好朋友》臺中市陳平國小四年級王嘉榆、入圍《友誼歷久一樣濃》高雄縣兆湘國小五年級薛巧郁、入圍《想和豬做朋友的狼》新竹市東園國小六年級蔡佳純、入圍《高貴的友誼》桃園縣中壢國小四年級陳怡親、入圍《幸福便條紙》花蓮市海星國小四年級孫銘璟、入圍《折翼的天使》花蓮市海星國小六年級吳培渝。本屆參賽作品共計九十件，取前十名，金獎和銀獎作品將出版成書，作為生命教育的推廣教材。
11/08 （星期六）	**「拉大語文課程的框架」研討會，思索寓言的律動** 臺灣小學語文教育學會與朗智思維科技自二〇〇四年起，合辦了四屆「拉大語文課程的框架」研討會，主題囊括：「文學圈之理論與實務」、「可預測讀物」、「童詩無限・武憲童詩」、「少年小說大環遊」。本屆研討會主題為「寓言的律動」，邀請吳敏而博士、黃潔貞博士、許學仁教授、陳木城校長共同參與，以及實務界人士的教學案例，一齊探討寓言教學的可能。
11/22 （星期六）	**資深作家黃春明、鄭清文童話研討會，臺北登場** 中華民國兒童文學學會二十二、二十三兩天，在臺北市立圖書館十樓國際會議廳，舉辦「資深作家黃春明、鄭清文童話研討會」，邀請黃春明和鄭清文進行專題演講，並有九篇論文的發表，包括：林珮熒〈黃春明童話中的異類〉、蔡麗雲〈像不像有關係——探析黃春明童話中的「認同」〉、謝鴻文〈身體的認同與差異——黃春明童話《短鼻象》和《小駝背》之比較〉、王宇清從超人特質與鄉村童年析論〈《天燈・母親》中的兒童

時　　間	摘要
	角色〉、陳靜婷〈鄭清文筆下的鬼魅形象——以童話集《天燈‧母親》為例〉、楊茹美〈鄭清文童話中現實與幻想世界之研究〉、陳逸珊〈鄭清文《沙灘上的琴聲》中主題意涵之研究〉、王琬婷〈「黃春明童話」中的敘述模式及其透顯的人生況味——以《我是貓也》與《短鼻象》為例〉和顏志豪〈試論黃春明童話中的滑稽概念〉。
11/29 （星期六）	**青年文學會議登場，聚焦數位文學** 國立臺灣文學館、海峽交流基金會及臺灣文學發展基金會共同舉辦的第十二屆「青年文學會議：台灣、大陸暨華文地區數位文學的發展與變遷研討會」，十一月二十九至三十日一連兩天於國家圖書館國際會議廳舉行，主題為「數位文學」，除發表十八篇論文，也邀請知名學者、作家擔任論文講評人，與青年研究者針對「數位文學」展開精采的跨世代交流。
12/06 （星期六）	**臺東大學兒童文學獎，今舉行頒獎典禮** 二〇〇八年臺東大學兒童文學獎，今天在臺北市立圖書館總館十一樓舉行頒獎典禮。今年總計四十七篇作品參加徵選，十一篇作品入圍；評審結果，首獎從缺，優選：游資芸《牙牙的秘密基地》，佳作：張紋佩《會寫字的馬》、洪雅齡《好一個烏鴉嘴》，入選范富玲《無影虎》、黃顯庭《最美麗的地方》、李明華《胡楊樹的天空》。
12/06 （星期六）	**教出閱讀思考力——兒童文學與探究討論研討工作坊，花蓮登場** 十二月六日、七日，毛毛蟲兒童哲學基金會至花蓮地區舉辦為期兩天的「教出閱讀思考力——兒童文學與探究討論」研討工作坊，帶領當地閱讀推廣人士及中小學教師對閱讀思考活動有更深入的了解；與此同時也舉辦「願望」閱讀思考營，帶給後山孩子不同的思考刺激、多元的閱讀課程，擁有更豐富、更多元的自主學習，實質幫助後山孩子的學習與成長。
	「閱讀，改變的力量」——國際閱讀教育論壇登場

時　　間	摘要
12/10 （星期三）	由天下雜誌教育基金會所舉辦的「閱讀，改變的力量」二〇〇八國際閱讀教育論壇，於十二月十、十一、十三日分別在臺北、臺中和臺東舉行，由來自英國國家讀寫能力信託政府計畫主持人 Sarah Osborne，以及美國教育暢銷書《自由寫手的故事》、《街頭日記》作者 Erin Gruwell，與國內第一線推動閱讀的圖書館人士、教職人員和教育學者，分享閱讀教育策略、作法與趨勢，共同探討台灣當前教育議題，提供閱讀運動一個新的方向。

附錄
文章出處一覽表

篇次	篇名	出處	作者	頁數	出版年月
1	2004年台灣兒童文學大事記暨書目	第十三期	林文寶 王宇清	254-314	2005年7月
2	2005年台灣兒童大事記暨書目	第十五期	林文寶 嚴淑女	155-248	2006年5月
3	2006年台灣兒童文學書目	第十八期	林文寶	189-244	2007年11月
4	2007年台灣兒童文學紀事與創作、翻譯書目	第十九期	林文寶	101-190	2009年5月
5	2008年台灣兒童文學記事	第二十期	林文寶	191-200	2009年11月

國家圖書館出版品預行編目（CIP）資料

兒童文學與書目.五 / 林文寶著 ; 張晏瑞主
編. -- 初版. -- 臺北市 : 萬卷樓圖書股份
有限公司, 2021.12
　面 ;　　公分. --（林文寶兒童文學著作集.
第二輯）
ISBN 978-986-478-581-0（全套）
ISBN 978-986-478-577-3（第五冊：精裝）

1.兒童文學 2.兒童讀物 3.目錄

　　863.099　　　　　110021567

林文寶兒童文學著作集　第二輯　書目編

兒童文學與書目（五）

作　　者 林文寶
主　　編 張晏瑞

出　　版 萬卷樓圖書股份有限公司
發行人 林慶彰
總經理 梁錦興
總編輯 張晏瑞
聯　　絡 電話 02-23216565　　　　傳真 02-23944113
　　　　網址 www.wanjuan.com.tw
　　　　郵箱 service@wanjuan.com.tw
地　　址 106 臺北市羅斯福路二段 41 號 6 樓之三
印　　刷 百通科技股份有限公司
初　　版 2021 年 12 月
定　　價 新臺幣 12000 元 全套八冊精裝 不分售
ISBN 978-986-478-581-0（全套）
ISBN 978-986-478-577-3（第五冊：精裝）